CAMINHANDO
A SEGUNDA MILHA

CAMINHANDO A SEGUNDA MILHA

CALÇADOS CONFORTÁVEIS - LIVRO 4

SHARON GARLOUGH BROWN

Publicado originalmente em inglês por InterVarsity Press como *An Extra Mile: A Story of Embracing God's Call* por Sharon Garlough Brown. © 2018 por Sharon Garlough Brown. Traduzido e publicado com permissão da InterVarsity Press, sediada em 1400, Downers Grove, IL, EUA.

Copyright da tradução © Pilgrim Serviços e Aplicações LTDA., 2022. Todos os direitos reservados.

Todas as citações bíblicas foram extraídas da Versão Almeida Século 21 (A21), salvo indicação em contrário.

Os pontos de vista dessa obra são de responsabilidade dos autores e colaboradores diretos, não refletindo necessariamente a posição da Pilgrim Serviços e Aplicações, da Thomas Nelson Brasil ou de suas equipes editoriais.

Esta obra é fictícia. Pessoas, locais, eventos e contextos são ou produto da imaginação do autor ou são utilizados de forma fictícia. Qualquer semelhança a eventos, locais ou pessoas reais, vivas ou mortas, é completa coincidência.

EDIÇÃO
Guilherme Cordeiro e Brunna Prado

TRADUÇÃO
Marcos Otaviano

REVISÃO
Gabriel Lago e Beatriz Lopes

CAPA E PROJETO GRÁFICO
Rafaela Villela

DIAGRAMAÇÃO
Sonia Peticov

Dados Internacionais de Catalogação na Publicação (CIP)
(BENITEZ Catalogação Ass. Editorial, MS, Brasil)

B852c 1. ed.	Brown, Sharon Garlough Caminhando a segunda milha / Sharon Garlough Brown; tradução Marcos Otaviano. – 1. ed. – Rio de Janeiro: Thomas Nelson Brasil; São Paulo: Pilgrim, 2023. – (Calçados confortáveis 4) 400 p.; 13,5 × 20,8 cm. Título original: *An extra mile* ISBN: 978-65-5689-674-8 1. Amizade. 2. Espiritualidade – Cristianismo. 3. Mulheres – Aspectos religiosos – Cristianismo. 4. Sororidade. I. Título. II. Série.
06-2023/133	CDD 270.082

Índices para catálogo sistemático:
1. Mulheres: Aspectos religiosos: Cristianismo   270.082

Bibliotecária: Aline Graziele Benitez CRB-1/3129

Todos os direitos reservados a **Pilgrim Serviços e Aplicações LTDA**.
Alameda Santos, 1000, Andar 10, Sala 102-A
São Paulo — SP — CEP: 01418-100

Este livro foi impresso pela Vozes para a Thomas Nelson Brasil. O papel do miolo é pólen natural 70g/m^2 e o da capa é cartão 250 g/m^2.

*Para minha mãe, meu pai e Beth, que moldaram para mim o caminho do amor ao longo de uma vida.
E para Jack e David, que diariamente o demonstram.
Amo vocês e agradeço a Deus por suas vidas.*

Estradas

Não é preciso imaginar que lago cheio de garças
Havia no outro vale,
Nem lamentar as canções na floresta
Que eu escolhi não percorrer.
Não é preciso perguntar aonde outras estradas
poderiam ter levado,
Já que levam a outro lugar;
Pois nenhum lugar, além de aqui e agora,
É meu destino verdadeiro.
O rio é gentil na noite suave,
E todos os passos da minha vida me trouxeram
para casa.

Ruth Bidgood

SUMÁRIO

Parte UM: *À Sombra* • 9
   CAPÍTULO 1 • 11
   CAPÍTULO 2 • 35
   CAPÍTULO 3 • 55
   CAPÍTULO 4 • 89

Parte DOIS: *Quebrada e Derramada* • 109
   CAPÍTULO 5 • 111
   CAPÍTULO 6 • 141
   CAPÍTULO 7 • 163
   CAPÍTULO 8 • 200

Parte TRÊS: *Removendo Pedras* • 223
   CAPÍTULO 9 • 225
   CAPÍTULO 10 • 249
   CAPÍTULO 11 • 275

Parte QUATRO: *Coisas Novas* • 303
   CAPÍTULO 12 • 305
   CAPÍTULO 13 • 326
   CAPÍTULO 14 • 355
   CAPÍTULO 15 • 378

COM GRATIDÃO • 389
GUIA PARA ORAÇÕES E CONVERSAS • 393
JORNADA PARA A CRUZ • 399

PARTE UM

À SOMBRA

Compadece-te de mim, ó Deus, compadece-te de mim, pois me refugio em ti; eu me refugiarei à sombra das tuas asas, até que passem as calamidades.
Salmo 57:1

Portanto, sede imitadores de Deus, como filhos amados; e andai em amor como Cristo, que também nos amou e se entregou por nós a Deus como oferta e sacrifício com aroma suave.
Efésios 5:1,2

1.

BECKA

Nas três semanas desde a morte da mãe, Becka Crane aprendeu uma coisa sobre o luto: não há como prever o que pode provocar um dilúvio de emoções. As coisas mais simples poderiam afetá-la: um sotaque americano no metrô de Londres, uma caixa de Cheerios (o cereal favorito de sua mãe) numa prateleira no mercado, as frases melódicas e melancólicas de um violino tocado por um artista de rua no lado sul do Tâmisa. Por alguma razão, caminhadas à noite ao longo do rio, com a vista do Parlamento na outra margem, evocavam uma dor tão profunda em seu peito que ela mal conseguia respirar.

Puxou a boina de tricô por sobre as orelhas e se inclinou sobre o corrimão de metal gelado. Por toda a margem sul, as lâmpadas nos postes de ferro forjado iluminavam suavemente casais andando de mãos dadas, enquanto o riso de crianças brincando no clássico carrossel flutuava até ela.

Becka não tinha certeza por que se submetia a essas saídas noturnas. Talvez preferisse a dor lancinante da perda ao torpor que a consumiu imediatamente depois que sua mãe falecera. Em Kingsbury, sua cidade natal, perambulou atordoada e distante, como se estivesse assistindo a si mesma em um filme, uma órfã pequena e de cabelo escuro tentando convencer a si mesma e a todo o mundo de que ela sobreviveria "numa boa".

"Me liga se precisar de alguma coisa", sua tia dissera ao telefone pouco depois de Becka voltar para Londres, para o restante do terceiro ano da faculdade no exterior. As palavras soaram vazias. Rachel nem se dera ao trabalho de ir ao funeral, usando a desculpa esfarrapada de uma viagem de negócios que não conseguiria adiar. Ela até voltou atrás na oferta do trabalho autônomo de meio período durante o verão, inicialmente feito para que Becka pudesse passar aquele período com Simon em Paris, livre de qualquer necessidade de apoio financeiro ou aprovação por parte da mãe. Mas agora, como Rachel causticamente apontara, Becka recebera provisão através da herança da modesta propriedade da mãe. "Que raios você vai fazer com uma casa daquela?"

Becka não sabia. Ela não sabia de nada. Exceto que sentia saudade da mãe. Terrivelmente.

Um navio passou pelo rio, iluminado por dentro. Becka imaginou as mulheres jovens flertando, comendo canapés e bebendo champanhe, pensando em nada mais do que os homens com quem poderiam ficar. Como a amiga dela, Pippa, que tentou ser compreensiva e compassiva, mas, além dos frequentes términos de namoro ruins, ela nunca perdera ninguém. Seu conselho, embora bem-intencionado, era unidimensional: distração. Álcool, diversão, sexo... Não importava o que Becka usasse, Pippa dissera, contanto que mantivesse a mente longe da dor.

Todo o mundo tinha um conselho para dar. Talvez isso os fizesse sentir melhor, como se estivessem ajudando antes de se eximirem de qualquer outra responsabilidade de cuidado e preocupação. Becka já escutara o que as melhores amigas dos dois lados do oceano podiam oferecer: "Sua mãe gostaria que você fosse feliz. Ela gostaria que você seguisse com sua vida". "Você deveria viajar, ver o mundo. A vida é curta. Aproveite ao máximo". "Só se concentra nos momentos bons que você e sua mãe tiveram juntas. Tenta ficar feliz". "Olha tudo o que você tem para ser grata".

Nenhuma daquelas obviedades ajudava. E, sempre que alguém dizia "Eu sei exatamente como você se sente. Quando meu [complete com um membro da família ou animal de estimação favorito] morreu...", Becka queria gritar: "Você não sabe como eu me sinto! Você não faz ideia de como eu me sinto!".

Ela pegou um lencinho da bolsa e assoou o nariz. Como alguém poderia saber como ela se sentia quando, na maioria dos dias, ela própria não sabia? A única pessoa com quem queria conversar sobre isso, a única pessoa para quem ela contava segredos ao longo da maior parte da vida, se fora. Para sempre. "Ela continua viva nas nossas memórias", Simon dissera.

Não era o suficiente. Nem de longe.

Ela se afastou do corrimão e foi para a London Eye, que estava iluminada de azul-claro. Lá, bem ali na base do monumento, perto do lugar onde multidões alegres fazem fila para o passeio de meia hora nas grandes e lentas cápsulas, foi ali onde sua mãe esperara por ela em dezembro. Becka, vendo-a à distância, apontou-a para Simon, que riu e falou como ela parecia pequena e apreensiva, com a cabeça inclinada para trás para inspecionar o tamanho da roda-gigante. "Ela é um bocado ansiosa, não?", ele havia perguntado. Becka assentiu. Quando os olhos deles se cruzaram, a mãe dela colocou um sorriso tenso e determinado no rosto. "Ah, olha, ela vai me amar", Simon disse. Becka riu e chegou mais perto dele.

"Ela continua viva em nossas memórias", a voz de Simon repetiu.

Não era o suficiente.

Enquanto assistia às famílias entrarem juntas no London Eye, Becka sabia de uma coisa: daria absolutamente qualquer coisa para fazer mais um passeio com a mãe. Só as duas.

Seu telefone vibrou com uma mensagem de Simon: "Estou te esperando".

Ela secou o rosto com a manga do casaco e respondeu: "Estou indo".

HANNA

Um mês depois de entregar a carta de demissão para a igreja onde ela servira por quinze anos, Hanna Shepley Allen estava confiante de uma coisa: a dispensabilidade era mais fácil de aceitar na teoria do que na prática.

— Você é indispensável para mim — Nathan, seu marido havia doze dias, disse enquanto se inclinava para beijar sua testa franzida. — E para Jake. Ele te adora. E eu também.

Hanna afastou a cadeira da mesa da cozinha, com os olhos ainda fixos sobre a tela do notebook. Talvez, se ela não tivesse sido substituída tão imediatamente, seu ego não estaria tão ferido. Mas o e-mail mais recente daquele que fora seu pastor sênior por tanto tempo, Steve Hernandez, indicava que, com velocidade estonteante, Westminster estava progredindo com os planos para a sucessora dela.

"Estamos nos perguntando se você estaria disposta a considerar uma opção de aluguel com possibilidade de compra, para Heather continuar na sua casa."

Ela apontou com a mão para a tela.

— Vá em frente, leia o e-mail todo. — Nathan empurrou os óculos para cima no nariz e se inclinou para a frente, a fim de ler as palavras que Hanna lera três vezes. Ela esperou até ele se endireitar de novo, e então perguntou: — O que você acha?

— Bem, isso certamente resolve o estresse de tentar vendê-la. Parece uma resposta de oração para mim.

— Não... Digo, o que você acha de eles contratarem Heather?

— Ele não disse que vão contratar Heather.

— É óbvio que estão fazendo isso. — Hanna travou a mandíbula e leu a mensagem de novo. "Se você estiver aberta à possibilidade, por favor, entre em contato com ela para discutirem os detalhes." — E por que é Steve que está me mandando um e-mail sobre isso? Por que Heather não ligou e disse "Oi, estou tomando o seu emprego, o seu escritório e quero tomar sua casa também!"?

Nathan fechou o notebook e gentilmente a virou para ficar de frente para ele.

— Talvez ele apenas quisesse sondar primeiro para ver como você reagiria.

Bem, isso era estranho. A coisa toda era estranha. E nem Nate poderia convencê-la do contrário. Agora que eles voltaram da lua de mel e começaram a se instalar em uma rotina doméstica, ela teve bastante tempo para refletir sobre a transição para o oeste de Michigan. Embora Steve tivesse emoldurado a saída dela do ministério como um presente, falando que era importante ela estar livre para se concentrar no casamento e não voltar para Chicago por obrigação, talvez tivesse sido uma tentativa calculada de manter o controle.

— Você realmente não acha isso estranho? — ela perguntou.

— Você quer que eu ache isso estranho? — Os olhos castanhos dele sorriam para ela, ainda que os lábios continuassem neutros. — Porque eu posso aceitar o "estranho", se você quiser. Posso pensar nas melhores teorias da conspiração. Tipo, talvez eles tivessem planejado isso desde o início e inventaram o tempo sabático como uma artimanha para te tirar do caminho, para eles poderem contratar essa Heather, que está tendo um caso ilícito com...

— Ah, para! — Hanna socou levemente a barriga dele. — Não estou querendo dizer isso. Só estou dizendo que a coisa toda é muito... — Ele a esperou encontrar o adjetivo certo. — Estranha.

— Isso era o melhor que ela conseguira pensar. Algo estava errado.

— Bem, não vou discutir contra a sua intuição, Shep. Mas talvez Heather esteja fazendo um bom trabalho em ocupar sua posição, e eles estão ávidos para oferecer algo permanente para ela, agora que sabem que você não vai voltar. Isso os poupa de uma pesquisa demorada, e, se ela gosta da casa o bastante para ficar ali, então por que não? Me parece que eles estão te fazendo um favor, *nos* fazendo um favor, ao nos livrar do estresse de vendê-la.

E do estresse de uma hipoteca dupla, a qual começaria em primeiro de abril. Embora Nate não tivesse mencionado a ansiedade

15

de gerenciar o pagamento de duas hipotecas, Hanna começara a sentir o peso disso. Sem nenhuma renda agora e com recursos limitados para trazer para o casamento deles, ela deveria estar pulando de alegria diante da possibilidade de uma transação tão fácil. Mas, em vez disso, ela se sentia ressentida.

— Não deixe o orgulho te impedir de ver o presente nisso, Hanna.

— Eu sei. — O que ela não precisava agora era de um sermão. Precisava era de tempo para processar isso sozinha.

Ele olhou para o relógio.

— Tenho que ir. Jake vai terminar o ensaio com a banda daqui a pouco. — Ele pegou as chaves do carro, as quais deixava no balcão da cozinha, não no gancho ao lado do cabideiro. Ela cometera o erro de pendurá-las lá no dia anterior, de modo que ele teve de vasculhar a casa procurando pelas chaves, desesperado quando ela, enquanto fazia compras, não escutou sua ligação no celular. Ele se atrasou para a aula.

— E se eu for buscá-lo? — Hanna perguntou.

— Não, tudo bem. Eu vou pegá-lo.

— Vou começar a fazer o jantar, então. Macarrão à primavera, tá bom? — Ela abriu o armário certo na primeira tentativa e pegou uma panela de aço que já vira dias melhores. Quando ela esvaziasse a sua casa, poderia substituir alguns dos utensílios de cozinha dele.

— Hmm... Hoje é quinta-feira — ele disse.

A mão dela parou sobre a torneira. Evidentemente se esquecera do significado das quintas-feiras.

— Noite da pizza — ele disse. — Uma tradição dos meninos Allen. Mas, se você já tiver algo planejado, tenho certeza de que Jake não vai se importar.

— Não, tudo bem. — Se Nathan já mencionara especificamente essa tradição semanal, ela se esquecera. Havia muitas atividades dos meninos Allen para ela acompanhar. Precisaria fazer uma lista.

— Jake e eu geralmente pedimos uma com carne, mas posso pedir meia vegetariana, se você quiser.

— Não, tranquilo, peçam o de sempre. — Ela atulhou a panela de volta para o armário. — Vou fazer uma salada para acompanhar, tudo bem?

— Obrigado. Já volto. — Com um beijo na bochecha dela, ele saiu pela porta.

Chaucer, o golden retriever de Nate, trotou até a cozinha e se sentou sobre o tapete, batendo a cauda.

— Você quer sair? — Hanna perguntou. Ele não se moveu. — Sair? — Ele deu um latido. Ela apontou para a porta de trás. — Lá fora? — ela perguntou, tentando imitar a inflexão de Nathan. Chaucer levantou uma pata para ela pegar. Ela apertou a pata dele com uma mão e acariciou o pelo sedoso com a outra. Ele latiu de novo. — Ah, desculpe! Um biscoitinho? — Ele se levantou e andou em um círculo. — Certo. Um biscoito. Seu pai se esqueceu de te dar um, né? — Ela pegou dois biscoitos caninos no pote sobre o balcão e os jogou no chão. — Não conte para ele que eu te dei a mais.

Ela enxaguou as mãos e então procurou nos armários até encontrar uma bacia de salada. Nos cinco dias de convivência sob o teto de Nathan, a única tarefa de mudança que ela completara foi pendurar as roupas dela em metade do closet dele. Ele prometeu abrir espaço para ela nas prateleiras do apertado terceiro quarto, mas ela estava relutante em invadir seu espaço. Então, as caixas de livros e revistas que ela trouxe consigo no tempo sabático continuavam num canto no porão. O restante de seus bens esperava para ser organizado em Chicago. Nate insistiu que não tinha apego emocional à mobília e, se ela quisesse integrar algumas de suas peças, por ele tudo bem. "Decore como quiser. Aqui já foi uma casa de solteiro por tempo de mais", ele dissera.

Uma casa escura de solteiro. Durante os meses de inverno, ela não notara quão pouca luz natural entrava. Mas, agora que os dias de março estavam ficando mais longos, a casa parecia uma toca, com suas pesadas cortinas decoradas e paredes predominantemente acinzentadas. Hanna nunca fora fã de cores fortes e claras, mas talvez eles devessem trocar a mobília cinzenta dele e as peças neutras dela por algo alegre.

Ela deveria ter tirado algumas fotos do chalé dos Johnson enquanto estava morando lá. Nancy tinha bom gosto e, embora Hanna jamais pudesse gastar muito dinheiro com design interior, ela poderia se inspirar na paleta de cores claras e tons pastel. Se não fosse o enorme afastamento entre elas, poderia até ter pedido a ajuda de Nancy.

Ao retornar da lua de mel, Hanna tirou seus poucos pertences do chalé, deixando para Nancy uma planta num vaso e uma carta de agradecimento sobre o balcão. Quinze anos de amizade para terminarem se comunicando somente via e-mail. Todas as aberturas de Hanna para uma reconciliação face a face foram rejeitadas com frio afastamento. Nancy e Doug estavam muito felizes que ela tivesse gostado do tempo no chalé deles e desejavam a Hanna e ao novo marido sucesso na vida juntos. Quando Hanna mencionou encontrar-se com ela no chalé para entregar a chave, Nancy respondeu que estaria com uma amiga quando ela viesse para arrumar o chalé para a sua família, e não tinha certeza de como seria a agenda delas. Hanna poderia deixar a chave debaixo do tapete.

Chaucer, tendo engolido os dois biscoitos, se jogou no tapete da cozinha com um suspiro.

— Exatamente — Hanna disse. Talvez algum dia Nancy lhe perdoasse por manipulá-la e enganá-la. Ela esperava que sim. Abriu um pacote pré-pronto de salada Caesar e o colocou na bacia.

Fora de sincronia. A vida dela parecia estar assim. No fim das contas, ela encontraria o equilíbrio na nova realidade, com todas as suas alegrias e desafios. O ajuste levaria tempo. Ela sabia disso. Qualquer terapeuta olharia para o inventário de grandes mudanças em sua vida nos últimos seis meses e recomendaria que ela fosse muito intencional sobre processar essa agitação. Até boas agitações traziam estresse. Ela sabia disso. No ministério, caminhara ao lado de várias pessoas que sofreram perdas, e entendia as dinâmicas complicadas de perda e adaptação.

Ela acariciou as costas de Chaucer com o pé descalço enquanto misturava os croutons com a alface.

Mudança de emprego? Sim. Primeiro, um período sabático obrigatório e, agora, uma demissão.

Uma grande mudança? Sim. Duas vezes. Da vida estabelecida em Chicago para o chalé dos Johnson, no lago Michigan, e depois para a casa de Nathan, em Kingsbury.

Casamento? Sim. O primeiro casamento aos quarenta anos.

Tornar-se mãe? Sim. Agora, ela era a madrasta de um menino de treze anos.

Mudança de círculos sociais? Sim. Ela fora afastada de todos os colegas de ministério em Chicago e começara a fazer novas amizades em Kingsbury, particularmente com o Clube dos Calçados Confortáveis, suas companheiras na jornada espiritual.

A morte de uma amiga?

Ela colocou de lado a bacia de salada. Com lágrimas, Hanna percebeu que quase passara um dia inteiro sem pensar uma única vez na amada Meg.

MARA

"Nunca subestime o horror de um espelho de aumento", Mara Garrison pensou, "ou a importância de uma boa pinça." Ela levantou mais o queixo e tentou, de novo, pegar um pelo grosso e teimoso. Desde quando completara cinquenta anos, seus inimigos pareciam brotar da noite para o dia.

— Peguei! — ela exclamou quando a raiz cedeu num "tof" satisfatório. Ela esfregou o queixo para verificar o sucesso, um gesto que trazia à mente a sua avó, que frequentemente se sentava com uma pinça nos dedos, examinando o reflexo em um espelho oxidado de uma antiga penteadeira. Depois que ela terminava os rituais de embelezamento, Nana batia levemente na almofada bordada e Mara se colocava diante do espelho, fazendo caretas enquanto Nana desfazia-lhe os nós no cabelo castanho-escuro.

Enquanto Nana penteava firmemente, mas com amor, Mara contava para ela sobre as garotas na escola que a apelidaram de Baleia.

"Não dê atenção a elas, docinho", Nana dizia. "Paus e pedras quebram meus ossos..."

Mara terminava a frase com um valente e fungado "Mas apelidos não vão me machucar".

Quem inventou isso era um baita mentiroso.

Se ela sequer ouvisse falar de qualquer um colocando apelidos em sua neta, Madeleine, essa pessoa teria de lidar com uma avó brava. E um pai bravo também. O filho dela, Jeremy, não aturaria qualquer besteira de bullying, com certeza. E, além disso, com todas as políticas e procedimentos antibullying, as crianças não se safavam mais das coisas como antigamente. Pelo menos, não deveriam ser capazes de se safarem. Ela já ouvira acusações de bullying suficientes contra Brian para saber que professores, alunos e administradores estavam bem vigilantes contra isso.

Ela se enrolou em seu quimono vermelho tamanho GG e andou pelo corredor.

— Tá acordado, Brian? — ela chamou pela porta fechada do quarto. Não escutou o alarme dele disparando. Bailey, o cachorro de Brian, ficou em pé e se apoiou na porta. — Desce, Bailey. — Ela o empurrou com a pantufa. — Desce. Brian? — Ainda sem resposta. Ela abriu um pouco a porta e foi engolfada pela catinga de suor e pizza do dia anterior. Quantas vezes ela tinha que falar para os meninos não deixarem comida jogada? Bailey disparou para dentro. — Tá acordado? — Ela se inclinou para pegar um par de meias e olhou brava para a cama dele, onde um edredom dos Green Bay Packers estava amarrotado em um bolo.

— Cadê seu irmão? — ela perguntou para Kevin, de quinze anos, que, com o cabelo vermelho bagunçado, estava se arrastando para o banheiro que os dois dividiam.

— Sei não.

Bailey passou entre as pernas dela enquanto ela descia as escadas para a sala de estar. Nada de Brian. E para a cozinha. Nada de Brian.

— Brian? — ela chamou pelo porão. Nenhuma resposta. Ligou a luz e desceu as escadas o bastante para verificar se ele não estava dormindo no sofá ou jogando videogame.

Seu filho mais novo estava no quarto quando ela foi para a cama. Ouviu a música dele (a banda mais recente de grunge ou metal que foi a trilha sonora da afronta à autoridade de Mara) e quase esmurrou a porta para mandá-lo abaixar. Mas, semanas atrás, por sugestão da terapeuta, Dawn, ela decidira escolher com mais cuidado as batalhas contra ele. Até agora, essa estratégia não dera resultados. Nenhum. Nenhum mesmo.

Kevin se arrastou até a cozinha e pegou uma caixa de cereal, que ele despejou diretamente na boca.

— Ei! Que tal usar uma tigela? — Mara abriu o armário e colocou uma sobre o balcão. Ele a encheu sem dizer nada e comeu o cereal seco com os dedos, pegando os pedacinhos de marshmallow primeiro. Ela decidiu não insistir por uma colher. — Desce lá no porão e vê se ele está lá em algum lugar, por favor, Kevin? — Talvez Brian não a tivesse escutado chamando por ele. Ou talvez a estivesse ignorando.

— Tô comendo.

"Escolha suas batalhas", a voz de Dawn instruiu.

Beleza.

Ela estava na metade das escadas do porão, quando Brian, usando cueca e uma camiseta amassada, surgiu da lavanderia.

— O que você tá fazendo? Não me escutou te chamando?

A fração de segundo de pânico no rosto dele se transformou na expressão usual de escárnio. Sem responder, tentou passar por ela nas escadas.

— Epa! — Ela levantou o braço e, antes que ele pudesse resistir, ela cheirou o cabelo em uma rápida manobra que aprendera anos atrás, durante a adolescência de Jeremy, quando ele havia experimentado maconha.

As narinas dele se inflaram.

— O que você tá fazendo, sua doida?

— Nada. Só queria saber onde você estava, só isso.

— É, que seja — ele rosnou alguma outra coisa entre os dentes.

— Como é?

— Eu disse "Que seja". — Pulando as escadas, ele gritou de raiva quando Bailey o fez tropeçar no último degrau.

— Foi você quem quis o cachorro — Mara murmurou. Ela estralou os dedos e chamou Bailey. Nos meses desde quando seu futuro ex-marido, Tom, comprara o cachorro para Brian a fim de irritá-la, Mara ficara bem apegada ao bichinho. Ela esfregou o rosto dele com as mãos e deu-lhe um tapinha no traseiro antes de ele disparar.

Escutando uma porta se fechar no andar de cima, ela foi para a lavanderia para ver se havia algo de errado. Anos atrás, quando Jeremy era um pouco mais velho do que Kevin, ela encontrara todo tipo de contrabando na lavanderia. Enquanto vasculhava a lata de lixo, ela se relembrou de que sobreviveu à rebelião de Jeremy. Ele cresceu e se tornou um filho, marido e pai leal, amoroso e afetuoso. Talvez houvesse esperança para Brian. Se ele não se tornasse mais como o pai.

A lixeira estava cheia com nada além de fiapos e lencinhos amassados. Nenhuma bituca de cigarro nem trouxinhas com substâncias suspeitas. Brian nunca lavara um cesto de roupa suja, nunca sequer guardara as próprias roupas limpas. Então, o que ele estava fazendo aqui? Ela chutou uma pilha de roupas sujas no chão de concreto, sem ter certeza do que estava procurando até que... Bingo! Ela encontrou. Enterrada sob várias camadas de calças, cuecas e moletons, estava uma colcha enrolada em uma bola. Ele estava tentando esconder a vergonha.

E ela foi rápida demais para presumir que ele estava fazendo algo ruim.

Não havia jeito de ela falar sobre isso com ele. Foi Tom quem lidara com as conversas sobre puberdade com os meninos, e ela com certeza não ia mandar uma mensagem para Tom e pedir que reafirmasse a Brian que não havia nada de errado com ele.

Ela jogou a colcha e algumas toalhas na lavadora e começou a lavagem. Ia colocar lençóis limpos na cama de Brian enquanto ele estava na escola, e ele não saberia que ela sabia. Em vez de ficar grato por ela não mencionar nada, ele provavelmente ficaria ainda mais ressentido com ela por descobrir e arrumar as coisas. Porque ele não queria precisar dela, Dawn explicara uma vez. O que ele queria era ir morar com o pai em Cleveland.

Tom não aceitaria. Deixara claro através das negociações com os advogados que o que ele queria eram os privilégios de visitas sem as responsabilidades do dia a dia. Pelo menos, era assim que Mara via. Ele insistira que a guarda dos dois meninos fosse dada a ela, independentemente do que Brian implorasse. Tom dirigiria até Kingsbury para ver os meninos a cada quinze dias, ficaria com eles nas férias e feriados grandes alternados, levaria-os a viagens caras durante as semanas concedidas a ele durante o verão, e preservaria o próprio papel como o herói divertido que os mimava. O trabalho duro, o conflito, o estresse cotidiano de criar dois meninos adolescentes... Isso continuaria sendo dela.

Uma semana atrás, Tom propusera um acordo financeiro que, para a surpresa de Mara, permitia que ela e os meninos ficassem na casa até Brian terminar o Ensino Médio, e então a casa seria vendida e o lucro, repartido. Depois de fazer as contas, o advogado dela a aconselhara a aceitar. Era uma boa oferta, ele dissera, com uma pensão equânime para os meninos. Eles receberiam o sustento adequado. Ao aceitar a oferta, ela poderia ficar longe do tribunal e ser livre para seguir em frente quando o período obrigatório de seis meses de espera terminasse em junho.

Ela deveria estar eufórica. Grata. Deveria estar aliviada. E estava. Mas não conseguia evitar sentir como se Tom a tivesse enganado. Ele se asseguraria de que ambos os meninos soubessem que a "generosidade" dele permitiu que as vidas deles continuassem com o mínimo possível de distúrbios. O pai herói. Esse era o roteiro. E, se Mara não o seguisse, os meninos ficariam ressentidos com ela.

Ela não queria se sentir endividada com Tom. Talvez o que ela queria fosse um novo começo, uma transição completa. Talvez, inconscientemente, ela esperava que a proposta de acordo dele o revelasse como o opressor malvado que ela suportara pelos últimos quinze anos. Em vez disso, ele estava se saindo como magnânimo. Mesmo com um presente que deveria libertá-la de alguns estresses financeiros, ele conseguira manter o controle. Ela não era ingênua. Qualquer coisa que parecesse beneficiar a ela e aos meninos, na verdade, o beneficiaria primeiro. Ele provavelmente queria proteger o próprio investimento, segurar a casa por tempo suficiente para o mercado se recuperar completamente, a fim de que, em quatro anos, conseguisse mais dinheiro com a venda.

Era bem provável que a oferta também fosse uma tentativa manipuladora de impedi-la de bisbilhotar nos seus assuntos pessoais, incluindo qualquer acordo e relacionamento que ele tivesse com a namorada grávida, da qual Kevin falara. Talvez o advogado dele tivesse recomendado a generosidade como uma forma de encobrir uma "indiscrição". A empresa dele poderia não ver com bons olhos o fato de ele engravidar uma mulher e depois se divorciar da esposa. Se, de fato, ele fosse o pai. Ela não tinha certeza disso, e não pediria a Kevin que descobrisse.

"Abra mão disso", ela ordenou para si mesma. Abra mão de tudo. Da amargura. Do desejo por vingança. Ela entregara tudo isso para Deus na noite em que o Clube dos Calçados Confortáveis se havia encontrado na casa de Meg para orar com a história de Jesus lavando os pés dos discípulos. Mas Mara precisava ser relembrada diariamente de que precisava continuar abrindo mão, especialmente quando a irritavam.

Ela separou as roupas escuras do restante da pilha de roupa suja. O acordo, pelo menos, deu-lhe algum tempo para se estabilizar. Talvez um dia seu trabalho de meio período no abrigo Nova Estrada se tornasse um emprego em tempo integral com benefícios. A Srta. Jada lhe dissera que a diretoria estava aberta a essa possibilidade. Isso seria uma enorme resposta de oração!

Ela amava coordenar as refeições e supervisionar a hospitalidade para os hóspedes sem-teto e marginalizados que chegavam em busca de um lugar seguro para ficar, assim como ela havia chegado quase trinta anos atrás, com Jeremy ainda criancinha.

Brian estava encurvado no balcão da cozinha, com os olhos fixos na tigela de cereal, quando Mara subiu as escadas. Em vez de chamar atenção para a transação silenciosa deles, ela pegou o celular e verificou as mensagens: uma de Abby, dizendo que não precisaria que ela cuidasse de Madeleine naquela manhã; uma de Hanna, confirmando a reunião do Clube dos Calçados Confortáveis naquela noite, na casa de Charissa; e uma de Tom (que fora instruído de que precisava comunicar qualquer mudança de planos diretamente para ela, não para os meninos), informando que ele os pegaria uma hora mais tarde que o usual.

— Seu pai vai pegar vocês às sete, — Mara disse —, e eu não estarei em casa. Tenho meu grupo hoje à noite.

Nenhum deles respondeu à notícia. Ela respondeu às mensagens com um "Fico feliz de ir outra hora" para Abby, um "Mal posso esperar" para Hanna, e um "Beleza" para Tom. Então, preparou o almoço dos meninos em silêncio. Onde estava a linha entre escolher as batalhas importantes e permitir que eles se aproveitassem dela? Ela teria que ter outra conversa com Dawn sobre isso.

"Sou eu quem Jesus ama", ela declarou mentalmente para o próprio reflexo no micro-ondas enquanto espalhava mostarda sobre o pão branco. Agora que estava pensando nisso, negligenciara totalmente essa prática espiritual nas últimas semanas. Passava o tempo todo arrancando pelos diante do espelho de aumento, e ainda não se tornara um hábito regular declarar para si mesma o amor de Deus por ela. Estava tão concentrada em remover os pelos ofensivos, que perdia a oportunidade maior de ver a si mesma como Deus a via. Amada. Agraciada. Escolhida.

Como Hanna diria: "Isso é uma pregação!".

Ela teria que se lembrar de compartilhar essa imagem do espelho com o grupo. Elas não se juntavam desde o casamento de Hanna, e tinham muito para se atualizarem.

Mara esfregou o nariz com a manga e colocou o sanduíche de presunto e queijo em um saco plástico. Ainda conseguia ver Meg sentada à mesa do canto, perto da porta da saída, na primeira sessão do retiro no Nova Esperança, com a vermelhidão subindo até o queixo enquanto ela tentava se decidir se ficava para a jornada sagrada ou se fugia. O crescimento e a transformação pelos quais Meg passou foram memoráveis, e, de muitas formas, ela era o elo gentil e compassivo que mantinha todas juntas. Embora Hanna e Charissa não tivessem dito isso em voz alta, Mara se perguntava se esse pensamento também cruzara a mente delas: ela não tinha certeza se o Clube dos Calçados Confortáveis sobreviveria sem Meg Crane.

— Você fez presunto e queijo para mim? — Kevin perguntou.

Esse era o roteiro. Todo dia ela fazia para ele presunto e queijo no pão branco com mostarda só de um lado.

— Sim.

— Eu tô meio enjoado de presunto e queijo.

Ela inflou as bochechas e soprou o ar lentamente.

— Então, vamos fazer assim — ela disse, lutando contra a tentação de enfiar o sanduíche no lixo —, que tal se você fizer seu próprio almoço? Aliás, vocês dois. Acho que vou tirar o dia de folga. E, Brian? — Ele estava realmente fazendo contato visual com ela. — Preciso que você leve seu cachorro para passear.

CHARISSA

O que é que as mulheres grávidas tinham, Charissa Sinclair se perguntava enquanto estava na fila da biblioteca pública de Kingsbury, que fazia até os estranhos perderem todo o senso de educação e violarem as fronteiras pessoais? A próxima pessoa que tentasse tocar na barriga dela levaria um tapa. Ou talvez ela esticasse a mão primeiro e esfregasse a barriga da pessoa como uma lâmpada de gênio.

— Quando o bebê vai chegar? — a mais recente ofensora perguntou.

Para prevenir qualquer outra infração, Charissa posicionou os livros de jardinagem sobre o abdome crescente.

— Julho.

— Você parece ótima. Tem a vantagem de ser alta. Eu fiquei enorme. E aí meu médico me disse que eu tinha...

"E lá vamos nós." Charissa lutou contra a tentação de interrompê-la e dizer que não estava interessada nas complicações da gravidez dela ou em histórias de terror de partos. Se tivesse que aturar mais uma narrativa pessoal ou uma narrativa sobre a amiga de uma amiga ou de uma prima de terceiro grau que acabara em algum tipo de emergência de parto, ela ia gritar. Ou arremessar algo.

— Próximo — a assistente da biblioteca chamou a mulher para o balcão, interrompendo-a bem quando ela estava chegando na parte boa. Charissa a viu murchar.

— Bem, boa sorte para você — ela disse sobre o ombro, com um último olhar avaliador.

Charissa deu um sorriso de lábios fechados.

A gravidez já era difícil o bastante sem estranhos aumentando o estresse. Havia mulheres que exultavam em estar grávidas. Charissa era bombardeada até ficar enjoada com publicações e fotos nas redes sociais, registrando suas "jornadas", mas Charissa não era uma delas. Ela finalmente tinha começado a aceitar essa realidade sem colocar culpa sobre si mesma.

— Você sabe que eu amo nossa Bethany — ela disse para John quando chegou em casa —, mas parte de mim quer dizer: "Me acorda quando isso acabar".

— Eu sei — ele respondeu. — Quantos bebês nasceriam se homens tivessem que ficar grávidos?

— Nenhum. Vocês são muito frouxos. — Ela colocou os livros sobre a mesinha da entrada e pendurou as chaves do carro de

Meg, que Becka lhe emprestara. "Não tem por que ele ficar parado aí enquanto eu estiver em Londres", Becka dissera enquanto elas estavam colocando os vestidos de madrinha para o casamento de Hanna. Charissa precisava mandar um e-mail para ela, ver como estava lidando com tudo isso.

— Jeremy e eu vamos comer alguma coisa e depois vamos para a loja de materiais de construção enquanto você está com seu grupo — John disse. — Ele quer me mostrar o que está planejando para a reforma do banheiro.

— Só tenha em mente que sua esposa está grávida, tá bom? E só temos um vaso.

— Eu sei. São só atualizações cosméticas. Nada grande.

— E o orçamento, lembra? — Ela olhou pela janela da frente, ao som do motor barulhento de Jeremy. — Temos um orçamento a seguir, John.

— Eu sei. Ele também sabe e é bom com isso. Olha o que ele já economizou para a gente! Estamos com muito crédito ainda.

John estava certo. O filho de Mara fora um enviado de Deus. Nas cinco semanas desde que eles fecharam o contrato pela casa, Jeremy restaurara o assoalho de madeira, revitalizara os armários da cozinha e os ajudara a pintar o interior, incluindo as paredes rosa-claro do quarto que seria da filha deles. Jeremy frequentemente falava de quanto estava grato pelo trabalho. Com a própria bebê dele e as horas reduzidas na empresa de construção, ele e Abby estavam apertados com o dinheiro. Ele estava esperando que o trabalho voltasse ao volume usual de novo na primavera, estava contando com isso. Até lá, disponibilizava-se para todo tipo de projeto de faz-tudo.

John abriu a porta da frente para cumprimentar o novo amigo.

— Entra!

Jeremy limpou as botas de trabalho no capacho da entrada e segurou a mão estendida de John, revelando com o sorriso tímido o espaço entre seus dentes da frente. Uma vez, Mara confessara para Charissa que se arrependia de nunca ter tido dinheiro para pagar um aparelho para ele. "Ele era provocado na escola por causa dos dentes. Crianças podem ser tão cruéis, né?", Mara havia dito.

Sim. Elas podiam. Embora odiasse admitir, Charissa já fora uma delas. Ultimamente, ela se tornara mais rápida para reconhecer os impulsos críticos e de julgamento, por mais que fosse difícil ser honesta sobre eles. "Progresso, não perfeição." Esse era o seu novo lema. Na maioria dos dias, muito mais fácil falar do que fazer.

Ela cumprimentou Jeremy e então disse:

— Abby está de folga hoje?

— Sim.

— Como ela está, tendo voltado ao trabalho? Como está Madeleine?

— Bem. Todas bem, obrigado. — Ele estralou os dedos e se virou para John. — Pronto para ir?

— Só um segundo. — John correu para o quarto.

Charissa apertou a lombar. Ela não conhecia Jeremy e Abby bem o bastante para começar qualquer conversa intrometida sobre dinheiro ou estresse.

— Sua mãe vai vir aqui hoje à noite. Temos nosso grupo dos Calçados Confortáveis.

— É, ela me disse. Ela sempre fica ansiosa pelas reuniões.

— É, sempre é divertido. Para orar e refletir, digo. Assim, não é "divertido" da maneira que a maioria das pessoas pensam quando ouvem "divertido".

Ele riu.

— Não, acho que você está certa. Ultimamente, "divertido" para nós significa conseguirmos algumas horas de sono sem interrupção.

— Tenho certeza de que será a mesma coisa para mim em alguns meses. — Charissa não estava ansiosa por essa parte. Quando ela não dormia as suas oito horas, tornava-se uma tormenta de irritabilidade. Havia um motivo para a privação do sono ser um método comum de tortura.

Jeremy apontou com o queixo para os livros de jardinagem.

— Vai se aventurar no paisagismo?

— Não, não tanto. Já está tudo bem arrumado. Mas estou notando várias coisas verdes começando a brotar nos canteiros das flores e não faço ideia do que sejam. — Ela se perguntou de quantas das plantas Meg e Jimmy cuidaram quando moraram nessa casa havia vinte anos. Ela planejou perguntar para Meg sobre as flores na primavera e no verão, mas...

— Abby sempre sonhou em ter um jardim de flores — Jeremy disse. — Ela faz esses vasinhos de flores para a varanda do apartamento. Bem bonitos. Mas eu não conheço nada disso. Vermelhas, cor-de-rosa e brancas. Isso é tudo o que sei sobre flores.

— Eu também não conheço muito mais do que isso. A mãe de John é uma jardineira excelente, e eu estou esperando que ela seja capaz de identificar o que está nos canteiros e me dar algumas dicas quando vier nos visitar.

— O que tem minha mãe? — John perguntou quando voltou com carteira e celular.

— Eu estava dizendo que ela tem o dedo verde.

— Com certeza. Minha mãe consegue cultivar qualquer coisa. Já eu, olho para as plantas e elas morrem.

— Bem, não comece a matar as coisas antes de elas sequer terem uma chance — Charissa disse. — Vamos ter o jardim mais bonito do quarteirão, só espera.

— Falou a mulher que, durante toda a nossa vida de casados, sempre insistiu que não conseguiria suportar a responsabilidade de uma plantinha de casa.

— Vai logo — ela disse, batendo-lhe no ombro enquanto ele mostrava o sorriso infantil. — Podem ir agora. E fica de olho nele, Jeremy. Não deixa ele te convencer de que eu dei permissão para comprar qualquer outra coisa além do que você recomendar para o banheiro. Orçamento, John. Lembra o orçamento. — Ela disse isso encarando os dois homens.

John fez uma continência de brincadeira, Jeremy concordou com a cabeça, e eles saíram pela porta.

Charissa arrancou os sapatos, afundou na poltrona estofada de frente para a lareira e apoiou os pés no banquinho. Ela tinha planejado passar o aspirador nos tapetes antes de Hanna e Mara chegarem, mas não tinha energia o bastante. O banheiro, pelo menos, estava limpo. Era o suficiente por hoje.

Embora ela nunca tivesse sido de contar os dias até o fim do semestre, estava zelosamente riscando-os no calendário: mais sete semanas. Gerenciar a carga do seu curso de doutorado, além de lecionar uma matéria sobre redação para uma turma de calouros, já teria sido desafiador o bastante sem ter que compartilhar os órgãos internos. Mas Charissa não estava reclamando. Ou estava tentando não reclamar, pelo menos. Recentemente, ela estava pensando sobre a ideia de o seu corpo ser um "lugar sagrado", onde nova vida crescia e tomava forma. Ainda não imaginava o que essa vida se tornaria, mas estava confiando no processo. Ou melhor, estava confiando o processo a Deus. Ou tentando.

Talvez fosse por isso que ela se sentia compelida à jardinagem. Diante de todas as mortes que observara nos últimos meses, espirituais e emocionais, assim como a morte de uma nova amiga, o milagre de brotos verdes surgindo da terra depois da dureza do inverno falava com ela.

Aos 26, ela teve muito pouca exposição à morte: a da avó paterna quando Charissa estava no primeiro ano do Fundamental, a do pai de uma amiga quando tinha treze anos, e a de uma colega da faculdade, uma moça que ela só conhecia por nome e de vista, quando elas estavam no terceiro ano. Como alguém cuja vida não fora moldada por traumas ou tragédias, Charissa não pensara muito sobre a ressurreição. Era meramente uma doutrina de fé que ela sempre afirmara sem hesitar, desde quando memorizara o Credo Apostólico aos oito anos: ressuscitou no terceiro dia. Ponto. Ou melhor, ponto de exclamação.

Palavras do funeral de Meg ainda a perseguiam. Hinos, Escrituras, a homilia do pastor... Tudo isso a levava a uma promessa à qual ela nunca se apegara. "Somos o povo da Páscoa, praticando nossa fé", o pastor de Meg dissera. No meio da morte. No meio da mudança. No meio da tristeza. No meio da incerteza.

Ressuscitou no terceiro dia.

Em algumas semanas, eles cantariam seus aleluias de novo na manhã de Páscoa. A Páscoa, que nunca significara muito mais para Charissa do que fanfarras de trompete, lírios e cestas com laços recheadas de chocolate, ganhara novo significado, não como um evento histórico para ser comemorado uma vez por ano, mas como uma realidade constante para ser vivida diariamente.

Ressuscitou no terceiro dia.

A morte de Meg despertou nela um profundo senso de vulnerabilidade. Meg era mais jovem do que Charissa quando enterrara o marido, mais jovem do que Charissa quando dera à luz a única filha, a criança que deveria ter tido os dois pais levando-a para casa, para o quarto da frente, que eles prepararam para ela com tanto amor.

Charissa olhou para o quarto, que agora esperava Bethany.

Ela não era supersticiosa. Mas, não importava o quanto tentasse se livrar disso, a nuvem de morbidez que descera sobre a casa depois do diagnóstico de câncer de Meg não se dissipava. Mesmo com toda a reforma que Jeremy fizera no espaço, Charissa não conseguia parar de pensar sobre os sonhos que foram concebidos, amados e estilhaçados ali.

Ela sugeriu que o grupo se juntasse para orar uma pela outra, em vez de usarem um dos exercícios de oração do caderno. Mas talvez o que cada uma delas precisava era de um ponto focal para a fé. Para a esperança.

"Eu sou a ressurreição e a vida." Esse era um dos versículos do funeral de Meg que a perseguiam e parecia ser um bom texto para meditar. Charissa verificou o relógio: 45 minutos até Hanna e Mara chegarem. Tempo bastante para escrever um pequeno plano de aula. Ou melhor, um convite para oração e conversa.

MEDITAÇÃO EM JOÃO 11:17–44

RESSURREIÇÃO E VIDA

"Chegando pois Jesus, viu que Lázaro estava sepultado já havia quatro dias. Betânia ficava a uma distância de quinze estádios de Jerusalém. E muitos judeus haviam ido visitar Marta e Maria, para consolá-las pela perda do irmão. Ao saber que Jesus estava chegando, Marta foi ao seu encontro; Maria, porém, ficou sentada em casa. E Marta disse a Jesus: Senhor, se estivesses aqui, meu irmão não teria morrido. Mas sei que, mesmo agora, Deus te concederá tudo quanto lhe pedires. Jesus lhe respondeu: Teu irmão ressuscitará. Disse-lhe Marta: Sei que ele ressuscitará na ressurreição, no último dia. Jesus declarou: Eu sou a ressurreição e a vida; quem crê em mim, mesmo que morra, viverá; e todo aquele que vive, e crê em mim, jamais morrerá. Crês nisso? Respondeu-lhe Marta: Sim, Senhor, eu creio que tu és o Cristo, o Filho de Deus que devia vir ao mundo.

"Dito isso, ela se retirou e, chamando sua irmã Maria em particular, disse-lhe: O Mestre está aqui e te chama. Ouvindo isso, Maria levantou-se depressa e foi ao encontro dele. Pois Jesus ainda não havia entrado no povoado, mas estava onde Marta o encontrara. Então os judeus que estavam na casa com Maria e a consolavam, vendo-a levantar-se às pressas e sair, seguiram-na, pensando que se dirigia ao sepulcro para ali chorar. Ao chegar ao lugar onde Jesus estava e vê-lo, Maria lançou-se aos seus pés e disse: Senhor, se estivesses aqui, meu irmão não teria morrido. Ao vê-la chorando, e também os judeus que a acompanhavam, Jesus comoveu-se profundamente no espírito e, abalado, perguntou-lhes: Onde o pusestes? Responderam-lhe: Senhor, vem e vê. Jesus chorou. Então os judeus disseram: Vede como o amava. Mas alguns disseram: Será que ele, que abriu os olhos ao cego, não podia também ter evitado que este homem morresse?

"Jesus, comovendo-se profundamente outra vez, foi ao sepulcro, que era uma gruta com uma pedra na entrada. E disse: Tirai a pedra. Então Marta, irmã do morto, disse-lhe: Senhor, ele já cheira mal, porque já faz quatro dias. Jesus lhe respondeu: Não te disse que, se creres, verás a glória de Deus? Então tiraram a pedra. E Jesus, levantando os olhos ao céu, disse: Pai, graças te dou, porque me ouviste. Eu sei que sempre me ouves; mas por causa da multidão que está aqui é que assim falei, para que creiam que me enviaste. E, tendo dito isso, exclamou em alta voz: Lázaro, vem para fora! O que estivera morto saiu, com os pés e as mãos atados com faixas, e o rosto envolto num pano. E Jesus lhes disse: Desatai-o e deixai-o ir."

Para oração e conversa:

1. Com qual das irmãs você se identifica? Por quê?
2. Tente imaginar que você não conhece o final da história enquanto se imagina como essa irmã. Como você se sente quando escuta as notícias de que Jesus finalmente chegou?
3. O que te surpreende sobre Jesus?
4. O que significa para você, agora, conhecer Jesus como a ressurreição e a vida?

2.

HANNA

As fotos espontâneas do casamento capturaram e registraram uma história muito mais íntima e terna do que as com pose. Hanna olhou sobre o ombro de Mara para uma foto de Nathan e ela conversando com Katherine Rhodes, que tinha celebrado o casamento deles no Nova Esperança.

— Oh, eu gostei dessa aqui! — Mara disse. — Veja como Nathan está olhando para você. Adoração total. — Sim. A expressão dele estava suave e saudosa. Esperançosa. Até cheia de orgulho.

Charissa concordou.

— Essa também — ela disse, apontando para a última na pilha. Sim. Essa era uma das favoritas de Hanna, o momento em que seu pai colocou a mão dela na de Nathan, o rosto de todos eles brilhando com lágrimas.

— Um casamento tão lindo. — Mara juntou as fotos e as devolveu para Hanna, que as guardou em um envelope. Uma hora, ela as organizaria num álbum. Era o tipo de projeto que Meg ficaria encantada em ajudar.

Charissa se levantou do sofá onde as três estavam juntinhas, amarrou o longo cabelo escuro em um rabo de cavalo e disse:

— Sei que fui eu quem sugeriu apenas nos atualizarmos hoje à noite, mas, quanto mais pensava sobre isso, mais percebia que eu preciso de algo para me ajudar a fixar os olhos na direção certa, agora em meio a tudo o que mudou. Está mudando. Então, espero que não se importem, mas eu montei um miniexercício de reflexão. Nada tão extenso quanto os que Katherine escrevia, mas algo para nos levar a pensar sobre a Páscoa. Sobre a ressurreição. Depois, podemos orar uma pela outra. Tudo bem?

Mara assentiu.

— Tudo bem por mim.

— Para mim também — Hanna disse. Ela não gostava do pensamento de passarem o tempo todo juntas falando sobre Meg e sua ausência. Por mais que valorizasse o companheirismo de Mara e Charissa, ainda preferia processar o próprio luto privadamente.

Charissa passou uma folha de papel para cada uma delas. João 11 era um texto sobre o qual Hanna já passara um bom tempo meditando, mas ela não ia dispensar a oferta de Charissa. Enquanto Charissa se sentava na cadeira, Hanna ficou olhando as chamas vivas estalando na lareira. Três semanas atrás, elas se reuniram na sala de Meg, diante de um fogo dançante, para pensarem sobre a profundidade do amor de Jesus e lavarem os pés umas das outras. Quando Meg se ajoelhou diante de Hanna e reverentemente lavou e secou seus pés, as duas estavam tomadas por lágrimas silenciosas. E aí, para a surpresa de Hanna, Meg beijou o peito de cada pé, com o rosto iluminado pela luz do fogo e por algo mais. Alguém mais. Foi como se o próprio Jesus tivesse se inclinado para lavar os pés dela.

Ela se esquecera de contar isso para Meg.

Ela fechou os olhos com força, tentando impedir a investida súbita do luto.

— Oh, querida — Mara sussurrou quando Hanna começou a respirar profundamente. Não adiantava. Hanna encostou a cabeça no ombro largo da amiga e chorou.

Sexta-feira, 13 de março, 19h30

Mara e Charissa disseram que poderíamos deixar de escrever no diário sobre o texto e só conversarmos e orarmos juntas. Acho que as duas foram pegas de surpresa pela minha enchente de lágrimas. Mas eu preciso de um tempo para reflexão em silêncio. Preciso de espaço para escutar e respirar antes de falar sobre isso.

Já me vi como Marta antes, marchando para confrontar Jesus e acusá-lo de não fazer nada para intervir. Então, hoje à noite estou me vendo como Maria, me recusando a deixar a casa e me encontrar com Jesus, porque ela está completamente decepcionada por ele não ter vindo quando elas desesperadamente o chamaram. Estou me imaginando sentada lá, quando elas receberam a notícia de que ele finalmente chegou... quatro dias atrasado. Ele nem veio para o funeral, e agora aparece? Não. Não está certo.

— Você vai vir? — Marta pergunta enquanto pega a capa. Não. Não vou. Que tipo de Amor não faz nada quando o Amor tem poder para intervir?

Eu sinto a atração gravitacional me puxando para a resposta certa. A resposta teológica. A resposta que eu passei a conhecer e confiar. Mas acho que preciso passar mais tempo com Maria e sentir o peso da tristeza e decepção dela. Porque, talvez, se eu for realmente honesta e tirar um tempo para escutar minha alma enlutada, talvez descubra que ainda estou abrigando ressentimento por ele não ter respondido às minhas — nossas — orações do jeito que eu queria.

Passei o dia todo pensando de novo nos "e se". E se eu tivesse percebido mais cedo que algo estava muito errado com Meg? E se eu tivesse visto que não era bronquite? E se eu tivesse insistido que ela fosse ao médico mais rápido? E se tivéssemos descoberto isso um mês mais cedo, o prognóstico teria sido diferente?

E se eu a tivesse encorajado a tentar a quimioterapia, mesmo que o médico tivesse dito que o câncer estava avançado demais para ela ser efetiva? E se eu tivesse insistido para que ela fizesse tudo o que podia para lutar? Para viver?

Escrevo as palavras "para viver" e vejo a ironia. Qual é minha definição de "viver"?

Jesus disse para Marta: "Eu sou a ressurreição e a vida; quem crê em mim, mesmo que morra, viverá; e todo aquele que vive, e crê em mim, jamais morrerá. Crês nisso?".

Sim, eu creio, Senhor. Me ajuda na minha descrença.

Será que penso por algum momento que Meg voltaria aqui depois de contemplar a tua glória? Será que me esqueci de que ela está viva? De que ela está mais plenamente viva agora do que jamais esteve antes? Será que me esqueci?

Me desculpa, Senhor. Mas dói.

Eu sei que ela faleceu com tristeza por Becka. Eu sei que ela estava preocupada com o que não foi dito ou feito. Ao me colocar no controle do patrimônio, Meg também confiou a filha a mim. Ela esperava que eu cuidasse dela em oração, não apenas da venda dos bens. Ela esperava que Becka entrasse em contato comigo se precisasse de alguma coisa, que Becka estivesse aberta para formar uma conexão comigo. Não sei se isso vai acontecer. Como eu honro os desejos de Meg enquanto dou a Becka liberdade para escolher o próprio caminho?

Eu oro. Ofereço ajuda e encorajamento. Me ofereço para escutar, se ela precisar. Até agora, ela não respondeu nenhum dos meus e-mails recentes. Não sei quanto devo pressionar.

Basta você estar disponível, Meg disse, se ela precisar de alguma coisa. Ela não pediu que eu me tornasse uma figura materna para Becka. Ela não me pediu que tentasse levá-la para Jesus ou convencê-la a sair do relacionamento com Simon. Só estar disponível.

Consigo ver o rosto dela e ouvir sua voz dizendo: "Eu sou tão grata por você, Hanna". Não pela minha ajuda. Não pelas minhas orações. Nem mesmo pelo meu tempo. Mas por mim. Eu queria fazer muito mais por ela. Quando oramos nesta casa em fevereiro e eu a ungi com óleo, eu queria ungi-la para a cura, não para a morte.

E escuto tua voz me relembrando, de novo, que eu a ungi para a vida.

Por que eu ainda me confundo sobre quem está vivo e quem está morto? Traz Becka da morte para a vida, Senhor. E obrigada por levar Meg da vida para a vida. Obrigada por me dar o privilégio de estar lá quando ela passou para a tua presença. Por favor, faz com que a memória desse momento se torne uma fonte de conforto para Becka, em vez de uma angústia. Traz ela à vida. Por favor.

Eu olho para o texto de novo e sou relembrada de quanto as duas irmãs sofriam o luto de formas diferentes. Marta, a confrontadora. Maria, a evitadora. Eu já fui as duas irmãs. Já tive meus momentos de irritadamente te acusar de não te importares, e já tive meus momentos de guardar minha dor para mim mesma e privadamente alimentar minha decepção.

Eu vejo Maria sentada lá na casa, cercada por pessoas que provavelmente estão perguntando em voz alta sobre o poder de Jesus, "Será que ele, que abriu os olhos ao cego, não podia também ter evitado que este homem morresse?", e nenhuma das palavras deles confortava ou acalmava. Elas só aumentavam a dor. Então, Marta reaparece na soleira, e a expressão dela está abrandada. Ela diz gentilmente: "O Mestre está aqui e te chama".

É isso que quebra a ruminação, a repetição da confusão e da ferida. "Jesus está aqui, e ele quer te ver. Ele te chama." Essas palavras de chamado mudam tudo e gentilmente movem Maria adiante no seu processo de luto. Essas são palavras que eu preciso continuar escutando, Senhor, enquanto me movo adiante com todas as perdas e todos os ganhos. São tantos ganhos alegres para celebrar, mesmo enquanto há tantas mortes para lamentar. Tu me chamas. Eu te chamo. Vem e vê as coisas que eu enterrei. Vem e vê os lugares onde estou decepcionada e os lugares onde tenho esperança. Me encontra aqui com vida e ressurreição. Não apenas a mim. A todos nós. Por favor.

MARA

Enquanto as outras registravam seus pensamentos, Mara estava com o olhar na folha e tentando se concentrar. Teria sido mais fácil só conversar em voz alta sobre as perguntas e então orar. Ela realmente não era boa em escrever as próprias reflexões. Tentara algumas vezes nos últimos meses, mas não dava certo. Jamais seria de escrever diários como Hanna. Precisava aceitar isso.

Ela leu o texto de novo. Com qual irmã se identificava? A falastrona. A que não tinha problema em falar para Jesus como se sentia. Elas mandaram uma mensagem para ele, pedindo ajuda e ele nem se importou de vir. Ela teria estourado com ele, que nem Marta. E poderia não ter sido tão educada.

Ela também não tinha certeza se seria tão cheia de fé assim. Marta confiava que Jesus podia fazer qualquer coisa, mesmo quando ele não havia feito o que ela queria que ele fizesse. Isso era uma grande fé.

Mas Marta também duvidava. Lá estava ela, dizendo que acreditava que Jesus podia fazer qualquer coisa, que ele era a ressurreição e a vida, que ele era o Messias, o Filho de Deus. E então, quando Jesus ordenou que tirassem a pedra, ela discutiu com ele, porque federia demais abrir o sepulcro.

Mara gostava de Marta. Gostava bastante dela. Porque já teve os mesmos tipos de discussões com Jesus sobre abrir os sepulcros de coisas velhas e mortas que ela enterrara havia muito tempo: traumas, dores e tristezas, arrependimentos, culpa e vergonha. Ela também teve medo de ser sobrecarregada pelo fedor. E, se as coisas estavam mortas e enterradas, por que visitá-las de novo? Por que abrir o selo?

Porque, às vezes, como ela aprendera nos últimos meses, Jesus fazia perguntas como "Onde os pusestes?", e você poderia responder "Deixa para lá. Não quero ir lá de novo" ou "Vem e vê".

Essa era uma das coisas que Mara passara a amar em Jesus: ele nunca forçava nada. Só fazia as perguntas de sondagem e prometia não abandoná-la quando ela juntasse a coragem para ir até o sepulcro. Sepulcros, no plural. Vários deles.

Mara passara anos suficientes em terapia para saber que era abrindo esses sepulcros fedidos de tristezas podres que se poderia ter cura. Vida e ressurreição, até. Assim como Jesus prometera. Ela passara por um bom bocado disso nos últimos meses: rolar pedras e deixar Jesus declarar nova vida e poder sobre dores antigas. Ela também passara pelo presente de fazer isso em comunidade. Não estava sozinha nos sepulcros.

Isso que é nova vida. Ela não estava sozinha, graças a Deus.

Pelo menos, elas conseguiram terminar a primeira reunião sem Meg, Mara pensou enquanto via Hanna dirigir lentamente depois das 21h30. Ela vestiu o casaco.

— Você acha que ela tá bem? — perguntou para Charissa.

— Não tenho certeza.

— Nem eu. — Depois do curto choro sobre o ombro de Mara, Hanna insistiu que estava bem. Ela disse que estava passando por varias transições, tentando encontrar um novo equilíbrio, cuidando da saída da igreja em Chicago, perguntando-se como apoiar melhor Becka, sentindo saudade de Meg. "Está curtindo ser recém-casada?", Mara perguntou. Com isso, Hanna ficou corada e respondeu: "Com certeza". Não que Mara esperasse que Hanna contasse detalhes íntimos, mas ela pensou que talvez Hanna pelo menos transbordasse um pouco sobre como Nathan era um marido maravilhoso ou o quanto ela estava alegre por eles estarem juntos.

— Ela e Meg ficaram tão próximas — Charissa disse. — Não que eu não fosse próxima de Meg, ou que eu não esteja triste, mas...

— Não, eu sei o que você quer dizer. Elas duas tinham algo especial. — Mara se envergonhava de pensar nisso agora, como ela respondera com inveja quando Hanna escolhera Meg para ser sua madrinha. Se ela soubesse que Meg nem conseguiria ir ao casamento, não teria invejado aquela alegria nem por um momento.

Charissa estava digitando no celular.

— Desculpe. Mensagem de Becka.

— Como ela está?

Charissa olhou para o relógio e contou nos dedos.

— Ela está cinco horas adiantada, então são 2h30 lá, e ela está respondendo um e-mail de uma das amigas da mãe. Eu diria que não tão bem.

"Pobrezinha."

— Fico feliz que ela esteja falando com você. Meg ficaria muito feliz com isso. — Não era grande surpresa que as duas tivessem se conectado. Com apenas alguns anos de diferença entre elas, Charissa e Becka descobriram várias coisas em comum no casamento de Hanna. Ambas eram da área de literatura inglesa, ambas estudaram na Inglaterra (Becka em Londres, e Charissa em Oxford), e agora, do jeito de mundo muito pequeno de Deus juntar as histórias, Charissa estava morando na antiga casa de Meg.

— Eu usei a desculpa de ter uma pergunta sobre o carro — Charissa disse. — Qualquer coisa para manter as linhas de comunicação abertas, certo?

— Certo.

Foi uma coisa de Deus quando, enquanto Mara fechava o zíper do vestido de madrinha de Becka, Charissa mencionara a dificuldade de só ter um carro. Mara, admirando a tatuagem detalhada de borboleta no ombro esquerdo de Becka, não estava olhando para o reflexo de Becka no espelho quando ela oferecera o carro, mas Becka devia ter notado o olhar delongado de Mara, porque esticara a mão sobre o ombro, tocara a tatuagem e dissera, com um leve aperto na voz:

— Minha mãe não sabia disso. Ela teve dificuldade suficiente com o piercing no nariz.

Becka era intrépida, sem dúvidas sobre isso, e determinada a defender o seu relacionamento com um ex-professor de filosofia de quarenta e poucos diante de qualquer pessoa que questionasse. Embora Mara não tivesse feito qualquer tipo de julgamento (quem era ela para jogar pedras?), Becka parecia presumir que ela e Charissa compartilhariam da opinião da mãe sobre os perigos de estar envolvida com um homem mais velho.

— Pelo menos, ele não é casado — Mara comentou enquanto se enfiava no próprio vestido de madrinha.

Quando Becka a olhou com dúvida, Mara disse:

—Já fiz isso. Tenho até uma camiseta.

Um motor barulhento subiu na entrada da garagem, e Mara apertou os olhos pela janela da frente dos Sinclair.

— É a caminhonete de Jeremy?

Charissa guardou o celular.

— Sim. Noite dos meninos. Ele e John foram fazer compras para a reforma do banheiro.

Em uma sexta-feira? Abby geralmente não trabalhava às sextas-feiras. Talvez estivesse em casa sozinha com a bebê. Ou talvez tivesse saído com amigas e eles tivessem contratado uma babá, sendo que não tinham dinheiro para isso. Quantas vezes Mara tinha que relembrá-los de que ela ficaria feliz em cuidar de Madeleine e dar a eles uma noite livre, mesmo que isso significasse perder o encontro do grupo dela?

Ela esperou os faróis apagarem, pronta para repreender o filho por não acomodar uma avó ávida, mas só uma porta do carro abriu e fechou, e logo John estava na porta da frente, enquanto Jeremy dava ré. Talvez ele não tivesse notado o carro dela na rua.

— Oi, Mara! — John disse enquanto arrancava os sapatos perto da porta. — Desculpa! Interrompi?

— Não, já terminamos — Charissa respondeu. — Deram sorte?

— Diga adeus àqueles azulejos alaranjados e arandelas esquisitas. O seu filho é um mago, Mara. Um mago supremo. Ele já planejou tudo, e, sim — ele levantou um dedo para impedir que Charissa interrompesse —, tudo está no orçamento. Abaixo do orçamento, na verdade. Então, teremos ainda mais dinheiro para brincar. O que devemos fazer depois? Talvez um deque?

— Ah, não. — Charissa plantou as mãos sobre o quadril. — Você está com uns cálculos esquisitos na cabeça.

— É, bem... Qualquer coisa para minha menininha.

— Sua menininha precisa de um deque?

— Ela precisa que o pai a balance lá fora e olhe as estrelas. Então, sim.

Charissa expirou alto.

— Jeremy está bem? — Mara perguntou.

— Sim, bem. Ele disse para dar oi.

Ah.

— Abby estava esperando por ele, então ele teve que ir logo.

Ah. Tudo bem.

— Bem, eu também tenho que ir. — Mara se apoiou contra o encosto do sofá para se equilibrar enquanto calçava os sapatos.

— Obrigada por nos receber, Charissa. Me avisa quando você quiser sair para comprar mais roupas de grávida. Fico feliz de ir com você.

— Acho que tenho o que preciso, mas obrigada. — Charissa puxou a fita elástica na cintura. — Estou querendo ir ao Nova Estrada na próxima sexta-feira para ajudar a servir o almoço, então me coloque na lista de voluntários, tá bom? Quero tornar isso um hábito.

— Pode deixar. Obrigada.

Assim que ela entrou no carro, Mara ligou para o celular de Jeremy.

— Oi! Desculpa eu não ter te visto — ela disse.

— É, desculpa por isso. Maddie está em dias difíceis, e eu não queria que Abby tivesse que esperar mais para eu chegar em casa.

— Então, Abby estava de folga hoje?

— Ela não trabalha nas sextas-feiras à noite.

— Eu sei, foi o que pensei. Então, eu fiquei surpresa quando Charissa disse que você estava com John.

— É trabalho, mãe. Um serviço em potencial.

— Não, eu sei. Isso é ótimo. Fico muito feliz que eles tenham trabalho para você fazer.

— Pelo menos alguém tem.

A resignação na voz dele a angustiava.

— Oh, querido. Eu queria que houvesse algo que eu pudesse fazer para ajudar. Você sabe que eu faria qualquer coisa por vocês. Todos vocês. — Ele não respondeu. — Tem alguma coisa que eu possa fazer?

— Abby ligou para os pais dela. Eles vão nos fazer um empréstimo.

Ah. Esse era exatamente o tipo de ajuda que ela não podia oferecer.

— Você tem ideia de quanto eu odeio isso? — ele continuou. — De quanto me mata pedir ajuda para eles? Eu odeio precisar de caridade.

— Não é caridade. É ajuda. Não tem nada de errado em pedir ajuda. Nada vergonhoso nisso. Se eu tivesse uma opção como essa quando você era pequeno, alguém que pudesse aparecer e nos dar um pouco para nos sustentarmos, eu a teria agarrado. — Ela *tinha* agarrado, agora que pensou nisso. Ela pulara em Tom, seus ternos chiques e cartões de crédito platina quando Jeremy era adolescente, porque ela não tinha uma família para ajudá-la, e estava cansada de se matar só para pagar as contas.

— Bem, você é você — Jeremy disse —, e eu sou eu. E eu te digo, isso é uma droga.

— Não, eu sei, querido. Eu sei. E sinto muito.

Mara só encontrou Xiang Liu, o pai de Abby, uma vez. Embora Abby tivesse traduzido os cumprimentos cordiais dele e da mãe, Ellen, no jantar de ensaio do casamento, o Sr. Liu (Mara jamais poderia chamá-lo de Xiang) não parecia nada feliz com a junção das famílias. Depois de uma breve tradução que Abby fizera durante a apresentação das famílias, ele sussurrara palavras que Abby escutou e não traduziu, com os lábios presos em um sorriso que queria ser sereno.

— Tenho que ir, mãe. Estou chegando agora no apartamento.

Mara ofereceu a única ajuda que podia:

— Vou estar orando por vocês, Jeremy. Para que algo apareça para você. Ore também, tá bom?

Se ele respondeu, ela não o ouviu.

Quando chegou diante da garagem alguns minutos depois, ela desligou os faróis e ficou ali no escuro, com a luz da lua refletindo em resilientes montes de neve. Os meninos saíram de casa sem ligarem as luzes de fora. Eles provavelmente também negligenciaram o passeio de Bailey. Assim que abrisse a porta da garagem, ele latiria, e ela queria alguns minutos de silêncio.

Ela expirou lentamente. Se os serviços de construção não voltassem ao pique na primavera, como Jeremy esperava, ele e Abby poderiam se ver com dificuldades para pagar o aluguel. E, se eles se encontrassem com dificuldades para pagar o aluguel, teriam que depender mais e mais dos pais de Abby para os apoiarem. Jeremy não aceitaria isso. Não em longo prazo.

Então, e se ela oferecesse o porão como um pequeno apartamento para eles? Não era o ideal para um casal com uma bebê, mas tinha um banheiro e um espaço aberto, com um quarto que Tom usara como escritório. Se ela levasse a lava-roupas para a área de serviço perto da cozinha, eles até poderiam montar uma cozinha pequena. Jeremy poderia fazer isso funcionar, sem problemas.

Ela teria que apaziguar os meninos de alguma forma. Eles ficariam ressentidos por ceder o covil de videogame. Mas talvez ela conseguisse limpar o quarto de hóspedes no andar de cima para dar-lhes como uma sala de jogos.

Quando Mara entrou na casa, já estava imaginando uma vida feliz juntos sob o mesmo teto, com refeições compartilhadas à mesa, a noite cheia de conversas, as horas sem pressa que ela aproveitaria com Madeleine. Talvez eles pudessem transformar o quintal no paraíso de uma menininha também, com um balanço e uma casinha mais magnífica do que as que Mara invejara ou imaginara quando criança.

— Deita, Bailey — ela ordenou quando ligou a luz da cozinha. Como esperado, havia uma poça no chão de azulejo. Sem tirar o casaco, ela limpou a sujeira e tirou a guia do gancho. — Vamos, cachorro. Passeio.

Quase saltitando, ela foi e voltou pela vizinhança até Bailey fazer o restante de suas necessidades no quintal de um vizinho. Cantarolando, ela limpou e carregou o saquinho plástico para casa, balançando-o no ritmo dos passos.

BECKA

Becka saiu da banheira de Simon, pisando sobre o linóleo encardido, e se enrolou em uma toalha áspera, com cheiro de velha. O que ela não daria por um longo banho de chuveiro com temperatura consistente e pressão potente! Mesmo depois de quase oito meses na Inglaterra, ela ainda não dominara o jeitinho de combinar a água escaldante e a gélida das duas torneiras.

Ela estava colocando o sutiã, quando Simon bateu na porta do banheiro.

— Só um segundo!
Sem hesitar, ele abriu a porta. Ela enfiou os braços na camisa.
— Que foi? Ficou com vergonha agora? — ele disse. Ela pegou as calças do chão amarelado.
Ele se sentou na beirada da banheira e gesticulou para ela sentar em seu colo.
— Eu não tenho que sair pelas próximas duas horas — ele disse. Ela desviou o olhar e vestiu as calças.
— Não posso.
— Não pode?
— Eu prometi a Harriet que a ajudaria com uma dissertação.
— Remarque, então. — Ele a pegou pela mão e a puxou para si, com mais força do que o usual.
Era a luz do dia. Era isso. Havia algo romântico com a escuridão da noite, o véu da noite que despertava a paixão e o desejo. Ela se viu rapidamente no espelho acima da pia, e não se parecia nada com a "estudante sedutora" da noite anterior.
— Simon, por favor.
Ele soltou o pulso dela com um gesto de desprezo.
— Você que sabe.
Algo no tom de voz dele a assustava.
— Espera, que tal assim: eu vou ajudá-la um pouco e digo que não posso ficar muito tempo. Consigo voltar na hora do almoço.
— Tenho planos para o almoço. — Ele virou de costas para ela. Não! Ele não podia só ir embora.
— Simon! — Mas essa voz parecia infantil e desesperada. — *Professor...* — Um pouco melhor. Ele olhou sobre o ombro. — Eu cometi um erro. — Pronto. Ela encontrou a voz sedutora de novo. — Eu estava errada. Eu tenho tempo, sim.

HANNA

As manhãs de sábado na Casa da Panqueca eram uma tradição dos meninos Allen, uma tradição da qual Hanna participara meses antes, quando, ao fugir do Nova Esperança porque o conteúdo do retiro estava sendo cirúrgico demais, ela acabara perdida e presa fora do próprio carro no estacionamento do restaurante, esmurrando o veículo por frustração, quando Nathan e Jake chegaram por coincidência. Nate ainda brincava com ela sobre a primeira impressão memorável que ela deixara no futuro afilhado.

— Tem certeza de que não quer se juntar a nós para as panquecas de mirtilo? — Nathan perguntou enquanto enxaguava a caneca de café na pia.

— Certeza. — Ela tirou um fiapo do cardigã. Em algumas manhãs, ela se sentia confortável o bastante para descer as escadas de pijama ou com o roupão; mas, desde a última semana, obrigou-se a estar vestida antes que Jake levantasse. Sair do quarto do pai dele usando roupão ainda parecia estranho. — Acho que seria bom vocês dois terem um tempo de pai e filho, para que Jake não se sinta como se eu tivesse sido implantada em tudo.

— Ele não se importa.

— Ainda não.

Nathan olhou por cima do ombro, com os olhos de suspeita.

— O que isso quer dizer?

— Nada. Só estou dizendo que não quero que Jake fique ressentido por me ter por perto. — Ela abriu a lava-louças e esticou a mão, pedindo a caneca dele. Nathan tinha o hábito de enxaguar canecas e copos somente para abandoná-los sobre o balcão da cozinha. Quase todo dia ele usava uns seis.

Ele segurou a caneca com as duas mãos.

— Ele disse algo que indicasse que está ressentido por ter você aqui?

— Não, claro que não. Jake é o adolescente mais tranquilo do planeta.

— Então, tá bom. — Ele entregou a caneca.

— Tá bom. — Ela a colocou na grade de cima.

— Então, você vem conosco?

— Acho que eu... Bom dia, Jake! — Jake entrou na cozinha de pijama, com os olhos disparando do rosto do pai para o dela. Ela não o escutou descendo as escadas.

— Oi, fera — Nathan disse. — Pronto para umas panquecas?

— Nós vamos?

— Com certeza! Hanna e eu estávamos falando sobre isso.

— E eu estava dizendo que achava melhor, talvez, se você e seu pai tivessem a chance de ir juntos, só vocês. — Ela esperava que Jake não achasse que conversavam regularmente sobre ele pelas costas.

— Ah — Jake respondeu. — Tudo bem.

Olha aí. Viu? Ela deu uma olhada para Nathan quando Jake se virou para o armário, a fim de pegar um copo.

— Eu tenho algumas coisas para fazer na casa de Meg — ela disse. — Vou fazer isso hoje de manhã, e aí o restante do dia ficarei livre.

— Eu ia com você para te ajudar, Hanna.

— Eu sei, mas acho que preciso de um tempo lá sozinha, só para processar algumas coisas. — Ela ainda não pisara na casa de Meg desde que voltaram da lua de mel, e havia tarefas que ela não podia mais evitar, como pegar e organizar cartas. E Becka provavelmente não descartara todas as flores antes de voar de volta para Londres.

Nathan apertou a faixa do roupão de algodão e disse:

— Bem, vou me banhar, então. Saímos em meia hora, Jake?

— Sim.

Nate estava chateado com ela. Ela conseguia ver. Mas, se o seguisse escada acima para continuar a conversa, Jake saberia que havia algo errado, e ela não queria chamar a atenção para uma discordância. Esperou até escutar passos no andar de cima e então disse:

— Então, me conta sobre esse projeto da feira de ciências no qual seu pai disse que você está trabalhando. O que você está tentando fazer?

Jake se sentou à mesa e tomou um gole de suco de laranja.

— É chamado de efeito McCollough, e é muito legal. Já ouviu falar?

— Não.

— É uma coisa de percepção visual em que padrões de listras paralelas horizontais pretas e brancas parecem ter cores diferentes porque se usa indução para produzir...

Ela já estava perdida, mas sentou-se diante dele à mesa, com uma tigela de cereal, e escutou como se entendesse. Quando ele perguntou se ela estaria interessada em ser uma cobaia, ela aceitou. Com gratidão.

Da primeira vez que Hanna entrara na casa vitoriana de Meg, percebera a semelhança com uma casa funerária. Agora, quando entrou, o mofo do lugar e o odor pungente de flores apodrecidas a sobrecarregaram. Ela retirou os calçados e ficou no saguão, sentindo o peso do silêncio. Até o relógio de pêndulo, que ecoava pela casa com seus sinos melancólicos, parara seu tique-taque.

Colocando uma pilha de correspondências na mesinha da entrada, Hanna olhou para a sala da frente, com sua mobília antiga abafada e sem vida, as cortinas de veludo vermelho-borgonha desbotado se fechavam nas janelas e se amontoavam no chão, com pó cinza preso aos vincos ao longo das profundas dobras. Sobre a lareira, estava um globo de neve com um castelo de várias torres, um presente que Meg comprara para si mesma em Londres, porque era parecido com o que Becka quebrara quando pequena. Hanna observou Meg colocá-lo ali em um pequeno ato de desafio, ou talvez como uma declaração de que ela não seria mais governada pelas regras de casa da mãe. Embora tivesse alistado a ajuda de Hanna para reorganizar alguns dos móveis e pendurar fotos de família, havia coisa de mais que elas não terminaram.

Hanna passou a mão sobre o encosto do sofá no qual as duas estavam sentadas na noite em que Meg recebera a ligação do médico dizendo que o raio X revelara "algo suspeito", o mesmo sofá em que elas se sentaram na noite da lavagem dos pés. Sobre a mesinha de centro de mármore, uma revista estava aberta em uma página com fotos de buquês de noivas. Ela não conseguia reunir forças para tocar nela, não quando Meg, que planejara montar o buquê, a tinha deixado lá. Se ela pudesse fechar a porta desse cômodo, fecharia. Mas não havia porta.

Com os lábios firmemente fechados, passou pelo saguão e foi para a sala de música, onde o piano ainda estava coberto com cartões de melhoras que Meg colocara lá, juntamente com anotações de amigos escritas à mão, desenhos e cartas de agradecimento dos jovens alunos. Misturadas ali estavam cartas que Becka evidentemente recebera depois da morte da mãe: "Orando pelo conforto de Deus", "Pensando em você e em seu luto" e "Neste momento de tristeza, lembre-se". Cartas que ela escolhera não levar consigo para Londres. Becka também deixou os buquês do funeral ali, juntamente com o mural de fotos que ela montara para o culto memorial. Um santuário, Hanna pensou enquanto tocava na bochecha de uma Meg sorridente. Becka deixou um santuário.

Ela dissera para Becka que cuidaria da casa até ela voltar de Londres; ela se certificaria de que contas fossem pagas para que Becka não precisasse se preocupar com esses detalhes. Pelo menos, não por agora. Em algum ponto, Becka teria que decidir se ficava com ela ou se a vendia, uma decisão que Hanna queria que uma menina de 21 anos não precisasse tomar. Por vários motivos.

Ela se inclinou para tocar nas folhas pensas de uma *amaryllis*, com os altos talos agora caídos e as flores brancas murchas e amarronzadas. Ela ficaria com esse vaso e seu bulbo. Meg gostaria disso. Quanto ao restante, Becka poderia decidir o que fazer com as cartas e fotos quando voltasse no fim de abril para organizar as coisas da mãe. Hanna a ajudaria, se ela quisesse ajuda. Mas, por enquanto, suas únicas tarefas eram descartar as flores e organizar as correspondências.

"Seca-se a relva e cai a sua flor", ela pensou enquanto esvaziava a água marrom na pia e tentava evitar que o pólen laranja dos estames dos lírios sujasse o tapete da cozinha. Talvez as pétalas murchas das rosas pudessem ser secadas e guardadas. Ela não sabia nada sobre como fazer pot-pourri, mas Mara provavelmente sim. Ela tirou todas as pétalas que pôde e as colocou em um saquinho plástico. Pediria a Mara que fizesse algo duradouro com elas. Sachês, talvez. Becka poderia querer um. Ou talvez ela achasse que isso era mórbido. Se ela largara as flores para murcharem, então talvez não quisesse nenhum lembrete do funeral da mãe.

Hanna destrancou a porta dos fundos, assustando os pardais e tentilhões que investigavam comedouros vazios. Ela ia enchê-los com sementes. Meg gostaria que eles ficassem cheios. Ela ia gostar até que os esquilos se alimentassem, especialmente aquele com a parte careca nas costas, um esquilo imprudente que, segundo Meg, a conquistara com a persistência e a engenhosidade de roubar sementes dos comedouros à prova de esquilos.

Ela estava prestes a descer as escadas para o contêiner de lixo no quintal, quando viu várias bitucas de cigarro esmagadas no concreto. Hanna ficou vermelha de raiva. Ela observou Simon da janela da cozinha naquela noite, ele com o rosto parcialmente iluminado pela lâmpada do alpendre enquanto soprava fumaça no ar gelado. Com desconsideração assombrosa pela mulher que o recebera em casa — a mulher que, jamais tendo fumado uma vez na vida, fora acometida por câncer de pulmão —, ele teve a cara de pau de não somente contaminar a propriedade dela, mas de deixar os resíduos fedorentos para trás. Quando Hanna terminou de encher os comedouros de pássaros e começou a organizar as correspondências, ela já imaginara vários cenários gratificantes, o mais suave deles sendo Simon dizendo ou fazendo algo tão insensível e pretencioso, que Becka decidiria terminar com ele.

Quem dera.

Ela separou alguns envelopes escritos à mão para enviar para Becka, juntamente com a papelada referente à propriedade. Em algum ponto, ela precisaria pressionar Becka para saber dos planos para o verão, se ela ainda iria acompanhar Simon até Paris ou se, em vez disso, escolheria passar o verão em Kingsbury. Não que Hanna fosse culpá-la por não querer passar o verão em casa. O que Kingsbury tinha para ela agora? Tristeza. E uma grande casa vazia que amplificava isso.

Na parte debaixo da pilha de correspondências, havia um último envelope em letra cursiva instável, endereçado não para Becka, mas para Meg. Hanna o puxou para mais perto, a fim de decifrar o endereço do remetente: Loretta Anderson, Winden Plain, Indiana.

A Sra. Anderson, amada de Meg. Talvez a carta dela tivesse se perdido ou atrasado no correio. Hanna verificou o carimbo. Não. Fora selada cinco dias atrás.

— O que eu deveria fazer com isso? — ela perguntou para Nathan quando voltou para casa pouco depois do meio-dia.

— Abra.

— Não sei... Parece meio intrusivo.

— Meg te fez a testamenteira dela, Hanna. As coisas dela são suas. — O tom dele estava estranhamente seco.

— Talvez eu devesse só escrever uma carta para a Sra. Anderson e avisá-la. Ou ligar para ela. — Ela provavelmente conseguiria encontrar um número de telefone na internet.

— O que você achar melhor. — Nathan olhou para o relógio e deu um último gole na sua caneca de café. — Tenho que ir. — Ele empurrou a cadeira para trás. Chaucer, que estava dormindo aos seus pés, pulou e ficou atento.

— Achei que o restante do dia estava livre, para todos nós.

— Eu sei, me desculpe. Apareceu uma coisa enquanto eu estava saindo com Jake. Não vou demorar, espero.

— Algo com um aluno?

— Não. Com Jake.

Ela o esperou elaborar. Em vez disso, o silêncio entre eles aumentou. Ela rodou os brincos florais dourados e então colocou o cabelo atrás das orelhas.

— Você está bravo comigo?

— Bravo com você? Por que eu estaria bravo com você?

— Não sei... As panquecas... Não ter ido com você e Jake.

Ele enxaguou a caneca e a colocou sobre o balcão da cozinha.

— Eu tenho várias falhas, Shep, mas agressividade passiva não é meu estilo. Você sabe disso. Quando eu estiver bravo com você, vou dizer. — Ele vestiu o casaco. — Volto em breve. — Antes que ela pudesse fazer mais perguntas, ele se foi.

Chaucer sentou-se no meio do chão da cozinha, batendo a cauda.

— Negligenciado de novo, hein? — Ela jogou um biscoito para ele do jarro, e então abriu o envelope de Loretta Anderson.

"Minha querida Meg,
Que alegria receber um lindo desenho da cerejeira e que profunda reflexão comovente você escreveu sobre a resiliência dela. Espero ansiosamente receber as suas fotos quando ela florescer na primavera."

No restante da carta, ela dera atualizações sobre a própria saúde (sua visão estava falhando, mas, fora isso, estava bem, sendo cuidada) e expressara a gratidão pelas gentis palavras de Meg de amor e encorajamento.

"Você sempre foi uma das minhas mais profundas alegrias. Agradeço a Deus pelo presente que você é."

Nenhuma menção ao diagnóstico de câncer de Meg. Meg devia ter escolhido não contar para ela, qualquer que fosse a razão. Mas agora não havia motivo para manter o segredo, especialmente se Loretta estivesse esperando manter o contato. Levando a carta consigo, Hanna se fechou no escritório de Nathan e encontrou um papel sem monograma numa gaveta da escrivaninha. Por mais que a verdade fosse dolorosa, o silêncio seria rude.

3.

CHARISSA

Charissa estava lendo em um site que sementes podiam ficar dormentes por séculos, até milênios, e então, quando plantadas em bom solo e recebendo as quantidades corretas de umidade e luz solar, germinavam e davam fruto.

— Na verdade, plantaram sementes encontradas em uma das pirâmides egípcias, e elas brotaram — ela disse para John, que estava jogado no sofá com o controle remoto na mão, esperando anunciarem as chaves do "March Madness" do campeonato de basquete.

— Brotaram o quê?

— Grãos, eu acho. Trigo. Isso não é incrível?

— Seria mais incrível se tivessem brotado múmias.

— Ah, não. Espera. — Ela clicou em outro link. — Retiro o que disse. Não. Desculpe. Não é verdade.

— Nada de múmias?

— Nada de germinarem. Não as sementes das tumbas, pelo menos. Mas teria sido uma ótima história. — Como princípio, porém, a viabilidade das sementes era real. Ela leu que cientistas extraíram embriões de algumas sementes antigas enterradas por esquilos do Ártico, e as sementes germinaram no laboratório.

— Parece coisa do *Jurassic Park* — John disse quando ela repassou essa informação. — Maneiro. — Ele se endireitou no sofá e aumentou o volume. — Ahh, vamo lá! Vamo, Michigan!

Essa era a deixa para ela sair. Ela se levantou com o notebook.

— Você não vai assistir comigo?

— Eu quero continuar lendo. — Embora ela estivesse relutante em admitir, o sermão do pastor Neil Brooks naquela manhã, sobre a parábola do semeador, atiçara a sua curiosidade de tal forma que os anos escutando o reverendo Hildenberg não conseguira fazer. Ela passara a tarde toda estudando as referências das Escrituras sobre sementes e semeadura.

— Você fica com suas sementes — John disse, esfregando as mãos com antecipação —, e eu fico com as minhas partidas.

Todo ano, era essa coisa com o basquete. Charissa não entendia. O jogo ou a maluquice. Ela só sabia que, pelas próximas várias semanas, John ficaria obcecado com as chaves, envolvido em rivalidades amigáveis (e, às vezes, não tão amigáveis) com amigos e colegas de trabalho. Do quarto, ela conseguia ouvi-lo ao telefone, fazendo comentários em voz alta enquanto o drama se desenrolava.

Como filho de alunos da Universidade de Michigan, John torcia pelos Spartans como se estivesse lá. Se ele fosse 46 centímetros mais alto, como ele sempre lamentava, poderia ter conseguido uma bolsa de atleta. Mas, onde faltara altura, o coração havia compensado, e ele jogara no time da Universidade de Kingsbury com a mesma intensidade e prazer que caracterizava todas as suas empreitadas. Embora Charissa não pudesse se importar menos com a diferença entre um arremesso normal e uma enterrada, entendia o significado do melhor jogador e comemorara com John quando ele recebera essa honra no último ano deles.

— Isso, garoto! — ele gritou antes de aparecer na porta, com o celular ainda no ouvido. — Semente número dois! — Ele gesticulou na direção dela com os dedos em sinal de vitória. Ela lhe ofereceu um joinha, e ele desapareceu. Ele já comprara várias camisas verdes e de vários tamanhos dos Spartans para Bethany. Os pais dele compraram macacões, babadores, talheres e pijamas dos Spartans. Charissa estabeleceu o limite na camisa de futebol americano. "Que tal uma roupinha de líder de torcida, então?", John brincara.

Ele era incorrigível. Amável mas incorrigível.

Abrindo em Marcos 4, ela leu o texto de novo:

> "OUVI; O SEMEADOR SAIU A SEMEAR. ENQUANTO SEMEAVA, PARTE DAS SEMENTES CAIU À BEIRA DO CAMINHO, E VIERAM AS AVES E A COMERAM. OUTRA PARTE CAIU EM SOLO PEDREGOSO, ONDE NÃO HAVIA MUITA TERRA; E LOGO BROTOU, POIS A TERRA NÃO ERA PROFUNDA. QUANDO SAIU O SOL, ESTE A QUEIMOU; E, COMO ELA NÃO TINHA RAIZ, SECOU. OUTRA PARTE CAIU ENTRE OS ESPINHOS, OS QUAIS, CRESCENDO, SUFOCARAM-NA, E ELA NÃO DEU FRUTO. MAS OUTRAS SEMENTES CAÍRAM EM TERRA BOA. BROTARAM, CRESCERAM E DERAM FRUTO; E UM GRÃO PRODUZIU OUTROS TRINTA; OUTRO, SESSENTA; E OUTRO, CEM. E DISSE-LHES: QUEM TEM OUVIDOS PARA OUVIR, OUÇA".

Antes de participar do retiro da jornada sagrada no Nova Esperança, Charissa jamais teria prestado atenção na parábola por conta própria. Se perguntassem qual categoria de solo era a alma dela, se pedissem que avaliasse a própria capacidade de receber a Palavra de Deus e ser frutífera com ela, teria respondido sem hesitar: era a terra boa. Sua vida boa e correta não atestava isso?

Mas, pelos últimos seis meses, ela estava sendo capinada e arada de maneira vigorosa e incansável. Conquistas que, por anos, ela nomeara como trigo foram reveladas como joio enraizado em seu desejo por honra e reconhecimento, na busca por excelência, na idolatria da reputação e no vício pela estima. Tudo isso fora exposto, ajuntado e queimado, deixando-a com o solo queimado. Espinhos e cardos, era isso que caracterizara a sua vida. Ela fora sufocada por espinhos sem nem perceber.

Ainda assim, também havia boas notícias. Graças a Deus, seus olhos foram abertos para a verdade da profundidade do próprio pecado e para a necessidade desesperada de graça. De novo, e de novo, e de novo. Ela fora guiada com firmeza e persistência ao arrependimento. Diariamente. E agora conseguiria ser paciente com o processo de transformação? Conseguiria confiar na viabilidade da boa semente plantada no solo lavrado pelo Espírito?

"Tenha consciência da condição do solo", Neil dissera, "e se submeta ao processo de receber adubo e correções. O Senhor sabe o que remover de nós e o que trabalhar em nós para nos fazer frutíferos. Confie na sabedoria e lentidão da obra dele. E confie no poder da semente. Dê uma boa terra para a semente, e ela vai fazer o que sementes fazem. Elas brotam."

Quem tem ouvidos para ouvir, ouça.

Sua própria tentação, ela sabia, era querer resultados imediatos, plantar a semente no solo, monitorá-la diariamente, observando seu progresso, e então ficar obsessiva por compará-la com sementes plantadas em outros jardins, em outras almas. Sua tentação, ela sabia, era ser rápida para capinar o próprio jardim. Às vezes, porém, era difícil diferenciar o trigo do joio. Às vezes, Neil os relembrara, você precisava deixar o trigo e o joio crescerem juntos por um tempo, até que você pudesse discernir qual era qual.

Mas esperar não era seu ponto forte. Charissa era fã de planejamento eficiente, metas mensuráveis e linhas diretas para o destino. A natureza longa, lenta e sinuosa do crescimento e transformação era vertiginosa e desorientadora, até irritante às vezes.

Ela fez algumas anotações no diário e então focou a atenção na jardinagem literal, em vez da figurada. Mesmo que devesse estar trabalhando na palestra de terça-feira ou no trabalho sobre poetas metafísicos para quarta-feira, ela se daria o luxo de mais uma hora.

Digitou "plantar sementes em Michigan" na ferramenta de busca e examinou os resultados: feijão, beterraba, brócolis, couve-de-bruxelas. Ela não pensara em plantar vegetais. Conseguiria mesmo plantar brócolis no jardim? A ideia de plantar algo que eles pudessem servir no jantar parecia estar além do seu alcance de horticultura. A maior parte das plantas ainda estava dentro de casa (sem chance de ela conseguir o tempo e atenção necessários), mas, com abril chegando, ela poderia começar a plantar sementes que poderiam brotar coisas verdes.

— Contanto que eu não tenha que comer essas coisas verdes — John disse quando ela lhe mencionou isso mais tarde.

— São boas para você. Boas para Bethany. Eu poderia fazer vitaminas de espinafre.

Ele fez uma careta.

— Ainda bem que a grávida é você. — Ele pegou um refrigerante na geladeira. — Só não vai esconder essas coisas esquisitas na minha comida.

— Eu não cozinho.

— Exatamente. Acho que estou seguro. — Ele abriu a latinha e voltou para a sala, bebendo enquanto andava.

— Eu posso aprender! — ela lhe respondeu.

Ele riu.

— Tudo bem, senhor. — Ela foi atrás dele e o girou, estendendo a mão para um aperto. — Aqui. Bem aqui.

— Isso é um trato?

— Uma aposta. Você tem a sua coisa das chaves, então eu vou fazer minha própria competição. Uma refeição do zero, usando só ingredientes frescos, uma vez por semana até a bebê nascer. Você escolhe uma noite, eu escolho outra.

Ele riu de novo.

— Tô falando sério, John. Por que eu não conseguiria?

— Porque é você que sempre brincou sobre o que conseguiria fazer se soubesse como ferver água.

— Bem, talvez eu seja boa nisso. Talvez eu até goste.

Ele olhou para a mão dela firmemente.

— Nada enlatado?

— Não.

— Nada congelado?

— Não.

— Ooohh. Pode crer, Cacá. E como determinamos o vencedor?

— Eu digo que, dada a minha desvantagem nisso, se for comestível e não ficarmos doentes depois de comermos, eu ganho na semana.

— Qual o prêmio?

— Você vai ter uma esposa que sabe cozinhar. O que mais você quer?

Ele levantou as sobrancelhas em tom de brincadeira.

— Que tal um deque?

— Você vai me ajudar, não vai? — Charissa disse para Mara no telefone um pouco mais tarde. John, que levara a lata de lixo para a calçada, estava agora conversando com o vizinho. Ele poderia facilmente ficar ocupado pelos próximos vinte minutos, até mesmo no frio.

— Não sou cozinheira gourmet, amiga. Uso várias trapacinhas e atalhos, porque Tom e os meninos nunca queriam refeições fru-fru. Por que você colocou o padrão tão alto?

Uma ótima pergunta para a vida dela no geral.

— Eu pensei que poderia fazer isso, tendo a motivação. — Quão difícil poderia ser?

— Bem, eu sou mais uma confeiteira do que uma chef, mas vou tentar. Quando você quer começar?

— Eu disse para ele que cozinharia na sexta-feira. Então talvez possamos ir fazer as compras depois de servirmos no Nova Estrada. Ou você vai estar cansada demais?

— Não, tudo bem por mim. Vamos fazer umas pesquisas esta semana, encontrar uma boa receita para você começar. E então partimos daí.

— Obrigada, Mara. Eu disse para ele que você vai ser minha treinadora, pelo menos pelas primeiras semanas. Depois, eu fico por conta própria.

— Você vai ficar bem. Aposto que aprende rápido.

Charissa mudou o telefone para o outro ouvido.

— Eu não achava que sucumbiria a essa coisa de montar o ninho, mas talvez realmente haja algo de biológico nisso. Ou talvez foi nos mudarmos para nossa casa própria que fez a diferença, tendo um quintal pela primeira vez. Seja o que for, estou sentindo um desejo de me tornar dona de casa. Não conte para ninguém.

Mara riu.

— Não, eu me lembro da mesma coisa quando estava grávida com Jeremy. Mas não havia realmente um lugar para eu montar o ninho. Só um apartamento pequeno que Bruce mantinha em paralelo, sem Tess saber. Então, ele era horrível. Minha própria culpa, eu sei. Mas eu não abriria mão de Jeremy por nada, com certeza. — Ela pausou. — Vocês, por acaso, viram Jeremy na igreja hoje de manhã?

— Não o vimos. — Depois de algumas semanas sentando-se com John e Charissa para o culto na Igreja do Peregrino, Jeremy e Abby não apareceram naquela manhã, e Jeremy não respondera à mensagem de texto de John. — Procuramos por eles, mas acho que não estavam lá.

Mara suspirou.

— É disso que eu tenho medo.

— Como assim?

— Acho que estraguei as coisas para valer. — Mara relatou as preocupações com a situação financeira de Jeremy, o desejo dela de ajudá-los e a oferta de dar o porão para eles como um apartamento. — Sabe, só no caso de eles precisarem. Mas Jeremy ficou muito chateado, falou algo sobre viver no porão da mãe. Eu nem tinha pensado sobre essa consquência, só queria oferecer um lugar para ele, entende? Só queria ajudar, tentar aliviar um pouco da pressão. Deus sabe que eu não quis ofendê-lo ou fazê-lo sentir-se ainda pior sobre si mesmo. E, quando liguei mais tarde para pedir desculpas, ele não atendia o celular, e Abby disse que não tinha certeza de onde ele estava.

— Vou pedir para John ligar para ele.

— Faria isso?

— Claro. — Se John terminasse a conversa com o vizinho. Ele provavelmente o estava convidando para um jantar ou para assistir ao basquete. John poderia ficar amigo de qualquer pessoa, em qualquer lugar.

— Obrigada, Charissa. Continue orando por eles, tá bom?

Charissa nunca fora alguém de orar regularmente por outros, e ela sempre se sentia um pouco culpada quando as pessoas pediam que orasse, porque ela sabia que provavelmente negligenciaria a tarefa. Algumas de suas amigas tinham uma lista de pessoas e pedidos, comprometendo-se com a intercessão diária e anotando atualizações e respostas das orações. Talvez ela devesse começar uma nova disciplina diária. Mas começaria pequeno. Orar regularmente apenas por algumas pessoas.

— Vou orar — ela disse, e tentou dizer para valer.

Depois de anos no apartamento tentando fazer amizade com vizinhos que não queriam socializar, John estava no céu. Quando ele terminou de contar tudo o que aprendera sobre Chuck, o vizinho, Charissa perguntou se ele poderia ligar para Jeremy e conversar.

— Mara está preocupada com ele.

— O que eu deveria dizer para ele?

— Que sentimos a falta deles na igreja, que estamos nos perguntando como eles estão. Não sei... Use a desculpa de descobrir quando ele quer começar o serviço no banheiro.

Enquanto John discava o número, Charissa correu os olhos pelas anotações de palestra que foram passadas para ela sobre estratégias de pesquisa e estilos de citação. Talvez estivessem adequadas. Ela começara o semestre pensando que revisaria e melhoraria tudo o que lhe fora dado; mas, quando ela concordou de última hora em assumir a turma de redação, não pensou no tempo que levaria para ler e dar nota para os trabalhos ou para se encontrar com alunos que precisassem de dicas em trabalhos — ou, mais raramente, para encorajar alunos que estavam lutando contra dificuldades da vida. Essas foram as conversas que mais a surpreenderam, que um aluno fosse buscar a sabedoria dela não sobre técnicas de escrita, mas sobre a vida.

O exercício de *memento mori* que ela adaptara e entregara para eles em fevereiro levou alguns a ponderarem sobre a trajetória de suas vidas, a considerarem a que eles estavam dedicando suas vidas e por quê. Envolver-se em oração com o exercício despertou as próprias perguntas dela sobre por que estava buscando um doutorado e por que queria lecionar, perguntas das quais ela se esquivara de dar um tempo sério para pensar, porque não tinha certeza se estava pronta para escutar as respostas mais profundas da alma.

— Oi, Jeremy! — John disse. — Sentimos a falta de vocês hoje... Sim, sim... Não, eu entendo. Pode crer. Você precisa do seu descanso.

Ela mudou de posição no sofá quando Bethany chutou.

— Não, eu sei. Que bom que vocês estão bem. E, assim que você estiver pronto para começarmos com o banheiro, só avisar.

Por mais que Charissa quisesse os azulejos e luminárias renovados o mais cedo possível, não estava ansiosa para dividir o espaço. Talvez Jeremy pudesse trabalhar durante o dia, e ela se planejaria para ficar no campus, bem próxima a banheiros.

— Aham, vou ver. Cacá?

Ela levantou o olhar das anotações.

— Tudo bem se ele começar amanhã?

Amanhã? Ela verificou mentalmente a sua agenda. Sim, poderia passar o dia no campus.

— Claro. — Talvez ele terminasse até o fim da semana. Ela estava impressionada como Jeremy era eficiente no trabalho. Mas, como ele cobrava por serviço, e não por hora, provavelmente estava ávido para seguir para outros trabalhos. Ela esperava que ele tivesse alguns marcados.

— Ele disse se tinha outros serviços? — Charissa perguntou quando John desligou o telefone alguns minutos depois.

— Não, não disse nada.

— Ele mencionou a oferta de Mara para transformar o porão dela em um apartamento?

— Um apartamento? Não. Tipo, para eles morarem lá?
— Sim.
— Isso é o que todo marido e pai deseja — ele zombou —, morar no porão da mãe com a família.
— Foi uma oferta gentil dela, John. Ela está preocupada.
— E eles vão dar um jeito. A economia deve voltar aos eixos em breve, certo?

Charissa fechou as anotações da palestra e abriu o diário. Talvez fosse mais fácil interceder se ela anotasse as orações. Por Becka. Por Mara. E por Jeremy e a família dele.

HANNA

Hanna rolou no próprio lado da cama, onde ela passara a última hora tentando, em vão, tirar uma soneca enquanto Nathan e Jake assistiam a um filme de Indiana Jones no andar debaixo. O que quer que tivesse requerido uma hora do tempo de Nathan ontem, ele não estava compartilhando detalhes.

— Só umas coisas de adolescente — ele disse quando chegou em casa. — Nada para se preocupar.

Com quinze anos de experiência pastoral no currículo, Hanna entendia as dinâmicas complicadas da confidencialidade. Fronteiras, no entanto, eram mais bem definidas quando ela era solteira e trabalhava num gabinete da igreja, ou quando estava exercendo o ministério num quarto de hospital, mesa de restaurante ou casa de repouso. Mas, quanto a desenvolver a intimidade de um casal enquanto honrava a intimidade do relacionamento entre pai e filho, ela estava perdida. Se apareceu algum problema com Jake que precisava ser resolvido, qual era o papel dela? Ela era "Hanna" para Jake, não "mãe". Se Jake fosse "filho deles", então ela e Nate trabalhariam juntos para ajudá-lo. Porém, até agora, Jake não estava pedindo a ajuda dela para nada. Ela seria uma cobaia para o projeto de ciências dele. Isso era tudo. Jake limpava o próprio quarto, fazia o próprio almoço, pedia a ajuda de Nathan com o dever de casa e, educadamente, a acolheu no espaço deles, como uma visitante de longo prazo.

— Ainda são os primeiros dias — a mãe dela disse ao telefone, quando ela casualmente mencionou que não tinha certeza sobre como atuar como uma madrasta. — Você vai encontrar seu jeito. Me conta sobre sua lua de mel. Como foi Ludington?

Os detalhes que ela se sentia confortável para compartilhar com a mãe eram sobre o quarto e as comidas: uma casa vitoriana com camas de dossel, uma lareira e Jacuzzi no quarto deles, um cantinho aconchegante para ler e uma comida deliciosa, servida elegantemente. Ela falou sobre a proximidade deles da orla do lago, onde desfrutaram de lentas caminhadas ao longo da praia e aproveitaram nascentes e poentes. Também descreveu as saídas para a Floresta Nacional Manistee, onde Nathan a ensinou a fazer esqui cross-country e a convenceu a se juntar a ele numa moto de neve para um passeio alucinante, que ela jamais esqueceria e que esperava repetir um dia. Com o capacete pressionado contra as costas de Nathan e os braços enrolados sobre a cintura dele, ela começou o passeio com os olhos fechados. Mas, no fim das contas, levantou a cabeça, afrouxou o abraço e chorou com a simples beleza do lugar, gritando com entusiasmo quando ele aumentou a velocidade para voar por entre a floresta coberta de neve. "Uma viciada em velocidade", Nate dissera para Jake quando voltara da viagem das férias de primavera com os amigos. "Você deveria tê-la ouvido." Jake deu seu sorriso tímido. Foi ele quem primeiro sugeriu o passeio de moto de neve como uma forma de Hanna aprender a brincar.

O que ela não contou para a mãe (alguma recém-casada confidenciava esses detalhes para a própria mãe?) foi que ela também chorou, não com encanto, alegria e prazer, mas com vergonha, quando teve dificuldade em oferecer o corpo ao marido. Fora mal preparada — emocional, mental e espiritualmente — para o desconforto que sentiria naqueles primeiros dias de exploração da unidade do casal. Nathan fora terno e paciente, gentilmente assegurando e não exigindo nada mais do que ela estava preparada para oferecer. Por isso, ela era grata. Mas, mesmo assim, não conseguia se livrar da sensação agoniante de inadequação. E para quem ela contaria? Por anos, dera conselhos pastorais para casais lutando contra tudo, desde estresse financeiro até dificuldades e disfunções sexuais, casais que esqueciam — ou não se importavam — que a pastora que os aconselhava oferecia tratamentos derivados da teologia e sabedoria terapêutica, em vez da experiência pessoal.

Ela poderia ter contado para Meg, e Meg teria entendido. Meg até poderia ter se solidarizado com ela, oferecendo sabedoria da própria experiência como uma recém-casada.

Hanna pegou uma foto que retirara da colagem memorial de Becka para escanear e guardar para si: uma foto de Meg no Jardim Botânico de Kingsbury com uma borboleta impossivelmente azul pousada no ombro e o rosto iluminado com a mesma luz que irradiara dela quando se ajoelhara para lavar os pés de Hanna. Luminoso. Essa era a palavra. Até mesmo com as clavículas aparecendo e olhos cansados, o rosto de Meg refletia a glória de Deus e revelava sua imagem.

"Ainda que o nosso exterior esteja se desgastando, o nosso interior está sendo renovado todos os dias." Esse era o testemunho de Meg. Ela completara a corrida com brilho, com amor. Como a borboleta pousada em seu próprio ombro, ela enfrentara os rigores da transformação para descobrir as asas.

Hanna beijou a foto e caiu no sono, segurando a imagem da amiga — da irmã — contra o peito.

— Achei que você ia dormir até amanhã — Nathan disse, olhando por cima do livro quando Hanna entrou na cozinha. Ela esfregou os olhos, ainda levemente desorientada. Estava um breu lá fora.

— Cadê Jake?
— Na casa de um amigo, trabalhando em um projeto de história.
— Tá tudo bem com ele?
Nathan hesitou.
— É, ele vai ficar bem. Alguns meninos mais velhos estavam provocando ele no vestiário, e eu conheço um dos pais. Nós cuidamos disso.
Os meninos Allen fazendo o de sempre.
Ele se levantou e foi para a geladeira.
— Desculpa... Nós acabamos comendo sem você. Eu não tinha certeza se deveria te acordar ou não. Que tal um macarrão?
Ela balançou a cabeça. Cereal, talvez. E umas torradas.
— Tô bem, não tô com muita fome.
— Tá se sentindo bem?
— Só cansada.
— Tem certeza?
— Sim.
Mas, quando ele foi pegar a mão dela, os olhos dela ardiam.
— Hanna?
Ela apertou os lábios, tentando não chorar. Ele a envolveu com um abraço.
— Sinto muito — ele sussurrou. — Eu sei que todas essas mudanças têm sido difíceis para você.
Ela queria refutar isso. Ela não estava infeliz. Não estava. Tinha toda razão para estar feliz, para estar grata. E estava. Muito grata. E muito triste.
— Eu estava pensando mais cedo sobre rituais regulares que você e eu podemos praticar — ele disse enquanto acariciava o cabelo dela —, como uma noite romântica. Algo divertido para manter o ritmo da disciplina da brincadeira. Eu não quero perder isso.
Ela se endireitou e o fitou nos olhos.
— Parece bom. Obrigada.
— E eu também estava pensando sobre as noites de domingo, como talvez possamos acender a vela da unidade e praticar o exame.

Só uma forma de revisarmos nossa vida juntos com Deus, para vermos o que percebemos e conversarmos sobre isso. O que acha?
— Vou pegar a vela — ela disse e o beijou.

Enquanto Nathan escrevia fluidamente em seu caderno, parando periodicamente para olhar para as chamas ou fechar os olhos em uma postura de quem estava escutando, Hanna percebeu que as palavras não vinham a ela. O que ela estava percebendo sobre sua própria vida com Deus? Ela já escrevera no diário sobre seu luto e decepção, e não queria muito escrever sobre isso de novo. Estava cansada do luto. Voltou algumas páginas para ver as datas do diário. Além de ter escrito suas reflexões na casa de Charissa sobre Maria e Marta, não escrevera nada nas últimas semanas. Nada desde o funeral de Meg. Nada sobre a cerimônia de casamento. Nada sobre a lua de mel. Nada.

Ela olhou para o teto da cozinha, fixando o olhar em uma mancha vermelha. Como sangue de inseto. Um pernilongo esmagado, talvez. Não poderia pintar sobre isso sem pintar o teto inteiro. Aí, se ela começasse a pintar o teto da cozinha, teria que pintar os tetos do corredor, da sala de estar e da escadaria. E aí, se os tetos estivessem com tinta nova, as paredes pareceriam sujas.

Ela não gostava das paredes verde-menta na cozinha. Pareciam assépticas. Sua cozinha em Chicago era de um amarelo-manteiga suave. Natural, não artificial. E, quando a luz solar da manhã entrava pelas janelas a leste, o cômodo inteiro brilhava com calor e boas-vindas.

Nathan não se oporia à pintura das paredes, e isso seria para ela um projeto com resultados tangíveis. Ela pegaria algumas paletas de cores de tinta, enquanto estivesse fora resolvendo coisas na segunda-feira, e testaria cores que combinassem para os cômodos terem mais coesão.

Pintar era uma das primeiras coisas que os pais dela faziam juntos sempre que se mudavam. Eles mostravam para Hanna cores que ela podia escolher para o próprio quarto, geralmente um amarelo suave, e então ela ajudava, cobrindo os rodapés com fita. Seu pai a deixava trabalhar na primeira demão, mas depois ele e sua mãe terminavam juntos a segunda demão. Hanna ficava deitada na cama, temporariamente colocada no meio do quarto, longe das paredes, lia os livros de Laura Ingalls Wilder e fingia que não estava escutando as conversas deles sobre novos vizinhos, clientes de vendas e o itinerário de viagem do pai. Ela não se lembrava deles discutindo enquanto pintavam. Pintar não era uma dessas atividades de casal potencialmente estressantes? Ou talvez fosse colocar papéis de parede. Talvez fosse por isso que eles nunca tinham papel de parede nas casas em que moravam. Ou talvez seus pais arrancassem o papel de parede ou pintavam sobre ele enquanto ela estava na escola. Não se lembrava.

Ela se lembrava de fazer carteirinhas das bibliotecas. Era um dos primeiros lugares aonde ela ia com a mãe sempre que se mudavam para uma nova cidade. Fazer uma carteirinha com o nome dela e o novo endereço a ajudava a sentir-se pertencente a algum lugar. Os livros eram seus primeiros amigos em qualquer nova comunidade; às vezes, eram os mais próximos. Ler as histórias de Laura sobre mudanças e aventuras encorajavam Hanna para as suas próprias. E ela lia as histórias de Laura repetidas vezes. Os livros com orelhas ainda estavam em uma prateleira na sua casa em Chicago. Não havia espaço para eles aqui.

— Como está minha garotinha favorita? — seu pai perguntava, geralmente algumas semanas depois de uma mudança. Ele entrava no quarto recém-pintado dela, sentava-se na beirada da cama e perguntava sobre a escola, os professores, os amigos e as crianças que brincavam todo dia juntas na vizinhança.

Hanna segurava o Urso Marrom contra o peito, sorria, balançava a cabeça e dizia que a escola era legal, que ela gostava do professor e que estava fazendo novos amigos. E o papai dizia:

— Eu sabia que você gostaria do Colorado. — Ou do Arizona. Ou da Califórnia. Ou aonde quer que ela chegasse, com calçados ou calças que não eram os que as outras meninas estavam usando.

Nathan levantou o olhar dos próprios escritos.
— Terminou? — ele perguntou suavemente.
Ela achava que sim. Fechou o diário antes que ele notasse as páginas em branco diante dela.

Ela o convidaria a falar primeiro. E então ela falaria sobre o que estava percebendo. Parte disso. A verdade mais profunda ela guardaria para si mesma: que, mesmo com todas as bênçãos e presentes da nova vida, ainda sentia saudade do conforto familiar da antiga.

MARA

Mara passou as páginas do livro de receitas com cinco ingredientes ou menos, procurando algo fácil que Charissa pudesse tentar fazer para o jantar. Ela sugeriu uma massa, mas Charissa teria que fazer o próprio molho de tomate do zero. Trabalho de mais. Então, Mara sugeriu tacos. Mas John gostava de molho picante, e ela teria que fazer isso do zero também.

— Já sei! — Mara disse ao telefone na quinta-feira à tarde. — Arroz frito. E não me diga que você não pode usar molho de soja.

— Mas eu...

— Você fez as regras para esse negócio, você pode flexibilizá-las. Podemos fazer compras amanhã à tarde, comprar todos os vegetais e fazê-los com arroz. Você sabe cozinhar arroz, não sabe?

Charissa demorou demais para responder.

— Ohh, amiga. — Mara se certificou de que não havia sinais de condenação na voz. Mas, sério, como alguém conseguia viver até os 26 anos sem saber cozinhar arroz? Elas duas vieram de mundos diferentes. — Certo. Eu vou te ensinar a fazer um arroz lindo e soltinho. — Elas teriam que fazer isso sem um cubinho de tempero de frango. Ela se perguntava como os meninos reagiriam se lhes dissesse que eles teriam arroz frito com vegetais para o jantar. Preparar o dobro na casa de Charissa fazia mais sentido do que voltar para casa a fim de preparar outra coisa. Se eles não gostassem, podiam comer cereal.

— Você viu Jeremy esta semana? — Mara perguntou, mudando o assunto o mais suavemente possível. Ela só falara com Jeremy uma vez desde o desastre sobre o apartamento no porão, e não fora uma conversa longa o bastante para ela determinar como ele estava. Abby estava bem, ele havia dito. Madeleine estava bem. Eles não precisavam que ela cuidasse da netinha naquela semana, porque Abby tinha alguns dias de folga e eles estavam bem. Ela tentou não levar isso para o lado pessoal.

— Ele tem trabalhado no banheiro — Charissa respondeu —, e acho que está quase terminando. Está lindo lá. É impressionante o que algumas pequenas mudanças podem fazer.

Mara hesitou.

— Ele parece... — Que palavra ela queria usar? Deprimido? Bravo? — Bem?

— Um pouco quieto, talvez, mas eu não o conheço bem o bastante para dizer com certeza.

Se não houvesse uma barreira de idioma tão grande com a mãe de Abby, Mara teria tentado pescar umas informações. Ela enviara um e-mail para Ellen, com a desculpa de compartilhar algumas "fotos da vovó" de Madeleine. Também agradecera a ela e ao marido pela ajuda financeira, esperando que Ellen soltasse mais detalhes sobre a ajuda. Mas a única resposta que recebera foi um breve e-mail agradecendo-lhe pelas fotos e dizendo que Ellen continuava orando pelos filhos e neta delas "em todo tempo". Mara se perguntava o que Abby confidenciara para ela.

— Há alguma coisa que John e eu possamos fazer para ajudar?

Mara não conseguia pensar em nada.

— Vocês já fizeram tanta coisa. Obrigada por dar a ele esses projetos.

— Eu queria que tivéssemos mais. John está fazendo planos para um deque, mas até agora tenho resistido. Por causa do orçamento — ela adicionou rapidamente —, não por causa de algo com Jeremy.

— Não, eu sei. Continuo orando para que a empresa dele consiga alguns contratos grandes. Talvez quando a primavera chegar. — Ela olhou para o relógio no micro-ondas. — Eu tenho que ir. Os meninos vão terminar o treino de basquete daqui a pouco. Mas eu te vejo amanhã no Nova Estrada, certo?

— Estarei lá umas dez e meia. Não que eu consiga ajudar muito na cozinha.

— Eu arranjo um trabalho para você. Rapidinho vai estar cortando vegetais como uma profissional. Espera só para ver.

Bailey, com a carinha desgrenhada pressionada contra o vidro do passageiro, mexia o corpo inteiro de animação enquanto Mara tirava a SUV da garagem. Ela só planejara levá-lo para um passeio de carro uma vez, mas uma única viagem para a escola para pegar os meninos atraiu tanta atenção entusiasmada de algumas adolescentes, que Kevin perguntou se ela poderia tornar isso um hábito regular.

— Seu pequeno ímã de meninas! — ela disse enquanto Bailey girava no assento.

Ao longo da rua, a primavera estava emergindo. Com a temperatura acima dos 10°C pela primeira vez em meses, a vizinhança brotou com vida. Em breve, os cortadores de grama começariam sua obsessão quinzenal de cuidar dos seus tapetes lustrosos de gramado quadriculado sem ervas, e as falhas dela ficariam ainda mais perceptíveis, com os espacinhos marrons com cocô e xixi de cachorro e capim rebelde. Que seja. Como ela ia ficar na casa pelos próximos anos, poderia parar de se preocupar com o que as pessoas estavam sussurrando sobre ela e sobreviver da melhor forma que pudesse.

Ela acenou para um vizinho de mangas curtas, que, com o taco de golfe nas mãos, estava acertando rigidamente bolinhas imaginárias no jardim da frente e lançando pedaços de neve. Diante da geleira derretendo na entrada da garagem de Alexis Harding, uma menininha num tutu de crinolina rosa e botas para neve estava andando em sua bicicleta de rodinhas, indo e voltando sobre poças enquanto o irmão manobrava ao redor dela com o skate.

Mara estava ansiosa para comprar o primeiro triciclo de Madeleine. Ela compraria um com sininho e serpentinas no guidão. Ou talvez Madeleine preferisse roxo. Ou azul. Maddie poderia ter a cor que quisesse. Talvez um dia Mara comprasse uma bicicleta para ela própria, e as duas poderiam andar juntas. Mara não andava de bicicleta havia anos, desde quando ela pedalava a bicicleta enferrujada para ir e voltar da escola, quando tinha uns 13 anos. Mas, um dia, alguém roubou a bicicleta do suporte na frente da escola, e sua mãe não tinha dinheiro para comprar outra nem mesmo uma usada do Exército da Salvação. Mara pensou que fosse uma pegadinha: sua bicicleta não era boa o bastante para alguém querer andar nela. Alguém provavelmente a pegara e jogara em algum lugar, só para ser cruel. Ela procurou nos bosques perto da escola, mas nunca mais a encontrou e nunca viu alguém andando nela.

— Muito otimismo aí — Mara disse quando passou pelo caminhão de uma empresa de paisagismo, cujo motorista parara para tirar os cones de trânsito para os limpadores de neve.

Talvez Jeremy conseguisse achar um emprego em uma empresa de paisagismo, se a área de construção não voltasse ao pique. Só alguns dos vizinhos cuidavam do próprio jardim. Não seria vergonhoso ela colocar anúncios do trabalho dele, se ele concordasse. Como ele obviamente ainda estava sofrendo com a oferta dela sobre o porão, provavelmente não era uma boa hora para sugerir que ele poderia ganhar um dinheiro cortando gramados. Foi o que ele fizera quando adolescente, e havia feito um bom dinheiro. "Dinheiro de migalhas", Tom chamava. Talvez ela sugerisse esse tipo de trabalho para Abby. Cada pouquinho ajudava. Mas ela não mencionaria a parte das "migalhas". Deixa eles decidirem como fazer isso. Ela não perguntou como Jeremy estava se saindo com o dinheiro que estava ganhando com os serviços paralelos. Ela não queria saber.

— O que foi? — ela perguntou para Kevin quando ele empurrou Bailey para o lado e se jogou no banco da frente.
— Nada.
— Dia legal?
Kevin levantou os ombros.
— Cadê seu irmão?
— Não sei.
— Ele não estava no treino?
— Não.
— Você não o viu depois das aulas?
— Não. — Ele colocou o cinto e bateu no colo para Bailey voltar.
— Kevin!
— O quê?
Ela suspirou profundamente e esticou o pescoço por trás do assento dele, olhando para a entrada da escola.
— Volta lá, por favor? Vai procurar por ele.
Kevin respondeu com o próprio suspiro irritado.
— Ele provavelmente saiu com Seth.
— Vai lá ver. Por favor.
— Só manda uma mensagem para ele. Ou liga para a mãe de Seth.
— Kevin Mitchell... — Quando ele era pequeno, a tática do nome composto funcionava perfeitamente. Ela não tentava isso havia anos.
Ele bateu os dedos na janela, com o rosto virado, e então rosnou:
— Tá bom. Mas eu te falei, ele deve estar com Seth. — Assim que Kevin fechou a porta atrás de si, Mara mandou uma mensagem para Brian. Sem resposta. Ela esperou alguns minutos. Nem sinal de Kevin ou Brian. E então passou pelos contatos no celular.
Jackie, a mãe de Seth, atendeu no terceiro toque. Ela estava aliviada que Mara tivesse ligado. Estava prestes a ligar para ela. Seth não estava com ela, estava? Ela estava mandando mensagens para ele pela última hora, mas ele não respondia.

— Eu estava esperando que Brian estivesse com vocês — Mara disse.

Pelos minutos seguintes, Mara escutou Jackie reclamar das más influências sobre o próprio filho, sobre como ele era um filho exemplar de obediência e virtude ("Um bom menino cristão!"), até que começou a andar com "a turma errada", da qual Brian, embora ela não tivesse nomeado, era indubitavelmente o líder.

— Pelo menos, eles devem estar juntos — Mara disse. — Melhor serem dois do que um, certo?

Jackie claramente não ficou confortada por essa ideia. Ela ainda não conseguira falar com o marido (ele estava dando um depoimento como uma testemunha-chave e tal), mas ele sabia como rastrear o telefone. Ela avisaria para Mara assim que soubesse de algo.

— E nós vamos colocar Seth de castigo — ela disse num tom que comunicava que Mara precisava de instruções sobre o que fazer com o próprio filho. — Um castigo severo.

Assim que Jackie desligou o telefone, Mara mandou outra mensagem para Brian. Ainda sem resposta. E ela esperou Kevin aparecer. Dez minutos depois, ele apareceu do prédio da administração, Brian e Seth se arrastando atrás dele, com as mãos nos bolsos.

— Onde vocês estavam? — Mara exigiu assim que eles abriram as portas de trás.

— Detenção — Kevin respondeu pelos dois.

— Detenção? Por quê? — Pelo retrovisor, ela viu Brian olhar para Seth.

— Pegaram nossos celulares — Seth disse.

— E não deixaram vocês ligarem para suas mães para dizerem o que estava acontecendo? — Improvável. — Mande agora uma mensagem para sua mãe, Seth. Avise que vou te levar em casa. — Enquanto Seth digitava a mensagem, Mara se virou no assento e apertou os olhos para Brian. — Detenção pelo quê?

Brian também começou a digitar no celular. Mara pegou o aparelho e o segurou fora do alcance do braço dele.

— Eu perguntei: detenção pelo quê?

— Passes de corredor.
— Passes de corredor?
Ele olhou para ela sem piscar. Ela se virou para Seth, que terminara de digitar e estava inquieto no assento.
— Seth?
Ele olhou para as mãos.
— Brian roubou uma pilha de passes de corredor da escrivaninha da Srta. Cooke, e nós os vendemos durante o almoço.
— Vocês o quê? — Ela estava tão aliviada que não eram drogas, bullying, sexo ou vandalismo, que quase riu alto. Enfiando as unhas contra as palmas das mãos, forçou uma expressão suficientemente severa.
Seth inclinou a cabeça para trás e suspirou.
— Minha mãe disse que estou de castigo por um mês.
Mara conteve para si mesma a própria opinião sobre isso.
— Vamos conversar sobre sua punição mais tarde, Brian.
Resmungando alguma coisa, Brian enxotou Bailey e virou o rosto para a janela, com os braços cruzados sobre o peito.

Uma semana. Sem celular, sem videogame, sem discussão. Depois que Brian liberou uma torrente de palavrões para ela, alguns dos quais ela já fora chamada várias vezes antes, Mara aumentou a punição para duas semanas. Ele era mais assustador (ele sabia disso?) quando não estava gritando com ela. Muito mais assustador quando, com ódio gélido nos olhos e um leve sorriso nos lábios, ficava em silêncio, com o queixo levantado, olhando para ela. Ela tentou não piscar. Quando ele finalmente se virou e pulou escada acima, ela respirou lentamente. Como as orações de respiração que Meg aprendera com Katherine. Inspira: *Deus*. Expira: *Me ajuda.*

— Estou nas últimas com ele — ela disse para Charissa no dia seguinte, enquanto elas trabalhavam lado a lado na cozinha do Nova Estrada. — Não faço ideia de como lidar com ele.
— Tom sabe o que aconteceu?

— O advogado disse que eu tenho que informá-lo de qualquer coisa grande que aconteça com os meninos; então, sim, eu mandei uma mensagem para ele. A resposta? "Menino é assim mesmo."

Charissa bufou o próprio nojo.

— Não estou minimizando o que Brian fez — Mara falou. — Ele roubou. Provavelmente recebeu uma punição pequena ao ficar na detenção, em vez de ser suspenso. Mas eu te digo que fiquei tão aliviada que não tenha sido algo maior, algo que ferisse outra pessoa. Todas as crianças receberam o dinheiro de volta. Nenhum dano causado, eu acho. Mas ainda assim...

Charissa estava descascando uma cenoura com afinco enorme, lentamente girando-a para inspecionar se ela tirara todos os cabelinhos.

— Aqui. É só lavar e esfregar. Você não tem que descascá-las.

— Mas os cabe...

Mara pegou a cenoura de Charissa.

— Eu sei. Ela vai entrar na sopa, então não se preocupe com isso. — Ela rapidamente a cortou e colocou na panela fervendo no fogão. — Quer tentar com o aipo?

Charissa olhou para o talo, analisando-o.

— Observe. — Mara pegou uma faca grande. — Corte as folhas — *tchof* — e então — *tac tac tac tac* —, viu? Bem fininho.

Charissa estremeceu.

— Que foi? — Mara perguntou, raspando o aipo cortado para a panela.

— Acho que são as facas. — Charissa cuidadosamente foi para o canto da cozinha e se sentou numa cadeira dobrável de metal, apoiando a cabeça com as mãos. — Me deixam um pouco tonta.

Mara riu e arrumou a redinha do cabelo.

— Sério que você nunca cortou nada? Maçãs, brócolis, nada?

— Não rápido assim. Eu ficaria com medo de cortar um dedo ou algo assim.

— Como está indo aí? — a Srta. Jada perguntou, entrando na cozinha, vindo do corredor principal.

— Tudo no cronograma — Mara respondeu. Ela esvaziou um saco de rolinhos em uma bacia.

— Você está bem, Charissa? — a Srta. Jada perguntou.

Charissa levantou o olhar e sorriu palidamente para ela.

— Me sentindo um pouco tonta. Vou ficar bem.

— Você não está doente, né? — a Srta. Jada era muito rígida quanto a voluntários e empregados estarem saudáveis. Os convidados já tinham problemas suficientes para lidarem. Não precisavam ser expostos a germes de alguém que os servia.

Charissa se levantou sem estabilidade.

— Não. Não estou doente.

Mas, antes que Mara pudesse correr para o lado dela, Charissa desmaiou e caiu no chão.

— Eu desmaiei, foi só isso — Charissa disse quando John entrou no escritório da Srta. Jada, meia hora mais tarde. — Estou bem. Só um pouco envergonhada. — Assim que Charissa recobrou consciência e se recuperou o bastante para andar, Mara gentilmente a acompanhou até fora da vista de observadores preocupados.

— Acho que ela está bem — Mara disse. — Aconteceu comigo quando eu estava grávida de Brian. É bem comum, eu acho. Nada para se preocupar. — Pelo menos, Charissa não batera a cabeça. De alguma forma, ela conseguira até desmaiar graciosamente. Mara, quando desmaiara, caíra que nem um grande saco de batatas, como Tom zombara depois. Ele nem lhe oferecera um paninho úmido. Ele só havia rido, achara isso muito divertido e contara para os amigos mais tarde. Bem na frente dela. A história ficava cada vez maior, e ela ficava cada vez mais gorda a cada vez que ele a narrava. "Bum! Que nem uma daquelas baleias-jubartes batendo as costas na água, já viu?"

— Eu me levantei rápido demais, acho. Estou me sentindo melhor agora. — Charissa entregou a toalha molhada e mudou de posição.

— Epa, epa — John disse quando ela girou as pernas e tentou se sentar. — Vai com calma.

— Eu estou bem. — Ela se sentou com a cabeça apoiada nas mãos e olhou para John. — Sério.

Ele se sentou ao lado dela no sofá, com o braço ao redor de seus ombros.

— Eu acho que ela não deveria dirigir — ele disse para Mara. — Tudo bem se eu deixar o carro aqui por algumas horas? Voltamos para buscar mais tarde.

— Sem problema.

Ele beijou Charissa na bochecha.

— Esse foi um jeito bem dramático de se livrar de cozinhar o jantar para mim.

Charissa sorriu.

— Deixa para a próxima.

Alguns minutos depois, Mara viu os dois saírem juntos, de mãos dadas. John abriu a porta para ela e a ajudou a entrar no carro dele. Essa garota fazia ideia de quanto ela era sortuda? "Abençoada" era uma palavra melhor. Ela fazia ideia de quanto era abençoada?

— Ela está bem? — a Srta. Jada perguntou, chegando ao lado de Mara e acompanhando o olhar dela no estacionamento.

— Sim, ela vai ficar bem — Mara disse.

BECKA

Becka se reclinou para trás no assento de couro vermelho do bar Gato e Rato e bocejou.

— Tenho que ir — ela disse para Pippa e Harriet quando deu o último gole na sua cidra Strongbow.

— Mas tá tão ceeeeedo! — Pippa reclamou. — Achamos que íamos passar na boate um pouco. É noite de karaoke.

Pippa já estava quase completamente bêbada, e Becka não estava interessada em assistir à amiga berrar um hino de bêbado em um top coladinho que acentuava seus implantes de silicone. Harriet poderia ser a acompanhante dela.

— Não posso, Pippa. Não hoje.

— Ah, qual éééé. Simon pode esperar.

— Simon está em uma noite de perguntas e respostas. — Becka planejara ir ao Facho de Luz para torcer pelo time dele enquanto eles exibiam seus conhecimentos variados, mas ele havia dito que queria uma noite com "a rapaziada". Ele obviamente se esqueceu de que era o aniversário de quatro meses do primeiro encontro oficial deles. Ela decidiu não relembrá-lo.

— Então, qual é a pressa? — Pippa deu uma piscadela para um dos garçons mais novos entregando bandejas de comida a uma mesa próxima, antes de focar o olhar cansado em Becka. — Você não vai sair em mais um dos seus passeios mórbidos, vai? — Harriet tentou calá-la com um cutucão de cotovelo.

Becka pegou a bolsa. Não, ela não ia sair em um "passeio mórbido". Ela ia ao Museu Britânico, que estava aberto até tarde. Mas não contou isso para elas. Elas não entenderiam.

Pippa pegou no pulso dela.

— Desculpa! Fiiiiiicaaa. Qual é. Harriet e eu estamos preocupadas com você, não estamos, amiga?

— Um pouco mais preocupada com você, agora — Harriet disse enquanto verificava o batom.

— Viu? — Becka disse. — Eu estou bem. — Ela se levantou da mesa. — Vejo vocês amanhã. — Não precisavam se preocupar com ela. Ela era uma órfã havia o quê? Um mês agora? Já era hora de superar, certo? Voltar ao normal, o que quer que o "normal" fosse? Ela vestiu o casaco e passou pela multidão antes que alguma delas tentasse impedi-la.

O enorme Leão de Cnido de mármore, com seus olhos perfurados e lábios entreabertos no prelúdio de um rugido, confrontou Becka no momento que ela entrou no Grande Salão do museu. Era ali que ela deveria ter se encontrado com a mãe em dezembro, perto do leão, na hora do almoço. Não deveria ter se encontrado com ela pouco antes de o museu fechar. E não na companhia de duas amigas. Ainda conseguia ver a mãe arrumando a expressão facial de decepção quando percebera que não teria um jantar de mãe e filha com Becka.

— Olha, papai! — um menininho exclamou, correndo ao redor de Becka para alcançar o leão reclinado. — Aslan!

Becka não se lembrava muito da mitologia de Nárnia — ela era pequena, talvez seis ou sete anos quando sua mãe lera os livros para ela —, mas não achava que Aslan fosse um leão de pedra. Ele fora morto em uma mesa de pedra ou algo assim. Essa parte a fizera chorar, como o leão não revidara, mas se submetera à crueldade e morrera.

"Mas espera!", a mãe dela dissera, balançando-a nos braços e limpando suas lágrimas. "Espera para ver o que acontece!" Era uma pena que ela estivesse velha demais para contos de fadas. O que não daria por um abraço de sua mãe agora, por palavras de conforto de que tudo ficaria bem?

Por quanto tempo, ela se perguntava enquanto assistia ao menininho pular ao redor da estátua, por quanto tempo ela seria capaz de ouvir a voz de sua mãe na cabeça? Quanto tempo até que as memórias do cheiro, da risada e dos tiques nervosos dela se tornassem memórias de memórias, em vez de memórias da substância real? Quanto tempo?

Talvez fosse por isso que ela se sentia compelida a visitar todos os lugares onde sua mãe estivera, para poder gravar as memórias da postura, dos passos, das expressões faciais, das palavras, até dos suspiros dela, enquanto tudo ainda estava fresco na mente. Ela queria se lembrar de tudo vividamente, porque havia tanta coisa que ela não aproveitara quando havia tido a oportunidade. Por que não tirara mais fotos? Por que não pensara em gravar a voz dela em conversas normais? Por que não aproveitara cada oportunidade de estar com ela em Londres e passear por esses lugares juntas?

— O que adianta se punir? — Simon perguntara frequentemente nas últimas semanas. — Remorso não te leva a lugar algum.

Não, e nem raiva. Mas ela estava lutando contra ambos. A camada de emoções fortes estava logo abaixo de uma rasa superfície de autocontrole, e, nesses dias, chegar até a segunda camada não exigia muito esforço.

Ela deixou o menino e seu pai, que estava ordenando que ele não subisse nem tocasse no leão, e passou pela lojinha de presentes. Se tivesse conhecido Simon depois da visita da mãe... Ela não se arrependia de conhecer Simon — não mesmo! —, mas, se eles tivessem se conhecido no bar algumas semanas depois, talvez as coisas tivessem sido diferentes. Então, ela teria sido capaz de desfrutar da visita da mãe sem sentir a necessidade de esconder uma parte tão grande da própria vida. Se Simon fosse algum colega da faculdade, alguém que ela tivesse conhecido em uma palestra ou oficina, ela teria apresentado imediatamente. Mas sabia que a mãe teria um surto por ela estar namorando um homem mais velho.

Becka seguiu um grupo de excursão para o departamento de Egito e Sudão Antigos, onde multidões de visitantes ávidos se apertavam ao redor de um vidro de proteção. Sob a claridade da luz artificial, era difícil ver as inscrições no granito preto. Ela não tinha certeza se sua mãe havia parado para ver a Pedra de Roseta. Ela não chegara a perguntar.

Ela deu um passinho para o lado, a fim de que uma menininha loira pudesse ver mais de perto.

— O que é isso, papai? Uma pedra bem velha? — O tom honesto da voz dela fez Becka sorrir.

— É uma pedra muito, muito antiga com figuras que na verdade são palavras — ele disse. Ela ficou na ponta dos pés, esticando-se para ver. — E ninguém sabia o que essas figuras significavam até encontrarem essa pedra. Essa pedra era a chave para o mistério.

— Ela é mágica?

— Não, não é mágica. Ela só deu pistas de como resolver um mistério antigo. Usando palavras que nós pudéssemos entender, ela nos disse o que o idioma perdido estava dizendo.

A ternura na voz do pai perfurou Becka. Perder a mãe reabriu todas as dores antigas de não ter um pai também. Era como se ela o tivesse perdido de novo, bem quando o estava encontrando. Ela perdera todas as oportunidades de conhecê-lo através dos olhos da mãe, através das histórias dela.

A letra de um disco de Ella Fitzgerald que ela amava quando era pequena flutuou por sua memória, uma música que ela frequentemente insistia para a mãe tocar no antigo toca-discos do avô: "Eu sou uma cordeirinha que está perdida na floresta. Eu sei que eu poderia sempre ser boa para alguém que cuidasse de mim".

Se ela não tivesse conhecido Simon, pensou enquanto saía do museu uma hora depois, onde estaria agora?

Perdida. E completamente sozinha.

Notting Hill não era o tipo de vizinhança que a mãe dela teria escolhido visitar por conta própria ("Alternativa demais", Becka explicara para Simon), e Becka, não estando muito desejosa de que a mãe visse o apartamento onde ela ficava a maior parte das noites, passou longe de passeios entre mãe e filha perto da Portobello Road.

Embora Simon reclamasse da gentrificação e das empresas multinacionais substituindo cafeterias independentes e lojinhas peculiares, Becka amava Notting Hill por, ainda assim, manter sua energia efervescente e espírito boêmio. Não distante das chiques calçadas de Kensington, onde babás empurravam bebês em carrinhos, Notting Hill, um lugar de jardins comunitários e casas com terraços pintadas com vibrantes cores do Mediterrâneo, era o lar de artistas e escritores há muito tempo, como evidenciado pelas placas azuis demarcando as casas dos famosos. A antiga casa de George Orwell não ficava distante do apartamento de porão que Simon alugava desde o divórcio, e Simon, um aspirante a romancista, frequentemente dizia que, algum dia, haveria uma placa do lado de fora do apartamento dele também. Becka não tinha dúvidas de que ele, um dia, publicaria best-sellers internacionais. Era só uma questão de tempo. Simon disse que ela estaria na página de agradecimentos como sua musa.

Saindo da estação do metrô, ela passou por livrarias, armadilhas de turista vendendo bonequinhas cabeçudas da Rainha Elizabeth, e o restaurante indiano onde ela e Simon frequentemente compravam curry e kebabs para levar. Se ele estivesse em casa, ela compraria duas porções de frango *korma*. Foi o que eles comeram na noite em que ela o acompanhara até o apartamento dele pela primeira vez.

Os dedos dela se demoraram sobre o portão de ferro batido, lembrando-se do toque da mão dele sobre a sua enquanto ele abria o fecho e a convidava para segui-lo escada abaixo. Simon a despertou naquela noite, a despertou para uma paixão e para desejos que ela nunca sentira antes. Becka descobriu que a intimidade física era muito mais do que ímpeto e desejo carnais. Era um portal para uma união de almas, uma unidade do ser. Usando uma palavra que ela normalmente não usava para si mesma, o amor deles era algo "espiritual". Ela não precisava de nenhuma outra espiritualidade. Ela estava satisfeita.

Por mais que ferisse a mãe dela, Becka jamais poderia acolher seu tipo de espiritualidade. Afinal, que tipo de Deus permitia que papais morressem antes de segurarem suas menininhas e que mamães morressem antes de suas filhas crescerem? Não o tipo de Deus que ela queria conhecer, com certeza.

"Esperando você", ela digitou para Simon enquanto tirava as roupas no escuro. Mas não teve resposta. À meia-noite, incapaz de ficar acordada por mais tempo, Becka foi para a cama, com as notas da música de Ella Fitzgerald embalando seu sono.

HANNA

Depois de discutir sobre isso em voz baixa por trás da porta fechada do quarto por meia hora no sábado de manhã, Nathan finalmente concordou com a proposta de Hanna: os meninos Allen continuariam com a tradição deles na Casa da Panqueca como um tempo de conexão entre pai e filho, e os três decidiriam algo semanal para fazerem juntos no domingo à tarde, como parte de uma atividade sabática familiar.

— Mas eu quero que você sugira algo de que vá gostar, Hanna. Por favor.

— Tá bem.

— Ainda há bastante neve mais ao norte, se você quiser andar de moto de neve.

Dirigir algumas horas na ida e mais a volta para um passeio de uma tarde parecia excessivo, especialmente para um dia separado para o descanso.

— Talvez um filme — ela disse. — Ou um jogo.

Mas, quando a manhã de domingo chegou, ela não se sentia a fim de ir à igreja.

— Dor de cabeça — ela disse quando Nathan a olhou com preocupação. — Nada para se preocupar. Mas acho que vou ficar em casa hoje de manhã.

Ele pegou o roupão do armário.

— Eu te trago um paracetamol.

— Não, tá tudo bem. Vou dormir, que passa.

— Tem certeza?

— Absoluta.

Mas, assim que ela escutou a porta da frente fechar uma hora mais tarde, desceu as escadas para fazer uma xícara de chá para si mesma. A verdade era que, desde quando ela entregara a carta de demissão para a igreja, estava achando difícil estar no culto. Agora que ela sabia que não voltaria para Westminster, agora que ela sabia que seu tempo afastada não era um descanso temporário, mas uma remoção permanente, sentia-se inquieta e agitada nos domingos. A Igreja do Peregrino era uma boa igreja. Neil Brooks era um pregador talentoso, um pastor atento. Mas era a igreja de Nathan. O lar de Nathan. O mundo de Nathan. E, embora ele continuasse a tentar abrir espaço para ela, ela ainda se sentia como uma convidada de longo prazo.

Veio-lhe o pensamento de que eles deveriam pensar em comprar uma casa juntos, agora que ela estava negociando com Heather um contrato que lidaria com a propriedade em Chicago. Mas Nate e Jake estavam felizes na casa deles, e ela não queria que eles passassem pela agitação de uma mudança. Muito embora, comparado a toda a agitação pela qual ela passara ultimamente, talvez os dois conseguissem lidar com uma mudança de casa com facilidade. Mas, se Nate estivesse aberto a se mudar, ele teria mencionado isso. Em vez disso, ele avidamente concordara com uma reforma cosmética de tinta, mobília e cortinas. "O que você quiser", ele reiterara.

Ela não sabia o que queria. Isso era parte do problema.

Ela queria a vida antiga de volta? Não. Sentia saudade da vida antiga, mas isso não significava que escolheria voltar para ela. Ficou pensando nisso por mais um momento, só para ter certeza de que era verdade.

Sim, era.

A velha chaleira de Nathan apitou e ela a tirou do fogo para preparar uma xícara de Earl Grey. Talvez, se achasse trabalho pastoral em Kingsbury, isso diminuísse seu luto. Mas não havia vagas para funcionários pagos na Igreja do Peregrino. E como Nathan se sentiria por ela procurar em outros lugares? Eles não discutiram sobre os planos dela para o ministério. Na mente dele, ela ainda tinha tempo sabático adiante, tempo que deveria aproveitar.

Ela olhou para o relógio na parede. O primeiro culto na Westminster começaria em breve. Ela se perguntou quanto tempo demoraria até que eles fizessem um anúncio oficial de que Heather assumiria como pastora auxiliar. Ela estava escutando nas últimas semanas os sermões de Steve online. Nenhuma menção verbal ou nos boletins de qualquer mudança. E, desde a última vez que ela conferira na quinta-feira, nada fora postado no site. Abriu o computador, clicou na página dos "Favoritos" e selecionou a aba "Equipe". Pastor presidente, Steve Hernandez. Pastor de jovens, Cory Sheldon. Coordenadora do ministério infantil, Megan Fields. Estagiária de seminário, Heather Kirk. Nenhum pastor auxiliar.

Não havia menção alguma a Hanna. Os dedos dela pairaram sobre o teclado. Na quinta-feira, sua foto estava ao lado do seu nome, o nome antigo. "Hanna Shepley, pastora auxiliar de vida congregacional." Agora, a posição fora removida. Ela fora apagada. Excluída. Permanentemente.

A voz da razão em sua cabeça a relembrou de que ela resignara um mês atrás e que era apropriado que não estivesse listada no site. A voz da razão em sua cabeça a relembrou de que a igreja mostrara paciência ao permitir que ela adiasse até o fim de março a desocupação do escritório, quando ela planejava juntar as coisas de casa para que Heather pudesse se mudar para lá completamente. Mas outra voz mais alta protestava: "Eu dei quinze anos para vocês, e não tem nem um 'obrigado'?".

— Eles se ofereceram para dar uma festa para você — Nathan disse quando voltou na hora do almoço —, e você disse que não.

— Porque eles estavam espalhando aqueles rumores doidos sobre mim, sobre nós! — Ela não se importava que Jake estivesse na sala de estar, ao alcance da sua voz. Ela tentara fingir que tinha superado. Tentara se convencer de que, como orara sobre render a reputação para Jesus, ela tinha seguido em frente. Mas não tinha. Se, como Nancy relatara, algumas pessoas pensavam que ela se aproveitara da igreja ao não voltar para servir, ou pior, que ela maquinara o período sabático como um estratagema para se reconectar com um antigo namorado e então tinha dormido com ele...

— Ei — Nathan disse gentilmente, ajoelhando-se ao seu lado, com a mão sobre os joelhos dela. — Que tal se você mandar um e-mail para Steve e dizer para ele que adoraria ter uma pequena festinha? Eles podem fazer isso enquanto você estiver lá para esvaziar sua casa.

— Não.

— Vamos, eu acho que seria bom para você. Para você ter um fechamento. Deixe eles te agradecerem publicamente, orar por você, te despedirem com a bênção deles.

— Não.

— Você não pode simplesmente se esgueirar porta afora, Hanna. Há pessoas lá que te amam, que estão enlutadas porque você partiu. Elas precisam de uma chance para dizer adeus. E você também.

Os ombros dela se curvaram para a frente, e Nathan a segurou enquanto ela chorava.

Não tinha a capacidade de fazer a oração de exame agora, Hanna confessou enquanto Nathan se preparava para acender a vela da unidade naquela noite. Ele entendia. Ela não tinha energia para escrever no diário as próprias reflexões sobre como ela estava vendo Deus ou como estava respondendo ou resistindo aos convites dele. Ele entendia. Ela estava cansada demais para escavar as profundezas da alma e compartilhar com ele o que ela descobrisse. Ele entendia.

Havia períodos, Hanna sabia, em que palavras não vinham, e tudo bem que palavras não viessem. Havia períodos em que a fé significava confiar nos gemidos do Espírito para interpretar as profundezas dos desejos e tristezas que não podiam ser articulados, mas somente ofertados. Houve períodos em sua vida, vários deles, em que ela fora tentada a usar as próprias palavras num esforço frenético e fútil, a fim de controlar ou manipular Deus para agir rápido consertando, solucionando ou resgatando. O silêncio convidava uma confiança profunda, uma forma diferente de conhecer e ser conhecida. Ela sabia disso e, além do mais, ela estava cansada, muito cansada para palavras.

4.

CHARISSA

Não importava quanto Charissa tentasse abaixar e alisar as protuberâncias, seu cardigã azul-claro mantinha o formato do cabide. Ela deveria ter verificado de novo no espelho antes de sair de casa. Agora, teria que ficar diante dos calouros com chifres brotando dos ombros.

Ótimo.

Ela não ia dar a palestra só com a camisa debaixo. Justin Caldwell e sua galera do fundão ficariam distraídos com os seios dela. Desde que assumira a turma de redação para calouros, Charissa vasculhara o site de avaliação de professores diversas vezes e conseguia chutar quais alunos deram pimentinhas para ela pela beleza. Ela não ficara lisonjeada. Estava lisonjeada, porém, pelos alunos que a avaliaram como difícil. "A professora Sinclair não é um dez fácil", vários reclamaram. Isso era música para seus ouvidos. Um aluno escrevera que a matéria "confirmou seu desejo de escrever". Mas então ele continuou, dizendo que Charissa o ajudara a "aprimorar suas *abilidades gramáticas*". Obviamente, ele não colocara o comentário em um corretor de texto.

Ela realmente não devia dar tanto valor às avaliações, pensou, enquanto os alunos entravam lentamente na sala de aula. Também não deveria ficar procurando o próprio nome no Google. Mas isso era um hábito regular agora, do qual ela tentou, sem sucesso, jejuar. Talvez, na próxima quaresma, ela aplicasse mais diligência para derrotar a vaidade.

— Estou devolvendo suas primeiras versões — ela disse depois de fazer a chamada e fechar a porta. — Guarde o celular, Justin.

— Ela entregou o trabalho dele. Ele continuava digitando. Ela ficou ao seu lado, aguardando, desejando poder arrancar-lhe o celular da mão e bater na sua cabeça com o objeto. — Agora. — Ele o colocou na mochila.

Ela continuou, voltando para o atril:

— Quanto à maioria, essas foram primeiras tentativas sólidas. No entanto, percebi que alguns de vocês somente se concentraram no primeiro parágrafo do artigo em suas análises. Nas suas revisões, vocês precisarão incorporar toda a extensão do texto de Berry. Em outras palavras, certifiquem-se de ler todo o argumento dele antes de tentarem escrever uma interpretação e tecer uma crítica. — Honestamente. Eles achavam que ela era idiota? Que ela não notaria que eles só leram a primeira página do texto? — A outra coisa que estava faltando na maior parte das suas reflexões é levar em conta que ele escreveu esse texto em 1971. Então, de que formas as observações dele sobre as políticas e cultura americanas são proféticas e cabíveis no nosso contexto pós-moderno? Não somente citem a partir do texto. Não quero resumos dos argumentos óbvios dele. Interpretem. Escavem o texto. Demonstrem que estão pensando criticamente, e então usem as ferramentas retóricas que vocês têm aprendido para responder com prosa de alta qualidade.

A maior parte dos alunos estava ocupada demais passando os olhos pelas anotações dela na margem dos trabalhos para que prestasse atenção. Ela tomou um gole da garrafa de água e esperou pela atenção deles.

— Antes de eu dividir vocês em duplas para uma revisão de pares, quero dar algumas dicas sobre o processo de revisão no geral. Muitos alunos, quando assumem uma edição, consideram apenas o nível léxico do texto. Eles olham apenas para a substituição de palavras, crendo que sua tarefa primária seja escolher palavras melhores. Embora a escolha de palavras seja importante em nossa prosa, embora a linguagem forte e precisa melhore nossos argumentos, revisar não é simplesmente uma questão de usar um dicionário enquanto você reescreve. Pensem no panorama. Pensem no tema. Pensem sobre...

"Não desmaiar." Ela subitamente ficou tonta de novo. Tomou um grande gole de água. Os sites diziam que era importante ficar hidratada e...

— Pensem no panorama. Temas gerais e... — Ela secou a testa com uma mão que estava ficando embaçada. — Não tenham medo de tirar partes que não sirvam para o propósito final do... — "Mesmo que você esteja apegado a..."

Rostos giraram em um turbilhão. Ela estava se segurando, fraquejando, caindo.

Se este incidente aparecesse em redes sociais, cabeças iriam rolar. Charissa não tinha certeza de qual aluno correra primeiro para ajudá-la, mas Justin estava perto demais quando ela recobrou os sentidos, e ela não gostou do sorrisinho no rosto dele quando ele olhou para o celular antes de guardá-lo no bolso.

— Você está bem, Srta. Sinclair? — Sidney, uma de suas alunas favoritas, estava ajoelhada ao seu lado.

Charissa girou cuidadosamente para o lado. Ela ainda estava zonza demais para se levantar.

— O que posso trazer para você? — Sidney perguntou.

Ao redor de Charissa, vários alunos estavam inclinados, encarando. Graças a Deus que ela vestira calças, e não uma saia.

— Eu... Nada. Nada. — Ela se sentou e apoiou a cabeça sobre os joelhos. Se esse drama de desmaios fosse tornar-se uma coisa regular do repertório de Bethany, ela não queria participar. — Estou bem, pessoal. Voltem aos seus lugares. — Mas ela hesitou em se levantar.

— Alguém pode ir chamar uma pessoa? — Sidney perguntou para a turma.

— Não. Não, estou bem. — Charissa juntou forças para se levantar, mas ficou grata pela cadeira que Ben arrastara para perto. Ela deveria carregar lanchinhos na bolsa, amêndoas ou queijo, algo com proteínas. Ficaria bem, depois que comesse algo.

— Intervalo de dez minutos — uma voz ordenou. Ela levantou o olhar para ver Nathan Allen entrando na sala de aula, sinalizando para os alunos saírem. — Voltem em dez minutos — ele repetiu enquanto eles saíam conversando. Ele fechou a porta quando o último aluno saiu. — Deixe-me ligar para John por você.

— Não, eu estou bem.

— Charissa.

— Ele só vai ficar preocupado. — Ela não caíra sobre a barriga, graças a Deus, mas o cotovelo estava doendo. Devia ter absorvido a força da queda com o cotovelo direito. Ela o segurou contra o corpo.

Nathan a olhou com preocupação.

— Acho que não é sábio deixar de fazer uma consulta. Se certifique de que você não se machucou.

— Vou ficar bem. Só mais um arranhão no ego. — Ela tentou um sorriso irônico. — Nenhum dano permanente. — O que era mais vergonhoso: perder a apresentação final no semestre passado porque ela dormira demais, ou desmaiar na frente de uma sala cheia de alunos? Embora esse acidente não fosse culpa de ninguém, isso poderia levar a Dra. Gardiner e os outros professores a se perguntarem se ela estava apta a cumprir suas responsabilidades. Ela precisaria falar com a Dra. Gardiner o quanto antes para evitar que tomassem decisões por ela.

— Deixe-me assumir o restante da sua aula hoje — Nathan disse. — Eu não tenho nada programado para a próxima hora.

— Vou ficar bem. Mas obrigada. — Ela se levantou, aparentemente rápido demais, e se segurou antes de perder o equilíbrio. No mínimo, ela não terminaria a aula, e não seria justo com os estudantes que ela os colocasse em duplas de avaliação mútua sem as instruções corretas. Suspirou com derrota. — Pensando melhor, talvez eu devesse ir para casa.

Ele pegou o celular no bolso do blazer.

— Vou ligar para Hanna. Tenho certeza de que ela não se importaria de vir te pegar. E acho que você não deveria dirigir agora.

Do jeito que ela se sentia agora, não ia discutir.

Como Nathan havia dito, Hanna chegou ao estacionamento da biblioteca da universidade meia hora mais tarde.

— Aonde te levo? — ela perguntou quando Charissa colocou o cinto de segurança. Cintos estavam cada vez mais desconfortáveis.

— Para casa, por favor.

— Tem certeza de que não quer que eu te leve ao médico?

— Tenho. Acho que só preciso comer algo e me deitar. — O pacotinho com dois biscoitos de aveia da máquina de lanches não aliviou sua tontura. — Obrigada, Hanna.

— Sem problema.

Se Mara tivesse sido a motorista dela até em casa, Charissa poderia ter sido alvo de perguntas ou sujeita a dicas bem-intencionadas de gravidez e anedotas pessoais. Mas Hanna ficou calada no trajeto, e Charissa, que não era fã de conversar obviedades, não tinha certeza de como começar uma conversa. Geralmente, era Hanna quem guiava interações significativas. Talvez ela estivesse cansada.

— Está se sentindo bem? — Charissa perguntou depois de passar por várias quadras em silêncio. — Sentimos sua falta no culto domingo.

— Estou. Obrigada. Foi só um pouco de dor de cabeça.

— Nathan estava nos contando na igreja sobre sua casa. É ótimo que você não precisa se preocupar em colocá-la à venda.

— Sim. Grande resposta de oração.

— Quando você tem que ir lá embalar as coisas?

— Sábado, eu acho.

— Bem, se você precisar de alguma ajuda quando voltar para descarregar as caixas ou algo assim, eu voluntario John.

Hanna não tirou os olhos da estrada.

— Obrigada. Eu agradeço.

Quando elas chegaram à casa alguns minutos mais tarde, Hanna não desligou o carro.

— Precisa de ajuda para entrar? — ela perguntou.

— Não, estou bem, obrigada. Mas você é bem-vinda para entrar por alguns minutos, se quiser, Hanna.

— Não, tudo bem. Eu vou deixar você descansar. Mas me avise se precisar de algo mais, tá bom?

— Aviso. Te vejo sexta-feira, então?

— Sexta-feira?

— Para nosso encontro dos Calçados Confortáveis...

— Ah, certo. Sexta-feira.

Enquanto Charissa subia os degraus da entrada, ela adicionou outro nome à lista crescente de oração: Becka, Mara, Jeremy, Abby. E Hanna Allen.

BECKA

Na terra dos cavaleiros e castelos, o cavalheirismo estava morto. Com um olhar de desdém, Becka passou por uma dúzia de homens que continuaram em seus assentos no metrô, não se levantando nem mesmo para uma mãe com duas crianças pequenas.

— Segura aqui, querido — a mãe disse, colocando as mãos gordinhas de um dos filhos na barra enquanto segurava o mais novo. As únicas pessoas falando no vagão eram os turistas, distinguíveis por seus sotaques e falta de equilíbrio quando o trem acelerou, saindo da estação, e se inclinou para a direita. Becka já fora de ficar segurando com as duas mãos na barra acima da cabeça. Agora, ela fazia questão de ficar em pé despreocupadamente, a fim de não chamar atenção para si mesma. Não que londrinos se importassem em prestar muita atenção. Ela focou a atenção na rede multicolorida de linhas se cruzando nos mapas acima das janelas e desceu quando o trem parou na estação Russell Square.

— Eu gostaria de um café, por favor — ela pediu para o atendente idoso na cafeteria da quadra. Neste começo de manhã de primavera estranhamente ameno, o parque estava repleto de pessoas andando com seus cachorros, correndo e lendo. Enquanto o atendente servia-lhe a bebida, ela observou vários clientes ignorando as instruções para não alimentarem os pássaros. Os pombos descarados não acreditavam nas estátuas de gaviões e corujas.

— Aqui está, querida — o atendente disse, colocando a bebida na frente dela. O sorriso gentil dele quase a desestabilizou. Becka rapidamente contou seus trocados e encontrou uma mesa onde pudesse estudar sem ser interrompida. Estava muito atrasada com alguns trabalhos e, embora os professores tivessem sido pacientes, o período de misericórdia estava chegando ao fim. Ela descobriu que o luto tinha um prazo de validade além do qual sobrava pouca simpatia e compreensão, exceto, talvez, por quem também já sofrera perdas.

— Mas nós só queremos a antiga Beckinha de volta! — Pippa dissera quando Becka se esquivou de outro convite para uma noite de karaoke. — Vamos. Dar umas risadas seria bom para você. — Ela não estava interessada. Levantou o olhar quando um homem em roupas de ginástica passou correndo e começou a fazer agachamentos, alongamentos e flexões usando um banco de praça próximo.

Ela não estava interessada.

Até mesmo as amigas do colégio e da faculdade, algumas das quais mandaram torrentes de e-mails de preocupação e consolo quando souberam da notícia, voltaram às preocupações das suas próprias vidas. Ela não as culpava. Não muito, pelo menos. Sem dúvidas, algumas delas também já sofreram perdas de que ela nunca ficara sabendo nem entendera.

Na mesa adjacente à sua, uma jovem mulher, mais ou menos da idade dela, estava jogando migalhas para um pombo branco.

— Xio — ela disse quando percebeu que fora flagrada. — Não conta para ninguém. — Bateu as mãos e serviu uma xícara de um pequeno bule de cerâmica na bandeja dela.

Becka estudou-lhe o rosto. O gesto dela de servir chá acionou uma memória.

— Você parece familiar — Becka disse, analisando possibilidades até chegar à mais provável. — Você não trabalha no hotel aqui perto, trabalha?

— Sim, no Tavistock. Mas estou de folga hoje. — Ela se virou para Becka, com o rosto brilhando quando a reconheceu. — Eu te conheço; você veio tomar chá com sua mãe algumas vezes, certo? Americanas. Ela estava aqui visitando antes do Natal.

Becka tentou engolir o nó na garganta. Por que ela começara essa conversa? Agora, a conversa inevitável estava a caminho. De todos os lugares onde ela poderia parar para tomar café... De todas as pessoas que poderiam parar ao lado dela...

— Uma senhora tão gentil, a sua mãe. Escreveu uma carta de recomendação sobre mim e entregou para meu gerente quando ela saiu. Nunca recebi uma carta como aquela antes, e não tive a chance de agradecer a ela. Muito amável da parte dela.

Sim, Becka pensou, esse era o tipo de coisa que sua mãe teria feito. Antes que qualquer pergunta fosse feita por educação, ela soltou:

— Minha mãe morreu.

A garota ficou chocada. Talvez fosse isso que Becka esperava quando o dissera tão abruptamente: choque. Talvez quisesse simpatia de uma estranha quando a simpatia das amigas estava definhando.

— Sua mãe...

— É. Câncer.

— Ela nunca falou...

— Ela não sabia. — Becka segurou o copinho de café com as duas mãos e olhou para o trio de pombos esperando mais migalhas. — A propósito, meu nome é Becka. — Se ela ia contar tais notícias para alguém em um parque e potencialmente deprimi-la, parecia justo se apresentar.

— Meu nome é Claire. E me desculpe, eu não me lembro do nome da sua mãe.

— Meg. Meg Crane.

— Sra. Crane. Sim. — Ela olhou para Becka com profunda compaixão e disse: — Você tem os olhos dela.

Esses olhos agora se encheram de lágrimas. Pippa conhecera sua mãe. Harriet conhecera sua mãe. Simon conhecera sua mãe. Mas nenhum deles sequer pensou em fazer esta simples observação. "Eu espero que nosso bebê tenha os seus olhos", seu pai escrevera à sua mãe no dia em que viram a imagem do ultrassom. Becka encontrara o cartão na escrivaninha da mãe e o escondera na bolsa depois do funeral, um dos poucos cartões que ela decidira levar consigo para Londres. Era um cartão bem viajado.

— Sinto muito, Becka, eu não queria...

— Não, tudo bem. É só que...

Claire assentiu.

— Eu sei. — Algo na voz dela falava para Becka que ela, de fato, "sabia". Talvez, parte da experiência do luto fosse desenvolver um radar bem ajustado para identificar espíritos irmãos. — Eu sabia que ela estava se sentindo mal enquanto estava aqui — Claire continuou —, que ela teve que voltar para casa mais cedo, mas eu não fazia ideia de que estava tão mal. Eu sinto muitíssimo.

"Não foi por causa do câncer", Becka respondeu na mente. "Foi o luto dela. Por mim." Ela pegou um pacote de lencinhos na bolsa e assoou o nariz.

— Obrigada. Eu lembro que ela disse que você foi gentil com ela. — "Quando eu não fui", ela pensou, e a verdade dessa confissão a machucou profundamente.

— Você quer conversar sobre isso? — Claire perguntou. — Sobre sua mãe?

Becka pensou por um instante, e então se reposicionou ligeiramente na cadeira. Sim. Na verdade, ela queria.

Foi o efeito avião, Becka disse para si mesma quando derramou o coração para Claire durante a hora seguinte: sentar-se ao lado de um estranho em um avião em Chicago e, quando chegam a, digamos, Filadélfia, você já conhece toda a história de vida da pessoa. Ou ela conhece a sua.

Enquanto Claire escutava sem interromper, Becka contou algumas das memórias favoritas de sua infância: assistir juntas a filmes antigos de Cary Grant, dançar com microfones de escova escutando clássicos de Frank Sinatra e músicas do ABBA enquanto a avó estava fora, escutar a mãe dela tocar Debussy, Chopin ou Liszt.

— Ela tentou me ensinar a tocar piano, mas eu me interessava mais no balé. Então, a mamãe economizou para as minhas aulas e foi a todos os meus recitais de dança.

— Parece uma mãe maravilhosa.

— Ela é. Era. — Becka mordeu o lábio. — Aqui. — Ela pegou o celular. — Vou te mostrar uma foto dela. Digo, você já a viu. Mas essa aqui foi alguns dias antes de... — Ela rolou as fotos até encontrar a que procurava, a foto com a borboleta azul pousada no ombro da mãe. Era uma das suas favoritas não somente por causa da expressão no rosto da mãe, a surpresa, o encanto, a alegria, mas porque algo na maneira como a luz entrava no átrio fez parecer com que o rosto da mãe dela estivesse brilhando também.

— Ohh. Ela é linda. — Os olhos de Claire se encheram de lágrimas.

Como é que uma estranha, praticamente, poderia ficar tão profundamente tocada pela dor dela quando suas amigas não expressaram qualquer interesse nas fotos ou nas histórias?

— A cor da borboleta é da mesma cor do vestido que ela ia usar no casamento da melhor amiga. Mas ela faleceu na semana anterior. Então, eu me ofereci para usar o vestido e ficar no lugar dela.

— Tenho certeza de que sua mãe teria ficado feliz com isso. — Claire devolveu o celular.

Becka não conseguia evitar: ela continuava falando.

— Ela me contou essa história sobre meu pai, que morreu antes de eu nascer, como ele a convidou para um baile de Dia dos Namorados quando eles estavam, tipo, no nono ano. E ela economizou todo o dinheiro que pôde, porque tinha esse vestido de chiffon azul que ela queria comprar. Mas, quando ela levou minha avó para a loja para ver, ela não gostou. Então, minha mãe não comprou. Mas aí, quando viu esse vestido de madrinha, ele parecia muito com o vestido do Dia dos Namorados. — Becka apertou as palmas das mãos contra os olhos. — Eu queria que ela tivesse tido a chance de...

Eram todas as oportunidades, não eram? Todas as oportunidades perdidas que alimentavam o remorso de Becka, todas as oportunidades futuras que alimentavam sua tristeza.

— Sabe no que eu estava pensando nos últimos dias? — Becka disse, esfregando o rosto. Claire esperou. — No meu casamento.

— Você vai se casar?

— Não. Digo, ainda não. Digo, estou em um relacionamento sério com alguém, mas... não. — Ela limpou o nariz com a manga. — Eu estive pensando sobre o futuro, sobre como eu não vou ter um pai para me levar até o altar, como minha mãe não vai estar lá para compartilhar o momento comigo. Para compartilhar qualquer momento comigo. — Essa era a parte que ela não conseguia entender, não conseguia aceitar: a finitude de tudo, a impossibilidade de ver a mãe de novo. Ela jamais receberia seu conforto de novo. Jamais compartilharia da alegria da mãe de novo. E, embora elas tivessem dado adeus com amor e ternura, jamais teria de novo a oportunidade de reconquistar a confiança da mãe. Ou sua aprovação.

— Isso é muito difícil — Claire disse. — Vou orar por você.

Mesmo que Claire não tivesse dito as palavras da forma despreocupada e irreverente que Becka ouvira outros dizerem, ela se enrijeceu. A oração era a oferta fácil que as pessoas geralmente faziam para quem estava enlutado. Se elas de fato cumpriam a promessa, ela não sabia. E nem importava, na verdade. De que servia a oração? Orações são apenas palavras ditas para o vazio, que podem fazer a pessoa orando se sentir bem, mas que não realizam absolutamente nada significativo.

— Bem, obrigado por escutar. — Becka juntou seu lixo e o colocou no copinho vazio. — Me desculpe por despejar tudo isso sobre você desse jeito.

— Não tem problema. Conte comigo. E falo sério. Você pode passar no hotel a qualquer hora. — Claire pegou um pedaço de papel da bolsa, rabiscou um número de telefone e o entregou para Becka. — Você costuma ir à igreja? — ela perguntou.

— Não. — Becka não teria essa conversa. Era uma pena, também, uma amizade nova em potencial sendo abortada assim que começou. Ela enfiou o pedaço de papel na bolsa, só para ser educada. — Perdão, tenho que ir.

Claire parecia querer dizer mais alguma coisa, mas Becka jogou a bolsa sobre o ombro.

— Por favor, apareça lá a qualquer hora — Claire disse —, se você precisar de qualquer coisa.

É, não. Becka lhe agradeceu e, com um aceno casual, atravessou o parque. Obviamente, Claire era "crente". E o que Becka não precisava era de Jesus.

MARA

— Ela vai estar rolando rapidinho — Mara disse para Abby quando Madeleine levantou a cabeça e fez uma miniflexão no carpete da sala do apartamento. — Era assim que Jeremy se movimentava. Ele rolava de um lado da sala para o outro. — Ela não conseguia acreditar em quanto sua neta mudara em apenas duas semanas, e isso cimentou sua determinação: ainda que Abby e Jeremy privadamente a acusassem de ser autoritária, ela estava determinada a ver Maddie semanalmente, se não várias vezes por semana. Ela não os deixaria desfazer sua oferta de ser babá.

Se Abby ficara surpresa por ver a sogra às 8h30, ela não verbalizou nenhuma objeção. Depois de deixar os meninos na escola, Mara, do nada, decidiu aparecer sem convite.

— Por que você não vai deitar? — ela disse. — Eu cuido dela. Só tenho que estar no Nova Estrada daqui a uma hora.

— Jeremy não te contou?

— Me contou o quê?

— Meu turno no hospital mudou. Eu trabalho no segundo turno agora. Estou tão feliz de estar de folga à noite.

— Ah. Acho que ele se esqueceu de mencionar isso.

— É uma mudança recente. Comecei esta semana.

Então, eles provavelmente não precisariam da ajuda dela para cuidar de Madeleine algumas manhãs por semana. Talvez ela pudesse ajudar à tarde, quando os dois tivessem que trabalhar. Se Jeremy tivesse trabalho.

Abby rolou Madeleine sobre as costas e colocou o brinquedinho de bebê sobre ela, balançando um macaco de plástico para chamar sua atenção. Maddie sorriu.

— Quem é a menina sorridente? — Abby disse, movendo o rosto em direção ao de Maddie para tocar os narizes. Maddie sorriu. — Quem é a menina sorridente? — Maddie riu uma risada de bebê que fez Mara rir também.

— Ah, essa bebê! — Mara disse, deitando no chão para ficar perto dela. — Eu quero morder ela todinha, é tão fofa. — Mara apertou a barriga do elefante azul. O barulho fez Maddie rir de novo. — Ela está dormindo melhor?

— Acho que estamos chegando lá.

— Maravilha. A diferença que uma boa noite de sono faz...

Abby assentiu.

— Posso preparar algo para você beber?

— Não, estou bem. Obrigada. Mas prepare algo para você. Eu fico de olho nela.

Enquanto Abby preparava uma xícara de chá, Mara ficou deitada no chão ao lado da neta, fazendo cócegas em sua barriguinha e mexendo os brinquedos. Terapia com um bebê deixava o mundo todo melhor.

— Acho que chateei Jeremy semana passada — Mara disse quando Abby voltou com uma caneca fumegante. — Suponho que ele te contou sobre minha ideia do porão.

— Sim. Foi uma oferta realmente generosa. Ficamos gratos por ela.

— Não tenho certeza se ele ficou. — Mara sentou no carpete, com os dedos sobre a barriguinha de Madeleine.

— Ele sabe que você quer o melhor para ele. Para nós. Eu acho que é essa coisa toda de "ter que prover para a família".

— Sim, eu entendo isso. Eu queria ter pensado melhor antes de fazer a oferta. Você me conhece, eu me meto em encrenca por falar sem pensar.

— Sem problemas, mãe.

Mara beijou Madeleine nas duas bochechas. Ela faria qualquer coisa por qualquer um deles. Qualquer coisa ao alcance dela.

— Fico feliz que você tenha passado aqui — Abby disse, com o rosto parcialmente escondido pela caneca. — Eu já ia te ligar. — Mara levantou as sobrancelhas interrogativamente. — Estou preocupada com Jeremy. Acho que ele pode estar bebendo de novo.

Mara sentiu um punho socar o estômago.

— O que te faz achar isso?

— Semana passada, antes de meu turno mudar, ele chegou em casa tarde algumas noites. Pensei talvez ter sentido no hálito dele. Ele agiu normal, mas...

— Não, não, eu entendo. Mesmo um pouquinho poderia...

— Sim.

Jeremy não conseguia ter moderação quando se tratava de álcool. Ele estava sóbrio havia cinco, talvez seis anos agora, e trabalhara terrivelmente duro para chegar até ali. Embora Abby sem dúvidas soubesse das lutas passadas dele contra vícios, ela só o conhecera limpo.

— Ele está sob muito estresse agora — Abby disse —, e eu sei que ele está se sentindo desencorajado. Deprimido, até. Eu disse para ele que estou disposta a me mudar. Se a economia não melhorar aqui, nós deveríamos nos mudar para um lugar onde ele consiga encontrar um emprego.

Mara fingiu que essa notícia não era, também, um soco na barriga.

— Meus pais disseram que está um pouco melhor em Ohio. Mas eu estava pensando em mais ao sul. Tipo o Texas, onde ele poderia trabalhar com construção o ano todo.

"Texas?"

Abby colocou a caneca na mesinha de centro e pegou Madeleine nos braços, tocando os narizes.

— Se ele conseguisse encontrar algo em tempo integral com benefícios, eu poderia largar meu emprego e ficar em casa com Maddie. Ele sabe que é isso que eu quero, o que nós dois queremos.

Mara faria qualquer coisa por eles. Qualquer coisa ao seu alcance. Mas deixá-los partir?

Ai, Deus.

Não.

À tarde, enquanto supervisionava a preparação da refeição na casa de Charissa, Mara perguntou se ela sabia de algo.

— Não, nada. John não falou nada sobre isso para mim. — Charissa reposicionou a faca e continuou cortando os vegetais lentamente para fritá-los. Ela estava determinada a vencer a aposta de cozinha essa semana. — E espero que não tenha sido John a levá-lo à tentação. Eu o ouvi convidando Jeremy para tomar uns drinques uma vez. Eu não perguntei aonde eles foram. Me desculpa! Se soubéssemos disso, jamais teríamos...

— Não, eu sei.

— Ele não esteve na igreja nas últimas semanas. — Charissa raspou os pimentões da tábua para o óleo e deu um salto, assustada, quando a panela chiou e respingou. — Abby foi sozinha com Madeleine semana passada. Ela está fazendo ótimas perguntas sobre a vida e a fé. Mas acho que John não foi muito longe quando ele tentou perguntar para Jeremy como estava indo. Sinto muito, Mara. Vou orar. Há mais alguma coisa que eu possa fazer?

Não. Nada. Não havia mais nada que alguém pudesse fazer.

HANNA

Hanna serviu a primeira xícara de chá e ficou observando a escuridão antes do amanhecer. Ela deveria ter retornado a ligação frenética de Mara sobre Jeremy. Em vez disso, esperou algumas horas e então enviou um e-mail com uma mensagem superficial dizendo que ia orar. Até agora, ela não orara. Não com todo o coração, pelo menos.

Ela queria poder faltar à reunião do Clube dos Calçados Confortáveis. Pensou que poderia dizer-lhes que estava indo mais cedo para Chicago amanhã de manhã e que não tinha energia para fazer as duas coisas. Isso tecnicamente não era uma mentira. Ela não tinha energia. Mais do que isso, estava sem vontade.

Por sugestão de Nathan, ela mandara um e-mail para Steve mais cedo naquela semana, a fim de avisá-lo de que ela iria até lá para juntar as coisas. Ele respondera imediatamente, convidando-a para participar do culto. Ela recusou. "Então, que tal uma festinha de despedida depois do segundo culto?", ele escreveu. "Uma chance para nós te darmos um adeus caloroso." Relutantemente, ela aceitou. Ela se perguntou se Nancy e Doug estariam lá.

Nathan entrou na cozinha, usando roupão e pantufas.

— Acordou cedo. — Normalmente, Nathan estava em sua cadeira com a Bíblia e o diário quando Hanna descia as escadas. — Dormiu bem?

— Não muito.

— Eu estava roncando de novo?

— Não.

Ele mediu o pó de café e ligou a cafeteira.

— Muita coisa na cabeça, né?

Ela assentiu. Amanhã, ela passaria pela soleira da própria casa pela primeira vez em oito meses. Ela e Nathan iam embalar as coisas dela em casa e no escritório (com os dois trabalhando nisso, eles poderiam terminar em um único dia) e passariam a noite em um hotel. E então, depois de suportar a festinha organizada às pressas, cuja velocidade e tempo somente reforçariam os rumores rodando sobre os "reais motivos" de sua partida, eles carregariam o caminhão e deixariam a vida dela para trás.

— Eu espero muito que Heather não esteja pensando em ficar rondando enquanto junto minhas coisas — ela disse, ainda olhando para a escuridão pela janela da cozinha. — Eu quero um tempo sozinha na minha casa.

— Então, diga isso para ela.

— Eu não vou dizer isso para ela.

— Por que não?

— Porque eu não digo para as pessoas o que eu quero.

— Ou o que precisa — ele acrescentou baixinho. Provavelmente não queria que as palavras soassem como uma acusação.

Ela colocou a xícara no balcão. Ele girou Hanna gentilmente para si e segurou as mãos dela.

— Então, pratique — ele disse. — Pratique comigo. Diga uma coisa que você quer.

Ela hesitou. Se dissesse as palavras "Eu quero", então elas deveriam ser seguidas por algo significativo. A vinda do reino, por exemplo. Ou ser uma serva fiel de tudo o que Deus lhe confiara. Usar essas palavras para coisas menores parecia egoísta.

— Vamos lá, Shep. Qualquer coisa.

Ela olhou para ele por um instante.

— Eu gostaria...

— Tente sem conjecturas. Sem filtros. Eu quero...

Tá bem, então. Ele queria que ela fosse direta? Ela seria direta.

— Eu quero dormir no seu lado da cama.

Nathan riu.

— Certo. Agora estamos chegando a algum lugar. É seu. Vamos trocar hoje à noite. O que mais?

Quando ela não respondeu por vários longos minutos, ele perguntou:

— Você está mudando o que diria agora, ou você realmente não sabe o que quer?

— Ambos.

— Certo. Diga algo que você está ponderando, então.

Hanna fechou os olhos e soltou:

— Eu quero uma casa que seja nossa. — Ela abriu os olhos para avaliar os dele. Inescrutáveis.

— Diga mais.

Já que não havia como voltar atrás e ele continuaria a fazer perguntas até estar satisfeito por ela estar dizendo toda a verdade, ela respirou fundo e respondeu:

— Eu quero uma casa onde eu não me sinta como uma visita de longo prazo, onde eu não sinta como se estivesse invadindo o espaço.

— Você não está invadindo...

— Não, escuta — ela levantou a mão e tocou os lábios dele para impedir que ele interrompesse. — Você perguntou, e eu estou te falando a verdade, Nate. Este é seu espaço. Seu e de Jake. Sempre vai ser isso. Não importa o quanto redecoremos ou reorganizemos, é sua casa. E eu não sei como me encaixo nela, como a faço minha. Nossa.

A cafeteira parou de fazer barulho. No andar de cima, um despertador tocou. Jake se levantaria para a escola em breve. Ela não deveria ter começado esta conversa.

— Viu? Eu deveria ter ficado quieta.

Ele serviu uma xícara de café e disse:

— Não era isso que eu estava pensando.

— Então, diga algo. No que você está pensando?

— Que eu queria que você se sentisse confortável falando comigo sobre seu coração. Eu achava que nós tivéssemos trabalhado com um pouco disso, que você estava sendo honesta comigo, que não estava se escondendo atrás da máscara de "tá tudo bem".

— Você sabia que não estava tudo bem. Eu te disse que estava lutando.

— Eu sei. Eu sei que você tem lutado com tudo o que diz respeito a Westminster, Heather, Meg. Mas eu não sabia que você estava infeliz aqui.

Ela não estava infeliz. Ela havia dito que estava infeliz? Ele lhe pedira que nomeasse desejos, e ela nomeou um. Agora, ela queria não ter falado. Era por isso que ela não falava do que estava no coração, porque dizer a verdade cria possibilidades de mais para o conflito. É mais fácil ficar quieta, entregar seus desejos silenciosamente para Deus e orar pela graça para aceitar quaisquer presentes que sejam dados, em vez de tentar orquestrá-los por si mesma.

— Esqueça que eu disse isso. Eu não ia dizer nada.

— Então, o que você ia fazer? Continuaria se sentindo miserável e deslocada, e guardaria isso para si? Não é assim que se vive num casamento, Hanna. — Passos soaram no andar de cima; Jake estava descendo. — Vamos conversar sobre isso mais tarde — Nathan disse em um tom que provavelmente não tinha a intenção de fazê-la se sentir como uma menina de oito anos. E então ele cumprimentou Jake com um alegre: — E aí, cara! Que tal uns ovos?

Sem terminar o chá, Hanna apertou o laço do roupão e subiu as escadas.

Ele tinha um bom argumento, ela pensou enquanto enchia os comedouros de pássaros e organizava as correspondências na casa de Meg. Mas ele também não estava compartilhando o coração. Obviamente, havia coisas acontecendo com Jake que Nathan decidira não contar para ela. Ela não estava pedindo que ele traísse a confiança de Jake. Mas certamente havia uma forma de conversar sobre como ele estava lidando com o estresse como pai sem revelar detalhes privados sobre o filho. Como um marido e uma esposa compartilhariam seus sentimentos se esse marido não falava sobre o próprio papel como pai?

Pela janela da cozinha, ela observou gratos chapins voando para o comedouro. Como desejava que ela e Meg pudessem se sentar juntas com um bule de chá. Meg não a julgaria por se sentir isolada, por se sentir como uma estranha na nova vida. Meg escutaria com compaixão e oraria por ela. Não que Mara e Charissa não fossem compassivas. Mas Hanna não sentia o mesmo tipo de conexão e intimidade com elas como sentia com Meg. Era simples assim. Ela sentia saudade da amiga. Desesperadamente.

Era engraçado como a casa de Meg, que parecera tão opressora e solitária da primeira vez que Hanna entrara nela meses atrás, agora se tornara um dos poucos lugares onde ela sentia como se pudesse escutar à própria alma e respirar.

Ela se sentou à mesa de Meg com a cabeça apoiada nas mãos. Duas semanas. Apenas duas semanas até a Sexta-feira Santa, e ela nunca se sentira tão despreparada. Normalmente, ela era diligente com a oração durante a quaresma, refletindo sobre as formas como estava sendo convidada a morrer para si mesma e viver para Cristo. Talvez não tivesse pensado tanto sobre a Sexta-feira Santa e sobre a Páscoa, porque ela já passara bastante tempo pensando sobre isso quando Meg estava morrendo. Passara horas meditando sobre os textos da crucificação e ressurreição. Então, por que ela os estava evitando agora?

Charissa pediu que ela escolhesse o texto para a reflexão daquela noite. Mas, quando ela passou pelo caderno de exercícios de oração, nada a capturou. Isso era horrível de falar, não era? Que nada nas Escrituras chamara a sua atenção nem a convidara? Mas era a verdade. Ela não estava a fim de ler a Palavra. Não estava a fim de orar. Pelo menos, não teria que participar dos cultos na Westminster. Comparecer, sim. Sob imposição. Mas liderar? Não.

Ela esfregou os olhos. Estava cedendo à sequidão espiritual sem procurar por fontes. Sabia disso. Mas estava cansada demais para procurar. Essa era a verdade. Talvez precisasse que Deus a buscasse na paisagem árida e cansada da alma dela.

PARTE DOIS

QUEBRADA E DERRAMADA

*Assim como a corça anseia pelas águas correntes,
também minha alma anseia por ti, ó Deus!
Minha alma tem sede de Deus, do Deus vivo;
quando irei e verei a face de Deus?
Minhas lágrimas têm sido meu alimento dia e noite,
enquanto me dizem a toda hora: Onde está o teu Deus?*

Salmo 42:1-3

5.

CHARISSA

Com todos os prazos a pressionando — livros para ler, trabalhos para escrever e dar nota, e palestras para revisar —, Charissa percebeu que ofertar algumas horas de trabalho voluntário no Nova Estrada nas sextas-feiras a ajudava a manter sua vida em perspectiva. Estar cercada por pessoas que não tinham nada a ajudava a se manter grata por tudo o que recebera. A prática intencional de servir outros a moldara de formas que ela não poderia ter imaginado.

— O arroz frito foi um sucesso — ela disse para Mara enquanto serviam bacias de salada e tigelas de sopa para os convidados do Nova Estrada. — John disse que eu venci essa semana, já que nenhum de nós ficou doente depois. — Mara não respondeu. — Obrigada de novo por me ajudar.

Mara arrumou o canto de uma toalha de mesa.

— Eu te falei. Você vai dominar isso rapidinho.

— Não sei, não. Mas, se eu tiver algumas refeições saudáveis no meu repertório, já vai ser uma grande melhora. — Charissa estava ansiosa para colher vegetais do jardim dela e cozinhá-los. Estivera estudando sementes na semana passada e estava se tornando quase uma especialista em tomates orgânicos. "Está a fim de virar especialista em basquete também?", John brincara. Ela não estava.

— Está se sentindo melhor hoje, Srta. Charissa? — Billy perguntou quando chegou a vez dele na fila. Um convidado regular no abrigo, ele falara com ela algumas vezes sobre o período em que servira no Vietnã. — Eu te vi semana passada. Você apagou.

— Foi — ela respondeu. — Mas, sim, estou me sentindo melhor. Obrigada. — Seus alunos, até Justin, que não publicara nada em redes sociais (ela havia conferido), fizeram perguntas similares sobre ela ontem. Ela deveria abrir mão da vergonha e deixar as pessoas expressarem preocupação e darem opiniões, por mais que fosse difícil. Bethany ainda nem tinha nascido, mas já estava dando aulas sobre abrir mão do controle.

— Você precisa se certificar de que está comendo ferro o suficiente — Ronni, uma mãe de três solteira, comentou enquanto estava com o prato estendido, esperando a salada. — Os médicos disseram que eu estava anêmica. Sério, eu me sentia péssima. Você está cansada?

— Não muito.

— Ah, que bom.

Era bom. Agora que Charissa chegara à marca dos seis meses, sentia como se estivesse chegando à reta final. Em algumas semanas, terminaria o semestre e então poderia concentrar a atenção nos preparos para a chegada de Bethany: decorar o quarto, estocar fraldas, comprar roupas de recém-nascido e outras parafernálias. John estava pesquisando carrinhos, berços e assentos de carro havia meses, mas ela ainda não lhe dera a luz verde para comprar os itens mais caros. Eles tiveram muitas outras despesas com a remodelagem da casa.

Não que ela fosse reclamar, relembrou-se enquanto servia a salada. A maior parte dessas pessoas não tinha casas. E ela apostava que a maioria das mães não fora capaz de comprar nada novo para seus bebês.

— Você está bem? — ela perguntou para Mara depois que o último dos convidados na fila passou.

Mara balançou a cabeça. Normalmente, ela era muito sociável com cada convidado, mas hoje ela serviu sem muita interação, até mesmo com os regulares. Pegou as panelas de sopa vazias e gesticulou para Charissa segui-la para a cozinha.

— Normalmente, não me incomodo — ela disse baixinho —, mas hoje o cheiro de álcool me afetou. Toda vez que eu sentia nos hálitos deles ou via nos olhos, ficava com todo tipo de medo por Jeremy. Eu me sinto tão impotente com tudo. — Os olhos dela se encheram de lágrimas.

— Posso orar por você? — Charissa perguntou. Mara assentiu.

À tarde, Charissa recebeu um e-mail de Hanna, pedindo desculpas porque ela não tivera a oportunidade de escolher um texto com o qual pudessem orar. Não tinha nem certeza se conseguiria ir à reunião do Clube, já que ela sairia para Chicago cedo, na manhã seguinte.

Charissa queria que ela pudesse ligar para Meg. Meg saberia como falar com Hanna e encorajá-la. Charissa escreveu em resposta: "Não se preocupe com escolher um texto de oração. Eu acho um. Só venha. Mesmo que você só possa ficar um pouco, ainda podemos orar por você".

— Conseguiu falar com Jeremy? — ela perguntou para John quando ele entrou com sacolas de mercado pouco depois das 17h.

— Sim. Ele vai ficar em casa com Madeleine hoje à noite.

— E?

— Ele parecia normal.

Ela seguiu John até a cozinha e começou a guardar as compras. Batatinhas. Cookies. Refrigerante. Não era surpresa que ele tivesse se oferecido para passar no mercado depois do trabalho. Charissa não comprava besteiras.

— Que tal irmos lá? — ela perguntou.

— Simplesmente aparecer lá? Isso seria estranho.

— Que tal assistirem basquete juntos? É sexta-feira. Deve ter algum jogo hoje, não?

— Hmm, você é fofa. — Ele abriu um tubo de Pringles e despejou uma pilha. — Michigan State contra o Kansas, se lembra? — Ela olhou inexpressivamente para ele. — Semifinal regional.

— Tudo bem, então. Ofereça-se para levar uma pizza e assista ao jogo com ele.

— Chuck e eu vamos ao Asinhas Ariscas de Buffalo para assistirmos ao jogo com alguns dos amigos dele.

Charissa fechou o armário da despensa. Ela o organizaria mais tarde.

— Remarque com o vizinho, tá bom? E ligue de volta para Jeremy. Por favor.

Enquanto John fazia a ligação ("Mano! Eu tive uma ótima ideia!"), ela passou pelo caderno de orações, procurando um exercício de Katherine que fosse frutífero ao explorarem juntas. Não demorou muito para encontrar.

MEDITAÇÃO EM MARCOS 14:1–11

UMA BOA AÇÃO

Aquiete-se na presença de Deus. Então, leia o texto em voz alta algumas vezes e imagine que você está com Jesus na casa de Simão em Betânia. Use todos os seus sentidos para entrar na história e participar da cena.

"Dali a dois dias seria a Páscoa e a festa dos Pães sem Fermento. Os principais sacerdotes e os escribas procuravam um modo de prender Jesus por meio de traição, para o matar. Pois diziam: Não durante a festa, para que não haja tumulto entre o povo.

"Jesus estava em Betânia, à mesa, na casa de Simão, o leproso. E veio uma mulher trazendo um vaso de alabastro cheio de bálsamo de nardo puro, de alto preço. Então ela quebrou o vaso e derramou o bálsamo sobre a cabeça de Jesus. Mas alguns se indignaram e disseram entre si: Por que esse desperdício de bálsamo? Ele podia ser vendido por mais de trezentos denários, e o dinheiro seria dado aos pobres. E eles a criticavam. Jesus, porém, disse: Deixai-a; por que a incomodais? Ela praticou uma boa ação para comigo. Porque sempre tendes os pobres convosco e, quando quiserdes, podeis fazer-lhes o bem; mas nem sempre tendes a mim. Ela fez o que pôde. Ungiu por antecipação o meu corpo para o sepultamento. Em verdade vos digo que, em todo o mundo, onde quer que seja pregado o evangelho, também o que ela fez será contado em sua memória.

"Então Judas Iscariotes, um dos Doze, dirigiu-se aos principais sacerdotes para lhes entregar Jesus. Ouvindo-o, eles se alegraram e prometeram dar-lhe dinheiro. E ele procurava uma ocasião oportuna para entregá-lo."

Para reflexão pessoal (45–60 minutos)

1. Comece se imaginando como um observador na história. O que você percebe sobre a mulher que unge Jesus? Que pensamentos e sentimentos aparecem em você enquanto a vê quebrar o vaso e ungi-lo?
2. Como você se sente quando escuta os discípulos criticando-a? O que você falaria sobre ela? Por quê?
3. Pense sobre uma vez em que você julgou outra pessoa pela forma como ela servia ou adorava a Jesus. Que justificativa você usou para seu julgamento? O que Deus poderia dizer para você sobre isso?
4. Agora, imagine que você é a mulher ungindo Jesus. O que te motiva a derramar perfume nele? Você tem alguma hesitação em quebrar o vaso? Por quê?
5. Como você se sente quando os discípulos te criticam e te repreendem? Como você responde? Entregue em oração a Deus o que você perceber.
6. Como você se sente quando escuta Jesus defendendo você e a sua oferta, seu presente? Como você responde quando ele declara que você fez "uma boa ação"? Entregue em oração a Deus o que você perceber.
7. Que "boa ação" você está sendo convidado a ofertar em sacrifício e amor a Jesus? Você tem alguma hesitação em ofertar um presente tão caro? Entregue a Deus em oração os seus desejos, medos e resistências.

Para reflexão em grupo (45–60 minutos)

1. Com quem você se identificou mais facilmente na história: a mulher ou os observadores críticos? Por quê? Compartilhe o que você percebeu sobre seus pensamentos e sentimentos enquanto se imaginava participando da história.

2. Que oportunidades você tem para ofertar um sacrifício caro de amor por Jesus? Como o grupo pode te encorajar e te apoiar nessa oferta?
3. Entregue uma palavra de encorajamento para a pessoa à sua esquerda. Que "boas ações" você já a viu ofertar para Jesus? Como essa oferta te inspirou? Quando você receber o presente do encorajamento, tire um tempinho para apreciá-lo antes de encorajar a pessoa ao seu lado.
4. Terminem meditando silenciosamente sobre o valor de Jesus. O que ele vale para você? Ore por um aumento no amor, na devoção e na coragem para você e seus companheiros de jornada.

MARA

Cada pessoa lidava com a tristeza do seu próprio jeito, Mara se relembrava enquanto se aconchegava no sofá de Charissa com o exercício de oração no colo. Hanna, evidentemente, preferia lidar com suas lutas sozinha, afastando-se da comunidade. Mara, por outro lado, corria para a comunidade, agora que ela tinha uma para onde correr. Ou talvez Hanna preferisse a comunidade de um marido, agora que tinha um. Que mulher sortuda ela era. Mara não tinha como saber como era esse tipo de companhia.

— Nós deveríamos ligar para ela e nos certificarmos de que ela está bem?

Charissa se assentou em uma poltrona.

— Acho que talvez devamos deixá-la, por agora. Parece que eles vão sair amanhã de manhã cedinho para Chicago.

"Onde dois ou três estiverem reunidos..."

Jesus estava com elas, mesmo que fossem só as duas. Mas Mara não gostava da ideia de o Clube dos Calçados Confortáveis se desfazer. Se Hanna não valorizava o tempo delas juntas, não havia nada que pudessem fazer para forçá-la a participar. Mas quando se deveria deixar alguém partir e quando se deveria partir atrás dela? Mara fez uma oração em silêncio pela amiga e então olhou para o texto.

— Quer que eu leia primeiro? — ela perguntou. Charissa assentiu e fechou os olhos.

Essa mulher com certeza era sortuda por ter uma boa ação para ofertar a Jesus. O vaso parecia um tesouro, como se fosse esculpido de mármore. E, quando ela o quebrou, o aroma de especiarias do perfume encheu todo lugar e se prendeu lá. Essa mulher tinha coragem. Mara não tinha certeza se ela teria tido a audácia de derramar o óleo sobre a cabeça de Jesus durante um jantar. Mas talvez as regras em um jantar fossem diferentes na época.

A expressão nos olhos da mulher chamou a atenção de Mara quando ela imaginou a cena acontecendo, uma expressão que declarava que a única pessoa no mundo inteiro que importava naquele momento era Jesus; e nada, ninguém, poderia impedi-la de derramar o presente precioso dela sobre ele. Jesus também tinha uma expressão intensa nos olhos, esse olhar de gratidão e amor misto com tristeza enquanto olhava para ela. Eles não quebraram o contato visual. Mara teria apreciado um momento como aquele. Que mulher sortuda. "Abençoada" seria uma palavra melhor. Que mulher abençoada por ter um presente caro para ofertar. Uma mulher abençoada por pensar em fazer essa oferta. Uma mulher abençoada por escutar Jesus elogiá-la pelo presente e então dizer que todos no mundo inteiro ouviriam falar disso. Abençoada. Como um aluno premiado em uma sala. Como um filho favorito. Abençoada.

Mara ficou girando as pulseiras, desatenta ao barulho delas até Charissa levantar o olhar do diário. "Desculpe", Mara gesticulou. Ela cruzou uma perna sobre a outra, desejando poder colocar os pés descalços sobre a mesinha de centro. Mas Charissa reclamara para ela sobre os "rebeldezinhos" que colocavam os pés sobre as carteiras e a desrespeitavam com seus celulares na sala de aula, e a mesinha de centro de vidro não era convidativa para manchas de pé. O carpete novo dela não era convidativo para calçados. Ela ficaria chocada quando eles tivessem uma bebê cuspindo ou uma criancinha derramando coisas. E, se Bethany tivesse "cocôs-foguete" como Kevin tinha...

Mara fixou o olhar na vela de Cristo, girou os ombros e leu as perguntas de novo. Como ela se sentia quando escutara os discípulos criticando a mulher? Brava. Aquela mulher tinha todo direito de usar o próprio presente como quisesse. Quem eram eles para dizer o que fazer com aquilo? Eles não tinham direito de julgá-la. O que essa mulher havia feito era entre ela e Jesus. Eles deveriam se afastar, deixá-la em paz.

Jesus estava bravo também. Deixem-na em paz, ele disse.

"Isso. Mostra para eles, Jesus."

Que mulher abençoada por ter Jesus defendendo-a. Defendendo *e* elogiando. Uau.

Se ela se colocasse no lugar da mulher, Mara conseguiria imaginar Jesus defendendo-a contra quem a maltratava. Isso é algo que Jesus faria: intervir e falar para eles pararem com isso. Mas elogiar? Essa era a parte que a impedia de se imaginar como a mulher. Em primeiro lugar, ela não tinha um presente caro para ofertar a Jesus, nada que o faria elogiá-la. Comparada àquela mulher, Mara era a menininha desenhando bonequinhos de palito e desenhando um sol roxo ou algo assim para presentear Jesus. Jesus pegaria seu desenho, é claro, ele sorriria, lhe diria que estava lindo e o prenderia na geladeira por um tempo para fazê-la sentir-se especial. Mas ela não tinha nada que outras pessoas considerariam precioso ou valioso.

Mara apertou os dedos do pé no tapete do chão e então penteou as marcas com a sola. Que "boa ação" ela estava sendo convidada a ofertar para Jesus? Não fazia ideia. E pensar sobre todas as boas ações que outras pessoas tinham para ofertar a ele só a fazia sentir-se pior sobre si mesma.

Ela olhou para as mãos vazias. Como se sentiu quando vira a mulher derramar o presente dela sobre Jesus? Como se sentiu quando escutara Jesus defendendo-a e elogiando-a?

Invejosa. Essa era a palavra honesta que descrevia como ela se sentia. Essa frequentemente era a palavra para descrever como ela se sentia. Mara balançou a cabeça e suspirou. Como ela queria não se sentir assim. Mas, já que era só isso que ela tinha, derramou isso mesmo e tentou imaginar que a oferta cheirava a algo que não fosse vergonha fedorenta.

CHARISSA

Enquanto lia o exercício de oração de novo, Charissa pensou que era possível que estivesse sendo inconscientemente atraída para textos que mencionavam "Betânia". Primeiro, a história da ressurreição de Lázaro, e agora a unção em Betânia. Ela repousou a mão sobre o abdome. Bethany estava quieta depois de um dia ativo. "Durma, garotinha." Mas, se ela dormisse agora, ficaria chutando a noite toda?

Dormir. Não era um vaso de alabastro cheio de perfume caro, mas era um sacrifício caro mesmo assim que Charissa teria que se acostumar a fazer. Ela havia lido online a história de algumas mães de primeira viagem, sobre como elas começaram a usar um palavreado que jamais haviam falado na vida toda, como jamais veriam uma noite de sono como um direito inalienável, como se perguntavam se algum dia dormiriam bem de novo, com toda a preocupação sobre seus filhos estarem respirando em seus berços, ou se poderiam se engasgar com a chupeta, ou se estavam recebendo a nutrição necessária, ou se ganhariam uma bolsa de estudos em uma escola de prestígio.

Charissa fixou o olhar na vela de Cristo e respirou lentamente. Mesmo depois de alguns meses de prática, era muito mais fácil analisar a história a uma distância literária ou psicológica do que entrar nela com a imaginação. O que chamou sua atenção enquanto procurava um texto, no entanto, foi primeiramente que essa história era oportuna, porque a Sexta-feira Santa estava chegando e, em segundo lugar, era a oportunidade de refletir sobre um texto similar ao que a impactara meses antes, a história da mulher que, com devoção escandalosa, invadiu o jantar de Simão, o Fariseu, e secou os pés de Jesus com os cabelos. A mesma dinâmica estava em jogo na história de Marcos: o amor extravagante de uma mulher por Jesus e o duro julgamento dos outros sobre esse amor. Com quais personagens, Charissa se perguntava, ela se identificava agora? Que progresso fizera na própria jornada de expressar maior devoção e gratidão? Poderia dizer que se tornara mais amorosa, mais acalorada desde que embarcara na jornada sagrada no Nova Esperança, no último outono? Ela não tinha certeza.

Ela leu o texto silenciosamente, tentando visualizar a cena.

"Exuberância" era a palavra que vinha à sua mente enquanto visualizava a mulher quebrando o vaso para ungir Jesus. Ela não guardara nada para si mesma. Não medira o perfume em colheres de chá, calculando o custo. Em vez disso, derramara cada gota em amor, devoção e gratidão. Enquanto os sacerdotes e escribas procuravam a oportunidade para prenderem e matarem Jesus, e enquanto Judas procurava a oportunidade para traí-lo, essa mulher procurava a oportunidade de honrá-lo, de ungir o Ungido.

Que oportunidade Charissa procurava? Ela clicou a caneta. A oportunidade de seguir Jesus, sim. De ser fiel, sim. Mas de se doar com despreocupação descuidada? Na maioria dos dias, não. Ela ainda era cautelosa, ainda calculada, ainda comedida.

Se fosse honesta, entenderia a crítica. Embora talvez tivesse se refreado de criticar publicamente a mulher e sua oferta (não estava lutando pelos últimos meses para crucificar seu espírito crítico?), ela a teria censurado silenciosamente. Parecia mesmo um desperdício. Especialmente se o presente valesse o que os discípulos avaliaram. Trezentos denários poderiam render bastante em causas altruístas, na obra do reino.

Mas Jesus aceitara a oferta e enaltecera a mulher por isso.

Charissa esfregou o abdome. Houve várias vezes nos últimos meses quando ela repreendera John por seu impulso de "gastar dinheiro". Não, Bethany não precisava daquele berço de ponta ou do carrinho de última linha. Charissa estava constantemente puxando as rédeas dele, relembrando-o do orçamento, abordando as compras deles de uma perspectiva com alto custo-benefício. Ela tentava controlar a generosidade e gerenciar as tendências pródigas.

Mas ela também se lembrou da alegria que sentira na noite em que se despreocupara com o orçamento e partira para o mercado fazer compras para Mara, não meramente os itens básicos, mas também algumas guloseimas para os meninos. Ou da vez que ela mandara a doação ao Nova Estrada com as instruções para usar o dinheiro e comprar os ingredientes para os famosos biscoitos de canela de Mara, a fim de que os convidados tivessem algo mais além de sanduíches e sopa naquele dia. Pequenos exemplos, com certeza, mas exemplos que a relembravam de que a extravagância poderia ter um propósito quando era direcionada em amor para outra pessoa.

Era a diferença, talvez, entre compartilhar uma refeição cara com uma pessoa amada para marcar uma ocasião especial, e pegar essa mesma refeição cara e jogá-la no lixo sem comê-la. Uma era extravagância, a outra, desperdício. E o que aquela mulher em Betânia discernira corretamente foi que aquele era um momento em que a devoção extravagante superava a praticidade. Então, ela derramara seu tesouro precioso com desapego. Em liberdade. Em amor.

Charissa verificou o relógio. Mais vinte minutos para reflexão silenciosa. Embora pudesse passar o restante do tempo se arrependendo pelas formas como julgara outros ao longo dos anos, seria mais produtivo ponderar sobre o desconforto de se imaginar no lugar da mulher. "Aprenda a perseverar com aquilo que mexe com você", Nathan frequentemente dizia.

Tudo bem, ela perseveraria.

O que ela já oferecera que Jesus avaliaria como "uma boa ação"? Que sacrifício custoso já dera em amor? Recentemente, abrira mão da igreja de sua infância por John, mas ela não estava realmente pensando em Jesus quando concordara em frequentar a Igreja do Peregrino. Abrira mão do próprio tempo às sextas-feiras para servir no Nova Estrada, mas essa prática a beneficiava tanto quanto aos outros. Ela gostava da sensação de fazer a diferença, gostava de ajudar Mara. Estava servindo por causa de Jesus? Não tinha certeza. Estava servindo por causa dos pobres? Não tinha certeza. Era possível que até seu serviço poderia estar servindo a ela própria?

Joio, joio e mais joio. Seria possível ofertar algo que fosse puro e limpo de egoísmo, ou a alma dela sempre seria uma mistura de trigo e joio?

"Eu não tenho nenhuma boa ação para te ofertar", ela escreveu no diário, e então fechou o caderno com um barulho que chamou a atenção de Mara e evocou um suspiro de simpatia.

Embora Mara fosse gentil e nomeasse as formas como Charissa a servira e ajudara Jeremy ("Foram boas ações para mim", Mara insistira), esse encorajamento serviu pouco para mitigar a culpa por todas as ações que não foram boas na vida dela. Charissa estava tentando caminhar a segunda milha, entregar a própria vida por outros em amor. Mas não era o bastante. Não estava indo longe o bastante no sacrifício.

— Você é dura demais consigo mesma — John disse quando estavam deitados na cama naquela noite. — Eu não acho que o objetivo da formação espiritual seja se punir por não ser perfeita, né?

Não. Não era. "É uma jornada, não uma prova", Nathan diria. Progresso, não perfeição.

— Sabe sobre quem eu passei a noite pensando hoje? — Charissa perguntou. Quando John não respondeu, ela disse: — Meg. Ela tinha essa pureza de coração que eu não sei se jamais terei. — Pureza de coração também não era algo que ela conseguiria alcançar por tentar com mais afinco. Era isso que era tão frustrante: a incapacidade de se fazer como Jesus.

John rolou para o lado dela e se apoiou no cotovelo.

— Sim, mas nós nunca vemos os motivos de outras pessoas, vemos? Digo, não temos como saber se o coração de alguém é puro ou não. Se Meg estivesse aqui hoje à noite, ela provavelmente estaria se solidarizando com você.

— Eu sei. Mas ela sabia amar. Eu consigo imaginar Jesus a cumprimentando com um grande sorriso e dizendo: "Muito bem". — Charissa não conseguia imaginar Jesus fazendo a mesma coisa com ela. E, se ela se concentrasse em servir a fim de receber o elogio de Jesus, então ainda estaria vivendo com egoísmo, não? Ela expirou alto.

— Que foi? — John perguntou, com o polegar sobre a bochecha dela.

— Eu acho que nunca vou ficar livre do meu jeito autocentrado. Nunca.

John a beijou, e ela desligou a luz.

BECKA

Outro e-mail de Hanna, o segundo nesta semana. Não, Becka ainda não confirmara os planos para o verão. Não, ela não sabia quando iria a Kingsbury. Não, não precisava que Hanna arrumasse alguma coisa para ela. Se Hanna pudesse apenas colocar dinheiro bastante na conta dela para pagar a passagem, Becka cuidaria disso sozinha. Ela clicou "Enviar" e fechou a caixa de entrada.

— Ela é tão ruim quanto minha mãe — Becka disse para Simon, e então se arrependeu imediatamente. — Digo, ela está agindo como uma mãe, e eu não preciso de uma mãe agora. — As palavras saíram completamente erradas. — O que eu quero dizer é que eu não preciso de outra pessoa tentando ser uma mãe. — Ela não ia chorar. Simon estava cansado das lágrimas dela. Ele não o dissera, não diretamente, mas ela conseguia ver que as próprias emoções estavam ficando tediosas. Nas últimas noites, ele ficara fora até tarde bebendo com colegas do trabalho e não a convidara para ir com eles nenhuma vez. Ela precisaria melhorar o gerenciamento do luto.

Ela foi até a cadeira dele e se apertou ao seu lado, com a perna sobre a dele.

— Que tal um curry hoje à noite?

Ele pegou um cigarro e o acendeu.

— Noite de perguntas e respostas.

— Outra noite de...

— Eu já te disse.

— Desculpe. Esqueci. — Ela balançou a mão na frente do rosto para dissipar uma nuvem de fumaça. Ela gostaria de que ele parasse, especialmente agora que a mãe dela... — Eu posso ir torcer por vocês.

— Nigel não ia gostar.

— Por que não?

Ele puxou outro trago longo.

— Nigel é muito intenso, muito competitivo. Ele não gosta de espectadores. — Becka nunca conhecera Nigel. Nunca conhecera muitos dos amigos de Simon, na verdade, e os poucos que conhecera não pareciam gostar dela. "Eles estão com inveja", Simon dizia sempre que ela reclamava. "Você deveria ver as esposas deles. Horrendas."

— Não vou torcer, então — ela disse. — Vou só me sentar e assistir. Vou ficar tão quieta, que vocês nem saberão que estou lá.

— Então, para que ir?

— Você não me quer lá?

— Eu disse que Nigel não ia querer você lá.

— Por que esse Nigel pode ditar quem pode e quem não pode estar lá?

— Rebecka, para.

— Só estou dizendo que você deveria poder levar sua namorada para a noite de perguntas e respostas sem que os outros fizessem caso disso.

Simon se moveu como se fosse levantar da cadeira. "Não. Fica. Por favor." Ela se moveu para sobre o colo dele. Ela poderia fazê-lo ficar. Nigel poderia encontrar outro parceiro. Ela sussurrou no ouvido de Simon:

— Noite de perguntas e respostas? Que noite de perguntas e respostas?

Quando as mãos dele começaram a apalpar por debaixo da saia dela, ela achou que tinha vencido. Mas, vinte minutos mais tarde, ele estava indo para o bar sem ela.

Ela ficou olhando para a porta depois que se fechara atrás dele. Beleza. Ele podia ir se divertir. Mas não fazia sentido ficar sozinha no apartamento. Talvez Harriet e Pippa fossem a baladas.

Ela mandou mensagens para as duas. "Noite de dança com uma banda incrível no Cargo", Harriet respondeu. Ótimo. Talvez ela aceitasse o conselho de Pippa sobre gerenciamento de luto e ficasse completamente bêbada.

Abriu o armário de Simon e tirou a minissaia de couro favorita dela e uma blusa decotada. Um pouco de flerte com estranhos também não machucaria.

Carpe diem.

HANNA

Mesmo depois de ensaiar o momento na imaginação durante as três horas de carro até Chicago, Hanna não estava preparada para as emoções que a arrebataram quando Heather abriu a porta do bangalô dela e a recebeu com os braços abertos e dizendo alegremente:

— Uau! Você está ótima!

Heather estava ótima também, com o rosto de vinte e poucos radiante e jovial, sem nenhuma evidência física da tensão do ministério. Os indicadores dos veteranos, como as marcas entre as sobrancelhas, os círculos escuros ao redor dos olhos, os ombros caídos... Isso viria mais tarde. "Só espera", Hanna pensou, olhando os vasos desconhecidos em formato de ganso abrigando vívidos amores-perfeitos no alpendre. Heather evidentemente se sentia em casa.

— E você deve ser Nathan! — Heather exclamou antes que Hanna tivesse a oportunidade de apresentá-lo como o marido dela. Ela imaginara esse momento diante da porta, e agora até isso lhe fora arrancado. Hanna forçou um sorriso apropriado. — Entrem! — Heather disse, dando um passo para o lado e gesticulando com o braço para a sala de estar.

Ela deveria ter mandado um e-mail para Heather pedindo privacidade, pedindo o presente de voltar para casa sem se sentir como uma convidada. Nathan estava certo: ela não sabia como pedir o que queria, e agora não teria uma segunda chance de apresentar o marido à sua antiga vida sem ter outra pessoa assistindo.

Quando passaram pela soleira, Nathan se inclinou para tirar os calçados.

— Ah, tudo bem, pode ficar calçado — Heather disse, e então acrescentou constrangida: — A menos, Hanna, que você queira...

— Não, tudo bem — Hanna balbuciou, notando as sapatilhas chiques de Heather antes de olhar ao redor do cômodo.

— Espero que você não se importe de eu ter adicionado alguns detalhes pessoais — Heather disse. "Traduzindo: Eu fiz buracos nas paredes e pendurei molduras por todo o lugar."

— Você é fã de Monet, hein? — Hanna comentou. A parte da entrada agora continha várias figuras de jardins e pontes.

— Amo. O jeito como ele captura a luz... Eu poderia me sentar diante das pinturas dele por horas. Você deveria levar Nathan para o Instituto de Arte enquanto estão aqui.

"Isso não é uma viagem de turismo", Hanna respondeu na mente. Em voz alta, ela disse:

— Talvez outra hora. Estamos completamente ocupados, tentando empacotar tudo.

Heather se sentou na poltrona de oração de Hanna, a poltrona reclinável na qual, por anos, Hanna fizera suas devocionais matinais ao lado da janela da frente, em que colocava os pés para cima.

— Eu ia te ajudar a arrumar seu escritório encaixotando seus livros — Heather disse —, mas aí pensei que você poderia querer separar coisas enquanto empacotava. Qualquer coisa que você não queira mais, sinta-se livre para deixar.

Nathan apertou o ombro dela quando eles se sentaram juntos no sofá.

— Eu deveria ter te perguntado sobre algumas peças de mobília — Heather continuou. — Eu ficaria feliz de comprar algumas das suas coisas se você não quiser fazer a mudança.

Embora Hanna soubesse que não tinha espaço para nada disso em Kingsbury, seu primeiro impulso foi querer colocar tudo em um depósito, em vez de deixar para Heather.

— O que você acha, Shep? — Nathan perguntou quando ela demorou demais para responder.

— Vamos conversar sobre isso.

Eles conversaram depois que Heather finalmente pedira licença para ir conduzir um estudo bíblico na igreja.

— Guarde tudo o que for importante para você — Nathan disse enquanto montavam caixas. — Vamos descobrir como arrumar tudo quando chegarmos em casa.

Obviamente, ele não estava apoiando o desejo dela de se mudar. Apesar da declaração dele de que conversariam sobre isso depois, ele não tentou falar no carro. Depois da primeira hora de relativo silêncio, Hanna presumiu que ele não queria conversar. De qualquer forma, ela não tinha a intenção de falar sobre isso de novo. Uma vez já era demais.

Ela abriu todos os armários na cozinha e fitou as antigas louças e utensílios. Que apegos sentimentais ela tinha com qualquer dessas coisas? Alguns pratos de lembrança e canecas, só isso. Heather poderia ficar com o restante. Hanna não ligava.

Não. Ligava.

— Você está bem, Shep?

— Eu quero minha poltrona. — Ela não esperou que ele a ajudasse a arrastar a poltrona até a porta da frente.

Estava escuro quando Hanna e Nathan chegaram a Westminster, com o caminhão somente cheio até a metade com caixas e algumas peças de mobília: a poltrona dela, uma escrivaninha com tampo deslizante, e uma estante de livros que fora do pai dela. O restante, Heather comprara com um cheque que já fora feito para Hanna e assinado por Claudia Kirk, presumidamente mãe de Heather. Ela escrevera o total do primeiro mês de aluguel mais os itens da casa. Ela pagara uma pechincha e sabia disso.

Hanna destrancou a porta do seu escritório e respirou profundamente. Este fora o abrigo onde ela passara a maior parte do tempo nos últimos quinze anos, até mesmo dormindo no sofá várias noites. Colocou no chão uma pilha de caixas vazias e pegou seu cobertor favorito, que estava dobrado sobre uma das almofadas.

— Eu quero este sofá — ela disse. — E aqueles abajures. — Os abajures antigos com bases em formato de vaso e cúpulas onduladas iluminaram as casas da infância dela, e sua mãe os enviara para ela quando conseguira o emprego em Westminster. Nathan os desconectou das tomadas e os colocou sobre o sofá.

— As estantes de livro são suas?

— Não. Só o sofá e os abajures. E todos esses livros. — Nossa, como ela estava com saudade dos livros.

Nathan ajustou os óculos e se aproximou para olhar melhor.

— Você tem coisas boas aqui. — Ele passou os dedos pelas lombadas de alguns livros. — Vamos encontrar espaço, não se preocupe. Eu posso levar meus livros de casa para a universidade e te dar aquele espaço no escritório. Você pode até colocar sua poltrona lá, ao lado da janela da frente, ter um lugar onde possa fechar a porta. Vamos fazer funcionar.

Aham.

Ela abriu as gavetas. Essas, pelo menos, Heather não remexera. Chocante.

— Você vai separar os livros aqui ou só vai encaixotar todos? — Nathan perguntou.

Com o futuro pastoral ainda incerto, ela não tinha certeza do que precisaria.

— Só encaixote tudo. — Isso era mais fácil do que decidir com o que ficar e o que deixar. Enquanto Nathan esvaziava as prateleiras, ela esvaziou a escrivaninha.

— Toc-toc — uma voz chamou da porta.

Hanna levantou o olhar.

— Steve! — Ela não vira seu carro no estacionamento, e o escritório dele estava escuro quando chegaram. Não adiantou tentar evitá-lo enquanto ela juntava as coisas. Ela andou entre as caixas para dar nele um abraço com um braço só.

— Eu imaginei que fosse o seu caminhão ali fora — ele disse.

Antes de perder outra oportunidade de apresentação, ela apontou para Nathan.

— Steve, eu gostaria que você conhecesse meu marido, Nathan Allen.

Steve sorriu calorosamente e estendeu a mão.

— Se eu soubesse que você estaria aqui hoje à noite, teria convidado os dois para um jantar.

— Tá tudo bem — ela respondeu. — Estávamos trabalhando o dia todo na casa e finalmente juntei minhas coisas. Ou, pelo menos, as coisas que eu precisava levar.

— Bem, obrigado por estar disposta a trabalhar com Heather quanto a isso. Ela está muito animada.

Sentindo o olhar de Nathan nela, Hanna modulou a voz corretamente.

— Estou feliz que tenha dado certo com ela. Parece que ela combina muito bem com a Westminster.

Steve concordou.

— Ela tinha uma posição difícil para preencher, mas fez um ótimo trabalho. — Ele olhou de novo para Nathan. — Sua esposa foi uma colega ótima. É difícil ficar sem ela.

Nathan segurou a mão de Hanna.

— Bem, obrigado por prestar atenção aos empurrõezinhos do Espírito. Se vocês não tivessem dado a ela o período sabático, não teríamos nos reconectado.

— Fico feliz de fazer parte do plano de Deus. — Steve pausou e então disse: — Tem certeza de que não vai se juntar a mim na condução do culto amanhã, Hanna?

— Tenho certeza, obrigada.

Ele estava olhando para ela não com a expressão de pastor que ela frequentemente via quando ele estava ministrando ternamente para as ovelhas, mas com a expressão de presidente executivo que ela vira em reuniões de pessoal, enquanto ele corrigia pessoas.

— Vou ser franco — ele disse. — Há algumas pessoas na congregação (não muitos, mas uma minoria ruidosa) que acham que eu te forcei a se demitir, que, de alguma forma, seu período sabático foi parte de algum estratagema para te afastar em favor de alguém...

"Mais jovem", ela completou na mente quando ele hesitou.

— ... novo — Steve continuou —, ou que você saiu porque ficou brava ou porque algo aconteceu entre nós.

— O quê? É claro que não!

— Só pareceu estranha a maneira como você se opôs a ter uma despedida digna aqui. Se há qualquer coisa que não esteja resolvida ou não tenha sido discutida entre nós, eu gostaria de conversar.

Não resolvidas e não discutidas. Sim, na verdade, havia. E, embora Hanna resistisse a nomear, embora sua mente lhe ordenasse desaparecer sem nomear qualquer dor ou decepção por medo de ofender, sua alma desejava falar a verdade. Se ela não aproveitasse esta oportunidade de verbalizar face a face as próprias lutas, poderia não ter outra.

— Nate, você pode dar a Steve e a mim alguns minutos juntos, sozinhos?

Sendo justa com Steve, ele escutou sem interromper, fazendo perguntas apropriadas, para esclarecer. Para o alívio de Hanna, ele não ficou defensivo quando ela disse que, mesmo sabendo que a saúde espiritual dela era a preocupação dele quando insistira que tirasse o tempo sabático, a forma como isso foi jogado sobre ela pareceu controladora. Ele também entendeu que a própria relutância em levar a proposta dela de trabalhar em meio período a fizera sentir-se desvalorizada.

— Acho que eu queria que você me dissesse que valorizava tanto minha parceria no ministério, que me apoiaria, que você faria qualquer coisa que pudesse para me permitir continuar servindo aqui. Em vez disso, você pareceu ávido para aceitar minha demissão.

Ele visivelmente se surpreendeu pela primeira vez.

— Nossa. Não é disso que me lembro da nossa conversa. Eu me lembro de ter perguntado a você sobre seu chamado. Eu te pedi para considerar se você não estava sentindo qualquer tipo de obrigação para voltar a Westminster. Eu não disse que você não podia voltar para cá em junho. Nunca diria isso. Perguntei se você estava querendo ficar aqui de todo o coração, ou se talvez Deus estava fazendo algo novo na sua vida. É disso que me lembro.

— Não, você está certo. Eu sei que foi isso que você disse.

— Não havia nada nas entrelinhas nisso, Hanna. Eu não estava procurando formas de me livrar de você. Porém, se você comunicou algo diferente para as pessoas na congregação...

— Não! Claro que não. Eu não falei com ninguém a respeito disso. — Se ele ia revirar isso e acusá-la de fofocar ou, de alguma forma, sabotar a igreja, ela não tinha certeza se poderia se conter para não começar a chorar. Ela puxou uma almofada para o colo e ficou brincando com as franjas.

Steve se mexeu na cadeira, com o couro falso fazendo barulho.

— Parte do que estou tentando fazer aqui é uma contenção de danos. Já houve ferimentos e desentendimentos, e eu sinto muito por isso, pela minha participação nisso. Mas, se não fizermos esse fechamento bem, vai haver ainda mais dores. E eu não quero isso. Esta congregação tem afeição profunda por você, nada além de gratidão e afeição.

Afeição? Não parecera afeição ser cortada da vida da congregação pelos últimos sete meses. Não parecera afeição ser acusada por alguns de explorar a generosidade da congregação ao não voltar para servir. E a única pessoa que mantivera contato ativo durante o tempo sabático, Nancy, agora se recusava até a se encontrar com ela para uma xícara de café. Ela podia contar nas mãos as pessoas de Westminster que lhe mandaram e-mails depois que ela pedira demissão, e havia ainda menos pessoas que se importaram em mandar parabéns pelo seu casamento. Se isso era o que chamavam de afeição, ela não queria ver a apatia.

— Nós gostaríamos de dizer um obrigado público no culto amanhã — Steve disse com a voz firme. — Nos dois cultos.

Pelo bem deles, dele ou dela? Ela se certificou de não suspirar a frustração audivelmente. Embora odiasse fazer o jogo das aparências, supôs que não deveria culpar um pastor por tentar unificar o corpo e minimizar danos colaterais causados pela resignação súbita de um membro da equipe que servira por tanto tempo. Pelo que ela sabia, ele e os diáconos tiveram várias conversas sobre como melhor proceder. Mas toda a abordagem pareceu buscar só controle.

— Eu também gostaria que você participasse dos cultos — ele disse. — Chamado ao louvor, oração pastoral, bênção final... Você escolhe. Deixe a congregação receber sua bênção enquanto oramos pela bênção de Deus para você.

Hanna fixou o olhar nos pés.

— Vou pensar sobre isso — ela respondeu. E, naquela noite, não conseguiu dormir.

BECKA

Becka se virou em uma cama que não era a sua, uma cama que não era a de Simon, e resmungou. A luz do sol entrando por uma janela a feriu. Ela fechou os olhos e cobriu o rosto com os braços.

— Bom dia — uma voz disse. "Alto demais." Ela levantou um braço para ver quem estava sentada na beirada da cama. — Beba isto — Harriet disse, entregando uma caneca.

Becka não tinha forças para pegar. Ela reclamou de novo, com o gosto do vômito na boca seca causando mais ânsia.

— Vamos, Beckinha. Hora de acordar. — Harriet a cutucou até ela se apoiar sobre os cotovelos, com a cabeça inclinada para trás, sobre um travesseiro que cheirava a uma escadaria de um prédio de estacionamento. Ela tomou um gole do café preto e o cuspiu no chão.

Outra pessoa resmungou no quarto. Becka apertou os olhos na direção.

— Harriet? — Pippa chamou de um bolo de cobertores no chão.

— Aqui, fofa. — Harriet chutou para o lado uma pilha de roupas descartadas e ofereceu para Pippa a caneca que Becka rejeitara. — Mas vocês duas... — Ela sentou rápido na beirada da cama de novo, fazendo Becka balançar. "Para. De. Balançar."

Pippa xingou.

— A culpa é sua — Harriet disse. — Eu avisei que você já tinha bebido o bastante. E você — ela cutucou Becka —, sorte sua que eu estava lá. Você estava uma doida completamente varrida, nem te conto.

— Com passos de dança ridículos — Pippa acrescentou, levantando-se instavelmente. — Queria eu dançar daquele jeito.

Do jeito que as duas continuaram falando sobre a dança de Becka, ela tinha certeza de que não estava dançando balé na pista de dança.

— Eu mudaria meu telefone se fosse você — Harriet disse. — Escutei você dando ele para uma dúzia de caras, e, acredite, você não quer alguns deles ligando.

Becka reclamou de novo.

— Aaahh, mas aquele lá — Pippa disse —, qual era o nome dele? Benjie? Ele era *trincado*. Se importa de compartilhar?

Becka não se lembrava de um Benjie.

— Eu... — ela se sentou com dificuldade na cama. — Eu fiz alguma coisa...? — Ela esfregou os braços nus, com os joelhos pressionados contra o peito. Não conseguia se lembrar.

— Você estava se engraçando — Harriet respondeu.

Foi a vez de Becka xingar.

— Quanto?

Pippa se inclinou para puxar a perna da calça dela, com uma mão sobre Harriet para se estabilizar.

— Relaxa. Foram só uns beijinhos de língua, só isso. Nada sério.

— Você contou para ele tudo sobre Simon — Harriet acrescentou. — E alto. Você deveria ter se escutado, falando sobre como encontrou seu amor verdadeiro.

Becka suspirou com alívio e verificou o celular. Simon ficaria preocupado, perguntando-se onde ela estava. Ela passou por dezenas de chamadas perdidas e mensagens de nomes que não reconhecia. Mas, entre todas as chamadas e mensagens, um número estava faltando.

— Calma aí — Harriet disse quando Becka tentou se levantar rápido demais da cama. — Aonde você está indo?

Becka pegou sua blusa, também coberta de vômito, e fez uma careta.

— Você pode me emprestar umas roupas? — Ela formou uma bola com a saia e a blusa. — E posso usar seu chuveiro? — Ela queria, precisava, se lavar de tudo isso.

"Dor de estômago", sua mãe insistira para a avó na manhã depois da primeira e, até esta manhã, única ressaca. A vovó teria tido um chilique se ela soubesse que Becka voltara bêbada da festa de dezoito anos de Lauren. Becka estava passando tão mal naquela noite, que não precisava de um sermão. Sua mãe não dera um. Em vez disso, segurara o cabelo de Becka e colocara um paninho frio em sua testa enquanto Becka vomitava no vaso, jurando entre acessos de ânsia que nunca faria isso de novo.

Ela fixou o olhar nas propagandas no metrô enquanto ia para Notting Hill Gate. Com sorte, Simon ainda estaria dormindo quando ela chegasse. Ele amava dormir até tarde nos fins de semana. Quando ela chegou ao apartamento, certificou-se de que o portão não batesse quando ela entrasse. Mas Simon não estava lá. — Simon? — ela chamou, andando pelo lugar. Nenhum sinal dele. Mandou mensagem. Sem resposta. Ela preparou uma xícara de café preto e se sentou no sofá para assistir televisão. Quatros programas de artesanato depois, Simon ainda não tinha falado com ela. Mas Benjie, Luke, Kristofer, Ian e Freddie tinham, cada um com propostas de diferentes níveis de vulgaridade, o bastante para fazê-la querer tomar banho de novo.

HANNA

— Posso te trazer algo para o café da manhã? — Nathan endireitou a gravata e passou a mão sobre o blazer ligeiramente amarrotado. — Iogurte? Cereal? Um bagel? Alguma coisa?

Só pensar em comida fez Hanna se sentir doente do estômago.
— Não, vou ficar bem.

Ele se sentou ao lado dela na cama.
— O que eu posso fazer por você?

Ela não tinha certeza. Só queria que o dia acabasse. Ainda não tinha decidido o que faria sobre o pedido de Steve para ela participar nos dois cultos, e estava ficando sem tempo.

— O que eu deveria fazer?
— O que você quer fazer?
— O que eu quero fazer é só pular naquele caminhão e dirigir para casa. — Porém, ela tinha certeza de que havia um enorme abismo entre o que ela queria fazer e o que deveria fazer.

"Se não fizermos isso bem, vai haver ainda mais dores", a voz de Steve a relembrou.

— Eu não quero estar lá por culpa — ela disse —, mas essa é a melhor motivação que tenho agora. Obrigação e culpa. — E medo. Medo de causar não apenas dores, mas danos. Por mais que quisesse desaparecer com interação mínima com a congregação, sabia que Steve estava certo. Ela precisava ir embora bem. E, se essa era a melhor oportunidade de expressar gratidão por seus quinze anos de vida juntos, então ela precisava superar isso e fazer o que o amor requeria. — Eu não tenho certeza do que posso oferecer com sinceridade agora. De jeito nenhum que eu consigo liderar a congregação em oração. Não tenho orado nem por mim. Seriam apenas palavras vazias. — Quanto a ficar de pé e receber a gratidão, elogios, orações ou que quer que estivesse na mente de Steve para os inícios dos cultos, ela não tinha certeza de como lidaria com isso sem se transformar em uma poça.

— O que mais ele te ofereceu?

— O chamado ao louvor. Acho que eu poderia ler a Bíblia e só deixar que ela faça o que Deus pretende fazer. Pelo menos, meu fedor espiritual não vai atrapalhar.

Ele não respondeu.

— Ele também me ofereceu a bênção final. Mas seria bem estranho ficar lá em pé no fim do culto, declarar a bênção e não fazer nada depois. — Nate estava olhando para ela com o olhar de "estou olhando para a sua alma", que era tão desconcertante. — Que foi? — ela perguntou.

— Nada. Só estou escutando.

— O que você faria se fosse eu?

— Eu não sou você, então...

— Não, eu sei. — Eles já tiveram conversas como esta antes. — Se você estivesse no meu lugar, o que faria?

Ele respirou lentamente.

— Ver você, ver tudo isso, me faz lembrar de quando saí da minha igreja anos atrás. Com toda a vergonha rodeando o adultério de Laura e minha própria raiva e ressentimento, eu queria desaparecer pela porta lateral. Como você. Mas um sábio amigo me disse o mesmo tipo de coisa que Steve disse para você, que finais são cruciais. Bênçãos são importantes. Celebrar as coisas boas que foram compartilhadas no ministério é importante, mesmo quando nem tudo pode ser resolvido da forma como queremos.

— Mas, com todos os rumores circulando sobre minha credibilidade, minha integridade... Eu odeio a ideia de ficar diante de pessoas que acham que eu as enganei ou manipulei, ou que sou uma hipócrita, uma mentirosa. Eu não sei o que eles estão falando sobre mim. — Ela não deveria se importar tão profundamente. Mas se importava. Não sabia como fazer companhia para Jesus quando ele entregara sua própria reputação. Não importava o quanto tentasse, ela não conseguia superar o próprio ego, abrir mão do que outros pensavam dela, e crucificar o orgulho. Não conseguia.

Conforme os minutos passavam, aproximando-se de uma decisão que ela não sabia como tomar, uma frase a perseguia. "Faça companhia a Jesus." Se ela tinha que ficar diante da congregação, onde poderia fazer companhia ao Deus que entendia sua luta e resistência, sua tristeza e vazio? Onde ela poderia servir sem ser o centro das atenções?

Subitamente, ela soube. Havia um lugar, um lugar onde ela sempre amara estar. Pegou o telefone e discou o número de Steve.

— Posso coordenar a mesa da ceia com você?

Houve um momento de silêncio antes de ele responder.

— Esse é o lugar perfeito para servirmos juntos.

Para poupá-la do cansaço dos cumprimentos na entrada da igreja antes do culto, Steve ofereceu a Hanna e Nathan a pequena capela de oração adjacente ao santuário.

— Vocês podem ficar aqui e entrar durante a primeira música, se for tudo bem.

Hanna concordou.

— Estou presumindo que você não queira sentar na frente comigo.

Não, ela não queria a exposição vulnerável de ficar diante da congregação durante todo o culto.

— Eu vou me sentar com Nathan na primeira fileira.

Steve observou o boletim impresso.

— Certo. Eu te chamo depois dos avisos para oferecer algumas palavras de agradecimento pelo seu ministério e fazer uma oração por você.

— Beleza.

Steve deu uma olhadinha no relógio e disse:

— Uma oração rápida?

Hanna segurou a mão de Nate de um lado e a de Steve do outro, então tentou se manter focada enquanto Steve pedia que tudo dito, cantado e tocado honrasse, glorificasse e adorasse o Altíssimo.

— E, Senhor, eu te agradeço por trazeres Hanna e Nathan aqui esta manhã. Que ela seja encorajada e fortalecida pelo nosso tempo juntos. Dá a ela ouvidos para ouvir as boas novas ditas sobre a vida dela não apenas por mim, mas por ti. Em nome de Jesus.

Hanna fungou e sussurrou:

— Amém.

— Amém — Nathan repetiu e beijou a aliança dela. — Você está bem? — ele perguntou, depois que Steve saiu da capela.

— Espero que sim. — Ela alisou as calças cinza com as mãos suadas. — Por que me sinto como se estivesse indo a um funeral?

Nathan alisou o cabelo dela.

— Uma imagem apropriada para se manter em mente— ele respondeu enquanto andavam de mãos dadas para a primeira fileira.

6.

BECKA

Na hora do almoço no domingo, Simon finalmente mandou uma mensagem, dizendo que passara a noite no apartamento de Nigel depois que a noite de perguntas e respostas se alongara, e que se encontraria com Becka para o jantar. "Reservei um cruzeiro de fim de tarde para nós", ele escreveu. Ela estava sonhando com um desses, e ele sabia disso. "Que homem", ela pensou. Ela se certificaria de estar apropriadamente "chique", citando Pippa, como uma compensação secreta pelo desastre do *carpe diem*. Cantarolando, verificou o próprio lado no armário de Simon, procurando algo adequado para vestir. Com sua blusa favorita suja de vômito, ela não tinha muitas opções. Mandou uma mensagem para Pippa: "Preciso de um vestido de festa para ontem".

Pippa respondeu: "Sei o lugar perfeito".

— Eu não escolheria um longo — Pippa disse. — Pega um curto. Apertado. — Ela passou os dedos por um cabideiro de vestidos de festa mais justos. — Aqui, este aqui. Olha como ele é fabuloso. — Ela segurou o vestido cinza com lantejoulas sobre os ombros de Becka. — Você vai ficar ótima nisso. — Era o tipo de vestido pelo qual a mãe dela teria desmaiado, e não no bom sentido. Becka o levou para o provador e o experimentou. — Espero que Benjie não esteja lá — Pippa brincou, olhando sobre o ombro dela no espelho.

Becka corou.

— Por favor, Pippa. É nosso segredo, tá bom? Simon me mataria.

Pippa trancou os lábios com os dedos.

— Você não precisa se preocupar comigo.

Mas Pippa não se mostrara uma guardiã de segredos confiável no passado. Becka teria que se certificar de que Simon não as acompanhasse para uns drinques pelo futuro próximo. Ela se virou para se ver de um ângulo diferente.

— O vestido é mesmo fabuloso, não é?

— Você tá um luxo nele — Pippa respondeu, beijando a bochecha dela. — Todo mundo vai ficar babando por você. Que nem na outra noite.

— Contanto que Simon esteja babando — Becka disse com uma última olhada no reflexo —, eu fico feliz.

— Champanhe? — o garçom perguntou com um olhar longo, avaliador e com ar de flerte. O vestido não escondia muita coisa.

Becka cruzou os braços sobre o peito.

— Não para mim, obrigada. — Só pensar em beber álcool a fazia sentir-se enjoada.

— Algo do bar?

— Hmmm, você tem cidra de maçã sem álcool? — Com a expressão dele, ela sentiu como se tivesse pedido um copo de leite.

— Uma cidra, então. — Ele cumprimentou rapidamente antes de desaparecer com a bandeja.

— Você acabou de pedir uma cidra? — Simon perguntou, chegando ao lado dela. A mão livre dele acariciou-lhe a pele exposta nas costas, enquanto ele levava o próprio drinque aos lábios dela. — Aqui, experimenta isso.

— Não, obrigada.

— Por que não?

— Não estou no clima.

A mão dele desceu um pouco mais e a apertou. Ela pulou.

— Simon — ela sussurrou. — Para. — Talvez fosse a sua imaginação, mas muitos olhos pareciam estar fixos nela, e não com admiração. A maioria das pessoas a bordo estava usando roupas de negócios. Talvez ela e Pippa tivessem exagerado.

Simon terminou o drinque com um gole.
— Já volto.
Ele foi até o bar e pediu outra bebida enquanto a banda começava a tocar. Como ela dançaria com esses saltos agulha? Ela só os estava usando havia algumas horas, e seus pés já a estavam matando. Ela estaria com bolhas quando o cruzeiro terminasse.
— O que seu pai vai beber?
— Desculpe? — Becka se virou para olhar para o garçom.
Ele entregou uma taça para ela.
— Seu pai... O que ele vai beber?
— Ele não é meu...
Ele piscou e passou para ela um pedaço de papel com um número de telefone rabiscado. Enquanto ele saía com um sorrisinho, ela viu o próprio reflexo em uma janela. "Becka", a voz de sua mãe implorava. Travando a mandíbula, Becka se virou e tentou não cambalear na pista de dança.

HANNA

Nervosa e distraída, Hanna captou apenas fragmentos do que Steve dissera sobre ela durante os avisos: serva fiel, comprometimento incansável, grato pelo tempo dela. Ela esperava que ninguém tivesse percebido suas mãos tremendo quando um dos diáconos lhe deu um buquê de flores e um cartão. Depois que a congregação aplaudiu educadamente, Steve orou por ela.
— Muito bem — Nathan sussurrou quando, tremendo, ela se sentou ao lado dele de novo.
Durante a olhada rápida dela lá da frente, não viu Nancy e Doug, que normalmente se sentavam ao lado do púlpito no primeiro culto, mais ou menos na quarta fileira. Ela olhou disfarçadamente por cima do ombro. Nenhum sinal deles. Colocando o cabelo por trás das orelhas, cruzou os tornozelos e tentou escutar em oração a leitura das Escrituras e o sermão. Mas, se alguém

perguntasse depois sobre o que Steve pregara, ela não seria capaz de falar. Estava pensando somente no momento em que ficaria ao lado dele à mesa e ofereceria o corpo partido e o sangue derramado de Cristo com os que ela tinha amado.

— "Na noite em que foi traído" — Steve declarou para a congregação —, "tomou o pão e, depois de ter dado graças, o partiu e disse: Isto é o meu corpo que é dado por vós. Fazei isto em memória de mim."

Domingo após domingo, Hanna vira Steve partir o pão. Ela mesma o partira em vários cultos. Mas, quando ele partiu o pão pela metade, com as mãos levantadas acima da cabeça para que todos vissem, os olhos dela se encheram de lágrimas. Isto é o meu corpo. Partido por vocês. Dado por vocês em amor. Tomem. Comam. Recebam meu corpo partido e inteiro. E lembrem-se de mim.

— "Do mesmo modo, depois de comer" — Steve continuou —, "tomou o cálice, dizendo: Este cálice é a nova aliança no meu sangue. Fazei isto todas as vezes que o beberdes, em memória de mim."

Depois que os diáconos vieram à frente para distribuir os elementos para quem estava sentado nos corredores laterais, Steve deu para Hanna parte do pão e um dos cálices. Assumindo a posição ao lado do atril, Hanna serviu, com o pão em uma mão e o cálice na outra. Ela chamou pelo nome todos quantos pôde e, quando não sabia os nomes, chamava "amado". "Amado, o corpo de Cristo foi partido por você." Um por um, os adoradores rasgavam um pedaço do pão, uns pegavam pedaços grandes, outros somente migalhas, e molhavam no cálice. "O sangue dele foi derramado por amor a você."

Tomem. Comam. Bebam. Lembrem-se.

De vez em quando, alguém tocava a mão dela enquanto pegava o pão ou o cálice e sussurrava um obrigado ou uma bênção, e Hanna assentia com gratidão. Quando Nathan veio à frente para receber, os olhos de ambos se encheram de lágrimas. A voz dela falhou ao dizer:

— Amado. Nathan. O corpo de Cristo foi partido por você. — Ele rasgou um pedaço, com os olhos fixos nela enquanto ela dizia as palavras seguintes. — O cálice de Cristo foi derramado por você. — Ele molhou o pão no cálice e o colocou na boca, com os olhos fechados enquanto mastigava lentamente. "Tome. Lembre-se." Com um toque da mão dele sobre a dela, ele voltou ao assento.

Foi então que ela viu Nancy e Doug se levantando de uma fileira na lateral do atril. Eles estariam no lado dela! Seu coração palpitou. *Ai, meu Deus. Cura. Sara. Restaura. Por favor.* Que privilégio era servi-los, compartilhar aquele momento sagrado com eles. Hanna tentou ficar concentrada nas pessoas diante dela, mas parte dela estava ensaiando o momento em que ficaria face a face com a amiga ferida. "Este é o corpo de Cristo, partido por você. Dado por amor a você. Tome. Coma. Lembre-se. Por favor."

A congregação continuou cantando enquanto as pessoas seguiam adiante para participarem. Com a multidão em movimento, ela perdeu a vista de Nancy e Doug, mas eles estariam se movendo na fila dela, chegando cada vez mais perto. Ela entregou a bênção para uma criancinha nos braços do pai e então aproveitou uma chance para passar o olhar pelos rostos, a fim de calcular mentalmente quanto tempo levaria até que...

Ela os viu.

Lá estavam eles, esperando receberem o sacramento de Steve, ambos evitando contato visual com ela. Enquanto ela olhava, cada um deles rasgou um pedaço de pão, molhou no cálice e voltou para seus assentos no lado dela.

Por um momento, Hanna se esqueceu de que havia outros esperando pacientemente para receberem. Tentando se recompor, ela cumprimentou a próxima na fila.

— Sarah — Hanna disse. Era Sarah, não era? — Este é o corpo de Cristo, partido por você. — "Partido." A mão dela tremia enquanto estendia o cálice. "Derramado." Ela rapidamente limpou uma lágrima com a parte de trás do pulso, enquanto o próximo da fila andava para a frente. "Façam isso em memória de mim."

Com várias pessoas querendo cumprimentá-la ao fim dos cultos, Hanna não teve a chance de falar para Nathan sobre Nancy, até eles estarem carregando alguns presentes de casamento para o caminhão depois da festinha.

— Talvez a fila de Steve estivesse menor — ele disse. — Seria terrivelmente mesquinho se eles deliberadamente evitassem você.

Mas era difícil acreditar em outra coisa quando Nancy não fizera nenhum esforço para procurá-la depois do louvor ou para participar da festinha.

— Ainda que a fila de Steve estivesse menor — Hanna disse —, não seria muito. Nós terminamos de servir ao mesmo tempo.
— Depois que ela e Steve terminaram de servir a congregação, serviram um ao outro. Fora um momento pelo qual ela era grata.

Ela também era grata pela gentileza de muitos que lhe agradeceram de formas específicas pelo conforto que ela havia provido, ou pelos conselhos sábios que ela dera, ou pela forma como ela os encorajara em tempos de dificuldades. O ministério dela, eles afirmaram, havia feito uma diferença significativa, e isso era algo que ela precisava guardar no coração. Quanto a quem estava espalhando rumores ou acreditando em teorias da conspiração, não lhe disseram quem era. Não que ela esperasse descobrir. Qualquer um poderia se esconder por trás de um sorriso e um caloroso "Parabéns!".

— Mais alguma coisa que você queira fazer enquanto está aqui? — Nathan perguntou. O estacionamento estava quase vazio. Ela sobrevivera àquela manhã. Agora, só queria bater os calcanhares e estar de volta em Kingsbury.

— Não. — Ela deu os adeuses. Disse obrigada a quem comparecera à festinha depois do segundo culto, alguns dos quais não conheciam Hanna, mas foram pelo bolo. Ela desejou o melhor para Heather, que terminaria o estágio no fim de maio e então seria oficialmente recebida como pastora auxiliar.

— Estou orgulhoso de você, Shep. — Nathan colocou o braço ao redor do ombro dela. — Você terminou bem. Você queria fazer companhia para Jesus, e fez.

De sua pequena forma, ela supôs que havia feito companhia para Jesus na tristeza e rejeição dele. Participara do corpo partido de Cristo. Com uma última olhada para a torre da igreja, sussurrou:
— Vamos para casa.

MARA

Precisamente às 18h no domingo, a porta da garagem se abriu e os dois meninos entraram com suas bolsas de academia. Kevin resmungou uma meia resposta para o cumprimento de Mara, e Brian passou por ela sem dizer nada.
— Bom te ver também! — ela disse para ele de costas. Da janela, viu Tom sair de ré da entrada. — Quem está no banco da frente com seu pai?
Kevin abriu com força a porta da geladeira e ficou lá, deixando o ar frio escapar.
— Tiffany. — Ele resmungou alguma outra coisa, que Mara não escutou.
— Tá tudo bem?
Ele ficou escondido atrás da porta da geladeira.
— Aham.
Mara diminuiu a temperatura da panela elétrica.
— Eu estou preparando aquele lombo de porco com maçã que você gosta — ela disse, tirando a tampa para mexer o caldo. — E purê de batata. — Ela achou que o ouvira fungando. — Kevinho? — Ele limpou o rosto com o ombro antes de fechar a porta.
— O que foi?
— Nada.
— Tá tudo bem com seu pai?
— Tá.
Como ela não conseguia pensar em qualquer pergunta que suscitasse mais do que uma resposta de uma palavra só, disse:
— Bailey sentiu sua falta no fim de semana. — Como se tivesse ouvido a deixa, o cachorrinho trotou para a cozinha e se jogou

diante de Kevin, que se abaixou para acariciá-lo. — E alguns dos meninos no Nova Estrada estavam perguntando por você hoje, querendo saber quando o tio Kevin vai voltar lá para jogar basquete. — Kevin continuou esfregando a barriga de Bailey. — Ah! Quase esqueci! Abby ligou e nos convidou para irmos lá comer bolo e sorvete na quinta-feira; é o aniversário dela.

— Tenho treino.

— Eu sei. É depois do treino.

— Tenho dever de casa.

Desde quando Kevin usava dever de casa como uma desculpa para perder uma festa?

— Não vamos ficar muito tempo. Eu achei que você gostaria de ver Madeleine. Já faz um tempo, e os bebês mudam muito rápido.

— Não quero ir, tá bom? — ele respondeu, e então disparou escada acima. Nenhum deles desceu quando ela chamou para o jantar meia hora depois; e, quando ela foi atrás deles, estavam dormindo, ou fingindo que dormiam, em quartos com cortinas fechadas.

— Eu não sei o que fazer com eles — Mara contou para Katherine no encontro de orientação espiritual, no Nova Esperança, no meio da semana.

Embora ela tivesse planejado entrar em um ritmo mensal, não se encontrara com Katherine desde dezembro. Tanta coisa tinha acontecido desde então, que ela estava falando pelos cotovelos pelos últimos trinta minutos. Não que Katherine estivesse agindo entediada ou irritada. Ela sempre fazia Mara se sentir ouvida sem ser julgada.

— Kevin é quem tem contado as coisas para mim ultimamente, mas desta vez ele está quieto. Diz que não tem nada acontecendo sempre que pergunto se ele está bem. E com tudo que tem acontecido com Jeremy... Eu me sinto completamente sobrecarregada, sabe? Tento orar, mas não parece fazer nada.

— Em que sentido? — Katherine perguntou.

— No sentido de fazer diferença em nada, em mudar nada. Tom ainda é um... — Ela se segurou antes de dizer a palavra que queria dizer, e a substituiu. — ... idiota. Brian está ficando pior. Eu não acho que aguento muito mais. Já chega. — Ela expirou lentamente. — E acho que sei o que você vai me perguntar a seguir. Você vai perguntar se eu tenho alguma ideia de como Deus está comigo em toda essa porcaria, certo?

Katherine sorriu.

— É uma ótima pergunta.

— Bem, eu não sei. Digo, sei que ele está, mas eu só queria que ele fizesse algo para consertar isso, para sumir com isso. Sei que eu não deveria sentir inveja, mas é difícil olhar para as bênçãos nas vidas de outras pessoas e não me sentir como se estivesse recebendo as sobras. O que me relembra...

Enquanto Katherine escutava com atenção, Mara contou a experiência de orar com a história da mulher e o vaso de alabastro, e como a única coisa que ela tinha para oferecer para Jesus era a própria inveja, inveja não apenas da mulher que vivera dois mil anos atrás, mas de todos cujas vidas pareciam ser mais fáceis do que a sua. Ela tentava não pensar sobre isso, mas Charissa e Hanna também não estavam isentas de sua inveja, por mais que ela odiasse admitir.

— Patético, não é?

— Não é patético, Mara. É honesto. É uma linda oferta para Jesus.

Mara riu, não com alegria, mas com cinismo.

— Bem, ainda tenho muito mais de onde isso veio. Um suprimento interminável de inveja. — A vela de Cristo na mesinha de centro de Katherine bruxuleou e tremeluziu. — Charissa e eu estávamos conversando sobre isso, como é desencorajador ver os mesmos pecados de novo e de novo e sentir como se você nunca fosse se livrar deles. É como se eu tivesse sido invejosa por tanto tempo, que virou uma parte de mim. Digo, isso vem lá de trás, da minha infância, com todas as garotas arrumadinhas, sabe?

As garotas que tinham tudo a favor delas, entregue de mãos beijadas. E tinha eu, a rejeitada...

Não. Para.

Não rejeitada.

Escolhida. Amada. Agraciada.

Esse era o novo roteiro que substituíra o antigo, o roteiro que ela precisava continuar ensaiando, continuar vivendo como sua nova realidade, até quando — e especialmente quando — as circunstâncias gritavam algo contrário a essa verdade, até quando — e especialmente quando — as velhas vozes de condenação gritavam em sua cabeça.

— No que você está pensando? — Katherine perguntou.

Ela suspirou.

— Que eu preciso que Jesus fale para as velhas vozes na minha cabeça calarem a boca, assim como ele falou para os discípulos. Talvez eu precise praticar o hábito de escutar ele dizendo "Deixem-na em paz!" sempre que as vozes ficarem altas.

— Ah, amei a ideia! Que boa prática espiritual, deixar Jesus calar as vozes.

— É, bem, eu só queria ter algo além da minha inveja, falhas e pecado para entregar para ele. Eu queria ter algo precioso e lindo, como aquela mulher tinha.

Katherine se inclinou para a frente ligeiramente em sua cadeira.

— Mas você tem algo precioso e lindo, Mara. Eu escuto repetidamente na sua história como você está perseverando em fé. Apesar de tudo o que está acontecendo na sua vida, e é muita coisa, acredite em mim, você não está desistindo. Você está seguindo em frente com esperança. Está crescendo em confiança no amor e cuidado de Deus por você, mesmo quando seria fácil para você duvidar. E está encontrando formas para amar os outros bem. Eu digo que isso é uma boa ação. Tudo isso são boas ações.

Mara olhou para as mãos, vazias e abertas. Não considerou a possibilidade de que ela poderia ser o presente, de que sua vida era a oferta quebrada e cheirosa, de que sua fé, no meio de tudo que era disfuncional e feio, era linda. Preciosa. Cara.

"Jesus."

Talvez ela tivesse algo para ofertar, afinal, algo que o agradava, algo (será?) que talvez Jesus até elogiasse. Ela balançou a cabeça maravilhada e fechou os olhos para escutar e imaginar.

Quando Mara saiu do Nova Esperança, saiu com um panfleto descrevendo os eventos especiais da Semana Santa: a "Jornada para a Cruz", uma caminhada em oração com as Escrituras e com arte; um culto da Sexta-feira Santa; e um retiro de silêncio e solitude no Sábado de Aleluia.

— Conte comigo no dia do retiro — Charissa disse pelo telefone naquela tarde. — Eu provavelmente não vou ter muito silêncio e solitude depois que a bebê nascer, então é melhor eu aproveitar a oportunidade agora.

— Ótimo! — Mara respondeu. — Tenho que trabalhar na Sexta-feira Santa, mas acho que vou tentar a coisa de arte também. Katherine disse que serão oito estações diferentes com versículos bíblicos e arte sobre a morte de Jesus.

— Tipo pinturas da crucificação? — Charissa perguntou. Mara quase conseguia ouvi-la torcendo o nariz.

— Não sei. Ela usou a palavra "experiência", o que quer que isso signifique. Acho que posso experimentar qualquer coisa uma primeira vez.

— Bem, eu vou com você, se decidir ir. Só me avise em qual noite. — Charissa pausou. — E Hanna? Talvez possamos ir todas juntas.

— Vou ligar e convidá-la — Mara respondeu, mas não estava otimista, não depois que Hanna faltara ao último encontro. Não era possível forçá-la a vir à comunidade, evitar que o Clube dos Calçados Confortáveis se desfizesse. Mara sabia disso. Mas, se o grupo morresse...

Ela esfregou a testa lentamente. Não tinha certeza se conseguiria lidar com mais uma perda agora.

CHARISSA

— Você está mesmo dizendo sim para várias coisas — John disse.
— O que é isso aí? — Ele olhou por cima do ombro de Charissa, para a frigideira, onde ela estava fritando carne moída usando instruções passo a passo que Mara lhe dera.

— Só estou tentando crescer mais profundamente na fé e ser uma boa amiga, caminhar a segunda milha. — Ela cutucou um pedaço de carne rosada com a espátula.

— Bem, não exagere.

— Estou me sentindo bem. E estou com um bom equilíbrio no trabalho agora. — Ela tivera um fim de semana tão produtivo escrevendo, pela primeira vez no semestre todo, que estava adiantada tanto nos trabalhos quanto nas anotações das aulas.

— Certo, Cacá. Só estou dizendo que você tem a tendência de tentar ser perfeita e...

— Não é por essa razão que estou fazendo isso.

— Tudo bem, não precisa ficar defensiva. Só quero que você tenha cuidado, só isso.

Ela apertou os pedaços de carne com mais vigor. A gordura chiou e respingou.

— Precisa de ajuda com algo? — ele perguntou, abrindo a geladeira.

— Isso seria contra as regras. — Ela diminuiu a temperatura e se aproximou da frigideira para inspecionar se todos os pedacinhos estavam igualmente amarronzados. Difícil dizer. Revirou alguns pedaços de novo. Pareciam cinza. Só para ter certeza, deu mais um minuto para a carne e derramou a gordura em uma bacia, pescando cada pedacinho de carne até que tudo estivesse no lugar correto.

John estava em pé ao seu lado.

— Que foi? — ela perguntou.

— Nada. Só estou assistindo.

— Bem, pode parar. Tá me deixando nervosa. — Colocando a frigideira em uma boca de trás, ela voltou a atenção para os pimentões, que cortara sozinha, não tão rápido quanto Mara, mas em pedacinhos iguais e com cuidado, exigentemente removendo todas as pequenas sementes brancas de cada fatia, mesmo depois de ler online que elas não eram venenosas. Não queria se arriscar.

— Você pode colocar um pouco de óleo na...

— Opa, opa. — Ela levantou o braço para interrompê-lo. — Xio.

Ele abriu uma lata de refrigerante. Ela queria que ele não bebesse esse treco. Bethany não seria uma bebedora de refrigerante.

— Não tem algum jogo de basquete passando? — ela perguntou.

— Não. Só domingo, agora.

Ela gesticulou para a sala de estar.

— Bem, vá assistir jornal ou alguma outra coisa. Eu te chamo quando estiver pronto.

— Sim, senhora! — Ele prestou continência e saiu da cozinha cantarolando o hino do Exército.

Charissa esperou até escutá-lo ligando a televisão antes de colocar óleo em uma segunda frigideira. Então, misturou pedaços de brócolis e de cenoura aos pimentões amarelos, vermelhos e verdes. O jantar deles seria colorido, ainda que não fosse saboroso. John poderia colocar os próprios temperos. Bethany não gostava.

Enquanto ela girava os vegetais na panela, ruminava o comentário dele sobre perfeccionismo. Rápida para negar isso como uma motivação, agora reconsiderava a pergunta: por que ela queria ir com Mara ao Nova Esperança?

Ela poderia dar boas respostas. Desejava servir bem a amiga, amar bem. Queria cooperar com o Espírito na crucificação do próprio egoísmo, e a disciplina do serviço era uma forma de conseguir isso. Mas o interesse dela em crucificar o egoísmo também era uma busca egoísta? Por que ela queria estar livre do egoísmo? Pelo próprio bem ou pelo bem dos outros?

"Eca!"

Eca e nojo.

O perigo do autoexame, Charissa pensou enquanto mexia os vegetais com a carne, era que ele poderia facilmente deteriorar e virar autoanálise, preocupação própria e uma miríade de remédios autocentrados que a faziam olhar para seus pecados e falhas em vez de para a cruz. *Jesus, me ajuda*, ela sussurrou, e abaixou o fogo.

Quando John se ofereceu para lavar as louças, ela não discutiu. Ainda tinha algumas redações de alunos para dar nota. Com os pés levantados em um banquinho, fez anotações nas margens e correções em vermelho. Eles já tinham passado da metade do semestre, e a maior parte deles ainda não conseguia manter boa coesão, obedecer a regras de concordância, ou usar vírgulas corretamente. E, se ela lesse mais um "a gente" (em vez de "nós"), ou um "haviam", ela ia gritar. Já lhes dera uma lista de erros comuns que o corretor não detectaria. E essas eram só as edições mais básicas. Era deprimente quantos alunos ainda não conseguiam formar um argumento convincente com detalhes relevantes. O que ela de fato alcançara na sala de aula? Não muito, evidentemente.

John gritou "Uhul!" da cozinha e veio pulando para a sala, segurando o celular.

— Meu pai conseguiu ingressos!

— Para...?

— O jogo em Detroit!

Ela olhou para ele sem expressão.

— As finais!

Como se para ecoar a felicidade do pai, Bethany chutou com força suficiente para fazer Charissa se curvar. John não notou; ele estava digitando rapidamente com os polegares.

— Do basquete, eu presumo? — ela disse, com a mão sobre o abdome.

— Michigan State, domingo à noite em Detroit. Não acredito que ele conseguiu. Eu sabia que ele estava tentando, mas a chance era pequena.

Charissa se voltou para a própria página. John se sentou na beirada do sofá. Ela conseguia sentir sobre si o olhar dele.

— Que é? — ela perguntou, sem levantar o olhar.

— Meus pais estão pensando em vir para cá no fim de semana, e aí meu pai e eu podemos dirigir para Detroit no domingo.

— Eles querem ficar aqui?

— Não, não. Eles vão ficar em um hotel. Estavam planejando vir em abril, de qualquer forma, lembra?

Agora que ele mencionou, sim. Mas um fim de semana inteiro? Ela estava pensando que a visita deles seria uma viagem de um dia.

— Eu tenho muito trabalho para fazer este fim de semana, John. — Ela não gostava da ideia de entreter Judi enquanto John e o pai saíam durante o dia todo. — Não é uma hora muito boa agora.

— E quando vai ser?

Ela escreveu "Bom uso da metáfora" na margem e virou a página.

— Charissa?

— Hmm?

— Você pode abaixar isso um instante? Estou tentando falar com você.

"E eu estou tentando dar notas", ela respondeu silenciosamente. Colocou a redação sobre o colo e posicionou as mãos com formalidade.

— Você mesma disse que está com um equilíbrio no trabalho agora, que você tem o tempo extra para dar para Mara, para estar no Nova Esperança. Parece que o princípio de "caminhar a segunda milha" deveria se aplicar à família, certo?

Ele tinha um bom argumento. Ela não gostava disso.

— Faça isso por mim? — ele pediu. — Por favor? Eles querem ver a casa. — Entrelinhas: a casa para a qual eles generosamente deram a entrada. — E eles querem poder comprar algumas coisas para Bethany. — Entrelinhas: eles estão animados com a primeira neta e querem participar da preparação para a chegada dela.

Ela expirou lentamente.

— Tá bem. Pode ser.

— Não. Se você for ficar assim com isso, então esquece. Eu posso só falar para eles que você não quer que eles venham. — Ele continuou digitando.

Ele não faria isso, faria?

— John, para.

Ele levantou o olhar para ela, com os polegares pairando sobre o celular.

— Me desculpa, tá bom? Você sabe que eu não gosto de coisas me surpreendendo. Se eles vão ficar em um hotel...

— Eles já disseram que vão.

— Então, tudo bem. Mas não espere que eu vá sair em longos passeios de compras. Eu odeio isso. — Ela suportara o bastante no Natal. Não repetiria isso.

— Não, eu sei. Vai dar certo.

— E você vai ter que puxar as rédeas da sua mãe se ela começar a oferecer as ideias dela sobre como decorar a casa, ou coisas para comprar para Bethany, ou...

— Eu sei, tá bom? Eu sei. Vai dar certo.

— Tá bom. — Ela pegou a caneta.

Ele se levantou e beijou a testa dela.

— Obrigado, Cacá.

— Aham. — "Se alguém te obrigar a caminhar uma milha, vai com ele duas", Jesus havia dito. Charissa estava quase certa de que ele não queria dizer para caminhar essas milhas choramingando e reclamando, ou agindo como um mártir confesso. Ela precisaria orar com vontade antes de os sogros chegarem. E ela provavelmente ficaria de joelhos, figurativamente, o fim de semana inteiro.

BECKA

Nenhuma quantidade de adulação — e Becka tentara todo ângulo possível por vários dias — convenceu Simon a mudar de ideia. Ele ia para Paris para um fim de semana de escrita. Sozinho.

— Mas por que eu não posso ir com você?

Ele estava de costas para ela enquanto colocava roupas na bagagem de mão.

— Eu te disse, Rebecka. Você é uma distração.

— Achei que eu era sua musa. — Ela se jogou na poltrona dele.

— Você é. Mas como vou conseguir escrever as palavras se você estiver lá comigo?

Ela ia retrucar que fora ele quem a convidara para passar um verão inteiro com ele em Paris, e não teve distração aí, não é? Mas então ela pensou melhor. Não queria que ele mudasse de ideia quanto a isso.

— Eu vou te deixar escrever. Por horas e horas. Não vou te incomodar nadinha. Vou a museus, e você pode dar uma de Hemingway no café. E à noite...

Ele fechou o zíper da mala.

— Simon? — Os dedos dela pairavam sobre os botões de cima da blusa. — Simon, por favor. — Ele não podia simplesmente deixá-la assim. Ela não conseguia suportar a ideia de um fim de semana inteiro no apartamento dele sem ele, e ela não queria ficar sozinha no seu. — Por favor, Simon. Me leva com você. Estou... — "te implorando", ela quase disse. Mas uma coisa era o flerte de aluna, e outra coisa era o desespero. E ela estava beirando o desespero. Precisava diminuir a dose.

— Tenho que pegar meu trem. — Dando um rápido beijo na bochecha dela, ele pegou a mala e saiu pela porta. Quando o portão de ferro bateu atrás dele, ela ainda estava plantada no lugar onde ele a abandonara.

— Você não falou para Simon sobre o fulano na boate, falou? — ela perguntou para Pippa pelo telefone à tarde.

— Quê? Claro que não! Quando é que eu veria Simon ou falaria com ele?

— Não sei. Desculpa. — Becka ficou deitada na cama de Simon, escutando o barulho do trânsito vindo de cima. Nunca notara como o apartamento dele era barulhento, entre o chiado agudo dos ônibus e os pedestres que passavam pela calçada conversando alto. Talvez ela voltasse para o próprio apartamento, a fim de trabalhar. — Ele só está agindo um pouco...

— Um pouco o quê?

— Estranho. Um pouco estranho, só isso.

— Talvez ele esteja estressado.

Provavelmente era isso. Simon não gostava do trabalho dele, não estava fazendo progresso no romance e precisava de espaço para limpar a mente, para focar. Se Pippa não tivera contato com ele (e, realmente, foi paranoia pensar isso), então não havia como Simon ter ouvido sobre o desastre na boate. E ele não agira normal no jantar no cruzeiro? Foi só nos últimos dias que não parecia ele mesmo.

Becka rolou na cama, abraçando o travesseiro de Simon. Se ela acreditasse em orações, oraria para ele ter um fim de semana de escrita produtivo e então retornar para ela com as paixões renovadas. Mas ela não acreditava em orações. Sua mãe acreditava em orações, e olha onde ela estava agora.

— Você vai à boate com a gente hoje? — Pippa perguntou.

— Depois de semana passada? Sem chance.

— Ah, qual é. Tira sua cabeça de Simon, da sua mã... — Embora Pippa tivesse se cortado antes de falar a última vogal, Becka sentiu o rosto esquentando. — Da sua rotina, das suas aulas. — Pippa continuou. — Você só tem mais o quê? Um mês ainda em Londres? Você tem que aproveitar ao máximo, certo?

Certo. E a lista de coisas que ela queria viver em Londres nas poucas semanas restantes não incluía outra noite rodeada por homens bêbados querendo passar a mão nela.

— Eu vou à Galeria Nacional hoje à noite — Becka disse como se tivesse decidido por esse plano horas atrás, em vez de naquele momento. O museu ficava aberto até tarde nas sextas-feiras, e, embora ela já o tivesse visitado várias vezes, a vastidão da coleção significava que ela ainda não vira algumas das famosas peças que estudara na matéria de história da arte durante o segundo ano da faculdade.

Com Simon viajando, era a oportunidade ideal para voltar lá. Ela tentara diversas vezes convencê-lo a ir com ela, mas ele respondera que ficaria feliz se nunca mais visse outro lago com lírios, ou uma bailarina, ou uma bacia com frutas. Em Paris, no Natal, ele havia feito a vontade dela de ir atrás das obras-primas, porque era o aniversário dela, e ela queria ir ao Louvre. Mas, enquanto ela seguia a multidão de turistas para ver a *Mona Lisa*, ele insistiu em trabalhar no manuscrito, na cafeteria. Ele já vira a pintura, havia dito, e não entendia o que ela tinha de mais.

Depois de se dedicar por mais uma hora ao seu trabalho, ela saiu do apartamento de Simon e pegou o metrô até a Trafalgar Square, que, mesmo em uma tarde fria e úmida de abril, estava repleta de pessoas posando para fotos ao lado das fontes, gritando ao lado dos leões de pedra e fazendo piqueniques nos degraus abaixo da Coluna de Nelson. Manifestantes se juntaram lá também, segurando suas placas sobre mudança climática e orgulho gay, enquanto um homem gordinho e barbudo com sotaque americano gritava em um megafone, informando às massas que elas iriam para o inferno se não se arrependessem dos seus pecados e se voltassem para Jesus Cristo, pedindo misericórdia e perdão.

— Acreditem nas boas novas! — ele gritava enquanto tentava colocar panfletos nas mãos de quem passava perto.

Becka não imaginava ser atacada por um evangelista de rua, e ela fez questão de evitar contato visual quando passou por ele.

— Acreditem nas boas novas! — ele berrou de novo. Até onde ela sabia, não tinha nada de bom nelas. Subiu rapidamente as escadas do museu com as mãos enfiadas nos bolsos do casaco. Muito de seu tempo com a mãe no Natal fora colorido pelas tentativas da mãe de compartilhar a fé, e todas elas pareciam arraigadas em julgamento e condenação do relacionamento de Becka com Simon. Sua mãe insistira que não, dizendo que só queria compartilhar sua crescente confiança na bondade e no amor de Deus; ela só queria que Becka vivesse o amor de Deus também.

Que amor, hein...

Pelo menos, este museu não tinha gatilhos para a tristeza. Até onde ela sabia, sua mãe não visitara o lugar durante suas semanas em Londres. Uma pena, ela pensou enquanto passava longe dos grupos de turistas fazendo fila para a ala dos impressionistas. Ela teria amado os girassóis de Van Gogh.

Michelangelo, Ticiano, Rembrandt, Rafael. Becka metodicamente marcou na sua lista de artistas famosos, enquanto se lembrava do que aprendera sobre técnicas de pintura e composição. *Chiaroscuro*, a professora dela falava enquanto apontava para a dinâmica de claro e escuro nas pinturas de Caravaggio. Becka se delongou em *A Ceia em Emaús*, por Caravaggio, a famosa representação de Jesus sem barba e ressurreto sentado à mesa com os discípulos estupefatos, e tentou apreciar a pintura de uma perspectiva técnica: a sombra das roupas, a luz no rosto de Jesus. Era como se luzes de velas bruxuleassem de dentro da pintura. Mas, quanto à representação de Jesus, Becka preferia o mural dele em sua antiga igreja, provavelmente pintado por algum pai. Pelo menos, naquela representação, Jesus tinha energia e espírito, como se estivesse brincando com as crianças. Aqui, ele parecia calmo e distante, completamente desprovido de vigor e paixão. Ressurreto? Parecia mais que ele tinha acabado de acordar de uma soneca.

Ela passou por sala após sala de arte religiosa. De quantas cenas de crucificação eles precisavam? Se Simon estivesse com ela, ele estaria fazendo observações sarcásticas e olhando para o relógio. Ela olhou para o celular. Oito horas. Esperava que ele estivesse trabalhando diligentemente em sua arte agora. Era provavelmente por isso que ele não retornara as chamadas nem respondera às mensagens dela.

— Onde está o desenho de Da Vinci? — ela perguntou para o guarda na entrada de uma das salas. Ela não poderia sair do museu sem ver *A Virgem, o Menino, Sant'Ana e São João Batista*, uma obra famosa que eles estudaram na aula.

Ele apontou por cima do ombro.

— Por aquela entrada ali.

Ela agradeceu e entrou em uma sala pouco iluminada, onde várias pessoas estavam sentadas em um banco, admirando um grande desenho em carvão da Virgem Maria sentada sobre o colo da mãe, Ana, enquanto segurava o Cristo bebê. Inclinando-se para a frente, Jesus esticava a mão para abençoar o pequeno João Batista, que estava em pé no chão ao lado delas, olhando para cima, para o rosto do primo mais novo. "Percebam a forma triangular", a voz da professora a relembrou, "a união do espaço, a dinâmica entre claro e escuro. Vejam como os olhares deles mantêm os olhares dos espectadores dentro da composição." O desenho despertara certa controvérsia com alguns dos colegas dela (certamente fundamentalistas religiosos), que reclamaram de Da Vinci representar Maria com sua mãe quando esta nunca fora mencionada ou nomeada na Bíblia. Mas era uma cena terna, e Becka gostava dela.

Agora que estava vendo ao vivo, o que lhe chamou a atenção foi a tranquilidade da expressão de Maria enquanto sorria para o filho. Ela era encantadora. Deslumbrantemente linda. Becka fixou o olhar nela, fascinada. A Mona Lisa não era nada, comparada a essa adorável jovem mãe.

Atrás dela, um homem limpou a garganta.

— Perdão — Becka disse, saindo da frente, para não bloquear a vista. Ela se sentou na beirada do banco. O desenho, como a legenda relembrava, era uma preparação para uma pintura que Da Vinci nunca fizera, e partes do desenho estavam incompletas. Os pés das mulheres, por exemplo. E a mão de Ana. Quando os outros visitantes saíram da sala, Becka se moveu para mais perto. Os olhos de Maria estavam fixados em Jesus, mas os olhos de Ana estavam fixados em Maria, e ela estava apontando para o céu. Maria parecia desatenta ao gesto, com toda a atenção fixa no filho.

Enquanto Becka focava na mão incompleta e apontando, subitamente sentiu irritação crescendo dentro de si, irritação que ela não sentira quando estudaram a obra na aula um ano atrás. A mão estragava a cena, e o fato de que estava incompleta a deixava ainda mais dissonante. Apontar para o céu era realmente necessário? Maria precisava de um lembrete, um sermão naquele momento? Não era suficiente que elas desfrutassem desse momento sentadas juntas?

Os olhos de Becka se encheram de lágrimas inesperadas, não meramente lágrimas de tristeza, mas lágrimas complexas de raiva e remorso. Ela estava brava, brava porque não teria a oportunidade de apresentar seus filhos para sua mãe. Ela estava brava, brava com a própria mãe por acatar o diagnóstico, por não fazer tudo à sua disposição para lutar contra o câncer e viver. Estava brava, brava com os dedos que apontavam para um Deus que não respondia a orações. Estava brava, brava com um Deus que se recusava a escutar as súplicas angustiadas que ela havia chorado na escuridão, na noite em que sua mãe contara as notícias. Brava.

Aquela garota pacífica e feliz sentada no colo da mãe e olhando para o filho em adoração... Ela não fazia ideia do sofrimento que seu Deus lhe tinha planejado.

Pobre garota ludibriada.

Limpando as bochechas com a parte de trás da mão, Becka se virou contra o desenho e saiu da sala.

7.

CHARISSA

No domingo da manhã em que os sogros visitaram, Charissa estava convicta de uma coisa: o adágio de Ben Franklin "Peixes e visitas passam a feder depois de três dias" superestimava consideravelmente o prazo de validade do segundo.

— Que tal se você e seus pais forem à igreja, e eu fico descansando aqui? — ela sugeriu para John quando ele saiu do banheiro enrolado em uma toalha. Ela ainda não tinha usado completamente a desculpa da gravidez durante as últimas 36 horas em que todos estavam juntos, e, com ainda 24 horas pela frente, era hora de usá-la.

— Mas é Domingo de Ramos! Você não quer estar lá no Domingo de Ramos?

O Domingo de Ramos sempre fora uma das comemorações favoritas de Charissa na Primeira Igreja: as crianças andando com galhos, as fanfarras de trompete, os hinos do coral... E ela suspeitava que a Igreja do Peregrino não replicaria nenhum desses elementos.

— Estou me sentindo exausta — ela disse. — Acho que é melhor eu descansar aqui. A que horas você e seu pai vão para o jogo?

— Ele está ansioso para chegar lá. Você conhece meu pai, nunca quer se atrasar para nada. Então, imagino que cairemos na estrada logo depois do almoço.

Ah. Isso significaria ainda mais horas sozinha com a mãe de John. Se ela não fosse à igreja, não poderia em sã consciência usar uma soneca à tarde como uma desculpa para evitar interações. E, como estava chovendo de novo, não poderia pedir a Judi que ficassem no jardim identificando novos brotinhos nos canteiros de flores. Ela reformulou o plano.

— Bem, se é esse o caso, então talvez eu devesse ir hoje de manhã com todos vocês, e depois volto e descanso.

— Você que sabe — John respondeu. Seu tom de voz indicava que ele sabia o que estava por trás da mudança de planos dela.

Não era que não gostasse dos sogros, ela pensou enquanto se movia no assento da igreja mais tarde naquela manhã. (Por que o pastor Neil estava pregando sobre Jesus purificando o templo e não sobre a entrada triunfal em Jerusalém, ela não fazia ideia.) Rick e Judi Sinclair eram boas pessoas, gentis e generosas. Mas eles tinham opiniões fortes sobre tudo e, desde o instante em que Judi entrara na casa, na sexta-feira, estava claro que ela teria tomado decisões diferentes sobre as reformas da cozinha e do banheiro.

— Espero que você não tenha se sentido pressionada para terminar as coisas rápido — ela comentou enquanto inspecionava os armários que Jeremy repaginara com excelência. — Não que estes não estejam bons; é só que eu pensava que vocês os substituiriam por novos. — Ela fez uma observação similar sobre o banheiro: "Você sempre pode decidir substituir os azulejos depois, se quiser". O chão, pelo menos, merecera sua aprovação: "Muito bom", ela disse.

Rick concordou.

— Esse seu pedreiro quer um serviço em Traverse City?

Charissa deu o cartão de Jeremy para ele. Ela não tinha certeza de quão longe Jeremy estava jogando a rede, procurando serviços, mas ela contara em segredo para John, alguns dias antes, que ele e Abby estavam se sentindo desesperados.

Ela esticou o pescoço de um lado para o outro e vasculhou o santuário, procurando por eles. Abby estava sentada no canto do fundo, mas Jeremy não estava ao lado dela. Olhando ao redor, ela também viu Nathan e Jake, mas Hanna estava ausente de novo.

— Deu tudo certo em Chicago? — ela perguntou para Nathan depois do culto.

— Nós encaixotamos e trouxemos tudo, mas Hanna estava se sentindo exausta hoje de manhã, então ela ficou em casa descansando.

Embora a expressão facial e tom de voz dele não entregassem nada, Charissa se perguntou o que "exausta" significava.

— Diga que eu mandei um oi — ela disse. Então, o apresentou para Rick e Judi, que, quando escutaram que ele era o orientador do doutorado dela, trocaram um olhar enigmático entre si, que John não percebeu.

— Esquece isso — John disse enquanto eles seguiam o carro dos pais dele para o restaurante. — Você precisa abrir mão das coisas.

Como escutar a mãe dele discretamente interrogá-lo sobre como eles escolheram o nome Bethany. ("É um nome de família ou algo assim?") Ou morder a língua quando Judi comentou que a sala de estar era "muito azul". Ou dar a outra face quando Rick fez uma piadinha sobre sair para comer porque não queria que John tivesse que cozinhar para eles.

— Charissa está aprendendo a cozinhar — John falou em defesa dela — e está se saindo muito bem.

"Esquece isso."

— Eu sei que eles podem ser autoritários — ele disse com os olhos fixos na pista —, mas têm boas intenções.

Ela sabia disso. Mas isso não facilitava a companhia deles por longos períodos de tempo.

Ela e John estavam noivos havia um mês quando ele a convidara para ir à casa deles em Traverse City. A casa dos Sinclair, situada com vistas deslumbrantes da West Grand Traverse Bay, era fácil de ver com sua caixa de correio lembrando um farol e bandeirolas de outono. Judi, vestida com calças pretas e um chique suéter de caxemira, os encontrara no alpendre da frente e os recebera em um lar decorado com acessórios de outono e repleto de coleções de bules, colheres e conchas marinhas. Fotos de família ornamentavam toda superfície horizontal, e a geladeira estava coberta por ímãs de lembrancinha segurando antigas fotos de escola, cartões de oração por missionários e frases inspiradoras. Minimalista na decoração, Charissa se sentira claustrofóbica.

Então, quando Judi mencionou, durante o almoço, que ela ficaria feliz em levá-la para comprar decorações para a casa enquanto "os meninos" estavam no jogo, John deu um cutucãozinho nela por baixo da mesa, como se dissesse: "Deixa comigo".

— Eu disse para Charissa que era melhor ela descansar hoje à tarde. Ela está se esforçando bastante ultimamente, e eu não quero que exagere.

Judi limpou a boca com o guardanapo.

— Bem, exatamente — ela disse. — Eu fiquei preocupada exatamente com isso. Esses desmaios... Parece que talvez o estresse tenha sido demais, que você se ocupou demais este semestre. Você tem que ter cuidado.

Charissa tomou um lento gole de água.

— Ela está tomando — John disse. — Está atenta às coisas. — Ele pegou o frasco de ketchup na frente de Charissa. — Então, o que acha das nossas chances hoje, pai?

Rick levantou os ombros.

— Bem, eu acho que ninguém esperava que eles destruíssem Louisville daquele jeito, e eu diria que o time...

Charissa se concentrou na sua tigela de sopa. Hoje seria um dia muito, muito longo.

Assim que John e o pai saíram para Detroit, Charissa fez a jogada dela.

— Se você não se importa — ela disse para a mãe dele —, vou dar ouvidos ao conselho de John e vou me deitar um pouco.

— Claro! Vou ficar aqui na sala. Você já tinha alguma coisa em mente para o jantar?

Nada que ela já tivesse aprendido a cozinhar receberia a aprovação de Judi.

— Eu tenho as coisas para fazer sanduíches: peru, presunto, queijo. Achei que poderíamos jantar isso.

Judi hesitou, e seu silêncio falava alto.

— Que tal se eu der uma passadinha no mercado e comprar algumas coisas? John sempre amou minha lasanha. Eu faço uma, aí ele pode comer o que restar quando chegar em casa.

Charissa estava cansada demais para discutir.

— Claro. — "Como quiser", acrescentou silenciosamente. Mas ela não ia comer lasanha. Ela e Bethany iam comer um sanduíche. Disfarçando a irritação com adoçante artificial, ela disse: — Você consegue encontrar tudo de que precisa na cozinha?

Judi respondeu que sim. Então, deixando-a para vasculhar os armários e gavetas, Charissa foi para o quarto e fechou a porta.

"O que está ocupando o espaço sagrado?", o pastor Neil perguntou para a congregação no final do sermão. "O que está entulhando o templo, individual e coletivamente? O que Jesus desejaria remover de nós e da igreja dele?"

Jesus poderia começar com o ressentimento. Ela não estava com um "espírito de oração" naquele momento, mas tinha impulsos raivosos e passivo-agressivos. E a verdade era que ela não queria ser purificada; ela queria estar certa.

Olhou para o relógio. Ainda que ela "dormisse" por duas horas, isso ainda a deixaria com duas horas antes de o jogo começar. Judi iria querer assistir ao jogo, e então Charissa poderia pedir licença ao dizer que tinha trabalhos para corrigir ou palestras para preparar. "Só tenta passar um tempo com ela", John sussurrou quando saiu. "Pelo menos um tempinho. Assistam a um filme ou algo assim."

Charissa não estava interessada em perder algumas horas com um filme. E não ia fazer compras com ela. Nem cozinhar. Ou fingir ter uma conversa sincera. Ou dar-lhe a oportunidade de se lançar em uma palestra sobre o que ela deveria fazer com seu doutorado ou sua carreira depois que Bethany nascesse.

Seu celular tocou sobre a mesa de cabeceira.

— Oi, Mara — ela disse assim que atendeu —, você não tem uma emergência que precise de ajuda, tem?

— Quê?

Charissa foi para a janela, só para o caso de sua voz poder ser ouvida pela parede.

— Eu preciso de uma desculpa para sair da minha casa.

— Está tão ruim assim, então?

— Citando John, ela tem boas intenções. Mas eu estou prestes a perder a cabeça.

— O que ela está fazendo?

A porta da frente rangeu e então se fechou. Judi provavelmente estava a caminho do mercado para comprar todas as coisas que a cozinha de Charissa não tinha.

— Não é que ela esteja dizendo ou fazendo algo que me irrite. Mas ela tem uma opinião sobre tudo, e isso me deixa doida. — O que era ainda mais irritante era que Charissa achava que tinha lidado com este exato problema semanas atrás. Depois de batalhar contra a raiva e o ressentimento sobre o que ela julgava serem interrupções, chegara a uma posição de ser grata, porque ela e John tinham opções a respeito do cuidado de Bethany, opções que outras mães de primeira viagem não tinham, como Abby.

— Sabe aqueles brinquedos de parque de diversões de bater na marmota? — Charissa perguntou. John amava esses brinquedos. — É tipo isso. Como se eu tivesse me livrado de algo, como orgulho, egoísmo, amargura ou qualquer coisa, e aí logo aparece de novo.

— É, eu sei como é. Como se eu nunca fosse ficar livre disso. Muito frustrante.

Charissa se deitou na cama.

— Tem certeza de que você não precisa que eu vá imediatamente ao seu resgate ou algo assim?

— Quer que eu invente alguma coisa? Isso é um milagre, não é? Nenhum estresse para contar aqui. — Mara pausou. — Bem, nenhum estresse novo.

Bethany chutou. Charissa fez uma careta.

— Abby ligou agora há pouco — Mara disse. — Ela vai ser batizada na Páscoa.

— O quê? Uau! — Charissa acenara para Abby à distância depois do louvor, mas não tivera a chance de falar com ela.

— É, acho que ela se encontrou com o pastor semana passada e, depois de conversar com ele um pouco, sabia que estava pronta para isso, que era o que queria fazer. Então, os pais dela vão vir aqui no fim de semana da Páscoa para vê-la.

— Uau, Mara! Que notícia fantástica.

— É.

A apatia na voz de Mara não condizia com a magnitude da ocasião.

— Então... Tá tudo bem?

Mara deu um suspiro longo.

— Eu só queria que Jeremy fosse batizado com ela. Continua orando por ele, tá bom? Parece realmente deprimido toda vez que falo com ele. Eu tô preocupada. Sei que preciso ficar fora disso, deixá-los resolverem as coisas, mas é difícil não interferir nem tentar ajudar.

Charissa queria ter impulsos mais rápidos para a oração, como quando ela percebera que Jeremy não estava no culto; poderia ter feito uma oração por ele e por Abby. Essa era uma disciplina espiritual que ela precisava começar a praticar: perceber e então orar. Mas, quando ela desligou o telefone alguns minutos depois e fechou os olhos, imediatamente caiu no sono.

Bagunça. Havia tanta bagunça. Discos velhos, fitas cassete, revistas, despertadores, bonecas sem membros, montes de papel, faróis, fotos de família... Todas as superfícies do quarto estavam cobertas. Charissa mal conseguia respirar. Ela tentou chutar para o lado umas cestas de vime vazias, mas estavam presas ao chão. Ela se se inclinou para inspecionar. Não estavam vazias. Estavam cheias com pedaços de pão embolorado e frutas podres infestadas de larvas. De quem era essa casa nojenta?

Judi apareceu no canto do quarto.

— Eu te ajudo a arrumar essas coisas — ela disse. — É uma baita bagunça aqui.

— Não é minha bagunça — Charissa alegou. Ela não era uma acumuladora.

Alguém estava batendo à porta, mas não havia como abri-la. Havia lixo de mais no chão.

— Serviço de limpeza! — uma voz chamou.

— Essa bagunça não é minha! — Charissa chutou uma pilha de papéis. — Esta não é minha casa!

Mas a batida na porta continuava.

— Pronta para o jantar? — Judi perguntou.

Comer? Como alguém conseguiria comer em um lugar assim?

— Charissa?

Charissa esfregou os olhos, desorientada. Ela estava em seu quarto limpo e arrumado, e Judi estava em pé ao lado da cama, iluminada por trás pelos fracos raios do pôr do sol. Charissa piscou sonolenta.

— A lasanha está pronta, e eu já arrumei a mesa.

Claro que arrumou. Charissa ia dizer: "Eu não quero lasanha, e eu preferiria comer meu sanduíche no meu quarto", mas, em vez disso, respondeu:

— Vou para lá em alguns minutos.

Ela levou um bom tempo para se levantar, bem mais do que o necessário. Quando entrou na sala de jantar quinze minutos depois, Judi estava à mesa, esperando por ela.

— Acho que não está fria — Judi disse enquanto tirava uma fatia fumegante com uma espátula que Charissa não reconhecia. Ela colocou um pedaço grande demais diante de Charissa e disse:
— Que tal se eu orar?

Charissa apertou os lábios e concordou com a cabeça.

HANNA

Hanna se reclinou sozinha em sua poltrona de oração, a única peça de mobília que encontrara espaço para integrar a casa. O restante de suas posses fora temporariamente guardado em um depósito.

— Vamos fazer funcionar — Nathan a confortara numerosas vezes ao longo da semana. — Vamos encontrar um jeito. Eu só preciso chegar ao fim do semestre, e aí terei mais tempo para organizar as coisas e me livrar de umas tralhas.

Ela se esforçou para ouvir pedaços da conversa no andar de cima. Nate passara a última hora no telefone no escritório, mas ela não conseguia dizer, pela cadência dele, que tipo de conversa era.

— Hanna?

Ela não escutou Jake chegando à sala de estar.

— Oi, Jake, diga.

— Eu preciso de carona para a casa de Pete. Estava esperando meu pai terminar a ligação, mas já estou atrasado e temos um trabalho para entregar amanhã.

— Posso te levar, sem problema. — Hanna puxou a alavanca da poltrona e se levantou para pegar o casaco e as chaves.

— Acho que ele está no telefone com minha mãe.

Hanna se enrijeceu, o braço suspenso no ar ao lado do prego das chaves.

— Está? Como você sabe?

— Ela me mandou uma mensagem e disse que ela está vindo para Kingsbury por causa do trabalho ou algo assim. Ela quer me ver.

— Quando?

— Não sei.

Hanna guardou as chaves no bolso.

— Não, digo, quando ela te mandou a mensagem?

— Depois do culto.

Nathan não mencionara isso quando ele e Jake chegaram em casa. Na verdade, eles estavam juntos em casa havia várias horas, e ele não dissera nada. Quando ela voltou depois de levar Jake, Nathan estava sentado à mesa da cozinha.

— Você estava no telefone com Laura?
— Sim.
— Por que você não me contou que ela mandou uma mensagem para Jake?
— Eu não queria te sobrecarregar. Você disse que estava exausta.

Chaucer se sentou na frente dela, com a pata no ar para ela cumprimentar. Ela o ignorou.

— Você não achou que seria importante me dizer que ela vai estar na cidade?

Ele passou os dedos das duas mãos pelo cabelo.

— Eu queria acertar as coisas com ela primeiro. Não é uma teoria da conspiração para te deixar desinformada.

Hanna se sentou na beirada da cadeira, ainda de casaco.

— Então, quando ela vem?
— Ela vai estar na cidade para uma reunião na semana após a Páscoa. — Chaucer colocou o focinho no colo de Hanna. Ela o empurrou. — Aqui, amigo — Nathan disse, estalando os dedos. — Vem cá. — Ele esfregou o focinho do cão com as duas mãos. — Deita. — O cachorro caiu no chão e Nathan esfregou seu pelo com o pé descalço, com a tatuagem *hineni* visível sob a barra da calça.
— Você poderia ter me contado.
— Hanna...
— Você poderia ter me contado.
— Eu não queria te sobrecarregar...
— Eu sei. Você não queria me sobrecarregar porque eu estou — ela fez aspas no ar com os dedos — "exausta". — Ela se levantou. — Isso não ajuda. — Ela pegou as chaves.
— Aonde você vai?
— Casa da Meg. — Era o único lugar que ela conseguia pensar onde podia ficar sozinha e sem perturbações.

Enquanto o crepúsculo ficava mais escuro, tomando a cor de um hematoma, Hanna estava sentada na cozinha de Meg, escutando as pererecas cantarem suas melodias nas árvores.

"Desconsiderada." Essa era a palavra que descrevia como ela se sentia. Desconsiderada.

Todo novo casamento tinha suas dores de crescimento. Ela sabia disso. Aconselhara vários recém-casados e entendia os desafios de integrar vidas separadas, especialmente em famílias com filhos de outros casamentos. Mas isso parecia uma dolorosa quebra da aliança que ela e Nate fizeram um com o outro. Ele não deveria ter conversado com a nova esposa antes de ligar para a ex?

O celular dela vibrou com uma mensagem: "Por favor, vem para casa para conversarmos face a face".

"Por favor, vem para casa."

Hanna segurou a cabeça com as duas mãos e chorou.

CHARISSA

— Até que não é uma cor tão intensa quando você fica sentada aqui um tempo — Judi disse, com os olhos analisando as paredes verde-água sem enfeites da sala de estar. — Rick estava dizendo que queria pintar o quarto de hóspedes. Qual o nome dessa cor?

— Não sei. John que escolheu. — Charissa voltou à desculpa de estar lendo o livro de redação. Colocara uma pilha de livros na mesa de centro diante de si, esperando que o visual comunicasse o sacrifício que ela estava realizando a fim de fazer companhia para a sogra diante da televisão.

— Olha! Acabei de vê-los. — Judi apontou para a tela. — A câmera passou bem por cima da seção onde eles estão.

Improvável, Charissa pensou, mas não a corrigiu.

— Eu tenho algumas artes que ficariam lindas aqui — Judi continuou —, para dar uma vida para as paredes. Eu ficaria feliz de trazê-las da próxima vez que visitarmos.

"Que vai ser quando?", Charissa respondeu em pensamento.

— Tem uma galeria na cidade (a dona e eu fomos para a faculdade juntas), e ela expõe artistas locais que pintam vistas fabulosas do Lago Michigan e dos faróis.

Charissa virou uma página.

— Eu prometi para minha mãe que compraríamos decorações juntas quando ela vier visitar. — Ela não tivera tal conversa com a mãe, mas Judi não precisava saber disso.

— Ah? Seus pais vão vir em breve?

— Minha mãe sim, quando o semestre acabar. Depois, meu pai vai vir com ela quando Bethany nascer.

— Acho que precisamos pensar sobre como coordenar as visitas dos avós — Judi disse.

Certo. Charissa não precisava das duas famílias convergindo ao mesmo tempo. Até onde ela sabia, o lado da mãe tinha prioridade. Mas ela e John não haviam negociado esses detalhes ainda. Eles ainda nem haviam tido tempo de programar o plano do nascimento, que deveria já estar pronto a esta altura. Quando ela terminasse o semestre, poderia mudar o foco para a preparação da chegada de Bethany.

— Então, sua mãe vai vir para o nascimento?

Charissa virou outra página.

— Não, só depois. John e eu vamos manter todo o trabalho de parto privado.

— Você não quer ajuda enquanto estiver no hospital? Os primeiros dias podem ser bem difíceis.

— John vai tirar folga do trabalho. — Charissa mudou de posição no sofá, com o útero apertando. Ela estava tendo muitas contrações de Braxton Hicks nos últimos dias. Talvez estivesse desidratada. Havia lido online que desidratação poderia aumentar a frequência delas. — Você quer algo para beber? — ela perguntou, levantando-se lentamente quando a contração diminuiu.

— Eu aceito um café. Você tem descafeinado?

— Acho que não. — Charissa não bebia café havia meses, e John normalmente bebia o de verdade.

— Deixa para lá, então. Eu deveria ter comprado um pacote quando fui ao mercado. — Ela seguiu Charissa até a cozinha e pegou um copo com água enquanto Charissa pegava um frasco de antiácido do armário. Bethany não gostava de lasanha. Ela deveria ter insistido em comer um sanduíche de presunto. — Azia? — Judi perguntou. Charissa assentiu. — Acho que lasanha não foi uma boa escolha para o jantar. Você deveria ter dito algo.

"E você deveria ter aceitado minha oferta de sanduíches", Charissa pensou. Ela mastigou dois tabletes lentamente enquanto Bethany chutava e dava piruetas. "Desculpe, querida." As duas iam ficar acordadas a noite toda.

— Não sinta como se precisasse fazer companhia para mim — Judi disse quando voltaram para a sala de estar. Ela apontou para a pilha de livros. — Eu sei que você está ocupada.

Charissa sentiu uma pontada no estômago que não era uma contração ou refluxo. A permissão de Judi para desaparecer doera.

— Tá tudo bem. — Dar a atenção dela para o basquete não era uma confissão de culpa nem um pedido de desculpa, mas era, ainda assim, uma declaração de intenção de ser uma anfitriã mais graciosa nas horas que ainda restavam. Ela colocou os pés sobre a mesa de centro e perguntou: — Qual o placar?

MARA

Mara estava tirando o esmalte rachado enquanto esperava do lado de fora do consultório de Dawn para a sessão de aconselhamento. As orações de algumas mães eram respondidas, ela disse para si mesma, e as de outras não eram. Como Ellen. Mara sabia que Ellen estava orando por Abby, para que ela fosse despertada para a fé, e agora Abby foi. Em algum ponto ao longo da semana passada, Abby cruzara a linha para a fé de todo o coração e queria declarar publicamente sua confiança em Jesus Cristo. Ela queria se arrepender publicamente dos pecados, morrer para si mesma e ser trazida à novidade de vida, purificada.

— Você vai estar lá, não vai, mãe? — Abby perguntou pelo telefone no domingo à tarde.

Claro que Mara estaria lá. Ela abriria mão do Domingo de Páscoa na própria igreja a fim de testemunhar a entrada de Abby no corpo de Cristo. Ela se sentaria ao lado dos pais de Abby o mais perto que pudesse da primeira fileira, e choraria lágrimas de alegria. E lágrimas de tristeza. Porque suas orações fervorosas para que o filho fosse despertado para a fé e ficasse bem, completo e feliz não foram respondidas. A parte dela cheia de fé dizia: "Não ainda". Sua parte desencorajada declarava: "Nunca".

Ela pegou uma revista repleta de fotos cintilantes de mulheres atraentes com famílias atraentes em casas atraentes, e então mudou de ideia. Por que se submeter a mais oportunidades de sentir inveja e descontentamento?

Reclinando-se para trás na cadeira, fechou os olhos. Era difícil não questionar as ações de Abby, difícil não se ressentir dela por seguir em frente tão rapidamente, quando talvez pudesse esperar para ser batizada algum dia com o marido. Algum dia. Ou nunca. Não havia garantia de que Jeremy um dia se voltaria completamente para Cristo. Então, por que Abby deveria esperar? No meio do estresse financeiro deles, incerteza sobre empregos e recaídas de Jeremy — várias ocasiões das quais ele se arrependia profundamente, segundo Abby havia contado a Mara —, o Espírito trabalhara para atraí-la para Jesus. Valia a pena comemorar isso. Talvez o Espírito trabalhasse através do despertamento de Abby para atrair Jeremy também.

— É maravilhoso que Abby esteja dando esse passo, não é? — Mara disse para Jeremy no telefone.

— É. Ótimo.

— Mas e Maddie? Eu me esqueci de perguntar para Abby o que vocês vão fazer com ela.

— Como assim?

— Digo, ela vai ser apresentada, batizada ou algo assim, junto com Abby? — Mara não tinha certeza de quais eram as práticas com as crianças na Igreja do Peregrino.

— Não.

Mara decidiu pressionar:

— Por quê...

— Porque, de acordo com o pastor, ambos os pais precisam ser capazes de responder a perguntas sobre a fé, e eu não vou ficar diante de uma multidão e ser um hipócrita.

Ela o admirava pela integridade, mesmo que o coração dela se partisse por ele não ser capaz de crer. Embora o programa de Doze Passos tivesse salvado a vida dele anos atrás, quando estava afundado até o pescoço no vício, as falas de Jeremy sobre "abrir mão" e "confiar em um poder maior" evidentemente não tinham a especificidade de confiar em Jesus Cristo como esse poder.

— Continue orando por ele — Abby havia dito. Claro que ela continuaria. Mas, dado o histórico dela de orações respondidas (orações para Deus curar Meg, orações para sua vida familiar melhorar, orações para o Clube dos Calçados Confortáveis não se desfazer, e a lista continuava), Mara não tinha certeza de quanto suas orações ajudavam alguém. Mas ela continuava. O que mais poderia fazer? Precisava continuar ofertando a própria fé como uma boa ação para Jesus, por mais que fosse quebrada e pequena alguns dias.

— Mara? — Dawn estava sorrindo para ela na soleira da porta.

Mara se levantou.

— Tenho muita coisa para te contar — ela disse quando entrou no escritório de Dawn. — Como sempre.

CHARISSA

— Tem certeza de que não se importa de eu ir? — John perguntou enquanto vestia o casaco.

— Claro que não — Charissa respondeu. — Vai lá. — De alguma forma, ele conseguira mais um ingresso para o jogo do campeonato de basquete em Detroit.

— Obrigado, Cacá. Vou te compensar.

— Anota na sua conta. — Ele insistira várias vezes que devia para ela pelo fim de semana com os pais dele. Ela estava grata por ter sobrevivido à visita sem nenhum dano grande.

Ele a beijou.

— Espero que você e Mara se divirtam juntas, seja o que for o negócio de arte lá.

Charissa também não sabia o que esperar no Nova Esperança. Em todos os anos dela frequentando a igreja, nunca ouvira falar desse tipo de evento de Semana Santa. Cultos de Quinta-feira Santa e de Sexta-feira Santa, sim. Mas uma jornada de oração e experiência até a cruz? Ela não conseguia imaginar.

Quando ela chegou ao centro de retiro uma hora depois, Mara estava esperando por ela na entrada.

— Obrigada por vir — Mara disse, abraçando-a.

— Claro. — Charissa alisou o cabelo e pendurou seu casaco. — Somos só nós, ou Hanna vem também?

— Não, ela não vai poder. Disse que tem que cuidar de outras coisas.

Charissa precisava se lembrar de orar por ela. Pela expressão no rosto de Mara, parecia que elas duas tinham chegado à mesma conclusão sobre sua ausência.

— E quanto a você, Mara? Você está bem?

Mara levantou os ombros.

— Minha terapeuta disse que acha que estou, então isso é encorajador. Continuamos seguindo em frente, certo?

— Certo. Ou, pelo menos, tentamos.

Progresso, e não perfeição, Charissa se relembrou enquanto andavam pelo corredor até a capela onde tinham se reunido para o casamento de Hanna. Como parecia diferente! Não estava mais como um lugar de celebração alegre, mas agora era um lugar de reflexão sombria e reverência silenciosa, com a luz superior fraca e velas projetando sombras por todo o ambiente.

Um homem de meia-idade as cumprimentou na porta da entrada e entregou um pequeno panfleto para cada uma.

— Os textos das Escrituras estão colocados em cada uma das estações de oração — ele disse sussurrando —, juntamente com artes que ilustram a história e os temas. — Ele abriu um panfleto para mostrar para elas. — Aqui estão algumas instruções de como orar. Vocês podem levar os panfletos para casa.

Charissa leu a parte da frente: "Bem-vindos à Jornada para a Cruz. Você está convidado a acompanhar Jesus na sua tristeza e sofrimento conforme ele caminha até o Gólgota. Enquanto você caminha e ora, imagine que está assistindo às cenas acontecendo. Vivencie os detalhes enquanto lê e contempla as artes. Embora você possa ser tentado a pular a tristeza da cruz e ir para a alegria da manhã de Páscoa, nossa capacidade de receber a maravilha da ressurreição aumenta quando passamos tempo meditando sobre o sacrifício de Jesus Cristo. Que Deus te leve mais profundamente na realidade do amor dele conforme você caminha".

Ela olhou por cima do ombro do homem. Dentro da capela, cerca de vinte pessoas estavam sentadas diante de diferentes obras de arte para meditar e orar.

— A jornada começa neste canto aqui — ele disse, apontando —, e aí vocês andam no sentido anti-horário pela capela. Levem o tempo que quiserem em cada uma das oito estações. Não há pressa.

Sussurrando um "Obrigada", elas entraram na capela, onde música triste de violino tocava baixinho nos alto-falantes. Enquanto Charissa olhava, Mara se apoiou em uma parede e, como fizeram semanas atrás neste mesmo lugar, tirou os calçados.

Enquanto Mara se demorava em cada ponto, Charissa somente parou educadamente nas primeiras duas estações de Pilatos questionando Jesus e soltando Barrabás no lugar dele. Não havia muito para prender sua atenção ali. Então, ela continuou até a terceira estação, onde uma viga de vários centímetros de grossura estava perto da base de uma pintura de soldados romanos segurando um homem pela manga. Sentando-se em um assento vazio, ela leu o versículo na plaquinha:

> "E OBRIGARAM UM HOMEM QUE PASSAVA POR ALI, VINDO DO CAMPO, A CARREGAR-LHE A CRUZ. ERA SIMÃO DE CIRENE, PAI DE ALEXANDRE E DE RUFO" (MARCOS 15:21).

"Obrigaram." Ela não gostava dessa palavra. Eis aí um homem cuidando da própria vida, e de repente é arrastado contra a própria vontade para o drama da execução de um estranho. Ela abriu o panfleto e leu o guia de oração:

> *Imagine que você é Simão de Cirene, peregrinando para Jerusalém para celebrar a Páscoa. Quando você se aproxima da cidade, vê uma procissão. Um homem ensanguentado e ferido está cambaleando sob o peso de uma cruz enquanto romanos o guiam para o lugar da crucificação. Multidões gritam suas acusações sobre a culpa dele. Você para e assiste.*
>
> *Subitamente, uma mão áspera te segura pelo ombro. "Você!", o soldado berra. "Carregue a cruz dele!"*
>
> *O que está passando pela sua mente neste momento? Você voluntariamente pega a cruz, ou tenta resistir? Por quê?*
>
> *Agora, pegue a viga de madeira da plataforma. O que significa para você caminhar com Jesus carregando a cruz? O que você quer dizer para Deus em oração?*

Charissa viu uma adolescente magrinha segurar a viga e cambalear sob o peso dela antes de soltá-la para sua mãe levantar. A mãe estava chorando. Charissa abaixou o olhar. Ela nunca pensara muito sobre o papel de Simão de Cirene na narrativa da crucificação, mas, já que ela passara e lera o versículo, parecia um lugar potencialmente frutífero para parar e orar.

Ela fechou os olhos e tentou se imaginar como Simão, tentou imaginar como se sentiria ao ser arrancada do meio da multidão, coagida a carregar uma viga de cruz ensanguentada para um homem que obviamente fora condenado como um criminoso, um homem cuja pele estava dilacerada e pendurada nas costas, cujos olhos estavam quase fechados pelo inchaço, e cuja testa estava perfurada pelos espinhos enfiados em seu crânio. A multidão zombava dele, mas ele não respondia. Não parecia que ia aguentar muito mais tempo. Ela ouvira falar da agonia e crueldade de uma crucificação, e, ainda que este homem tivesse cometido um crime hediondo, a punição era deplorável.

Por mais que estivesse comovida pela dor dele, porém, ela não queria se envolver. Tentou dar desculpas, mas os soldados romanos não escutavam. Ela não queria carregar a cruz. Não queria que outras pessoas pensassem que ela era a criminosa. Não queria participar da vergonha, não queria ser culpada por associação. Cada parte sua resistia a ser tragada para dentro da narrativa. Cada parte sua resistia à ordem de andar uma milha ou duas contra a própria vontade. Por que ela não poderia só cuidar da própria vida e continuar com o propósito da jornada de Páscoa? Deixe o drama acontecer de acordo com o plano de Deus. Ela não tinha nada a ver com isso.

Ela abriu os olhos e olhou por cima do ombro para a estação anterior, onde Mara estava ajoelhada sobre uma almofada diante de uma cruz, olhando para cima e chorando. Lentamente, Charissa se levantou e voltou para aquela estação. Talvez precisasse ver que tudo isso tinha a ver com ela. Talvez precisasse tentar de novo entrar na parte da história com Barrabás.

Enquanto Charissa esperava as cadeiras esvaziarem, leu o versículo impresso na plaquinha:

"ENTÃO LHES SOLTOU BARRABÁS; MAS MANDOU ESPANCAR JESUS E O ENTREGOU PARA SER CRUCIFICADO" (MATEUS 27:26).

Pilatos, procurando salvar a própria pele, havia feito o que era conveniente: cedera às exigências do povo. Ele entregara Jesus para ser crucificado. E Jesus não fizera nada para resistir.

Assim que a estação esvaziou, Charissa se abaixou para se ajoelhar onde Mara se ajoelhara, sobre uma almofada diante da cruz em tamanho real. Pregada à cruz estavam palavras pintadas em tirinhas de madeira: orgulho, vanglória, inveja, preguiça, ódio, luxúria, cobiça, gula. Na intercessão das vigas havia um espelho inclinado para a frente, para que alguém ajoelhado sobre a almofada pudesse ver o próprio rosto refletido ali. Charissa chegou um pouco para trás, até seu rosto estar posicionado bem no meio do espelho.

Ali. Era isso que ela merecia pelos próprios pecados. Seu lugar já fora ali. Na cruz, como os outros criminosos. Mas Jesus... Jesus tomara o lugar dela, assim como tomara o lugar de Barrabás. Jesus, o inocente, levara sobre si o pecado dela, sua culpa, sua vergonha. Ele voluntariamente se identificara com Charissa, a pecadora. Todo o pecado dela, toda a vanglória, todo o egoísmo, o ressentimento e os desejos glutões por conquistas e honra; tudo isso Jesus carregou por ela, sem hesitar, sem reclamar, sem tentar fazer qualquer pessoa entender que ele próprio não era o culpado.

Lágrimas rolaram por suas bochechas quando ela olhou para cima e viu, com olhos lavados, as profundezas do próprio pecado. Todavia, mais do que isso, muito mais do que isso, ela viu as profundezas do amor dele.

Quem foi perdoado de muito, Jesus havia dito para Simão, o Fariseu, muito ama. Se Charissa, assim como a mulher de reputação ruim que invadira o jantar para ungir Jesus, pudesse ver as profundezas do pecado dela e o amor que pagara o preço por tudo isso, ela conseguiria chegar a ponto de amar muito de volta? Ela percebeu, enquanto olhava para o próprio reflexo no espelho, que o presente era ver a enormidade de sua dívida. Fariseus presunçosos não conseguiam perceber a enormidade das próprias dívidas. Mas prostitutas, que rotineiramente se ofereciam para todos os falsos deuses que não satisfaziam — honra, conquistas, admiração, estima —, conseguiam perceber a enormidade de suas dívidas e receber a enormidade do perdão. E, quando fariseus eram convertidos para verem a si mesmos como prostitutas, que presente. Que presente de misericórdia e graça.

Tanta graça.

Sussurrando a gratidão, Charissa voltou para a estação de Simão de Cirene e levantou a viga. Ela não estava pronta para, com entusiasmo, se identificar com Jesus em sua vergonha — será que ela algum dia correria para abraçar esse tipo de sofrimento? —, mas estava disposta a ser feita disposta. E talvez esse fosse um lugar suficientemente bom para começar. De novo.

MARA

As orações de algumas mães eram respondidas; as orações de outras, não. Mara limpou os olhos e encarou a pintura de Maria e outras mulheres juntas ao pé da cruz.

Nossa, que agonia Maria deve ter sentido ao assistir seu filho sofrer e morrer. Mara pegou outro lencinho da caixinha no chão e assoou o nariz com a maior discrição possível. A agonia... "Você não tem poder algum para cessar o sofrimento dele, e ele não está fazendo nada para resistir", as anotações de oração diziam. Como ela se sentia enquanto imaginava a cena acontecendo?

Impotente. Completamente esmagada pela tristeza. E consolada por não estar sozinha.

Mara se certificou de que elas estavam bem longe da audição de qualquer outro visitante antes de perguntar o que ela achou da experiência.

— Foi poderosa — Charissa respondeu enquanto pegava os casacos das duas do cabideiro na entrada. — Estou feliz por ter vindo.

Mara colocou os braços nas mangas.

— Eu também. Nunca tinha passado muito tempo pensando sobre a Sexta-feira Santa. Só sobre a Páscoa. — Mas, de alguma forma, enquanto assistia à tristeza acontecendo, Mara sentiu um profundo e intenso consolo. Jesus sabia. Ele entendia. E ele lhe fazia companhia no meio de toda a decepção e desespero.

A porta da frente se abriu e uma lufada de vento soprou para dentro algumas folhas de carvalho secas da calçada. Mara se abaixou para pegar uma do carpete.

— Ei! — uma voz familiar disse. — Estou atrasada demais para andar com vocês?

— Hanna! — Mara guardou a folha no bolso e abraçou a amiga.

— Me desculpem — Hanna disse quando Mara a soltou. — Eu não ia vir. Mas não consegui ignorar a voz me dizendo que eu tinha que estar aqui. — Ela parecia não dormir havia dias, tendo meias-luas profundas e escuras abaixo de seus olhos cansados.

Charissa olhou para o relógio.

— Eu sinto muito mesmo, Hanna. Queria poder ficar mais tempo, mas eu realmente deveria tentar trabalhar um pouco hoje à noite.

— Não, não, tudo bem — Hanna respondeu, retribuindo o abraço dela. — Podem ir. Eu não tinha certeza de quanto tempo vocês ficariam aqui.

Mara tirou o casaco e disse:

— Eu faço companhia para você. Vem comigo.

HANNA

Da última vez que Hanna entrara pelas portas do Nova Esperança, estava usando um vestido de noiva. Ela parou na soleira, lembrando-se dos rostos virados para ela enquanto andava pelo corredor, vendo os sorrisos e bocas sussurrando "linda" conforme ela passava por cada fileira; seu pai mantinha o passo lento com ela, os olhos dele fixos à frente, com lágrimas umedecendo as bochechas; Mara, Charissa e Becka sorriam para ela nos degraus da frente, cada uma segurando um buquê de narcisos e um par de calçados confortáveis. Ela viu as sobrinhas arrancarem pétalas de rosas brancas e sentiu de novo os pés descalços pisando sobre a maciez das flores enquanto se aproximava cada vez mais de Nathan, o qual, quando seu pai entregou a mão da própria filha para ele, pressionou os lábios contra os dedos dela antes de se virar com ela para olharem para a cruz.

"Querida e amada..."

— Você tá bem? — Mara sussurrou. Hanna assentiu. Semanas atrás, este lugar estava transbordando com brotos primaveris exuberantes e fitas brancas em cascatas; agora, era um lugar escuro e lúgubre, lugar de luto, não de alegria. Como a alma dela.

— Eu vou me sentar aqui e orar — Mara disse e deu uma batidinha no ombro dela. — Leve o tempo que precisar.

Agradecendo, Hanna foi à primeira estação de oração, onde, sobre uma mesa coberta com um pano, uma pintura de Pilatos lavando as mãos estava posicionada ao lado de uma toalha e uma bacia similar a que usaram para o lava-pés na casa de Meg. Pendurados na parede atrás da pintura de Pilatos havia robes, cada um pregado a um punho pintado e sendo soprados pela saída do aquecimento. "Crucifiquem-no!", gritavam as palavras rabiscadas em uma fonte raivosa acima de cada punho. Toda a cena pulsava com fervor e fúria. "Crucifiquem-no!"

Hanna sentou-se diante da mesa e leu Mateus 27, a história de Pilatos questionando Jesus, oferecendo-se para soltar Barrabás no lugar dele, e então lavando as mãos de todo o processo quando o povo exigiu que Jesus fosse crucificado. "Não ouves quantas acusações fazem contra ti?", Pilatos perguntou para ele. Mas Jesus não respondeu. "E Jesus não lhe respondeu a uma pergunta sequer, de modo que o governador ficou muito admirado", Mateus escrevera.

Hanna se moveu no assento. Talvez devesse ter ignorado a insistência constante de vir ao Nova Esperança. O tom melancólico da jornada de oração somente amplificaria seu luto, não o aliviaria. E ela já ponderara sobre o silêncio de Jesus diante dos seus acusadores, quando ouvira falar pela primeira vez sobre os rumores circulando em Westminster sobre a integridade dela. Já orara pela graça para morrer para a reputação, para fazer companhia a Jesus em seu silêncio e na sua recusa a se defender. Isso ainda não tinha adiantado muito para ela. Não importava o quanto tentasse, ela ainda não conseguia abrir mão, ainda não conseguia deixar para trás o incômodo de Nancy ter se esquivado dela no culto, recusando-se a oferecer perdão e se reconciliarem.

Incapaz de ficar sentada diante dos robes ondulantes e acusadores por mais tempo, ela se levantou e andou até a estação seguinte, onde escolheu não se demorar nem se ajoelhar diante da cruz com o espelho. Não queria pensar muito sobre palavras como "inveja" ou "vanglória", não queria reforçar as maneiras como continuava a se sentir ferida e menosprezada por sua rápida substituição em Westminster. Não queria pensar sobre como o ressentimento por Nathan estar em contato com Laura apodrecera nos últimos dias, fazendo com que ela o atacasse com silêncio recíproco e taciturno sempre que ele tentava se comunicar com ela a respeito de outros assuntos. "Por favor, não me puna com o silêncio", ele lhe suplicara várias vezes. Mas ela não conseguia evitar. Tinha mais medo do dano que poderia causar em seu casamento se dissesse seus pensamentos e sentimentos sem censura do que se mantivesse esses pensamentos e sentimentos para si mesma.

Depois de parar brevemente diante da reflexão sobre Simão de Cirene, Hanna se aproximou da quarta estação de oração. Perto do lugar onde ela e Nathan acenderam a vela da unidade e fizeram suas promessas um para o outro, havia três árvores mortas em baldes de vinte litros com fitas adesivas e pedras. Colocado entre os galhos das árvores, havia um longo tecido preto, e no topo dos galhos estava pintada a silhueta de uma mulher chorando. Lantejoulas e cristais azuis representando as lágrimas estavam pendurados dos galhos, e, à base de uma das árvores, havia uma poça feita de tule turquesa.

"Jesus fala com as mulheres que choram", dizia a plaquinha. Ao lado dela, estava o texto das Escrituras:

> "UMA GRANDE MULTIDÃO O SEGUIA, E TAMBÉM MULHERES, QUE CHORAVAM E LAMENTAVAM POR ELE. JESUS, PORÉM, VIRANDO-SE PARA ELAS, DISSE: FILHAS DE JERUSALÉM, NÃO CHOREIS POR MIM; CHORAI, SIM, POR VÓS MESMAS E POR VOSSOS FILHOS. PORQUE VIRÃO DIAS EM QUE SE DIRÁ: FELIZES AS ESTÉREIS, OS VENTRES QUE NÃO GERARAM E OS SEIOS QUE NÃO AMAMENTARAM! ENTÃO COMEÇARÃO A DIZER AOS MONTES: CAÍ SOBRE NÓS; E ÀS COLINAS: COBRI-NOS. POIS, SE FAZEM ISSO COM A LENHA VERDE, QUE FARÃO COM A SECA?" (LUCAS 23:27-31)

A reação visceral de Hanna à representação visual e ao texto foi tão avassaladora, que ela se sentou. "Felizes as estéreis..." A frase a agarrou e não a soltava. "Felizes as estéreis." Ela pegou o diário da bolsa. Por mais que tivesse evitado a intimidade de escrever nele nas últimas semanas, sabia que não conseguiria processar completamente sua resposta se não a escrevesse.

Terça-feira, 7 de abril, 20h30

Eu já estudei esse texto. Já preguei sobre ele. Sei por que Jesus está chamando as mulheres de "felizes". Quando a devastação vier sobre Jerusalém e o templo for destruído, as pessoas vão ficar desesperadas com o luto. Nesse dia de destruição e terror, será mais fácil para quem não tiver de assistir seus filhos sofrendo. Mães desejarão que a morte venha rápido para não verem seus filhos famintos ou torturados. "Felizes as estéreis, os ventres que não geraram e os seios que não amamentaram!" Eu consigo interpretar o texto e me maravilhar com a compaixão de Jesus pelas mães em sofrimento e pelas mulheres chorando, mesmo quando ele está indo para a própria morte cruel. O cuidado e a preocupação dele pelos enlutados no meio da própria agonia me maravilha. Seu sofrimento nunca encurtou sua visão. Isso é extraordinário.

Todavia, como tem sido verdade tantas vezes nos últimos meses, uma simples frase me pega, me provoca, me confronta e exige que eu preste atenção em por que estou tão agitada e incomodada com ela. "Felizes as estéreis, os ventres que não geraram." Eu quero discutir com Jesus e dizer que não. Não é feliz ser estéril. Nunca é uma felicidade ser estéril. As mulheres que desejam ser mães, que dariam qualquer coisa para darem à luz uma criança... você não pode dizer que elas são felizes só porque não vão ter que suportar o sofrimento dos filhos. Ser estéril é uma dor do coração por si só. Não me diga que é melhor assim, Jesus. Não quero ouvir.

De novo e de novo, eu repito as mesmas dores, não é? Eu sou como Raquel, chorando pelo filho e recusando-se a ser confortada. Por quanto tempo mais eu vou continuar enlutada pela perda do meu útero? Agora que tenho um marido, minha esterilidade me devasta de uma forma ainda mais profunda, de uma forma em que tentei não pensar e sobre a qual não queria conversar. E não sei quando ficarei livre disso, Senhor. Eu vejo a barriga protuberante de Charissa e oro pela tua bênção sobre ela. De novo. Eu imagino a barriga protuberante de Laura e digo que não é justo, Senhor. De novo.

Perda atrás de perda atrás de perda. Eu penso em minha mãe enlutada por todos aqueles abortos espontâneos anos atrás, e entendo de uma nova forma o seu impulso de querer que os montes caiam sobre ela. Às vezes, a dor é tão grande, que você só quer que ela acabe. Você acha que não consegue suportar mais uma perda, mais um trauma, mais uma devastação. Eu estava prestes a escrever que sei que minhas perdas não são nada comparadas às perdas de algumas pessoas, mas vou parar aqui mesmo com a medição e comparação e vou simplesmente dizer que estou enlutada. Ainda. Então, eu amarro minhas lágrimas aos galhos dessas árvores desoladas e as observo pingar para a poça de tristeza acumulada. Adiciono as minhas lágrimas às lágrimas das estéreis e enlutadas, de quem chora dia e noite perguntando-se quando o alívio virá.

BEM-AVENTURADOS OS QUE CHORAM, POIS SERÃO CONSOLADOS.

Quando, Jesus?

Eu não sou ingrata, Senhor. Não sou. Eu sei que preciso continuar repetindo minha gratidão por todas as bênçãos de abundância que o Senhor derramou sobre mim nos últimos sete meses. Bênçãos extravagantes. Eu sou grata, Senhor. Sou mesmo. Mas, se eu não entregar a ti meu lamento também, sei que minha tristeza vai se tornar tóxica. Não quero ficar tóxica com amargura e ressentimento.

E eu me sinto amarga e ressentida com tantas coisas agora. Sinto muito, Senhor. Me perdoa. Me limpa. Me liberta. Me cura. Por favor.

Sei que as pessoas poderiam olhar para minha vida e dizer: "Por que você está tão abatida? Você tem um marido maravilhoso (de fato), um enteado absolutamente amável (verdade) e um lugar para morar com pessoas que te amam". Tudo verdade. Eu penso em mulheres que dariam qualquer coisa pela minha vida, que dariam qualquer coisa para serem amadas por um marido cristão da forma como Nathan me ama e é paciente comigo. Penso até em Mara e em tudo por que ela está passando, e concluo: por que estou tão abatida? O que há de errado comigo?

Mas eu não consigo fingir a alegria, Senhor. O que eu tenho para te entregar agora é tristeza. Gratidão também, mas principalmente tristeza. Tenho saudade da minha Meg. Saudade do meu trabalho. Saudade do meu lugar. Estou enlutada pelo que já foi. Estou enlutada pelo que jamais será. Estou enlutada.

No entanto, não sou a única que lamenta. Estou sentada e olho para essas árvores mortas, molhadas por lágrimas, e me vejo estranhamente confortada pela ideia de ser parte de uma comunidade de gente de coração partido, os decepcionados que aguardam a redenção. A ressurreição. "Bem-aventurados os que choram, pois serão consolados."

Que isso seja verdade, Senhor. Não apenas para mim. Para todos nós.

CHARISSA

Quando Charissa terminou de revisar um trabalho pouco depois das 23h, ligou a televisão para ver o placar do Michigan State. O relógio do jogo do campeonato nacional em Detroit estava na contagem final, e as coisas não pareciam boas para os Spartans. John ficaria arrasado.

Ela apertou o botão de desligar no controle remoto e apagou a luz. De jeito nenhum que ele estaria em casa muito antes das 3h. Ainda bem que ele não perdera o jeito para virar a noite. Isso seria útil com um bebê.

Seu abdome apertou em uma contração e ela fez uma careta, esperando passar. Precisava ligar e marcar as aulas de parto deles. Aprender algumas técnicas de respiração poderia ajudá-la com o desconforto dessas contrações de Braxt...

"Uuuii!"

Charissa se curvou com uma câimbra lancinante. Isso era novo. Ela tentou respirar fundo, mas não conseguia fazer o diafragma inflar. Talvez um banho quente a ajudasse a relaxar os músculos. Assim que conseguiu ficar ereta de novo, encheu a banheira com água quente e se colocou lá dentro, tentando se esticar confortavelmente. Não adiantava. A banheira não fora projetada para grávidas altas. Pela primeira vez na vida de casada, ela queria estar na casa dos sogros. O banheiro de hóspedes deles tinha uma grande banheira de massagem.

"Ai!"

Outra câimbra. Ela tentou se virar para o lado, mas não conseguia fazer a manobra. Começou a contar os segundos. Dez. Vinte. Trinta. Sessenta. Noventa. Cem. Ela precisava ir à internet para ter certeza de que esse tipo de coisa era normal com 26 semanas. Mas a dor a deixou tonta e ela não tinha certeza se conseguiria se levantar da banheira. "Esvazie a água." Ela deveria esvaziar a banheira caso desmaiasse. Puxou a tampa e escutou a água gorgolejar ralo adentro.

"Respira fundo", ela ordenou para si mesma, "e não desmaia. Pega um telefone. Pega um telefone. Por favor, Deus, me faça alcançar um telefone."

HANNA

Embora Nathan tivesse brincado com ela sobre isso mais de uma vez, anos de ligações às 2h condicionaram Hanna a manter o celular sobre a mesa de cabeceira, caso alguém precisasse dela em uma emergência. Como Becka. Ou Mara.

Ou Charissa, que parecia agitada e assustada quando pediu desculpas por ligar depois de meia-noite. Ela disse que não conseguira falar com Mara, e John ainda estava a duas horas de distância, e os sites médicos diziam que ela deveria ir a um hospital para averiguar, só por segurança.

— Porque eu acho que podem ser contrações de verdade — ela explicou agitada —, e John disse que preciso ir. Ele quer que eu vá. Mas não sei se consigo dirigir sozinha, a dor fica terrível.

Assim como já fizera em tantas outras ocasiões ao longo dos anos, Hanna se vestiu com pressa. Desta vez, porém, havia alguém em casa para orar por ela quando saiu.

— Me avisa se houver qualquer outra coisa que eu possa fazer — Nathan disse antes de lhe dar um beijo de despedida.

Não havia muito mais que fazer, exceto ficar de olho, esperar e tentar acalmar Charissa com uma presença que não estivesse ansiosa. Ou, pelo menos, que não parecesse ansiosa. Quando John, todo despenteado, chegou ao quarto às 3h, Charissa estava com soro na veia e ligada a um monitor para medir contrações.

— Tá tudo bem, querida — John disse. — Tudo bem. — Hanna não tinha certeza se "querida" se referia a Charissa ou a Bethany. A ambas, talvez. — Quais as notícias, Cacá?

Ela levantou os ombros, seus olhos se fecharam com força, e Hanna não soube se era uma tentativa de lutar contra as lágrimas ou suportar mais uma contração. John, que evidentemente pesquisara sobre tais coisas, começou a fazer perguntas sobre dilatação e apagamento do colo uterino. Quando Charissa não respondeu, Hanna repetiu o que o médico que a atendera havia dito:

— Eles ainda estão tentando fazer o parto parar. Até agora, as contrações estão com um intervalo de cerca de quinze minutos, e ela não está nada dilatada.

— Que bom — John respondeu. — Não estar dilatada é bom.

Charissa, com os olhos ainda fechados, balbuciou:

— Isso não pode estar acontecendo. — Ela balbuciara as mesmas palavras durante todo o caminho na escuridão do carro de Hanna. — Isso não pode estar acontecendo.

John beijou a testa dela e acariciou-lhe a mão.

— Não se preocupe, Cacá. Tá tudo bem. Vai ficar tudo bem.

Mas Hanna não sabia se isso era uma declaração de fé ou uma negação do próprio terror.

— Eu gostaria de orar por vocês dois.

John assentiu.

— Obrigado, Hanna — ele respondeu e curvou a cabeça sobre o ombro de Charissa.

Não fazia tanto tempo assim, Hanna pensou enquanto saía do estacionamento do hospital uma hora depois, que ela e Meg correram com Charissa para este mesmo hospital depois que John se ferira jogando futebol americano. Elas fizeram companhia para ela na sala de emergência, e só depois que Charissa fora chamada para ver John é que Meg disse que entrara cambaleando por aquelas mesmas portas para encontrar um capelão que lhe dera as notícias de que seu amado marido, Jimmy, estava morto.

Não fazia tanto tempo assim (embora parecesse uma vida) que Hanna correra por essas mesmas portas com Becka depois que Meg desmaiara no aeroporto.

— Ela vai ficar bem, não vai? — Becka repetia de novo e de novo na viagem aterrorizante do aeroporto para o hospital. — Ela vai aguentar, não vai? — Hanna não conseguia se lembrar do que respondera.

— Vou estar orando por vocês — Hanna prometeu para John e Charissa quando se despediu.

Mas, quando John disse novamente: "Vai ficar tudo bem", Hanna não repetiu a fala dessa vez. John não pareceu perceber.

Quarta-feira, 8 de abril, 9h30

Talvez escrever no diário dois dias seguidos signifique que eu vou voltar ao ritmo de processar minha vida com Deus nestas páginas. Eu me senti tão desolada. Tão seca. Escrever aqui se parece com tomar um grande copo de água de um poço que negligenciei. Por que me esqueço? Por que evito as práticas que são boas para minha alma? Especialmente quando estou sentindo tanto desequilíbrio em todas as áreas da vida. Sinto muito, Senhor. Restaura minha alma. Por favor. Tenho estado tão fora de sincronia contigo e com os outros. Tenho estado tão consumida com meu próprio luto e perdas, que não tive a energia para me derramar por qualquer outra pessoa. A ligação à meia-noite me acordou de supetão não apenas fisicamente, mas espiritualmente. Fui relembrada (de novo) que nossa tristeza e nosso sofrimento são comunitários. Mesmo quando nos sentimos tão sozinhos neles.

Fiquei pensando sobre a insistência de John de que "vai ficar tudo bem". Eu acho que ele quis dizer, todas as vezes, que "nada ruim vai acontecer, porque estamos confiando em Deus". Eu me lembro de estar ali anos atrás, acreditando que Deus preveniria todo tipo de sofrimento se eu confiasse nele. "Papai conserta!" Essa era minha imagem de Deus, porque essa era minha imagem do meu pai. Era a imagem que tinha de morrer.

Talvez a morte de Meg ainda esteja crua demais para eu tratar de qualquer situação como a de Charissa com esperança e confiança no poder de Deus. Talvez eu já esteja esperando que as coisas deem errado, porque ainda estou sofrendo por

Deus não ter curado Meg ou, no mínimo, ter dado mais tempo para ela. Por não ter dado mais tempo para nós. Talvez eu já tenha visto coisas de mais ao longo dos anos, liderado funerais de crianças de mais, me sentado ao lado de camas de esperanças frustradas.

Eu sei que tu me convidas para confiar em ti como o Redentor, Senhor. Não para esperar que tu sejas o Deus que conserta coisas quebradas ou que previne que a quebra aconteça, mas para confiar que sejas o Deus que redime coisas quebradas, que faz sua presença conhecida no meio de tudo que está quebrado, e que faz companhia para nós enquanto estamos enlutados. Tu fazes, sim, todas as coisas ficarem bem. Como a oração de Julian de Norwich. Tudo ficará bem. E tudo ficará bem. E todo tipo de coisa ficará bem. Algum dia. Não importa o que aconteça.

"Tudo ficará bem" significa que, ainda que eu faça minha cama nas profundezas, Deus está comigo. Significa que, não obstante eu habite na parte mais remota do mar, até ali a mão direita de Deus me sustenta. Significa que, não obstante andemos pelo vale da sombra da morte, não precisamos ter medo. Não porque nada de mau vá acontecer conosco nesta vida, mas porque Deus está conosco em qualquer coisa e em tudo que nos acontecer nesta vida. De alguma forma, tudo que acontece nesta vida pode nos formar, moldar e preparar para a vida além deste mundo também.

Até lá, Senhor, por favor, mostra tua bondade para Charissa e para John. Por favor, mostra teu amor, cuidado e poder. Cuida da pequena Bethany. Continua a tecê-la em saúde e integridade. Revela tua glória, Senhor, em todas essas coisas. Eu não presumo saber como vai ser a aparência da tua glória. Mas nos ajuda a confiar em ti. Não importa o que aconteça.

Estar no Nova Esperança ontem à noite me ajudou a me reorientar para a cruz. Era disso que eu precisava. Eu preciso continuar trabalhando com o Espírito para me mover contra a minha desolação, em direção à consolação e à esperança.

Então, decidi ir com Nathan para o retiro de silêncio e solitude no Sábado de Aleluia. Eu sei que um dia de retiro e meditação será bom para minha alma, ainda que parte de mim continue a resistir. Me encontra na minha resistência, Senhor, e me move para a frente, mais profundamente na minha vida contigo.

MARA

Quando Mara descobriu a mensagem de voz agitada de Charissa sete horas mais tarde, ela se odiou por ter desligado o celular durante a noite. Deixando os meninos para se virarem com o café da manhã e arrumarem seus almoços, Mara voltou para o quarto, se enrolou em sua manta favorita e ligou para pedir atualizações. John atendeu ao telefone de Charissa.

— Estão falando de "alto risco" — ele disse com a voz tremendo de emoção. — Ela dilatou para dois centímetros, e as contrações estão acontecendo a cada poucos minutos. Eles estão tentando parar o parto, desacelerar as contrações, mas...

— Nossa, John. — Todos os bebês de Mara ficaram o tempo completo, até um pouco mais. Ela não sabia nada sobre partos ou bebês prematuros. Só tinha visto fotos de pequeninos deitados em incubadoras ou segurados na palma da mão, ligados a cabos e tubos. Ela escutara histórias de terror sobre complicações e malformações, com semanas e meses gastos em unidades de tratamento intensivo pré-natal, e dezenas de milhares de dólares em contas médicas. Isso se os bebês sequer chegassem tão longe. *Ai, meu Deus.*

— Estão dando a ela esteroides para ajudar a fortalecer os pulmões de Bethany, mas o cérvix da Charissa está afinando. E não tem nada que eles possam fazer para fechá-lo e engrossá-lo de novo. Ela está com dois centímetros e sessenta por cento agora. — Ele pausou. — Não, setenta. Charissa acabou de dizer setenta.

Jesus, ajuda.

— O que posso fazer, John?

— Nada. Se tudo correr bem, vão mantê-la aqui por alguns dias, e então mandá-la para casa.

— Ainda estão na emergência?

— Não, a trouxeram para a ala da maternidade agora. — A voz dele falhou e Mara esperou, em silêncio constrangedor, que ele se recompusesse e dissesse mais alguma coisa. Ele não disse.

— Ela está disposta a receber uma visitante? Eu ficaria feliz de dar uma passadinha e ficar com vocês. Se quiserem companhia.

John repetiu a oferta para Charissa e então disse:

— Estamos bem por agora, obrigado. Mas, se você conhecer algum grupo de oração...

— Deixa comigo. — Ela avisara os círculos em favor de Meg. Ela os avisaria de novo. Tantos quantos ela conhecesse em Kingsbury e além. — E, se vocês pensarem em mais alguma coisa que eu possa fazer...

— Eu te ligo.

— Mande um abraço para ela por mim. E um para você também.

— Obrigado, Mara. Vou mandar.

Mara se reclinou para trás na sua cadeira de balanço e olhou pela janela, para os quintais com manchas marrons começando a ficarem verdes. Do outro lado da rua, no jardim perene de Alexis Harding, viu narcisos dourados, o tipo com o babado longo, coletivamente curvando suas cabeças em fileiras. Parecia que eles estavam orando. Uma comunidade inteira em oração. Era disso que Charissa e John precisavam: estar envolvidos em uma comunidade de oração. Mara começaria ligando para a coordenadora de oração na igreja, e então ela avisaria o pessoal do Nova Estrada. Desde o episódio do desmaio de Charissa na cozinha, alguns dos convidados ficaram preocupados com ela. Eles iram querer saber que ela estava em trabalho de parto. Eles desejariam estar com ela em oração. Gostariam de orar pela bebê. A bebê Bethany.

— Segura as pontas aí, garotinha — Mara sussurrou. — Aguenta aí.

BECKA

Becka não entendia por que Hanna achava necessário informá-la de que Charissa estava no hospital em parto prematuro. "Por favor, mantenha-a nos seus pensamentos", Hanna escrevera no e-mail. Era o tipo de coisa que a mãe dela poderia ter feito: pedir a ela para orar por alguém que mal conhecia. O propósito maior do e-mail era, contudo, pressionar Becka sobre a data em que ela viria "para casa".

Para que casa ela poderia voltar? Tudo que esperava por ela era a casca de uma casa velha e mofada repleta de coisas que a relembrariam de tudo que perdera. Talvez ela devesse só dizer para Hanna se livrar de tudo aquilo. Ou vender. Becka não ligava muito. Todas as coisas que ela pensava que desejaria fazer depois que sua mãe morresse — como voltar a Kingsbury para olhar as coisas da vida da mãe, organizar fotos e visitar o túmulo dela antes de ir para Paris no verão — agora não a atraíam mais. Nem um pouco. Ela precisava seguir com sua vida, não ficar se prendendo ao passado. Viver no passado não era bom para ela. Olhar para a frente. Seguir em frente. Esse era o tipo de conselho que ela escutara a avó dar para a mãe diversas vezes.

— Acho que vou dizer para Hanna que não vou — ela disse para Simon, que estava digitando seu romance. Desde que voltara de Paris, ele havia passado cada momento acordado colado no computador. — Simon?

Ele não levantou os olhos da tela.

— Hmm?

— Eu disse que acho que não vou voltar para Kingsbury quando o semestre acabar. Acho que vou só ir direto para Paris com você.

Ele levantou as sobrancelhas e olhou para ela.

— Não foi isso que planejamos.

— Eu sei, mas não tenho motivo para ir. Hanna pode tomar conta de tudo. — Sem dúvidas, tinha sido por isso que sua mãe colocara Hanna no comando: Hanna era confiável para cuidar de todos os detalhes com os quais Becka não iria querer se importar. Ela tentou se espremer do lado dele. Ele fechou a tela do computador. — Que foi? Qual o problema?

— Nada. — Ele pegou outro cigarro do bolso.

— Você não está agindo como se fosse "nada".

— Estou no meio de uma cena, Rebecka. Eu realmente não tenho tempo para discutir seus planos de viagem agora.

Certo. Eles poderiam conversar sobre isso mais tarde. Enquanto isso, ela responderia para Hanna avisando que mudara de ideia sobre voltar para Kingsbury no fim do mês. Ela passou os olhos pelo e-mail de Hanna mais uma vez. "Estou orando por você", Hanna escrevera. "Espero que você esteja bem."

Becka tinha quase certeza de que a definição de Hanna de "estar bem" era diferente da sua. Mas, se "estar bem" significava tomar decisões que serviam para ela, em vez de servir aos outros, então estava muito bem.

CHARISSA

Viável, o médico dissera. Com 26 semanas, o "feto" era "viável". Enquanto John ficou visivelmente agitado com o comentário clínico, Charissa estava mais concentrada nos detalhes do melhor cenário possível e no que ela precisaria fazer para dar a Bethany a maior chance de chegar à gestação completa.

— Descanso na cama — o médico disse. — Esse é o melhor remédio. O mínimo de movimento possível.

Não havia como desfazer o que as contrações já tinham realizado. Eles poderiam apenas tentar impedir que o parto seguisse adiante. Esse era o melhor cenário. O pior cenário? Ela nem ia pensar sobre ele.

— Você consegue, Cacá — John disse quando o médico saiu do quarto. — Eu te ajudo.

Ficar de cama por três meses? Três e meio, se você calcular uma gravidez completa com quarenta semanas. Ela teria que fazer nada além de olhar janela afora ou para o teto por três meses e meio?

— Você pode ler. Ou assistir a filmes. Ou fazer pesquisas para seu jardim.

— Não vai ter jardim — Charissa respondeu. — Eu não vou poder plantar nada. — Parecia uma coisa estranha com que ficar chateada, dadas as circunstâncias no momento, mas seus olhos se encheram de lágrimas. E suas aulas? E os alunos? Ela ainda tinha três semanas de aula para lecionar. E eles não fizeram nada para se prepararem para um bebê. O quarto não estava pronto. As roupas não foram compradas. Ainda nem tinham feito uma lista de presentes ou um chá de bebê.

Ela fixou o olhar em colunas de gavetas etiquetadas cheias de seringas, agulhas e máscaras.

— Charissa? — John disse. Ela virou a cabeça na direção dele. — Você vai ficar bem. Vai ficar tudo bem.

Ela queria que ele parasse de dizer isso. Tudo não estava bem. Muitas coisas não estavam bem. Ela fez uma careta quando outra contração apertou.

Nada bem.

8.

HANNA

O culto de Quinta-feira Santa em Westminster sempre fora um dos favoritos de Hanna no ano: as passagens bíblicas focando as últimas horas de Jesus, o canto coral de "Fronte ensanguentada", a gradual extinção das velas e diminuição das luzes até que todo o santuário estivesse em completa escuridão e silêncio.

Sentada ao lado de Nathan no culto vespertino da Igreja do Peregrino, os pensamentos dela flutuaram até uma pequena igreja na parte rural de Ohio, onde ela servira como estagiária no segundo ano do seminário. Eles terminaram o culto de Quinta-feira Santa tocando o sino da torre 33 vezes, uma para cada ano de vida de Jesus. Mas, antes de cada toque do sino, a longa corda soava com um estralo violento. Quando o sino parou de tocar, Hanna estava em lágrimas. Ela não era a única. Era como se eles tivessem viajado por dois milênios para ouvir os impiedosos golpes de chicote contra a carne ferida e lacerada do homem da Galileia.

Nathan segurou a mão dela quando o solista começou a cantar: "Oh! Fronte ensanguentada, em tanto opróbrio e dor, de espinhos coroada, com ódio e com furor! Tão gloriosa, outrora, tão bela e tão viril. Tão abatida, agora, de afronta e escárnio vil".

Hanna tinha entre os dedos um prego que ela pegara de uma cesta fora do santuário. Ao final do culto, eles seriam convidados a ir à frente para derrubar os pregos ao pé da cruz. Mas primeiro eles seriam chamados à frente para terem os pés lavados, em lembrança da ordem de Jesus de amarem uns aos outros. Ela não iria à frente. Não conseguiria oferecer os pés a um estranho, quando foi Meg quem os lavara logo antes de morrer. Essa era uma memória que ela queria guardar, a memória de ser amada e servida de uma forma tão comovente. Ela não estava pronta para uma nova memória sobrepor-se à antiga.

As luzes ficaram mais fracas durante a segunda estrofe, com mais vozes se juntando à harmonia melancólica: "Quão humilhada pende a face do Senhor! Não vive, não resplende, já não tem luz nem cor! Oh! Crime inominável, fazer anuviar o brilho inigualável de um tão piedoso olhar!". A letra trouxe à mente dela a cruz no Nova Esperança e a almofada onde escolhera não se ajoelhar. Talvez as estações de oração ainda estivessem montadas no sábado, durante o retiro de silêncio e solitude. Talvez ela tirasse um tempo para se ajoelhar e meditar em Cristo tomando o lugar dela.

"Estás tão carregado, mas todo fardo é meu! Eu só me fiz culpado, e o sofrimento é teu. Venho aos teus pés, tremente, mereço a punição, mas olhas-me clemente com santa compaixão!"

"Amém", Hanna sussurrou. "Amém."

Quinta-feira, 9 de abril, 22h

Eu estava preocupada que fosse me sentar na Igreja do Peregrino hoje à noite e lamentar as formas como o culto da Quinta-feira Santa era diferente do de Westminster. Porém, fui capaz de entrar na beleza do que foi ofertado, ainda que fosse diferente do que amei por quinze anos. O culto de hoje à noite foi outra oportunidade de ser reorientada em direção à admiração e temor pelo sofrimento de Jesus. "Que amor maravilhoso é esse?", nós cantamos juntos. Realmente, que amor maravilhoso é esse? E, quando cantamos o último verso, chorei. Porque, enquanto cantávamos, fui relembrada de que, depois desta vida, vozes amadas também testificam da verdade: "E, quando da morte eu for libertado, seguirei cantando, seguirei cantando; e, quando da morte eu for libertado, seguirei cantando; e, quando da morte eu for libertado, cantarei alegremente e pela eternidade seguirei cantando, seguirei cantando; e pela eternidade seguirei cantando".

Passei tanto tempo nos últimos meses pensando sobre a morte — não apenas a morte física, mas todas as formas para as quais fui convidada a morrer — que talvez eu tenha perdido de vista a vida e a ressurreição. Sei que lamentar todas as perdas em todo o seu potencial tem a capacidade de me aumentar, e não me diminuir. E eu quero ser aumentada, Senhor. Quero viver a profundidade do sofrimento e da tristeza, para que eu também possa viver a alegria da ressurreição e da vida. Tu és a Ressurreição e a Vida. Continua me relembrando. Nenhuma das minhas perdas termina em morte, mas em vida.

Algo significativo está mudando no meu espírito. Percebo uma mudança, de desolação para esperança, enquanto eu fixo meus olhos na cruz e medito na tua vitória e amor. *Hineni*, Senhor. Eis-me aqui.

CHARISSA

Não era assim que Charissa esperava passar a Sexta-feira Santa, ainda com soro na veia e ligada a monitores. Ela esperava servir ao lado de Mara no Nova Estrada. Esperava participar de um culto vespertino na capela da universidade. Esperava fazer outro jantar como parte de sua aposta com John. E, já que estava listando as expectativas...

Ela esperava terminar o semestre ainda forte. Esperava usar maio e junho para se preparar para a bebê. Esperava que a gravidez fosse simples. Esperava carregar a bebê deles pela gestação inteira. Ela esperava.

Olhou para a mão, onde hematomas de tentativas falhas de inserir a agulha haviam escurecido. Ela deveria estar grata, grata por poder ir para casa e dormir na própria cama. Mas estava decepcionada demais para ficar grata.

— Minha mãe disse que ficou em repouso na cama com Karli por algumas semanas — John informou, inutilmente, naquela manhã.

Bem, "algumas semanas" não eram dez ou doze ou catorze. E a irmã mais nova de John não nascera prematura. Então, se Judi pensava que entendia o que Charissa estava passando, ela estava errada. Ninguém entenderia, a menos que estivesse passando pelas mesmas perdas que ela sofria agora.

John entrou no quarto com um sanduíche da lanchonete. Pelo menos, ele não fora comprar fast food de novo.

— Quer um pedaço?

Charissa negou com a cabeça. Ela ia receber uma bandeja de frango seco e duro e um daqueles copinhos de lanche com frutas mistas a qualquer momento. Delícia.

— Hanna ligou enquanto eu estava lá embaixo. Queria saber se ela pode ajudar com algo quando chegarmos em casa. Eu disse que avisaríamos.

Charissa não respondeu.

— E eu disse para minha mãe que realmente não conseguimos lidar com visitas agora, mesmo que ela esteja desesperada para ajudar. — Charissa dissera a mesma coisa aos próprios pais. Tê-los na cidade a estressaria ainda mais. Se John conseguisse segurar a barra das compras e das comidas, e Mara pudesse ajudar com a limpeza e uma refeição ocasional, como ela oferecera, eles conseguiriam manter todos os pais à distância, assegurando-lhes que estavam cuidando de tudo. — E também não é como se você precisasse passar o tempo todo deitada na cama. Você ainda vai poder sentar na cadeira e ler, escrever, fazer compras online ou...

Charissa cobriu os olhos e expirou sonoramente. Não era o corpo dele, o tempo dele, a vida dele, a responsabilidade dele. Ele absolutamente não tinha como entender o que ela estava sentindo. Não importava o quanto tentasse.

MARA

Mara estava mexendo uma panela de sopa de tomate no fogão do Nova Estrada quando Hanna entrou na cozinha.

— O que você está fazendo aqui? — Mara exclamou. Ficou tão surpresa por vê-la, que quase derrubou a concha.

— Bem, sei que Charissa tem ajudado, e eu não queria que você ficasse com uma voluntária a menos.

Mara tirou as luvas para poder abraçar a amiga. Ter Hanna de volta era um presente enorme!

— Obrigada! Muito obrigada por vir! — ela respondeu.

Hanna pegou um par de luvas de plástico da caixa sobre o balcão.

— A redinha também. — Mara apontou para outra caixa. Enquanto Hanna colocava o cabelo atrás das orelhas e o cobria com a redinha, Mara percebeu que havia alguma luz nos olhos dela de novo. — Você parece bem. Descansada ou algo assim. Como se uma sombra tivesse ido embora. — Era incrível a diferença desde a última vez que ela vira Hanna no Nova Esperança. Talvez suas orações tivessem feito diferença para alguém, afinal.

— Você está certa — Hanna disse. — Eu estou diferente. — Ela juntou as mãos enluvadas e olhou para o fogão. — Então, me diga o que fazer. Como posso ajudar?

— Você pode cortar umas cenouras e aipo para a salada?

— Claro — Hanna disse e pegou uma faca.

— Eu a coloquei em toda lista de oração que pude — Mara disse meia hora depois, enquanto elas preparavam a comida para servir. — Eu disse para John que ajudaria com a limpeza e com a comida, mas acho que não seria ruim colocá-los na lista da igreja para refeições, se eles fizerem esse tipo de coisa. — Mara queria fazer tudo que podia para ajudar, mas estava apertada com o dinheiro. Seria difícil entregar para eles mais do que uma ou duas refeições por semana. Não que John tivesse pedido ajuda.

Até a aposta deles, como bem relembrou, ele sempre cozinhara para os dois.

Hanna colocou alguns pegadores ao lado da bacia de salada e arrumou uma pilha de guardanapos.

— Nate disse que a Igreja do Peregrino tem uma coordenadora de refeições. Ele vai ligar e avisar que será um esforço prolongado.

Se eles tiverem sorte, Mara pensou. Quanto mais longo, melhor.

— Cadê a Srta. Charissa? — Billy, um dos visitantes regulares, perguntou quando entrou no salão de jantar. — Ela não está doente de novo, está?

Ele obviamente não recebera as notícias ainda.

— A Srta. Charissa está no hospital. A bebezinha dela tentou chegar mais cedo.

Billy assobiou e esfregou o cabelo em corte militar para a frente e para trás.

— Pobre bebê. Ela mal sabe que ainda precisa ficar quietinha — Ele remexeu nos bolsos do casaco e tirou uma nota fiscal amassada. — Pode levar uma coisa para ela por mim?

— Claro — Mara disse.

— Tem um lápis aí?

Hanna pegou uma caneta da bolsa.

— Valeu. — Ele se sentou em uma das mesas redondas, escreveu algo no papelzinho, dobrou-o na metade e o entregou para Mara. — Fala pra ela que Billy tá orando por ela, tá bem?

— Pode apostar.

Ele inclinou a cabeça para cima e farejou o ar.

— Sopa de tomate hoje?

— Aham.

Ele olhou para Hanna e disse:

— A Srta. Mara faz a melhor sopa.

— Sim, faz mesmo.

— Você é uma das amigas dela também?

— Meu nome é Hanna. — Ela estendeu a mão para apertar a dele. — Prazer te conhecer, Billy.

Ele farejou o ar de novo.

— Hoje vai ter daqueles seus biscoitos também, Srta. Mara?

— Hoje não, infelizmente. Desculpe.

Ele parecia decepcionado.

— Ahh. Eles são bons. Eu gosto daqueles biscoitos.

— Os famosos biscoitos de canela, de Mara? — Hanna perguntou.

— É. Eu sabia que tinha um ingrediente chique.

Mara fez uma nota mental para comprar os ingredientes.

— Eu vou fazê-los para você semana que vem, Billy.

— Tudo para mim?

Mara riu.

— Não tudo para você, mas vou fazê-los por sua causa. Em sua homenagem.

— Em minha homenagem?

— Claro. Por que não?

— Ouviu essa, Joe? — ele disse, cutucando com o cotovelo outro visitante regular. — A Srta. Mara vai fazer biscoitos em minha homenagem.

— Que tipo? Com gotas de chocolate?

— Você gosta de biscoitos com gotas de chocolate, Joe? — Mara perguntou enquanto servia a tigela dele com sopa.

— Sim, senhora. Minha mãe fazia biscoitos com gotas de chocolate para as crianças. Eu costumava lamber a massa da colher.

— Eu deixava meus filhos fazerem isso também — Mara respondeu.

— Minha mãe sempre deixava algumas gotas nos batedores para mim — Joe disse. — Eu gostava. Não como biscoitos com gotas de chocolate tem um tempão.

— Bem, eu vou fazer biscoitos de canela em homenagem a Billy na semana que vem, e biscoitos com gotas de chocolate em sua homenagem na semana seguinte. Que tal?

Joe abriu um sorriso banguela.

— Se eu chegar aqui cedo, posso lamber a massa?

— Eu vou deixar um pouco para você, tá bem?

— Tá bem. Fechado.

Como um incêndio florestal, as notícias de que Mara faria biscoitos em homenagem a pessoas se espalhou pela fila.

— Vou fazer assim — ela disse, depois que meia dúzia de convidados fizeram pedidos especiais pelos seus tipos favoritos de biscoitos —, vou falar com a Srta. Jada e ver se conseguimos ter um monte de biscoitos em alguma semana, tudo bem? Vários tipos diferentes para escolher. — Ela já fizera dúzias de biscoitos diferentes para o escritório de Tom por anos. Por que não fazer algo similar para o Nova Estrada?

— Como um restaurante daqueles que é "à vontade!" — Ronni disse. — O tipo que você pode continuar voltando para o balcão de sobremesas o quanto quiser.

Que ótima ideia! Ela poderia cozinhar mais do que biscoitos como um agrado para eles.

— Eu queria que pudéssemos fazer algo assim, Mara — a Srta. Jada disse quando elas estavam limpando a cozinha depois do almoço —, mas não tem dinheiro extra no orçamento.

— E se conseguirmos doações?

— Doações para biscoitos? Não sei quantas pessoas dariam dinheiro para isso.

— Só para os ingredientes. Como conseguimos daquela vez antes. — Mara não mencionou ter descoberto que Charissa fora a doadora anônima. — Vou descobrir quanto custaria para fazer o que pretendo. E aí vamos fazer uma grande comemoração.

— Comemoração de quê?

— Nada especial. Só uma comemoração por eles. Para se sentirem especiais. — Se Billy, Joe, Ronni e os outros pudessem ter um lugar onde soubessem que eram importantes, que eram vistos, que eram conhecidos, que eram amados, essa seria uma boa forma de começar.

A Srta. Jada suspirou.

— Amo sua disposição. Se você puder descobrir como fazer isso acontecer, vou deixar nas suas mãos.

— Eu ajudo — Hanna disse depois que a Srta. Jada saiu para atender a um telefonema. — Acho que é uma ideia maravilhosa.

— É um começo. — Mara viu o próprio reflexo no micro-ondas. Amada. Agraciada. E escolhida para carregar a Cristo. Que coisa linda. — Pelo menos, é um começo.

Meia hora antes da hora marcada para Tom pegar os meninos para o fim de semana, Mara encontrou Kevin jogado na cama.

— Já fez a mala? — Mara perguntou, pegando um saco vazio de Doritos do chão. Bailey a seguiu com o focinho sobre o chão, procurando por fragmentos de nachos. — Kevin? — No topo de uma cadeira com uma pilha alta de roupas amarrotadas (sujas ou limpas? Quem poderia dizer?), estava a bolsa de academia dele, vazia. — Ei. Você precisa agilizar. Seu pai vai chegar daqui a pouco.

Kevin rolou para ficar virado para a parede.

— Kevinho... — Bailey pulou sobre a cama e lambeu a mão dele. Kevin não reagiu a nenhum dos dois.

— Eu disse que seu pai...

— Eu sei, tá bom?

— Tá bom. Você sabe que ele não gosta de esperar. — Se os meninos não estivessem prontos a tempo, Mara seria culpada por isso, e ela não estava a fim de uma briga com ele. Mexeu no pé de Kevin de novo. — Vamos, Kevinho. — Tom não era o único com um cronograma. Ela prometera para Abby que ia cuidar de Madeleine, a fim de que ela e Jeremy pudessem ter uma noite juntos antes de os pais dela chegarem, no sábado. Eles precisavam de tempo juntos, só os dois.

Kevin, com o rosto escondido sob o cotovelo, disse com a voz abafada:

— Por que eu tenho que ir?

Era a primeira vez que Kevin manifestava qualquer objeção a passar o fim de semana com o pai.

— Porque é o fim de semana do seu pai. E eu sei que ele está ansioso para estar com vocês. — Mesmo com todas as falhas de Tom (e havia uma legião delas), ele sempre fora dedicado a passar tempo com os dois filhos.

— Ah, claro. — O som de escárnio que Kevin fez quando disse essas palavras surpreendeu Mara. Embora ela soubesse que estava chateado com algo quando Tom os deixara duas semanas atrás, Kevin nunca contou nenhum detalhe. Ela imaginou que talvez eles tivessem tido uma discussão. Kevin, apesar de toda a sua audácia adolescente, poderia ser temperamental e sensível, e Tom não tolerava isso. "Para de ser um maricas", Tom já gritara com Kevin várias vezes ao longo dos anos. "O que você é, um garotinho da mamãe?" Ele jamais acusara Brian disso. Brian jamais fora e jamais seria um "garotinho da mamãe".

Mara se sentou na beirada da cama. Quais eram as chances de ela resolver isso antes de Tom chegar à entrada da garagem?

— Você quer conversar sobre o que está acontecendo com seu pai?

— Eu só não quero ir.

— Mas você tem que ir.

— Só diz que eu tô doente. Diz para ele que eu vou tossir em cima de Tiffany e dos filhos dela e passar a doença para todo mundo.

Ahhh. Então a questão era mesmo a namorada. Ela esticou a mão e a colocou sobre a testa seca dele.

— Você parece mesmo um pouco suado. Estou achando que você está com um pouco de febre. E a sua garganta está arranhando?

Ele engoliu com esforço e disse:

— Sim.

— Bem, então acho que é melhor você ficar em casa este fim de semana e melhorar, para não perder nenhuma aula semana que vem.

Quando ele rolou de novo para ficar virado para a parede, ela pensou ter escutado um murmúrio:

— Valeu.

Não era uma tática que funcionaria em longo prazo; mas, quando Mara mandou uma mensagem para dizer que Kevin estava doente, e ela estava preocupada em transmitir a doença para uma mulher grávida e seus filhos, Tom respondeu com uma única palavra: "Beleza".

Ela estava a ponto de correr de alegria. Com uma única mensagem, conseguira informar que sabia sobre a namorada grávida, e ela o havia feito de forma completamente razoável e apropriada para o tribunal. Assim que Brian saiu pela porta, ela voltou para o quarto de Kevin, onde ele estava sentado diante do computador, assistindo a um comediante no YouTube.

— Tudo certo. Seu pai pareceu tranquilo com isso — ela disse. Não lhe contou que seu pai sequer se importara em perguntar detalhes, ou que ele não pareceu incomodado com a mudança de planos. — Como está sua garganta?

— Melhor. — Ele clicou para pausar o vídeo.

— Bom saber. — Ela se sentou na beirada da cama. — Não temos que conversar sobre isso agora, mas vamos precisar conversar, tá bem? Eu vou precisar saber o que está acontecendo com seu pai para poder te ajudar. — Tentar ajudar, pelo menos. Havia um limite do que ela poderia fazer para negociar em torno do acordo judicial.

Kevin assentiu olhando para ela. Se ele soubesse que ela o defenderia, então isso também era uma vitória.

— Eu ia só assar uma pizza congelada antes de ir cuidar de Maddie. Quer um pouco?

— É, pode ser — ele respondeu, e continuou o vídeo.

CHARISSA

A primeira coisa que Charissa percebeu na sexta-feira à noite, depois que John a ajudara a subir as escadas da frente de casa, foi que o tapete sobre o piso de madeira na sala de estar fora aspirado no exato padrão de dente de serra que ela apreciava.

— Imaginei que você notaria isso — ele disse quando ela lhe agradeceu. — Você quer deitar no sofá um pouco ou voltar para a cama?

Ela não estava cansada e não conseguiria suportar ficar na horizontal de novo.

— Vou me sentar aqui.

John puxou o banquinho para perto dela.

— Então, levante os pés. — Ela obedeceu. — Hanna disse que tem uma poltrona reclinável na casa de Meg, que eles podem trazer para cá.

Charissa não queria a poltrona com câncer de Meg.

— Assim já está bom.

— Mas a reclinável seria muito melhor para você. Você precisa se certificar de que está...

— Descansando, eu sei. Mas não vou aguentar você me tratando como uma inválida. Não vou sobreviver assim. — Se ele ficasse a rondá-la pelas próximas sabe-se lá quantas semanas, ela ficaria doida. Ajudar era uma coisa; monitorar cada movimento seu era outra. Ela não conseguiria viver sob esse tipo de escrutínio intenso, fosse o de John, o da mãe dele, ou o de qualquer outra amiga bem-intencionada e preocupada. Ela escutou as instruções do médico. Ela sabia o que estava em risco. Sabia que cada hora, cada dia, cada semana que Bethany pudesse ficar na segurança do útero significava uma melhor chance para sua saúde e sobrevivência fora dele. Ela sabia disso. E, se alguém questionasse seu nível de atividade, seria como questionar seu nível de comprometimento com a filha. Ela não toleraria isso. De ninguém.

— O que posso trazer para você? — ele perguntou. — Algo para beber? Algo para ler?

— Meu notebook.

— Você não vai trabalhar no...

— O médico disse que eu não poderia fazer coisas fisicamente cansativas. Ele não falou nada sobre fazer trabalho para a faculdade.

— Mas você não pode voltar para...

— Eu sei disso, tá bom? Não vou voltar para minhas aulas. Não vou voltar a lecionar. Mas ainda vou escrever as palestras, dar notas para os trabalhos e terminar minhas próprias tarefas do semestre. Vou entregar para o substituto tudo que ele precisar para ensinar bem a turma. — Até onde Charissa sabia, pelo e-mail e ligação com a Dra. Gardiner, o substituto ainda não fora escolhido. Mas lhe asseguraram que não havia razão para ela não continuar trabalhando de casa. Ela terminaria o semestre, e o terminaria bem.

John pegou o computador e o levou com um grande copo de água para ela.

— Obrigada.

— Nada.

Enquanto ele se sentava no sofá para verificar o celular, Charissa abriu a caixa de entrada e encontrou dezenas de novos e-mails, a maioria de colegas, professores e alunos, com perguntas sobre sua saúde. Por que seu corpo não poderia parar de ser problema dela? Não tinha desejo algum de dar detalhes ou responder perguntas intrometidas. E, embora muitas das mensagens contivessem desejos bem-intencionados de melhora, ela sabia que algumas pessoas estavam simplesmente sendo enxeridas. Ela clicou em um e-mail de um remetente desconhecido com o assunto "Coordenação de refeições":

> *"Oi, Charissa,*
> *Meu nome é Stacy Jones e eu sou a coordenadora do ministério de refeições na Igreja do Peregrino. Recebemos informações de que você está precisando de refeições pelos próximos meses, e eu estarei encarregada de montar o cronograma. Por favor, me informe se há coisas que você não pode comer ou não gosta, para que possamos..."*

Charissa fechou o notebook com força.

— Você ligou para a igreja?

John levantou o olhar do celular.

— Se eu liguei?

— Sim. Você ligou para a igreja e nos colocou em uma lista para recebermos comida?
— Não.
— Bem, alguém fez isso.
— Eu pedi para Mara ajudar nos colocando em listas de oração, mas...
— Por que você faria isso?
— Isso o quê?
— Pedir para ela recrutar pessoas que eu nem conheço para orar?
— Você estava lá no quarto quando eu pedi isso para ela.
— Eu não escutei você dizendo isso, John. E eu não teria pedido isso. — Por que raios ela ia querer estranhos sabendo da sua vida?
— É para oração — ele respondeu. — É o que as pessoas fazem. Elas pedem oração.
— Mas não para completos estranhos. — Já era ruim o bastante que a rede de fofocas da Universidade de Kingsbury tivesse transformado os assuntos pessoais dela em informações públicas. E agora ter pessoas na Igreja do Peregrino, pessoas que ela não conhecia, espalhando notícias sobre ela estar de cama e recrutando estranhos para virem à sua casa entregar refeições? Não. Nada bom.
— Acho que você está exagerando, Cacá. Não é como se as pessoas parassem constantemente para falar sobre você. São só orações. E comida. Só isso.
Havia pessoas que amavam publicar cada detalhe íntimo das suas vidas nas redes sociais, pessoas cujos perfis vomitavam informações. Ela não era uma dessas pessoas. E isso parecia uma profunda violação de confiança. Quando estava prestes a continuar reclamando, a campainha tocou. "Ótimo. E agora o quê?"
John se levantou em um salto e abriu a porta.
— Oi, Mara!
"Falando no diabo", Charissa pensou, e então imediatamente se sentiu culpada por colocar esse rótulo nela. Mas a sincronia foi interessante.

— Não posso ficar — Mara disse. — Estou a caminho de cuidar de Maddie, mas pensei em passar aqui e deixar isto. — Ela entrou na sala carregando um buquê de tulipas. — Como você está?

Charissa levantou os ombros.

— Aqui — John disse, pegando as flores. — Vou colocá-las na água. Vem sentar.

Mara se sentou na beirada do sofá.

— Não posso ficar muito tempo. Só queria passar e ver você, te avisar que estou orando por você. Várias pessoas estão orando por você.

— Ouvi dizer. — Embora Charissa escutasse a tensão na própria voz, Mara não pareceu perceber.

Mara tirou do bolso um papelzinho amassado.

— Trouxe um recado para você.

Charissa o leu com calor subindo até o rosto.

"Quirida sinhorita Karissa. Sinto muinto pela sua bebêsinha. Fica bem. Com amor, Billy."

— Billy do Nova Estrada? — Charissa perguntou.

— Sim. Ele estava preocupado com você, queria que você soubesse que ele está orando por você.

— Você contou para o Billy?

Mara assentiu.

— Ele era o primeiro da fila hoje, esperando que tivesse biscoitos de canela, então eu disse para ele que lhe faria alguns especialmente na semana que vem, em homenagem a...

— Quantos mais?

— O quê?

— Quantos mais no Nova Estrada sabem disso? — Charissa fez um movimento amplo com a mão sobre o abdome, o colo, o corpo todo.

Mara parecia confusa.

— Sabem do quê? De você precisar estar em repouso?

John entrou na sala e colocou o vaso de tulipas na mesinha ao lado de Charissa. E então gesticulou com a mão para ela se acalmar.

Não. A fúria dentro dela inflamou.

— Você contou para todo mundo no Nova Estrada?

Mara ficou mexendo com as pulseiras.

— Eu, bem...

— Todos eles sabem, não é? — Charissa segurou os joelhos e se inclinou para a frente. — Você faz alguma ideia de como isso faz eu me sentir, que todo mendigo de Kingsbury agora saiba sobre...

— Charissa — John falou baixo.

— ... eu estar sozinha aqui o dia todo e...

— Charissa — ele falou um pouco mais alto.

— ... aqui estou eu, sem saber quem poderia encontrar o endereço e...

— Charissa, para. — Ele fixou o olhar nela, com a boca entreaberta.

Mara parecia ter levado um tapa.

— Me desculpa. — Os olhos dela se encheram de lágrimas. — Sinto muito mesmo. Eu não queria fazer mal a ninguém.

— Tá tudo bem, Mara — ele disse. — Tá tudo bem. Mas acho que talvez...

— É, eu vou embora. — Ela se levantou lentamente e olhou para Charissa com um olhar triste e pedindo desculpas. — Eu sinto muito. Por favor, me desculpe. Eu e minha boca grande.

Sem responder, Charissa virou o rosto.

HANNA

— Vou ligar para Charissa e pedir desculpas para ela — Nathan disse quando Hanna terminou de contar o que Mara lhe dissera em prantos pelo telefone. — Fui eu quem ligou para a igreja para perguntar sobre as refeições.

Hanna fechou o lava-louças e selecionou o ciclo de lavagem leve.

— Porque eu te pedi, Nate. — Ela suspirou e se apoiou contra o balcão da cozinha. — Eu me sinto péssima. Eu deveria ter perguntado especificamente para Charissa que tipo de ajuda ela queria, em vez de seguir as orientações de Mara. Mas Mara só estava tentando ajudar. Ela não estava tentando violar nenhuma fronteira pessoal; só estava tentando demonstrar amor por uma amiga. Ela está devastada por isso.

Hanna se ofereceu para ir até lá e fazer companhia para ela enquanto cuidava de Madeleine no apartamento de Jeremy, mas Mara recusou. Ela não queria ser confortada; ela queria se punir. Não o disse diretamente, mas não era difícil ler as entrelinhas.

— Acho que isso é um lembrete doloroso para todos nós — Hanna disse —, para não presumirmos o que é o mais amoroso a se fazer sem consultar a pessoa — Ela se repreendeu por mandar um e-mail para Becka com as notícias. Jamais deveria ter violado a privacidade de Charissa dessa forma. Nem mesmo com uma pessoa sequer.

Embora Hanna não tivesse dito tal coisa para Mara, escutou a história com um pouco de simpatia por Charissa. Também não gostaria que suas coisas pessoais fossem propagadas amplamente sem sua permissão, mesmo que com o propósito de oração. Assim como Charissa, ela preferia divulgar informações pessoais baseada na necessidade, sob controle cuidadoso. Mas, diferentemente de Charissa, Hanna disse para si mesma, não teria revidado contra Mara como se ela a tivesse traído deliberadamente. Ela teria se escondido por trás de um sorriso e dito para ela que estava tudo bem, que não estava nada chateada. Assim como fizera com outras amigas ao longo dos anos. Esconder-se. Encobrir. Negar. E então tentar superar.

Talvez, ela pensou enquanto secava o balcão da cozinha, talvez Charissa e Mara tivessem uma chance melhor de reconciliação, porque ambas sabiam que algo estava terrivelmente quebrado.

— Shep?
— Sim?
— Senta aqui um instante? Mais tarde eu termino de limpar.

Algo na voz de Nathan a deixou inquieta. Ela espremeu o pano de prato e o colocou sobre a torneira antes de se sentar à mesa, de frente para ele. Ele pegou sua mão.

— Laura ligou.

Ela ficou tensa.

— Quando?
— Quando você estava no telefone com Mara.
— E?
— E ela veio para a cidade mais cedo. Quer se encontrar comigo amanhã.
— Amanhã? Que horas?
— Na hora do almoço.
— Mas era para estarmos no Nova Esperança juntos, no dia de retiro.
— Eu sei. Eu sinto muito. Tentei adiar para a semana que vem, mas ela quer ver Jake na Páscoa. E não vou deixá-la vê-lo até que eu tenha conversado com ela face a face. Então, vai ser amanhã.
— Eu vou com você. — Ela poderia não ir ao dia de silêncio e solitude. Já tivera vários dias de silêncio e solitude.

Ele balançou a cabeça.

— Não é uma boa ideia. Não na primeira vez.
— Mas nós conversamos sobre isso, sobre como precisamos ser uma equipe, para nos opormos a ela juntos!

Nathan acariciou o anel de casamento dela.

— Eu sei. E nós vamos. Mas amanhã precisa ser só eu e ela, tentando organizar as coisas para Jake.

Ele estava certo, claro. Ela sabia que ele estava certo.

— Jake já sabe?
— Ainda não. Vou dizer para ele quando eu for buscá-lo na casa de Pete. Na verdade, provavelmente vou levá-lo para tomar sorvete, se você concordar.

— Sim. Claro. — Ela não queria se intrometer nessa conversa também.

Ele se inclinou para a frente.

— Obrigado.

— Pelo quê?

— Por querer vir comigo e por entender por que não pode. Obrigado.

Ela assentiu, segurou o queixo dele e o beijou.

Sexta-feira Santa, 21h

Passei a última hora revisitando registros dos últimos meses no diário, especialmente meus registros sobre Laura, enquanto espero Nathan e Jake voltarem. Aqui estamos nós de novo, cedendo às exigências dela. Eu já escrevi tantas palavras sobre meu ressentimento, minha inveja da generosidade de Deus para com ela, minha luta para orar pelas bênçãos de Deus sobre ela, o marido e o bebê, que ainda não nasceu, porque ainda não me parece justo que ela, que abandonou o marido e o filho, volte para a vida de Jake enquanto se prepara para trazer outra criança ao mundo.

E ouço o sussurro do Espírito de novo, relembrando que o que eu quero para mim mesma é graça. Abundância. E sou convidada para desejar isso para outras pessoas também. Não justiça, mas graça. A "injustiça da graça".

Eu li de novo minhas ponderações sobre o que significaria lavar os pés de Laura e como essa pergunta nos levou a abrirmos mão de nossa viagem para a Terra Santa, uma viagem para a qual estaríamos partindo daqui a três semanas, porque ela deu um chilique sobre não ter sido consultada. Li minhas palavras sobre como o amor se porta, sobre morrer para si, sobre dar a outra face, entregar a capa e caminhar a segunda milha.

Me ocorreu que o que cada uma dessas coisas tem em comum é ir além do que é exigido. Entregar mais. Sempre mais.

Você quer me dar um tapa em uma bochecha? Dê na outra também. Você quer minha túnica? Leve minha capa também. Você exige uma milha de mim? Vou caminhar a segunda.

É tudo questão de liberdade, não é? A primeira milha é exigida. A segunda é dada de bom grado. Somente a segunda pode ser dada como um presente de amor, de uma posição de liberdade. Então, é nessa milha que a vida de Jesus brilha mais forte. É essa milha que pode atordoar o mundo com sua beleza e graça.

É aí onde quero andar, Senhor. Em liberdade. No poder do teu Espírito. Em amor. Mas é tão difícil fazer companhia para ti em todas as mortes para si mesmo. É tão difícil acolher teu chamado ao amor, ao sacrifício, à confiança, a perseverar em esperança de que, contigo, a morte nunca é o fim. A acreditar que, em todas essas mortes, também há ressurreições.

Hoje à noite, tu me convidas para fazer companhia ao frustrado e ao esperançoso, para me lembrar de quem ficou contigo enquanto morrias, os que ficaram arrasados, perplexos e inconsoláveis. E sem entender.

Vigiai e orai, tu dizes. Me ajuda a vigiar e orar.

MARA

A parte boa de tentar acalmar uma bebê chorando por duas horas, Mara pensou, era que o choro inquieto da pequenina podia distraí-la de dar atenção ao seu próprio. Quando Madeleine finalmente se exauriu, Mara a colocou no berço e assistiu aos movimentos involuntários dela dormindo. Pobre cordeirinha.

A porta da frente se abriu, e Abby colocou o rosto para dentro do quarto.

— Tá tudo bem? — ela sussurrou.

— Sim, tudo bem. Ela acabou de apagar.

— Chorou o tempo todo? — Jeremy perguntou da porta.

— Não o tempo todo — Mara se inclinou para beijar a testa de Maddie e depois chegou para o lado, para Jeremy e Abby também poderem dar um beijo de boa noite nela.

— Obrigada por cuidar dela — Abby disse, fechando a porta suavemente atrás deles.

— Sempre que precisar. Você sabe disso. Sempre. — Mara pegou o casaco dela de cima do sofá. — A que horas seus pais chegam amanhã?

— No fim da tarde. Se você quiser vir conosco para um jantar, é bem-vinda.

Que oferta gentil.

— Muito obrigada. Mas vou deixar vocês terem esse tempo juntos. Kevin está em casa neste fim de semana, e amanhã eu vou estar fora a maior parte do dia em um retiro, então... — Não que Kevin fosse querer passar a noite com ela, mas ela queria estar em casa. Só no caso de haver uma oportunidade de conversa.

— Kevin pode vir também — Abby respondeu. — É só nos avisar. Você acha que ele vai querer vir conosco para o almoço depois do batismo?

Mara não havia pensado tão adiante assim. Quais eram as chances de conseguir convencer Kevin a ir com ela à igreja na Páscoa? Ela não se lembrava da última vez em que um dos meninos fora ao culto.

— Não sei. Vou perguntar para ele.

Jeremy estava olhando para o chão, mexendo um pé para a frente e para trás sobre o carpete. Por mais que ela desejasse perguntar como ele estava, ficou calada. Sua boca grande a havia colocado em uma encrenca de novo. Se Jeremy soubesse que ela contara para Charissa, John e Hanna sobre as dificuldades dele, as preocupações de Abby, o estresse financeiro dele e as batalhas anteriores contra o vício, o que ele lhe diria? Explodiria como Charissa? Se sentiria traído? Ela só quis outras pessoas orando por ele porque ela o ama muito. Só quis outras pessoas orando por

Charissa e John porque ela os ama muito também. Não queria machucar ninguém.

— Você está bem, mãe? — Abby perguntou. Quando Jeremy levantou o olhar, a tristeza e o desespero naqueles seus olhos castanhos estilhaçaram o coração dela de novo.

— Sim, estou bem. Obrigada por me deixar passar tempo com Maddie. — Havia muito mais que ela queria dizer, mas, se não chegasse ao carro logo, Jeremy e Abby ficariam na primeira fileira para ver um vulcão emocional em erupção, e não seria nada bom. Depois de dar um beijo de despedida nos dois, Mara se apressou para o estacionamento do prédio, onde, por trás da proteção dos vidros escurecidos, ela liberou tudo.

Kevin estava assistindo a um filme na sala de estar, quando Mara entrou pela garagem.

— Oi — ela disse.

— Oi — ele respondeu, com os olhos fixos na televisão.

Bailey trotou para a cozinha, a fim de cumprimentá-la, e caiu de lado no chão. Ele precisava de um passeio. Sem tirar o casaco, ela pegou a guia.

— Já volto. Tenho que levar Bailey para passear.

— Já levei.

— Você já passeou com ele?

— Aham. Ele precisava se aliviar, então o levei para passear.

Mara ficou de olho na parte de trás da cabeça dele.

— E, sim, ele fez cocô. Aí eu catei.

Ela olhou para Bailey, que ainda estava balançando a cauda, animado para outra saída. Em vez disso, ela deu-lhe um biscoito.

— Obrigada, Kevinho.

— Aham.

Ela pendurou o casaco no armário.

— O que você está assistindo?

— *Identidade Bourne.*

— Quer pipoca ou algo assim?

— É, pode ser.

Ela pegou um pacote da despensa, jogou no micro-ondas e ativou o temporizador. Enquanto o saco inflava e os grãos pipocavam, ela praticou a disciplina da reflexão no espelho de novo: sou eu quem Jesus ama. Ele me escolheu e jamais vai me rejeitar.

"Independentemente de qualquer coisa", ela acrescentou. Secou os olhos com as costas da mão. "Independentemente de qualquer coisa."

— Aqui está — ela disse, se certificando de não bloquear a televisão quando entregou a bacia para ele.

— Valeu. — Ela estava prestes a voltar para a cozinha, quando ele disse: — Já viu esse filme?

Não, ela não tinha visto.

— É bom?

Ele levantou os ombros.

— Eu gosto. — Pneus cantaram e sirenes soaram em uma cena de perseguição. — Você pode gostar. — Sem dizer outra palavra, ele chegou para o lado alguns centímetros no sofá, com os olhos pregados na tela. Sentando-se ao lado dele, Mara colocou a mão na bacia comum e comeu.

PARTE TRÊS

REMOVENDO PEDRAS

Passado o sábado, Maria Madalena, Maria, mãe de Tiago, e Salomé compraram essências aromáticas para ungir o corpo de Jesus. No primeiro dia da semana, bem cedo, ao nascer do sol, elas foram ao sepulcro. E diziam umas às outras: Quem nos removerá a pedra da entrada do sepulcro? Mas, levantando os olhos, notaram que a pedra, que era muito grande, já havia sido removida.

Marcos 16:1-4

9.

BECKA

Como Simon insistira em passar o fim de semana inteiro trabalhando no seu livro no apartamento dele, Becka resolveu passar o fim de semana inteiro marcando quais dos tesouros de Londres que ela precisava ver, incluindo uma das pinturas mais famosas de bailarinas de Degas, da qual ela tinha um pôster pendurado no quarto desde o Ensino Médio. A Srta. Kennedy, a antiga instrutora de balé, dera-lhe esse presente depois que ela dançara seu papel em *Giselle*.

— Como uma pluma flutuando pelo palco — a Srta. Kennedy a parabenizara. — Poesia pura, Rebecka.

"Lembra?", Becka quase disse em voz alta enquanto estava em pé diante da pintura na Galeria Courtauld. Mas não havia ninguém para se lembrar desse triunfo com ela. A mãe, a avó, a Srta. Kennedy, todas já se foram. Assim como as dançarinas que saíram de vista na pintura, elas compartilharam um breve momento no palco da vida e então se foram. Quando ela se aproximou para examinar as pinceladas, frases de um monólogo de Shakespeare que ela memorizara anos atrás vieram à mente: "O mundo todo é um palco, e todos os homens e mulheres são meramente atores: têm suas saídas e suas entradas".

C'est la vie, a voz de Simon comentou em sua cabeça. Você vive. Você morre. Fim.

Sua mãe não concordaria. Ela diria: "Você vive. Você morre. Você vive de novo". Era isso que sua mãe *dizia*. No dia em que elas colocaram narcisos sobre o túmulo do pai, Becka a escutara sussurrar: "Não é o fim. Não precisa ser o fim. Se você puder só acreditar...".

Se ela soubesse naquele momento que sua mãe partiria no dia seguinte, nunca teria passado o restante daquele sábado com Simon. Teria passado o último dia olhando mais fotos, fazendo mais perguntas, implorando por mais histórias. Jamais teria aceitado o convite da mãe para Simon se juntar a ela no jantar. Não, teria feito daquela a última refeição juntas. Teria insistido em mudar o voo. Se ela tivesse adiado o voo, se tivesse dito a Simon que voltasse para Londres sem ela, sua mãe não teria colapsado no aeroporto. O estresse emocional fora grande demais. O adeus fora duro demais.

Becka mordeu o lábio enquanto olhava para *Duas Dançarinas no Palco*.

Você entra. Você sai.

C'est la vie.

— Simon? — ela chamou quando voltou para o apartamento dele. Sem resposta. Ligou a luz. Nem sinal dele. Na cadeira de couro estava o computador dele, ainda aberto.

Ela verificou o celular. Sem mensagens. Estranho. Ele insistia que não sairia do apartamento enquanto não tivesse escrito 5 mil palavras, e ele dissera que levaria pelo menos oito horas para chegar a essa marca. Ela só estivera fora havia umas quatro.

Colocou a sacola de cartões postais de lembrança sobre o balcão e pegou o notebook dele. Estava morrendo de vontade de ler o rascunho. E por que ela não deveria? Se era a musa dele, então deveria poder ler o que ela havia inspirado. Além disso, o que os olhos não veem o coração não sente. Ela apertou a barra de espaço e a tela ligou.

Mas a tela não estava aberta no manuscrito. A tela estava aberta no aplicativo de mensagens de Simon. O que preenchia a tela não eram palavras, mas uma foto, uma foto de uma mulher quase nua. Não uma modelo aleatória de um site. Isso teria sido perturbador o bastante. Não. Era a foto de uma amiga. E, abaixo da foto, as palavras: "Harriet acabou de sair. Vem cá, professor".

"Pippa."

Com o corpo tremendo, Becka rolou a conversa para cima, com várias fotos provocativas e mensagem após mensagem combinando encontros, começando semanas atrás. Começando, na verdade, na semana em que Becka enterrara a mãe. No dia em que ela estivera usando o vestido da mãe e ficando em seu lugar como madrinha de honra de Hanna, Simon e Pippa estiveram juntos. Uma foto sorrindo a provocou mais do que qualquer outra: os dois diante da Torre Eiffel.

Becka fechou a tela, se afastou da cadeira e cambaleou para o banheiro, onde se ajoelhou sobre o linóleo frio, com a cabeça suspensa sobre o vaso, e vomitou.

Ela não mencionaria Paris, pensou enquanto enxaguava a boca. Se mencionasse, Simon e Pippa saberiam que ela invadira a privacidade deles. Ela nem tinha certeza de como confessar que vira a primeira foto, exceto dizer que o computador dele estava aberto assim. Talvez ela tivesse chegado logo após ele ter saído, e o protetor de tela ainda não a tinha escondido.

Becka jogou água no rosto e se secou com a manga.

Havia uma pintura de Manet na Galeria Courtauld, uma pintura que ela estudara na turma de história da arte, de uma garçonete desamparada olhando para a frente, tanto suas costas quanto sua visão refletidas em um espelho atrás dela.

— Fiquem diante dela — um instrutor dissera para um pequeno grupo de visitantes — e vejam se vocês conseguem ficar no lugar do homem cujo reflexo veem ali no canto. Ele provavelmente está pedindo mais do que uma bebida. — Becka assistiu turistas se revezando para olharem diretamente para a mulher. O guia continuou: — Estão vendo aquela bacia de laranjas no balcão diante dela? Manet rotineiramente associava laranjas a prostituição em suas pinturas. A garota não é apenas uma garçonete, mas uma mercadoria. Algo para ser comprado. Usado.

Ela arrancou suas roupas dos cabides e as enfiou em duas sacolas de mercado. Com um pouco de sorte, já teria partido antes que Simon voltasse do encontro deles, e ele poderia se perguntar por que metade do armário estava vazia. Ou não.

Amor? Não, ele jamais alegara amá-la. Becka jamais pedira tal declaração. Não com palavras. Ela achara que o corpo dele tinha declarado isso, achara que a paixão dele tivesse afirmado isso. Mas as mensagens e as fotos eram evidências de que ele não comunicara nada para ela que não tivesse comunicado também para Pippa. E provavelmente para outras.

Laranjas. Ela deveria comprar laranjas e colocar em uma tigela.

Não se sentira envergonhada pelos olhares avaliadores e propostas explícitas no cruzeiro? Não vira o próprio reflexo na janela do navio e não ouvira a voz da mãe implorando? Não vira?

Ela não fora comprada, não. Dera-se livre, completamente, sem reservas, com ingênua confiança.

Colocou a chave dele sobre a cômoda, pegou as sacolas e fechou a porta quando saiu.

"Pobre garota ludibriada."

Em algum lugar entre as estações Notting Hill Gate e Holburn (Becka não tinha certeza onde, exatamente), ela viu o próprio reflexo desamparado na janela do vagão do metrô e sentiu a raiva tomando o lugar do choque e tristeza. Por que deveria se sentir culpada por bisbilhotar as mensagens de Simon? Ela sabia onde Simon e Pippa estavam. Naquele exato instante. Poderia terminar isso definitivamente, não se acovardando em angústia, mas confrontando-os.

Assim que deixou as roupas em seu apartamento, marchou pelo corredor e esmurrou a porta de Harriet e Pippa. Silêncio. Ela bateu de novo. Silêncio seguido por uma pancada e pés se arrastando.

— Só um instante! — a voz de Pippa falou. Ela provavelmente estava se vestindo. Assim que ela destrancou a porta, Becka passou por ela. — Beckinha! — O olhar de espanto no rosto de Pippa se transformou em surpresa casual enquanto ela arrumava o moletom. — Achei que você estivesse no museu hoje.

Becka não dissera tal informação para ela.

— Terminei mais cedo.

Ela vasculhou o quarto. Debaixo da cama? No closet? A porta do banheiro estava fechada. Ela colocou a mão sobre a maçaneta, assistindo à cor fugir do rosto de Pippa.

— Beckinha...

— Deixei uma coisa aqui. — Becka abriu a porta. Simon estava inclinado ao lado da banheira, enrolado em uma toalha. — Ah, achei.

Sem esperar explicações ou desculpas, ela se virou sobre os saltos e deixou os dois para se compadecerem em seu choque, determinada a não chorar até ter saído do prédio e estar vagando sozinha pelas ruas de Londres.

Você entra. Você sai.

C'est la vie.

CHARISSA

Já que Charissa estava sendo forçada a ficar de cama, então poderia se aproveitar disso e ficar na cama o sábado inteiro, fingindo que não notava o olhar desiludido no rosto de John sempre que os olhos deles se encontravam.

— Ela não fez por mal — John dissera depois do incidente com Mara. — Ela só estava tentando ajudar, tentando demonstrar amor.

Tá, tá bom. Mas ainda assim.

Chuva caiu sobre a janela, embaçando a vista do lado de fora. Ótimo. O verde na terra só a provocava. Embora Judi tivesse se oferecido por meio de John para plantar seu jardim este ano, ela não aceitaria de forma nenhuma. O jardim poderia ficar em pousio. Ou florescer com o que ela já tinha plantado. Ela não se importava.

— Você quer alguma coisa? — John perguntou, colocando a cabeça para dentro do quarto somente o bastante para ser ouvido.

— Não, obrigada.

A porta se fechou de novo.

Nathan ligara para se desculpar: ele se precipitara ao entrar em contato com a igreja sem verificar diretamente com ela, e estava arrependido. Violara a privacidade dela e estava errado por fazer isso. "Por favor, me perdoe." Ela respondera que o perdoava. Se Mara tivesse ligado para reiterar o arrependimento, Charissa poderia ter escutado e oferecido perdão. Ela poderia até ter confessado que havia exagerado e que estava arrependida. Mas, por alguma razão, não conseguia tomar a iniciativa para consertar a amizade. Por quê?

Fixou o olhar no teto.

Talvez quisesse cozinhar na própria irritação. Talvez quisesse chafurdar em autopiedade. Ou talvez... ela fechou os olhos com força diante da revelação... talvez quisesse outro alvo para seu ressentimento, que não fosse Deus.

Ela olhou para o relógio. Em breve, eles estariam se reunindo no Nova Esperança para o retiro de silêncio e solitude, um retiro do qual ela planejara participar. Ah, a ironia. Agora, ela teria dias, semanas, meses para entrar na floresta onde todos os seus apoios familiares seriam removidos e ela poderia, potencialmente, vivenciar o forno da transformação. Ou — e isso era uma alternativa tentadora — ela teria dias, semanas, meses para choramingar, chafurdar e ficar triste por tudo que não estava indo de acordo com o plano.

"Escolha", uma voz lá no fundo ordenou. "Escolha bem."

RETIRO DE SILÊNCIO E SOLITUDE

ESPERANDO PELA MANHÃ

Você está convidado neste Sábado de Aleluia a habitar no espaço limiar entre a morte e a ressurreição, a lamentar as tristezas, decepções e perdas, enquanto simultaneamente reitera sua confiança no amor firme, no poder e na fidelidade de Deus.

Hoje, praticamos a espera. Hoje, nos lembramos das mulheres que esperaram para ungir o corpo de Jesus, que esperavam encontrar morte, mas encontraram o Cristo ressurreto. Hoje, ofertamos nossa fragilidade, nossa confusão e as cinzas dos nossos sonhos para Jesus, a fim de que possamos também descobrir e acolher a nova vida nele. Nós esperamos e vigiamos em esperança.

Hoje, praticamos o silêncio não apenas como um jejum da fala, mas como um compromisso de escutar profundamente a Deus e às nossas próprias almas. Também praticamos a solitude, não simplesmente como uma forma de estarmos sozinhos, mas como uma forma de estarmos inteiramente presentes para Deus. Em silêncio e solitude, nós abrimos mão das coisas que nos deixam ocupados e distraídos, para que possamos entrar em um lugar vulnerável onde Deus pode tanto nos confortar quanto nos confrontar.

Enquanto você fica em silêncio, pode querer meditar em um ou mais dos seguintes textos bíblicos:

- Lamentações 3:17–26
- Salmo 130
- Mateus 27:57–61
- Marcos 16:1–4
- 2Coríntios 4:7–11

Que você conheça a presença do Deus crucificado e ressurreto enquanto faz a vigília hoje.

HANNA

Hanna esperava que, quando chegasse ao retiro no sábado de manhã, as estações de oração ainda estariam montadas na capela. Em vez disso, tudo fora removido. Até a cruz na plataforma central, que fora coberta de branco para o casamento dela e de preto durante a Semana Santa, estava sem decorações.

Depois de distribuir panfletos com versículos bíblicos para meditação, Katherine ficou em pé diante da cruz para dar uma palavra de boas-vindas e um breve panorama do dia:

— O silêncio pode parecer constrangedor e inquietante, especialmente quando praticado em comunidade. Mas talvez vocês descubram um tipo diferente de companheirismo com outros hoje, uma comunhão silenciosa e uma solidariedade com quem está desejando escutar a voz quieta e suave de Deus.

Mara, que já avisara a Hanna que se sentia como um vulcão prestes a entrar em erupção com a menor provocação, passou a primeira meia hora ao lado de uma janela, com uma caixa de lenços e a Bíblia no colo. Hanna, enquanto isso, passou a primeira meia hora tentando aquietar as distrações e gritos na própria alma. Mas suprimir os pensamentos altos e velozes sobre Nathan, Laura, Jake, Mara, Charissa, Becka, Westminster e todo o resto era como tentar segurar uma bola de praia sob a água. Embora ela esperasse começar o dia em uma comunhão com Deus sem palavras e sem perturbações, precisava usar palavras. Abriu o diário e escreveu a oração.

Sábado, 11 de abril, 10h
Senhor, eu te entrego tudo que grita dentro de mim, todos os pensamentos velozes, as preocupações, os cuidados e as inquietações, as conjecturas sobre o tempo de Nathan com Laura, a amargura que ainda reclama dentro de mim. Eu não tenho o poder para silenciar o barulho, Senhor. Então, por favor, com a mesma autoridade que tu usaste para silenciar o mar revolto e

a tempestade, silencia o tumulto em mim e me leva a um lugar onde eu possa ficar em paz e saber que tu és Deus.
Cala-te! Aquieta-te! Tu ordenaste. Senhor, eu quero obedecer.

"Pronto", Hanna pensou enquanto fechava o diário e inclinava a cabeça para trás. Naquele instante, algo mudou em seu espírito. De empenho para descanso. De gritos para calmaria. Jesus acabara de falar com autoridade, e a alma dela obedeceu. *Cala-te! Aquieta-te!*
Ela respirou profundamente uma vez. E de novo. E de novo.
Cala-te! Aquieta-te!
Ela estava quieta. Para sua grande surpresa, ela estava. Com gratidão, ofertou a resposta sussurrada: "Fala, Senhor. Estou escutando".

MARA

Mara queria ter um raio maior de solitude ao seu redor. Entre seus fungados e o estômago roncando, os outros próximos da capela provavelmente não estavam aproveitando o presente do silêncio. Pena que estava chovendo. O pátio seria um lugar mais privado para ela se desmanchar. Ou entrar em erupção.

Ela olhou de novo para os versículos de Lamentações. "Afastou a paz de mim." Aham. Katherine lhes havia dito que eles provavelmente notariam o ruído dos seus pensamentos e sentimentos quando tentassem se aquietar, e era verdade. Talvez ela tentasse a oração de palmas para baixo, palmas para cima que Katherine dirigira no exercício de abertura: palmas para baixo, coloque todas as suas preocupações sobre ele. Palmas para cima, receba o cuidado de Deus por você. Eles fizeram esse exercício no grupo da jornada sagrada, e ela o tinha esquecido completamente. Sempre esquecia tudo que aprendia.

Ela virou as palmas de novo sobre o colo. *Senhor, eu entrego minhas preocupações sobre Jeremy, meus arrependimentos sobre*

Charissa, minha culpa e vergonha e... Como Dawn chamava? Ela pensou por um momento. Autoaversão. Era isso. *Eu entrego minha autoaversão. E meu desespero. E meus medos sobre Jeremy, Abby e Maddie se mudarem. E meu relacionamento fracassado com Brian. Jesus, eu entrego tudo isso para ti.*

Ela virou as palmas para cima, a fim de receber os presentes de Deus: paz, presença, esperança, fé, perdão, misericórdia, e o amor e a fidelidade inabaláveis que Deus prometeu a cada nova manhã. *Por fé, Senhor, eu recebo. Eu recebo. Me ajuda a receber.*

O problema era que ela rapidamente voltou a pensar sobre as preocupações. Como Lamentações dizia: ainda se lembrava delas e ficava abatida. Frequentemente pensava sobre as dificuldades e decepções, e precisava frequentemente pensar sobre a fidelidade e a provisão de Deus. Precisava ser através de algo mais do que ficar diante de um espelho e declarar que era amada. Precisava trazer sempre à mente o amor e o cuidado de Deus por ela e por quem ela amava. "Mas quero lembrar do que pode me dar esperança. A bondade do Senhor é a razão de não sermos consumidos, as suas misericórdias não têm fim." Se ela conseguisse continuar trazendo isso à mente, talvez conseguisse esperar silenciosamente até o Senhor agir, em vez de se preocupar em oração o tempo todo. "A minha porção é o Senhor, diz a minha alma; portanto, esperarei nele."

Porção.

Essa era uma palavra interessante. Ela costumava pedir a Nana uma porção extra de frango e pasteizinhos, porque esses eram seus pratos favoritos, e Nana sempre colocava uma porção grande e generosa. Mas havia muitas noites em casa em que as porções não eram grandes, quando sua mãe ainda não tinha recebido o pagamento e elas tinham que se virar. Sua mãe pegava uma porção pequena de fiambre e feijão cozido para si mesma, dizendo que não estava com muita fome e que Mara deveria comer a porção dela. Mara acreditava e comia. Porção dobrada.

Seu estômago roncou de novo e ela tossiu para disfarçar o barulho.

O que significava dizer que Deus era a sua porção? Deus era uma porção bem enorme, não era? Não apenas uma porção para tempos de escassez, mas algo que enchia, que satisfazia, que era o suficiente. Deus era suficiente. Mais do que suficiente. "A minha porção é o Senhor, diz a minha alma; portanto, esperarei nele." Mara inclinou a cabeça contra a janela e fechou os olhos, com o gentil barulho da chuva acalmando-lhe a alma.

HANNA

13h30

Acho que nunca experimentei o silêncio em comunidade deste jeito antes. É uma coisa quando as pessoas estão espalhadas em lugares solitários para orar; mas, quando as pessoas estão sentadas juntas em mesas redondas para almoçarem, sem falar com ninguém, pode ser bem desconfortável. Tudo que você escuta são colheres batendo contra as tigelas de sopa ou o barulho de água enchendo copos. Ou pessoas limpando a garganta. Ou você espirra e alguém murmura "Saúde!", e rapidamente cobre a boca porque não deveria estar falando nada, e vocês compartilham um sorriso que comunica estarem um com o outro, tanto no desconforto quanto no convite a tudo isso. Na verdade, foi um presente depois de um tempo, não ter que inventar coisas para falar. Eu me senti relaxada e fiquei mais atenta ao ritmo da minha respiração, minhas mastigações, meus pensamentos lentos sobre Deus.

Tive que lutar contra a tentação, quando terminamos de comer, de me esconder em um canto para olhar meu celular e ver se Nathan havia mandado mensagens sobre a reunião dele com Laura. Eu te entrego essa ansiedade inquietante, Senhor, e peço que me ajudes a voltar a esperar. Com paz. Com esperança. Com confiança silenciosa em ti. "Espero no Senhor, minha alma o espera; em sua palavra eu espero." Esse era o texto com o qual eu estava orando hoje de manhã: ficar de vigília, esperando o amanhecer em lugares escuros. Eu quero ser como os vigias observando o horizonte em busca dos primeiros sinais da manhã. Quero esperar na escuridão, confiante de que a luz de Deus vai brilhar. Não apenas para mim. Para todos que esperam e vigiam.

Agora, minha atenção está sendo atraída para o texto sobre as mulheres indo para o sepulcro. É a pergunta que elas fazem uma para a outra que brilha para mim e me convida a meditar sobre ela: "Quem removerá a pedra para nós?".

Elas estão em uma missão. Estão indo terminar o ato de amor que não puderam realizar para Jesus depois que ele morreu. Estão indo ungir o corpo dele e dizer adeus. Mas há obstáculos na missão. Elas sabem que uma pedra foi colocada na entrada. Elas viram José de Arimateia selar o sepulcro com ela.

No entanto, é interessante que elas não levaram homens consigo para as ajudarem naquela manhã. Talvez elas tivessem pedido e não conseguiram ninguém para ir com elas. Talvez não tivessem pensado nisso até já estarem no caminho para lá: elas estavam tão concentradas em conseguir as especiarias e ungir o corpo, que não pensaram na logística da coisa.

Então, na primeira luz da manhã, estão dizendo uma para a outra: "Quem removerá a pedra para nós?".

É disso que preciso, Senhor. O que precisamos juntos. Precisamos que tu removas todos os obstáculos que nos impedem de ver a ressurreição. Nós voltamos aos lugares de morte esperando encontrar morte, esperando embalsamar ternamente nossas perdas. Nós vamos preparados para isso. Temos nossas especiarias e óleos e estamos prontos para chorar. Achamos que precisamos de ajuda para tirar a pedra, a fim de que lamentemos. Mas nós precisamos das pedras removidas para que possamos nos alegrar. Para que possamos ver de novo que a morte não tem a última palavra.

Fala, Senhor. Estou escutando.

Às 17h, Katherine quebrou o silêncio fazendo uma oração para entregá-los à segurança de Deus.

— E, enquanto vocês carregam em seus corpos mortais a morte de Jesus, que vocês também carreguem em si a vida do Deus que foi crucificado, enterrado e que ressuscitou.

"Amém."

A caminho do estacionamento, Hanna pegou algo da bolsa.

— Uma coisinha para você. — Ela entregou para Mara uma folha arrancada do próprio diário. — Um poema. Bem, não um poema de verdade. Só algumas coisas que me vieram à mente hoje enquanto eu orava por você. Por todos nós. Eu estava pensando sobre morte e escuridão, luz e ressurreição, e a sua imagem do vulcão entrando em erupção, e acabei escrevendo isso.

Enquanto Hanna escutava, Mara leu as poucas linhas em voz alta:

— "Fique de olho, vigiando pelos vulcões de graça, erupções fiéis, mas imprevisíveis, que se recusam a ser controladas ou domadas. Espere. Observe. Ore. Tenha esperança. Deleite-se em ser surpreendida e maravilhada pela força explosiva das labaredas dançantes que nenhuma profundidade de escuridão pode conter." Uau, ficou ótimo. — Mara dobrou o papel e o colocou na bolsa. — Parece explosivo, mesmo. E seria ótimo pensar que é a graça em erupção, não a tristeza. Ou o desespero. Obrigada. Obrigada pelo lembrete. — Ela abraçou Hanna com um abraço de urso. — E obrigada por vir hoje. Eu não tinha certeza se ia conseguir ficar o tempo todo, mas ainda bem que fiquei. Foi bom.

— Para mim também — Hanna respondeu. — Demorei um pouco para me aquietar, mas, quando consegui, foi um tempo significativo com Deus. — Nathan lhe havia dito que normalmente saía para retiros de silêncio alguns fins de semana por ano. Talvez ela se juntasse a ele, e poderiam ambos compartilhar o silêncio e a solitude juntos.

Mara estava verificando o celular, com uma expressão triste aparecendo no rosto.

— Tá tudo bem? — Hanna perguntou.

— Parece que Charissa tentou ligar. Espero que não tenha sido para brigar mais comigo. — Ela colocou o celular contra o ouvido. — Não, não deixou mensagem. Eu deveria ligar para ela?

Hanna não tinha certeza.

— Talvez você possa mandar uma mensagem dizendo que viu que ela tentou ligar e perguntando se ela quer conversar.

Mara colocou o celular de volta na bolsa e suspirou.

— Acho que não consigo aguentar outra rodada de raiva agora. E eu já tentei me desculpar. A menos que você ache que eu deva...

— Não. Eu não tenho conselho algum sobre isso. Só orações por reconciliação.

— É... — Mara balançou as chaves. — Te vejo amanhã?

— Amanhã?

— No culto. Abby vai ser batizada e...

— Claro! Desculpa. Sim, estarei lá. — Páscoa. Era difícil acreditar que era Páscoa. Depois de um abraço de despedida, Hanna foi para o carro e olhou as mensagens, encontrando uma não muito informativa de Nathan: "Você pode me encontrar para o jantar no Timber Creek às 17h30?".

Ela respondeu: "Chego daqui a pouco".

Quando ela chegou ao restaurante, Nathan se levantou para recebê-la em uma mesa do canto.

— Tá tudo bem? — ela perguntou.

Ele a ajudou a tirar o casaco, e então a esperou sentar.

— Aham, bem. Você quer alguma coisa para beber além de água?

Ela balançou a cabeça.

Ele se sentou de frente para ela.

— Então, como foi com Laura? — Nos poucos segundos que Nathan levou para responder, Hanna tentou não se precipitar em nenhuma conclusão.

— Melhor do que eu esperava. Demorou um pouco para chegarmos lá, mas, no fim, conseguimos concordar com o que é melhor para Jake agora.

Isso era surpreendente. Espantoso, na verdade. Mesmo que ela estivesse orando exatamente por isso.

— Eu sei — ele continuou, respondendo às sobrancelhas levantadas dela. — Fiquei chocado. Ela até disse que estava disposta a ir devagar com ele, não tentar forçar a própria volta à vida dele. Mas ela quer começar a construir pontes com ele, e eu preciso incentivar isso. Então, vamos começar amanhã. Ela vai se encontrar com ele para tomar sorvete amanhã.

De novo, surpresa. Nenhuma exigência por um almoço de Páscoa? Jantar de Páscoa? Sair para tomar sorvete parecia a mais inofensiva primeira visita possível.

— Estou chocada — Hanna disse. — Dado como ela interagiu com vocês nos últimos meses, fazendo exigências, sendo controladora e ameaçadora...

— É, eu sei.

Então, por que ele não parecia exultante?

— Aconteceu mais alguma coisa?

Nathan tirou os talheres do guardanapo e lentamente os colocou cada um sobre a mesa.

— Deus segurou um espelho para minha vida e me mostrou como ser humilde.

Nathan disse que estar com Laura de novo depois de tantos anos agitou velhas memórias que ele tinha escondido. Estar com ela, agora como um recém-casado de novo, trouxe memórias dos primeiros dias deles juntos como marido e mulher e de como ele esperava que Laura se encaixasse na vida dele, no ministério dele, na agenda dele. Estar com ela lhe relembrou como ela se tornara uma vítima do ego dele, como a necessidade dele de estar ocupado no ministério e o desejo de ser respeitado, honrado, adorado e necessário para a congregação a impactaram.

— Sentado diante dela hoje, Shep, eu vi o quanto ainda estava brava, o quanto ainda estava ressentida comigo. Ela não admitiu isso, nem precisou. Isso transbordou dela enquanto estava reclamando e exigindo seus direitos como mãe de Jake.

Hanna sinalizou para o garçom que estava se aproximando que eles precisavam de mais tempo, e então voltou a atenção para Nate, que estava mexendo com o papel do canudo, alisando-o e então metodicamente dobrando-o em triângulos.

— Eu estava prestes a revidar — ele disse com o olhar ainda fixo nas mãos. — Estava pronto para cuspir de volta meu próprio veneno e acusá-la de abandonar o filho dela, o nosso filho. Mas então percebi que eu nunca tinha pedido desculpas a ela pela forma como meu pecado a feriu. Nenhuma vez. Então, eu pedi. Pedi que me perdoasse. — A voz dele falhou. — Eu a interrompi enquanto ela me acusava de todo tipo de coisa e pedi pelo perdão dela. Ela ficou tão atordoada, que não conseguiu falar. Só ficou olhando para mim. E então começou a chorar. Foi como se tudo tivesse se libertado, bem ali naquela mesa. Deus quebrou o padrão de culpa e ressentimento. Não somente ela me perdoou, como também me pediu para perdoá-la. — Ele tirou os óculos e secou os olhos. — Foi impressionante, uma obra impressionante de Deus. E nós seguimos em frente a partir daí, capazes de conversar sobre o que é melhor para Jake.

Hanna engoliu com força e arrumou o guardanapo no colo.

— Isso é...

A palavra "incrível" ficou presa na garganta e se alojou, arranhando.

Ela tentou de novo.

— Eu estou...

As palavras "maravilhada", "muito feliz" e "tão animada pelo que Deus fez" bateram em "incrível" em ficaram presas também. Ela limpou a garganta.

— Uau — ela disse e balançou a cabeça devagar.

— Eu sei. — Nathan colocou os óculos, pôs de lado o papel do canudo e pegou seu cardápio. — É muito mais do que eu estava esperando. Por que eu sempre me surpreendo com a obra do Espírito?

Hanna fixou o olhar na vela bruxuleante sobre a mesa. Sim. Impressionante a obra do Espírito. Impressionante como Nate tinha visto com clareza nova todas as formas como desconsiderara Laura no casamento deles, esperando que ela se encaixasse na rotina dele, na vida dele, na agenda dele. Como Laura era sortuda de ser a receptora de tamanho discernimento e confissão, a receptora afortunada da obra do Espírito.

Uau.

Ela arrumou os próprios talheres e então tomou um longo gole de água. Era impressionante também como Nate parecia não reconhecer que, quinze anos depois, estava repetindo o mesmo padrão de desconsideração com a esposa, esperando que ela se encaixasse na casa dele, na vida dele, na rotina dele.

Uau.

Nathan levantou o olhar do cardápio e apontou para o dela, ainda fechado sobre a mesa.

— Você já sabe o que quer? — ele perguntou.

Ah, sim. Ela sabia. Mas não tinha certeza se estava pronta para falar em voz alta.

— Me dê um minuto.

— Quantos precisar.

Ela abriu o cardápio e fingiu analisar as entradas. Impressionante como, com todos os seus afiados poderes de observação e introspecção, ele poderia estar tão alheio ao estado presente de agitação da esposa. Obviamente não considerara a possibilidade de que ela poderia sentir qualquer outra coisa além de alegria pela obra do Espírito em permitir que ele e Laura seguissem em frente juntos, amigavelmente cooperando pelo bem do filho de ambos.

Uau.

As palavras ficaram embaçadas na página. O que ela queria?

Ela respirou fundo.

— Nate?
Ele levantou o olhar do cardápio.
Ela abaixou o seu.
— Estou me sentindo muito chateada e brava agora.

Se uma mesa de restaurante podia se tornar solo sagrado, então a deles se tornou não porque a conversa tivesse sido direta ou fácil, mas porque, depois de dizer palavras sinceras e difíceis sobre se sentir desconsiderada, Hanna sabia que fora ouvida.

— Você está certa — Nathan disse depois que ela colocou tudo diante dele. — Você está absolutamente correta. Mesmo depois que você foi corajosa o bastante para dizer o que queria e o que precisava, eu continuei pensando que você poderia se integrar ao meu mundo se eu só abrisse espaço suficiente para você. — Ele pegou a mão dela por sobre a mesa. — Eu sinto muito, Hanna. Você me perdoa?

Como responder rápido demais poderia diminuir o pedido dele, ela pausou. Sem negar. Sem minimizar. Sem desconsiderar a necessidade dele do perdão dela com um "Ah, tá tudo bem, sem problemas". Oferecer perdão era uma forma de admitir sua ferida, uma forma de seguir em frente juntos em vulnerabilidade autêntica e íntima.

— Sim, Nathan — ela respondeu. — Eu te perdoo.

MARA

— Um dia inteiro calada — Mara disse para Kevin enquanto mexia uma panela de macarrão no fogão. — Você acredita que sua mãe conseguiu passar por isso?

Do banquinho diante do balcão da cozinha, Kevin sorriu ligeiramente, mas não respondeu.

— Bem, eu também não achei que conseguiria. Preciso admitir que foi bem estranho estar sentada com um monte de pessoas no almoço e não falarmos nada uns com os outros. Não tenho certeza se farei isso de novo, mas foi uma boa experiência para um dia. — Ela despejou uma lata de molho de tomate em outra panela e acendeu o fogo médio. — Alguma notícia do seu pai hoje?

— Não. — Kevin não parecia chateado com isso. Mas era estranho que Tom sequer tivesse se importado em mandar uma mensagem perguntando se ele estava se sentindo melhor. Talvez Tom soubesse que ele estava fingindo. Talvez Tom soubesse e não se importasse.

Mara decidiu investigar. O que ela tinha a perder?

— Você quer conversar sobre os motivos reais do porquê você não quis passar o fim de semana com ele?

Ele levantou os ombros.

— Se aconteceu alguma coisa, talvez haja algo que eu possa fazer para ajudar. — Ou talvez houvesse algo que o advogado dela pudesse fazer para ajudar.

— Eu só não estava a fim de ficar com ele, só isso.

— Tem certeza?

— Aham.

Ela ia tentar mais uma vez e então deixar para lá.

— Quando você voltou duas semanas atrás, parecia chateado. Por isso perguntei.

Ele abaixou o olhar para o celular e digitou algo.

— Ele estava sendo babaca.

— Com você?

— Só babaca.

— Ele disse ou fez algo que te machucou? — Se tivesse feito, ela cuidaria disso. Imediatamente.

— Não... Nada do tipo.

— Tipo o quê, então? — Ela mexeu o macarrão mais uma vez e então descansou a colher para dar atenção total a ele. Quando ele não respondeu, ela acrescentou: — Você pode confiar em mim, tá bom? Eu preciso saber a verdade sobre o que está acontecendo para poder te ajudar.

Ele coçou uma espinha no queixo.

— Ele prometeu levar Brian e eu para o Havaí no verão. Foi por isso que comprou aquela prancha para mim no Natal. — Mara já suspeitava disso. Ela imaginou que Tom planejara umas férias caras para os meninos, uma forma de continuar ganhando a afeição deles. — Mas agora ele vai levar Tiffany e disse que a gente não pode ir.

— Tiffany e os filhos dela?

— Não, os filhos não. Só ele e Tiffany.

Que romântico.

— Eles vão se casar lá.

Claro que iam. Tom já fizera várias outras coisas que a surpreenderam. Essa não era uma delas.

— Quando?

— Em julho.

Aham. Ele estava dando ao divórcio o quê? Algumas semanas para ser finalizado?

— Quando o bebê nasce, você sabe?

Ele negou com a cabeça.

— Mas ela tá, tipo, enorme.

Quem não arrisca, não petisca.

— O seu pai falou se... — "Vai com tudo", ela disse para si mesma. — ...Se ele é o pai ou...

— Tiffany disse que é, então é. Eu acho.

Aham. Ela deveria ficar furiosa que Kevin soubesse desse detalhe. Momentos de "Te peguei!" de testes de paternidade de programas de auditório vieram à sua mente. Dado seu passado com Tom, Mara sabia que não era alguém que podia jogar pedras: Kevin fora a gravidez de "Te peguei!" dela. Mas pelo menos Tom era o único que poderia ser o pai dele.

— Sinto muito, Kevinho. — Não era de impressionar que ele não quisesse passar o fim de semana com o pai. Ele fora traído. Trocado. — Eu queria poder fazer alguma coisa para te compensar.

Ele não respondeu, mas também não saiu do banquinho. Quando o molho de tomate começou a borbulhar na panela, ela abaixou o fogo e mexeu.

— E Brian? O que ele acha de tudo isso?

— Ele não liga. Meu pai disse que vai levar todos nós para o Disney World em vez do Havaí. Brian só se importa com isso.

Brian queria ir ao Disney World? Isso era surpreendente.

— Seu pai vai levar todos vocês? E os filhos de Tiffany também?

— Aham. E eu disse que não queria ir.

— E o que ele respondeu?

— Ele ficou bravo, disse que eu tenho que ir, que é parte das regras ou sei lá.

Mara não tinha certeza disso.

— Eu vou averiguar, tá bem? Não sei se ele pode te fazer ir ou não. Mas, Kevin? — Ele olhou para ela. — Eu vou te defender, tudo bem? Se houver qualquer coisa que eu possa fazer, eu vou fazer. Prometo. E sinto muito. Muito mesmo.

Ela achou tê-lo ouvido balbuciando "Valeu".

Depois do jantar, Mara se debruçou sobre os documentos de guarda temporária. Não havia como saber com certeza até falar com o advogado, mas parecia que eles poderiam apelar para um juiz, se precisassem. Se Kevin estava tão resoluto a não sair do estado com uma nova madrasta e os filhos dela, então talvez um juiz concedesse esse pedido dele. Tom tinha direito ao seu tempo de férias, isso ela entendia, mas ele também precisava dar a ela um aviso por escrito quando quisesse levar os meninos para outro estado. Ela o relembraria disso por e-mail, para que tivesse registros.

— O que diz aí? — Kevin perguntou quando entrou alguns minutos depois com Bailey trotando ao seu lado. Ele pendurou a guia no gancho e deu ao cachorro um biscoito do pote sobre o balcão.

— Eu vou ligar para meu advogado na segunda-feira para ter certeza. — Ela não aumentaria a expectativa dele de um juiz escutá-lo. Ela poderia estar lendo errado. — Mas a primeira coisa que vou fazer talvez seja dizer para o seu pai que você não quer ir. Tudo bem por você se eu fizer isso?

— Tudo.

— Se eu fizer isso, ele vai saber que você falou comigo a respeito. Tudo bem por você?

— Aham.

Ela não teria essa conversa com Tom face a face (isso não parecia seguro), mas lhe mandaria um e-mail depois que ele deixasse Brian na noite seguinte. Dessa forma, ela teria um registro da resposta dele, caso precisasse. E, se ele dissesse que não havia chance, então ela poderia avisar-lhe que ia verificar com o advogado dela.

Kevin sentou-se na beirada de uma cadeira, ainda usando o casaco, e perguntou:

— Tudo bem por você?

— O quê? Mandar um e-mail para o seu pai?

Ele assentiu.

— Sim, tudo bem por mim — ela disse.

— Ele vai ficar bravo.

Mara afagou a mão dele.

— Tá tudo bem. Temos que resolver essas coisas. — Ela pediria a alguns amigos que orassem. Talvez isso fosse a desculpa dela para ligar para Charissa. Pensando melhor, pedir oração poderia despertar o ressentimento de Charissa sobre grupos de oração.

— Você pode me levar para a casa de Michael? — Kevin perguntou. — Ele convidou o pessoal para jogar *laser tag*.

— Claro. — Ela tinha mais uma pergunta para fazer, uma pergunta que estava rodando na sua cabeça o dia todo. — Hein... Abby vai ser batizada na igreja amanhã, e, já que você está em casa este fim de semana, estou me perguntando se você não quer ir. É Páscoa. E depois de lá vamos todos almoçar juntos.

Ele se inclinou para acariciar as costas de Bailey.

— É, pode ser.

"Sério?" Ela não expressou a surpresa nem gritou de alegria. Simplesmente disse:

— Tá bem, tranquilo. — E tentou ficar tranquila de fato.

BECKA

O que deveria ter sido uma caminhada curta para recuperar o fôlego e se recompor depois de confrontar Simon e Pippa acabou se esticando por horas. Becka caminhou milha após milha. Ela caminhou sobre pontes e ao longo do rio, através de parques e por becos medievais. Caminhou passando por museus, igrejas, prédios governamentais e praças cheias de monumentos. E então, como estava desesperada por alguma ligação com a mãe, caminhou até o hotel próximo à Russell Square.

Não havia ninguém no balcão da entrada, e a sala de jantar estava escura. Becka hesitou na soleira, olhando para a mesa onde as duas compartilharam bules de chá, a mesa onde ela dissera que queria passar o aniversário de 21 anos não com a mãe, mas com Simon em Paris. Sem saber o que mais fazer, sentou-se e tentou imaginar sua mãe sentando-se com ela, confortando-a. Porque uma coisa que sua mãe nunca havia dito, uma coisa que nunca diria, era "Eu te avisei".

— Oi? Tem alguém aí? — As luzes acenderam e Becka apertou os olhos com o clarão forte depois de uma hora no escuro. — Oh, olá. — Claire disse, com a expressão relaxando ao reconhecê-la. — Eu estava me aprontando para trancar tudo e pensei ter escutado algo.

Becka secou os olhos. Ela não esperava vê-la de novo, e agora Claire poderia presumir que ela viera ao hotel especificamente para encontrá-la.

— Me desculpe — Becka disse. — Eu estava caminhando e fiquei cansada. — Ela catou o tufo de lencinhos.

Claire sentou-se diante dela, com o casaco sobre o braço.

— Eu poderia perguntar se você está bem, mas dá para ver que não está. Tem alguma coisa que eu possa fazer para ajudar? — Quando Becka não respondeu, Claire acrescentou: — Que tal eu fazer um chá para nós?

Elas sentaram juntas diante da lareira apagada com suas canecas, Claire escutando e Becka falando bem mais do que pretendia. A compaixão de uma recém-conhecida logo depois da traição tanto do namorado quanto da amiga foi um presente do qual Becka não sabia que precisava quando entrou no saguão do hotel.

— Minha mãe sabia que Simon não prestava e tentou me fazer ver isso, mas eu não queria ver. Não vi. Eu o defendi. Eu nos defendi, disse que ele era a melhor coisa que já tinha acontecido comigo e que eu não ia abrir mão dele só porque ela não aprovava.

Claire lhe entregou outro lencinho.

— E agora o que eu faço? Não posso voltar para o meu apartamento, não com Pippa lá no mesmo andar. E como vou terminar o semestre? — No período de apenas algumas semanas, seu mundo inteiro havia desmoronado. Ela perdera tudo. E não havia como restaurar nada. Queria poder só dormir e não acordar mais. Ou acordar e perceber que tudo fora apenas um pesadelo. Não havia mais nada. Ela estava completamente sozinha no mundo.

— Que tal assim? — Claire disse. — Que tal se, hoje à noite, você ficar no meu apartamento? Não é muito espaçoso, mas eu tenho um sofá onde você pode dormir.

Era uma oferta gentil e generosa, e Becka não conseguia pensar em nenhuma outra opção.

— Tem certeza? Eu não quero forçar nada.

— Sem problema algum. Vamos. — Claire vestiu o casaco. — É só uma caminhada curta daqui.

10.

HANNA

Cedinho na manhã da Páscoa, enquanto ainda estava escuro, Hanna dirigiu para o cemitério com dois buquês de narcisos. Quando chegou, os portões estavam abertos e a aurora estava despontando no horizonte, o céu violeta como uma tela pintada para silhuetas intrincadas de árvores acordando. O marcador de Meg era fácil de achar na face da colina verdejante; sua lápide ainda não fora erodida e suavizada pelo tempo, e o epitáfio cinzelado com golpes definitivos lia: "Amada". Essa foi a palavra que Meg pedira, juntamente com parte de um único versículo, Lucas 24:5: "Por que procurais entre os mortos aquele que vive?".

"Um lembrete", Meg dissera para Hanna depois que ela entregara as anotações sobre o culto memorial para seu pastor. "Um lembrete para qualquer pessoa que possa vir visitar." "Como uma filha", Hanna pensou enquanto colocava um buquê sobre o túmulo de Meg e outro sobre o de Jimmy. "Ou uma amiga em luto."

Um lembrete.

Enquanto pássaros assobiavam uns para os outros nas árvores, Hanna descansou a mão sobre o granito frio e sussurrou uma oração.

BECKA

Ela não poderia se esquivar para sempre do inevitável. Enquanto Claire se vestia para ir à igreja no domingo de manhã, Becka formulou sua estratégia. Confrontaria Pippa primeiro e então compararia a história dela com qualquer porcaria que Simon tentasse lhe dizer quando o confrontasse. A menos, é claro, que os dois já tivessem conspirado para fazer as histórias baterem. Talvez ela não descobrisse a verdade.

— Vou estar orando por você — Claire havia dito quando ela dera um abraço de despedida sobre a calçada meia hora depois. Becka lhe agradecera, não pelas orações, mas pelo lugar para ficar. Ela não dormira bem, mas pelo menos dormira um pouco.

Enquanto passava diante do Museu Britânico, mandou uma mensagem para Pippa: "Precisamos conversar".

Para a surpresa de Becka, Pippa respondeu: "Ok".

Logo depois das 11h, elas duas se encontraram na cafeteria do jardim da Russell Square. Pippa estava evitando contato visual, olhando para a própria caneca de café, enquanto Becka a interrogava. Como as fotos indicavam, o enlace deles começara depois que Simon voltara de Chicago. Eles se esbarraram uma noite no bar Gato e Rato. Pippa disse que ele estava solitário e não sabia como lidar com tudo aquilo. Quando Becka perguntou o que "tudo aquilo" significava, Pippa respondeu:

— Você sabe, você endoidando com sua mãe morrendo e tudo mais.

Se elas estivessem sozinhas em um quarto, Becka poderia ter gritado sua surpresa e raiva. Mas, cercada por outros clientes, ela se ordenou a manter a compostura.

— De quem foi a ideia?

Pippa não respondeu.

— De quem foi? — ela exigiu, com a voz ficando mais estridente.

— Dele. — Pippa insistiu que a ideia original era que fosse uma vez só. Ela só planejara oferecer a ele um pouco de conforto, um pouco de diversão para tirar a mente de tudo isso. Mas aí...

Becka esperou enquanto Pippa mexia o café com uma colher.

— Eu sei sobre Paris. — A cabeça de Pippa levantou de uma vez, sua expressão aterrorizada. — De quem foi a ideia, sua ou de Simon? — Pippa parecia estar tentando determinar a resposta mais segura para dar. Becka arrancou a colher da mão dela. — Eu perguntei de quem foi a ideia!

— Dele. Foi dele. Disse que precisava fazer umas pesquisas para o romance dele e não queria estar lá sozinho, então...

— Então ele te chamou para ir com ele?

— Hmm... Eu não me lembro se ele pediu diretamente ou se ficou só implícito, mas eu respondi que sim. Tipo, era Paris, né? E você ainda estava nos Estados Unidos.

— Para o funeral da minha mãe, Pippa! Para o funeral da minha mãe! E para o casamento da melhor amiga dela. — Becka arremessou a colher de Pippa na mesa e pegou a bolsa do chão.

— Becka, espera! Para! Não foi nada sério.

E isso deveria melhorar as coisas? Facilitar?

— Essa é sua desculpa? É assim que pede perdão?

— Beckinha, sinto muito.

Becka levantou a mão.

— Chega. Me poupa.

"Lorota." Essa é a palavra que a avó dela teria usado para o lado de Simon da história. Becka ficou olhando janela afora, repetindo a breve conversa pelo telefone com ele. Ele alegara que Pippa tinha se jogado nele. Ela o embebedara e tirara vantagem dele.

— E Paris? Ela te embebedou e te enfiou no avião?

Ele não respondeu.

— Minha mãe sabia que eu era boa demais para você. Ela estava certa — ela disse antes de desligar.

Sua mãe estava certa sobre tudo. Se ela pudesse dizer que sentia muito... Se pudesse dizer que estava arrependida por não escutar... Se pudesse ouvir a voz de sua mãe dizer "Eu sei, querida. Eu sei". Mas a única voz que Becka ouvia era a própria, repreendendo-a por ser uma garota tão estúpida e ingênua.

MARA

— Cristo ressuscitou! — o pastor disse da frente do santuário.

— De fato, ressuscitou! — a congregação respondeu.

O pastor desceu para a piscina batismal.

— Assim como a igreja faz desde os primeiros dias, nós celebramos o batismo no Domingo da Ressurreição, nos regozijando nas promessas de Deus e na obra do Espírito Santo para atrair pessoas para Jesus Cristo. O batismo é o sinal e o selo das promessas de Deus para o povo da sua aliança. Pela graça de Deus, ele perdoa nossos pecados, nos adota no corpo de Cristo, nos renova e nos purifica com seu Espírito, e nos ressuscita para a vida eterna. Todas essas verdades confiáveis são exibidas nas águas do batismo.

Ele passou a mão pela água e a deixou pingar lentamente da sua mão em concha para a piscina.

— Nosso Senhor Jesus Cristo declarou: "Toda autoridade me foi concedida no céu e na terra. Portanto, ide, fazei discípulos de todas as nações, batizando-os em nome do Pai, do Filho e do Espírito Santo; ensinando-lhes a obedecer a todas as coisas que vos ordenei; e eu estou convosco todos os dias, até o final dos tempos". Nós comemoramos e agradecemos a Deus por estes novos discípulos que hoje declaram publicamente sua fé em Jesus Cristo, enquanto nos lembramos das águas do nosso próprio batismo e agradecemos a Deus pelas formas como ele nos marcou como seus, pela sua graça.

Fazia anos que Mara não parava para relembrar das águas do próprio batismo, que acontecera não em um Domingo de Páscoa, mas em seu aniversário de 24 anos. Naquele dia, ela ficou diante de uma congregação com Jeremy, de quatro anos, que assistiu com os olhos arregalados e o polegar na boca enquanto sua mãe, vestida de branco, se ajoelhava em um cocho com água sendo derramada sobre ela, correndo por seu cabelo, rosto, ombros, um fluxo constante até ela estar ensopada por inteiro. Quando o pastor a ajudou a sair do cocho, alguém entregou para ela uma toalha e, com beijos nas bochechas molhadas, disse:

— Bem-vinda à família de Deus, Mara.

Jeremy provavelmente não se lembraria disso. Ela não fizera um bom trabalho para ela mesma se relembrar disso. Talvez devesse comprar uma jarra e uma bacia como lembretes. Poderia comprar um par para Abby também.

— Amada de Deus — o pastor havia dito —, você está diante de nós hoje para receber o sacramento do batismo... — Abby, vestida de branco como os outros, parecia estar se preparando para fazer os votos de casamento de novo. Com a mesma honestidade na voz como no dia em que ela ofertara suas promessas para Jeremy, Abby dissera o próprio sim para Jesus Cristo. E, quando ela se ergueu da água, tossindo, mas radiante, seu rosto brilhava. Não era só a iluminação do santuário. Abby parecia reluzente.

— Ela está linda — Mara disse para Jeremy, que assentiu e reposicionou Madeleine no colo. Mara apertou o pezinho dela. Enquanto Abby se secava com uma toalha e seguia os outros recém-batizados para trocarem as roupas molhadas, Ellen sussurrou algo para o marido.

Que momento especial para eles, escutarem sua filha afirmar a própria fé e ofertar a promessa de viver para Cristo.

— E nós oramos por Jeremy, nosso filho — Ellen disse quando cumprimentou Mara com um abraço caloroso, na entrada do santuário, naquela manhã. "Nosso filho." Talvez Deus ouvisse as orações delas. Todas as orações delas.

— Parabéns — Mara disse com a voz sussurrada quando Abby voltou para a fileira deles durante a música final. Abby sorriu um "Obrigada" e pegou Madeleine nos braços antes de tomar o lugar entre Jeremy e a mãe dela. Quando Abby apoiou a cabeça molhada sobre o ombro dele, Jeremy colocou o braço ao redor dela e cantou a letra com sua voz barítona. Mara ficou surpresa que ele conhecesse a música.

"A Cristo coroai, Cordeiro vencedor! Ouvi das hostes celestiais o singular louvor! Desperta o canto teu, minh'alma, em gratidão, louvando ao que por ti morreu e deu-te salvação."

Ah, o dia em que essas palavras forem o testemunho de coração de Jeremy. "Por favor, Deus. Desperta a alma dele."

Kevin, que estava à direita de Mara, pegou o celular. Ela deu um cutucãozinho nele, que o guardou. Ele tinha pelo menos fingido atenção durante a maior parte do culto e parecera genuinamente interessado quando as crianças foram à frente para escutar a história sobre Maria Madalena confundindo Jesus ressurreto com o jardineiro. "Por todos os meus filhos, Senhor. Por favor. Desperta-os. Ajuda-os a te reconhecer." Ela se perguntou como Brian e Tom estavam passando a manhã de Páscoa. Não na igreja, com toda a certeza. Dormindo até tarde, provavelmente. Talvez se encontrando com Tiffany e os filhos dela para um grande brunch à vontade. Brian amava brunches à vontade. Ela esperava que Tom o levasse a algum lugar que tivesse waffles belgas. Brian amava empilhar coberturas sobre waffles belgas. Kevin também. Kevin poderia desfrutar de um waffle de Páscoa, uma omelete e o que mais quisesse, porque os pais de Abby estavam pagando para todos eles um brunch chique no hotel, o tipo de brunch que Mara desejava poder pagar em ocasiões especiais. Talvez algum dia.

"A Cristo coroai, a vida nos doou, e, a fim de dar-nos salvação, da tumba triunfou. Cantemos seu poder: morreu, mas ressurgiu, a vida eterna nos ganhou e a morte destruiu."

Olha. Essa parte era boa. Amém. Ela olhou sobre o ombro para a região onde vira Hanna sentada com Nathan e Jake. Ela se perguntou se Hanna estava pensando sobre Meg quando cantaram essa estrofe. Provavelmente. John estava sentado naquela região também. Mara se perguntou se ele a vira sentada com a família dela. Provavelmente. Eles eram visitantes bem chamativos na segunda fileira, a fileira mais diversa racialmente no lugar todo. Talvez a igreja dela fosse uma das poucas em Kingsbury que tivesse tantas raças e etnias adorando juntas. Depois de cultuar lá por tantos anos, Mara parara de perceber. Ela não iria mais subestimar isso.

Depois que a música acabou, eles continuaram em pé enquanto o pastor, usando roupas secas de novo, subiu os degraus na frente do santuário e levantou os braços com uma bênção:

— Cristo ressuscitou! — ele exclamou.

E a congregação gritou em resposta:

— De fato, ressuscitou!

Quando Mara e John cruzaram olhares por acaso depois da bênção final, Mara sabia que não poderia deixar o santuário sem lhe desejar uma feliz Páscoa. E, depois que ela o abraçou e lhe desejou uma feliz Páscoa, não poderia deixar a conversa sem perguntar sobre a esposa dele. Ela colocou o bebê conforto vazio na outra mão e disse:

— Como ela está?

Ele levantou os ombros.

— Bem. Ou tão bem quanto consegue ficar, eu acho. Você conhece Charissa. Ficar de cama assim é tão difícil quanto... Bem, é difícil para ela.

Pela expressão no rosto dele, estava claro que seria difícil para ele também. Ela ia dizer "Manda um oi para ela, diz que estou orando por ela", mas, como não sabia que tipo de reação tal mensagem provocaria, ficou mexendo no sol sorridente que balançava na alça do bebê conforto.

— Eu sinto muito, Mara, pelo que aconteceu na outra noite. Ela estava cansada, chateada, estressada. Isso não é nada do que estávamos imaginando ou esperando.

— Não, eu sei.

Ele colocou a mão sobre o ombro dela.

— Ela sabe que exagerou e está arrependida por isso. Acho que tentou te ligar.

— Sim. Ela não deixou uma mensagem.

— Certo. Não sei se ela vai tentar te ligar de novo. Acho que ela está bem envergonhada com a coisa toda, então talvez você possa ligar, ver como ela está alguma hora...
— Sim, vou ligar para ela. — Isso era uma boa notícia, que Charissa não estivesse mais brava com ela. — Diz que mandei um "Feliz Páscoa", e eu vou ligar para ela mais tarde. Vou sair com minha família. — Ela apontou para a frente do santuário, onde Ellen estava tirando fotos de Jeremy, Abby e Madeleine. — Então, talvez amanhã?
— É, parece bom. Obrigado. — John deu outro abraço nela e acrescentou: — Cristo ressuscitou!
Mara respondeu:
— De fato, ressuscitou.

— Cadê Kevin? — Mara perguntou quando se juntou aos outros perto dos lírios de Páscoa.
Jeremy apontou sobre o ombro para a piscina batismal, onde Kevin estava com a mão na água.
— Só queria ver se era quente — ele disse quando viu a mãe a encará-lo. Rapidamente secou a mão na calça.
— Bem, venha aqui tirar uma foto. Vamos tirar algumas com todos juntos, tá bem?
— Aqui, deixa eu ajudar — Hanna disse atrás dela.
— Ah, obrigada, Hanna!
— Sem problema. — Enquanto Hanna soltava a bolsa, Mara ficou nos degraus entre Jeremy e Kevin. — Todos se apertem — Hanna disse. — Kevin, mais perto da sua mãe. Isso. Olhem para cá, pessoal.
— Com o ombro de Kevin pressionado contra ela e a mão dela sobre o bracinho de Madeleine, Mara olhou para a câmera e sorriu.

CHARISSA

— Mara não está brava com você — John disse quando entrou em casa com uma sacola com sanduíches do Subway. Não era o brunch de Páscoa que Charissa tinha imaginado uma semana atrás, mas ela estava escolhendo não reclamar. A gratidão era a disciplina espiritual que ela não poderia se dar ao luxo de negligenciar.

— Ela é muito mais perdoadora que eu. — Charissa lentamente se moveu para uma posição ereta no sofá e desembalou seu sanduíche de presunto e queijo. Ela ia comer o mais sem graça. Nada para agitar Bethany. — Então, eu deveria ligar para ela de novo?

— Ela saiu para almoçar com a família. Os pais de Abby vieram para cá para o batismo.

Charissa se esquecera completamente dessa ocasião memorável. Que amiga péssima ela era. Para Mara e para Abby.

— Como foi?

— Lindo. Eu nem consigo me lembrar da última vez que vi adultos sendo batizados. Tão poderoso. — Ele provavelmente não disse isso como uma crítica contra a Primeira Igreja, mas, ainda assim, ela ficou eriçada.

— Batismo infantil também é lindo — ela disse.

— Sim, eu sei. Mas, quando você pode testemunhar um novo crente descendo às águas e voltando à superfície, não tem nada igual.

Ela não ia discutir com ele. Charissa fora batizada quando bebê; John fora batizado quando adolescente. Eles tiveram essa conversa durante o aconselhamento pré-conjugal com o reverendo Hildenberg e tinham concordado que seus filhos seriam batizados. John poderia não se lembrar. Mas ela não ia discutir. Não agora. Ficaria calma e praticaria o hábito de abrir mão. De novo, e de novo, e de novo. Ela precisava.

— Você quer agradecer pela comida?

— Sim, claro. — Ele pegou a mão dela e orou.

Havia uma árvore diante da janela do quarto deles, visível sempre que Charissa se deitava para descansar, que estava precisando seriamente de uma esfoliação. Sua pesquisa online a identificou como uma bétula de rio, valorizada por alguns pela beleza do tronco descascando. Mas, sempre que olhava para ela, sentia-se inquieta, sobrecarregada por um desejo de ir até lá e esfregá-la até ficar lisa. Isso era precisamente o que ela não poderia fazer não apenas por causa do descanso obrigatório, mas porque, de acordo com especialistas, arrancar a casca da árvore a feriria.

— Eu te juro que essa árvore está me provocando — ela disse quando John entrou no quarto para entregar uma xícara de chá de limão depois do almoço.

— Quer que eu feche a persiana?

— Não. Eu ainda ia ficar pensando sobre ela.

— Ela só está fazendo o que deveria fazer.

— Bem, tá me deixando doida. — Ela estava surpresa por não tê-la notado quando se mudaram. Talvez não estivesse descascando na época. Ela deu um golinho no chá. — Tudo bem, pode fechar a persiana. — Ele pegou a cordinha. — Mas não tudo. Eu quero um pouco de sol. — Ele fechou um dos lados. Mas aí elas não estavam iguais. — Talvez só mexer um pouquinho o ângulo das paletas... Isso, assim. Obrigada.

Ele se sentou na beirada da cama.

— Mais algo que você precise?

Ela tinha uma pilha de livros, o computador, o chá.

— Não, estou bem. Obrigada.

— Tá bem. — Ele a beijou na testa. — Estou indo para a casa de Tim um pouco. Eles instalaram o deque novo e...

— É, eu sei. É incrível.

— É mesmo. Mas o nosso vai ser ainda mais incrível.

Ela o expulsou:

— Vai logo. Vai cobiçar o seu deque.

— *Nosso* deque. — Ele apontou para a janela. — Se quiser, podemos arrancar aquela árvore, deixar o deque maior.

— Eu não vou matar uma árvore perfeitamente boa. — Ainda que ela a deixasse doida.

— Então, tá bom. O que é aquilo que você fala sobre o que mexe com você?

— Perseverar com o que mexe...
— É — ele disse. — Isso aí. Faça isso.

Charissa percebeu, enquanto terminava o chá, que era exatamente o mesmo impulso que ela identificara vários meses atrás com seu desejo de chutar pneus de carros para soltar a neve suja. Ela queria liso e impecável, não esfarrapado e descascando. Não lento. Não passivo. A árvore acabaria descascando toda? Ela não sabia. E, mesmo que isso acontecesse, a casca não cresceria de novo e continuaria o mesmo processo feio de descascamento? Era, de novo, aquela imagem de bater na marmota. Ainda que ela descascasse um pouco dos padrões de orgulho profundamente enraizados, jamais ficaria completamente livre deles. Então, por que não conseguia ficar tranquila com isso? Por que não conseguia descansar na graça e se render ao lento processo de se tornar mais como Cristo?

Porque ela era perfeccionista, por isso. E não tinha muita esperança de ser diferente um dia.

Se pudesse ser tão tranquila e rendida quanto aquela árvore descascando, descansada no processo de gradualmente abrir mão. Se ela pudesse...

Ela abriu o computador. Tinha trabalhos para escrever e anotações de palestras que devia preparar para seu substituto. Ainda não tinham uma resposta sobre quem seria, mas ela se certificaria de que, quem quer que fosse, teria um conteúdo excelente para oferecer aos alunos. Se ela ia ficar fisicamente imóvel, pelo menos não precisava ficar intelectualmente imóvel. Ela cruzaria a linha de chegada do semestre, ainda que tivesse que fazer isso deitada.

MARA

O brunch no hotel estava servido da maneira mais luxuosa que Mara já vira, com esculturas de gelo de coelhos, ovos e flores adornando algumas das mesas do bufê.

— Olha os desenhos naquele ovo — ela disse para Abby enquanto passavam na fila. Parecia que ele fora esculpido em vidro. Mara segurou o prato para ser servida com algumas batatas salteadas que acompanhariam a omelete de vegetais.

— Todo esse trabalho para um tempo tão curto — Abby disse. — Me pergunto quanto tempo demoram para fazê-las. — Ela apontou a escultura para a mãe e disse algo em chinês. Ellen assentiu.

— Por favor, diga para sua mãe que agradecemos muito por eles nos presentearem com tudo isso. É um banquete.

Novamente, Abby falou baixinho em sílabas rápidas. Ellen se virou para Mara e disse:

— Comemoração. Obrigada, Jesus.

— Amém! Obrigada, Jesus. — Mara respondeu. Ela queria poder comunicar privadamente seu desejo de que Ellen orasse fervorosamente por Jeremy. Não queria que Abby traduzisse. Não era necessário criar uma sombra de pensamentos ansiosos sobre o dia especial da nora. — Kevin, olha aquela mesa de sobremesas. — Abaixo de uma escultura de gelo de uma cesta trançada de Páscoa, havia uma variedade de bolos, cheesecakes, brownies, biscoitos variados e frutas frescas. — Eu queria poder fazer algo como aquilo para o Nova Estrada.

— Você consegue fazer aquilo tudo — ele respondeu.

— Sim, mas custaria muito dinheiro comprar todos os ingredientes. Vai ficar apertado só para os biscoitos que quero fazer.

Ellen e Abby conversaram algo em chinês, um diálogo que terminou com Abby dizendo para Mara:

— Minha mãe perguntou o que é Nova Estrada, aí respondi que você trabalha lá, que você cozinha refeições para eles. Ela disse que quer te ajudar a preparar uma refeição especial para as pessoas lá. Um banquete.

— Não gelo — Ellen disse com um sorriso. — Comida. Muita comida.

— Ah, é muito gentil da sua parte — Mara disse —, mas não temos muito orçamento para um banquete. Só no Dia de Ação de

Graças e no Natal. — Que era quando as doações da comunidade chegavam em peso. O restante do ano era magro.

Abby disse:

— Desculpe! Digo, minha mãe não quer te ajudar a cozinhar. Ela quer pagar pela comida. Fazer uma doação para um banquete.

Mara olhou para Ellen, incapaz de falar.

— Meus pais apoiam um abrigo em Ohio — Abby contou. — Ela disse que ficaria feliz em apoiar um aqui também.

Mara usou a mão livre para colocar sobre o coração.

— Obrigada, Jesus!

E Ellen acrescentou:

— Amém!

Mara acabara de terminar seu prato e estava contemplando uma viagem para a mesa de sobremesas, quando Kevin encolheu a cabeça atrás dela e disse:

— Meu pai tá aqui.

— Quê?

— Meu pai tá aqui. — Ele apontou para o fim da fila. Mara seguiu o dedo. Tom, andando como alguém que costumava ser atraente e que ainda se considerava atraente, acabara de entrar no restaurante com Brian, uma mulher grávida de cabelo volumoso que ela presumia ser Tiffany e várias crianças pequenas briguentas. Ele pegou um prato do topo da pilha, com as costas ainda viradas para a mesa deles.

Mara se virou no assento, tentando descobrir se havia algum lugar onde poderia se esconder. Mas Jeremy já tinha se levantado para repetir, e seria apenas uma questão de tempo até que Tom ou Brian o vissem. De todos os lugares...

— Eles nos viram — Kevin disse. — Brian acabou de olhar para cá.

Sem pensar, Mara se virou. No mesmo instante, Tom também se virou. Os olhares se cruzaram, e o rosto dele ficou vermelho. Ela sentiu a cor sumir das bochechas. De todos os lugares para um brunch de Páscoa! E agora, o que eles deveriam fazer? Brian não ligaria para ela; já virara as costas. Tiffany, com a atenção focada em um menininho pegando um prato, estava alheia a qualquer drama. E, pelo rosto de Tom, ele não estava ansioso para revelar nada. Brian o empurrou para andar na fila, e Tom segurou o prato para a mulher servindo ovos mexidos.

Eles poderiam ignorar e evitar um ao outro. Essa era a melhor opção. Ou...

Talvez...

Mara ajeitou os ombros e se levantou.

— Quer que eu te traga um pedaço de bolo ou alguma coisa, Kevinho?

Ele se inclinou para a frente sobre os joelhos e fingiu estar entretido com Madeleine dormindo no bebê conforto no chão.

— Não, valeu.

Respirando uma oração por ajuda e coragem, Mara calculou o tempo da própria chegada à mesa de sobremesas para coincidir com a de Tom.

— O bolo de chocolate parece bom — ela disse. Tom não respondeu. — Oi, Brian. — Brian pegou um pedaço de cheesecake de framboesa. — Nenhum abraço de Páscoa para sua mãe, é? — Tiffany, com os olhos de maquiagem densa arregalados com curiosidade e talvez um pouco de medo, olhou primeiro para Brian e depois para Mara. De jeito nenhum que ela tinha sequer metade da idade de Tom. — Você deve ser Tiffany. Eu sou Mara. E quem são esses garotinhos fofos?

Tiffany, com pratos cheios em cada mão, apoiou o cotovelo sobre a cabeça loira do mais velho, levou um instante e então falou com um chiado:

— Este é Caleb, aquele é Drew e o pequeno é Mikey.

Três meninos espirituosos, mais um mal-humorado de treze anos, um de quinze que não queria nada com ela e um bebê a caminho? Mara olhou para a quase esposa de Tom e ficou tomada não de raiva e ressentimento, mas de pena.

— Você está com as mãos cheias aí — Mara disse, notando o enorme anel de diamante no dedo dela. — Posso te ajudar a carregar algo para a mesa?

Tom parecia querer estrangulá-la com uma única mão. Tiffany passou um prato para Mara e respondeu:

— Tudo bem. Obrigada.

— Brian, ajude seus... — Mara bateu na testa. — Opa, eu ia dizer "irmãos", mas ainda não, certo? Enfim, você ainda pode ajudar esses garotinhos. Parece que talvez eles queiram algumas sobremesas também. — Ela se inclinou para o menor, com uma mão sobre o quadril. — Você pode dizer para Brian o que você quer, tá bom? Ele vai pegar para você. — Brian, com cara de bravo, a ignorou e se afastou dos meninos (dois dos quais estavam agora trocando tapas) para pegar um segundo prato para si mesmo.

Enquanto Mara acompanhava a namorada barriguda e três crianças birrentas para a mesa na ponta oposta do restaurante, ela podia sentir os dois pares de olhos cheios de ódio queimando a sua nuca.

— Tá tudo bem, mãe? — Jeremy perguntou, apressando-se para o lado dela. Ele devia ter percebido só agora o que estava acontecendo. Ah, e o olhar de confusão no rosto de Tiffany! Não tinha preço.

— Sim, querido, tudo ótimo. Só estou conhecendo a nova família de Tom. Esta é Tiffany. — Os olhos de Jeremy arregalaram quando ele percebeu a barriga enorme dela. — E estes são os filhos dela, Caleb, Drew e Mikey. Tiffany, este é meu filho mais velho, Jeremy. E, claro, você conhece Kevin. — Ela apontou sobre o ombro, mas Kevin estava se escondendo, cuidando de Maddie.

Mara olhou para a mesa de sobremesas, onde Tom e Brian estavam deliberando. Ou evitando. Essa era a sua oportunidade, e ela ia aproveitá-la e correr para o *touchdown*, assim como vira Kevin fazer incontáveis vezes no campo de futebol americano. "Foge dos zagueiros e corre, corre, corre!"

— Kevin estava me falando sobre o Havaí, Tiffany. Parece maravilhoso! E o Disney World, uau! Vocês estão animados?

Os meninos pequenos olharam para ela; e o do meio, com o dedo enfiado no nariz, assentiu.

Mara se inclinou para Tiffany e disse em tom de segredo:

— Mas não tenho certeza se Kevin quer ir. Um pouco velho demais, talvez. E seria uma pena ele estragar a diversão dos pequenos. Você sabe como adolescentes podem ser instáveis.

Tiffany parecia estar ouvindo essas informações com seriedade. Mesmo que ela não tivesse experiência anterior com meninos adolescentes, provavelmente passara tempo suficiente com Brian e Kevin para saber como eles podiam ser difíceis.

— Só uma ideia — Mara disse. — Você e Tom deveriam conversar sobre isso, se certificar de que vocês estão de acordo. — Ela levantou a mão diante de Caleb e disse: — Ei, rapaz, bate aqui! — Ele deu um tapa com força na mão dela. Ela fingiu ter doído, e ele riu. Então, os outros dois pediram a mesma coisa. Quando ela terminou de receber tapas na mão e fingir ferimentos, acrescentou: — Bem, eu vou deixar vocês aproveitarem a refeição. Prazer te conhecer, Tiffany.

Tiffany parecia atordoada demais para responder. Mas Mara, depois que se afastou, viu pela visão periférica Tiffany sussurrar demoradamente ao ouvido de Tom.

— Certeza que você está bem? — Jeremy perguntou quando ficaram fora do alcance da audição deles.

Mara sentia que seus joelhos iam ceder. Agarrou o braço do filho para se estabilizar.

— Sim, estou bem. — Mas não havia chance de ela e Kevin estarem em casa naquela noite, quando Tom deixasse Brian. — Eu fiquei tão ocupada pegando sobremesa para os outros, que me esqueci de pegar algo para mim. — Ela soltou Jeremy e voltou ao bufê. Ia desfrutar cada pedacinho daquele bolo de chocolate. Para comemorar a Páscoa. E a vitória.

HANNA

— Você vem com a gente, Hanna? — Jake perguntou enquanto se calçava.

Não, não na primeira vez que ele visse a mãe.

— Eu acho que deveria ser só você e seu pai hoje. Vou conhecer sua mãe outra hora, tá bem?

— Tá bem.

— Mas obrigada por me convidar.

— Aham. — Ele ficou de pé diante dela com a postura ereta e braços retesados ao lado do corpo.

— Tudo bem se eu te der um abraço? — ela perguntou. Ele assentiu. — Estou orgulhosa de você. Sei que isso é difícil.

— Valeu.

— Pronto, amigão? — Nathan perguntou quando entrou na cozinha.

— Acho que sim.

Ele deu tapinha no ombro de Jake.

— Certo, estamos saindo. — Ele beijou Hanna na bochecha. — Voltamos logo.

Ela assentiu e disse:

— Jake, que tal se nós três orarmos antes de vocês irem?

Jake olhou para o chão.

— É, pode ser — ele respondeu, estendendo uma mão para o pai e outra para ela.

De acordo com Nathan, que voltou para casa com o primeiro relato 45 minutos depois, Laura já estava lá dentro quando eles entraram. Quando ele descreveu a cena, Hanna a imaginou: uma mãe procurando por um filho que ela não via fazia anos, olhando na direção oposta e percebendo que Nate e Jake estavam no carro, observando-a.

— Jake disse que achou que ela parecia nervosa, e ele estava certo. Toda a audácia que ela tinha em nossas conversas por telefone sumiu. Ela estava só sentada lá à mesa, mexendo com as mãos. Esperando. Vigiando.

E Nathan disse que, pela primeira vez na vida, ele se colocara no lugar dela e pensara sobre como era difícil voltar à vida de um filho, o quanto ela perdera com ele, e como essa culpa devia parecer capaz de esmagar a alma, às vezes.

Hanna também não considerara isso, todos os presentes que Laura havia perdido. Presentes dos quais abrira mão.

Nathan pegou a mão dela.

— Eu sempre disse para mim mesmo que ela abandonou Jake e não olhou para trás. Essa era a narrativa que justificava meu ressentimento quando ela reapareceu. Mas nunca pensei sobre seu remorso. Quando ela o viu, quando me viu entrando com ele, as lágrimas se acumularam nos seus olhos e ela se apressou até ele, e então parou, porque Jake levantou a mão para cumprimentá-la com um aperto de mãos, não um abraço. E eu vi a dor no rosto dela, Shep, essa agonia terrível no rosto dela, da qual ela tentou se recuperar. Mas estava lá. E, mesmo que não tivéssemos tido aquela superação ontem, hoje ainda teria partido meu coração. Eu tenho dito há meses que temos essa longa estrada diante de nós, sem nem pensar sobre como vai ser para ela tentar formar um relacionamento com ele.

Hanna respirou profundamente para se acalmar. Este momento não lhe dizia respeito, relembrou-se. Era bom que Nathan estivesse sentindo compaixão por Laura, bom que ele visse a realidade das lutas dela, bom que ele tivesse desistido de querer puni-la para querer encorajá-la. Era bom.

E tão difícil. Ela não queria cortar a história de Nathan, não queria dizer nada que o impedisse de lhe falar sobre seus pensamentos e sentimentos no futuro. Mas, nossa, como ela se esforçou para ficar profundamente atenta a ele enquanto os lugares feridos dela eram tocados de novo.

Ele tirou uma mecha da testa dela.

— Você está bem?

Ela queria estar. Queria se alegrar e agradecer por Nathan e Laura poderem avançar como pais de Jake, trabalhando juntos para o desenvolvimento dele, discutindo suas lutas e encontrando um novo equilíbrio como ex-cônjuges que não se ressentiam nem se odiavam. Ela queria estar bem.

— Vou ficar — ela respondeu, e apoiou a cabeça contra o peito dele.

Domingo de Páscoa, 17h30

Outra oportunidade para praticar a honestidade com Nate. Eu não queria fazer disso algo sobre mim, mas não havia como esconder meu luto, e ele disse que estava grato porque eu não tentei escondê-lo nem lidar com ele sozinha.

Eu disse para ele que parecia mais fácil para mim quando nós dois éramos aliados contra um inimigo em comum. Eu sabia como dar apoio a ele em sua raiva, porque eu também estava brava. E era mais fácil quando era eu quem o incentivava, alguns meses atrás, a encontrar formas de lavar os pés dela. Agora que ele está se ajoelhando, estou com dificuldades. Odeio estar assim, mas estou.

Eu deveria estar feliz por perdoarem um ao outro. Deveria estar grata pelo trabalho de Deus na cura e transformação. Em vez disso, sinto-me ameaçada e insegura. Sinto muito, Senhor, mas é onde estou. Me encontra aqui.

Nate pediu desculpas por me desconsiderar de novo, por não pensar sobre como isso poderia me ferir, por só pensar sobre a remoção da raiva dele e o aprofundamento da compaixão como uma resposta de oração. Eu pedi perdão a ele pela minha insegurança, porque isso revela a minha visão acerca dele tanto quanto acerca de Laura. Preciso confiar em seu amor e comrpomisso comigo. Eu já confio. Quero confiar ainda mais.

Nós juramos comunicação honesta daqui para a frente, que nenhum de nós vai esconder o que está mexendo conosco lugares mais profundos. Eu sei que Deus pode usar isso para me moldar, nos moldar. Se feridas estão sendo tocadas e se doem por causa dos toques, então algo ainda falta ser curado. Me ajuda a confiar no teu lento trabalho de cura, Senhor, e na promessa de beleza e ressurreição.

BECKA

Becka teve uma visita no domingo à tarde, Harriet, a qual queria lhe garantir que não fazia parte da conspiração do caso.

— Eu fiquei tão chocada quanto você — ela disse da porta, e então pareceu querer poder voltar atrás nas palavras. — Digo, eu não fazia ideia de que isso estava acontecendo. Prometo.

Não importava. Em duas semanas, Becka ia deixar tudo para trás, voltar para Kingsbury, para as férias de verão, e esperar que, pelo restante da vida, ela associasse Londres a algo que não fosse traição e remorso. Estava determinada a fazer tudo que podia para aproveitar a cidade antes de dizer adeus, e isso significava não ficar no apartamento nem ficar se perguntando se Pippa estava no de Simon. Quando o celular vibrou com uma mensagem, ela pediu licença da conversa com Harriet.

"Como você está?", Claire escreveu.

"Bem."

"Quer tomar chá?"

Ela bem que poderia. Claire mandou o endereço de uma cafeteria perto da Trafalgar Square.

"Daqui a uma hora?"

Becka respondeu:

"Te vejo lá."

Se Becka soubesse que o Café na Cripta era localizado na igreja St. Martin-in-the-Fields, ela poderia ter dito não. Esperava que

Claire não estivesse tentando manipulá-la a ir a algum culto. Isso não ia rolar. Talvez ela sugerisse irem para a cafeteria na Galeria Nacional. Era do outro lado da rua.

— Oi! — Claire a cumprimentou nos degraus da igreja de torre branca. — Estou tão feliz que você pôde vir. Já veio aqui antes?

— À igreja? Não.

— Eles fazem vários concertos clássicos aqui, então pensei se talvez...

— Não.

— Bem, o café é adorável. Provavelmente está um pouco frio para ficarmos aqui fora, mas a cripta está aberta.

Becka a seguiu até a parte de trás da igreja e desceu escadas para um salão com teto de tijolos arqueados muito agradável. Ela estava surpresa por nunca ter ouvido falar do lugar.

— Eles fazem shows de jazz aqui às vezes — Claire disse. — A comida é boa também.

Enquanto elas iam para a fila tipo de refeitório, Becka olhou para o chão. Lápides? De verdade? Isso era algum tipo de piada de mau gosto?

— Você está bem? — Claire perguntou, interpretando corretamente a linguagem corporal dela.

— Quando você falou cripta, eu não estava pensando em uma cripta literal.

Ela cobriu a boca com as duas mãos.

— Becka! Eu sinto muito. Eu não estava pensando! — Ela parecia assustada. — Quer ficar lá fora? Ou ir a outro lugar? Ao museu? Eles têm uma cafeteria lá. Vamos.

— Não, tá tudo bem. Estou bem. — Becka esteve na Abadia de Westminster várias vezes, e isso nunca a incomodara. Mas isso fora antes de...

— Tem certeza? Porque podemos ir a outro lugar.

— Não. Aqui é legal. Estou bem.

— Eu pago, então, para compensar pelo susto.

A comida cheirava bem, e ela não comia desde o café da manhã.

— Tá, tudo bem — ela respondeu, e pegou uma bandeja.

— Desculpa eu ter te assustado — Becka disse quando terminou a tigela de sopa. — É só que... Cemitérios...

— Não, eu sei. Eu entendo. Não precisa pedir desculpa.

— Tem sido difícil para mim hoje, porque vou voltar para Kingsbury agora para o verão, e vou ter que organizar todas as coisas da minha mãe, e eu sei que vai ser difícil para mim de novo ver que ela se foi. Especialmente ter que estar naquela casa sozinha. Não sei como vou lidar com isso.

— Você tem outros familiares para te ajudar?

— Não. Ninguém. Minha mãe tinha uma irmã mais velha, minha tia Rachel, mas ela não é nada próxima, nem retornou minhas chamadas ultimamente, então estou sozinha. — Quase imediatamente, as palavras flutuaram por sua mente: "Eu sou uma cordeirinha que está perdida na floresta". Ela mordeu o lábio. E agora não havia ninguém para cuidar dela. Nem Simon. Nem Rachel. Ninguém.

— E a amiga da sua mãe, a que você mencionou ter se casado? Helen?

— Hanna. — Ela precisava mandar um e-mail para Hanna, a fim de informá-la de que os planos haviam mudado. Hanna se oferecera para ajudar, várias vezes. Em todo e-mail: "O que você precisar". Talvez aceitasse essa oferta. Que opções ela tinha? — É só que eu já tinha dito para ela que eu não voltaria mais, e realmente não quero ter que contar para ela tudo que aconteceu com Simon. Ela é pastora, e não quero que ela me pastoreie, sabe? Digo, sem ofensas. Eu sei que você vai à igreja e tudo mais, mas só não estou interessada em ouvir sobre Deus agora.

— Você passou por muita coisa — Claire respondeu. — Acho que eu ficaria decepcionada também.

Decepcionada? Ela estava decepcionada? Becka engoliu uma mordida da torta de maçã e disse:

— Acho que você teria que acreditar em Deus para ficar decepcionada com ele.

Elas saíram da cafeteria enquanto as pessoas estavam entrando no santuário para um culto vespertino.

— Como é Páscoa — Claire disse —, acho que vou ficar.

Páscoa. Becka se esquecera completamente da Páscoa. Sua mãe sempre amara a Páscoa. Foi provavelmente por isso que ela escolhera aqueles versículos de Páscoa para seu funeral e lápide. "Você vive. Você morre. Você vive de novo." Era nisso que a mãe dela acreditava. Era nisso que Hanna acreditava. Era nisso que Claire acreditava.

— Quer vir comigo, Becka?

Claire não estava escutando? Não a escutara dizer especificamente que não estava interessada em igreja ou em Deus?

— Não é para mim — Becka respondeu. — Definitivamente não é para mim. Mas aproveite. E obrigada pelo jantar.

Chame de decepção, de raiva, de teimosia: se o próprio Jesus ficasse diante dela e dissesse o nome dela, Becka ainda não tinha certeza se acreditaria.

CHARISSA

— Tá acordada, Cacá?

Charissa esfregou os olhos e bocejou. Que horas eram?

John sentou-se na beirada da cama.

— Você tem algumas visitas.

Ela olhou para o relógio na parede. Quase 18h. Realmente dormira a tarde toda?

— Mara e Kevin estão aqui.

"Mara." Ela rolou rapidamente para se levantar.

— Opa! — ele disse, esticando o braço. — Repouso, lembra? Vai com calma.

Certo.

Certo.

— Eu disse para ela que eu viria te ver para confirmar se você está bem para ela te ver por um minuto.

Charissa se olhou de relance no espelho e fez uma careta. Como ela queria poder tomar um banho rápido e lavar o cabelo.

— Você quer que eu peça para eles voltarem outra hora?

— Não, não, tudo bem. Pede para ela vir. Por favor.

Momentos mais tarde, Mara entrou no quarto carregando uma cesta de vime amarrada com lacinhos rosas.

— Entrega de Páscoa — ela disse.

Graça, graça e mais graça. Charissa engoliu o nó na garganta e pegou a mão de Mara. Ela não merecia uma amiga assim.

— Mara, me perdoe. Por favor. Eu sinto muito. Não tem desculpa para a maneira como agi com você.

— Bem, na verdade, tem. Eu deveria ter te perguntado antes de tagarelar com minha boca enorme para todo mundo.

— Não. John te pediu para ajudar a pedir orações, e você fez isso. Eu que preciso parar de me achar. De verdade. — De tantas formas, era disso que ela precisava. Graça para parar de se achar. — Você me perdoa?

— Claro — Mara disse. — Me perdoa também?

— Sim.

Mara lhe entregou a cesta e a beijou na bochecha.

— Só alguns agradinhos para te animar.

— Biscoitos de canela?

— Os famosos biscoitos de canela de Mara, fresquinhos do forno. E algumas castanhas-de-caju, proteína. E queijo, o tipo britânico que você gosta.

Como Mara se lembrava disso? Charissa não fazia ideia.

— Obrigada — ela disse, olhando para dentro da cesta. — Você pode alongar a visita?

— Só o bastante para Tom deixar Brian em casa. Não quero estar lá quando ele chegar.

Charissa respondeu com as sobrancelhas.

— É, tenho muito para te contar — Mara disse.

Na sala de estar, John perguntou para Kevin o que ele gostava de jogar no videogame, e Kevin respondeu uma lista.

— Alguns dos meus favoritos! — John disse. — Tenho todos esses.

Charissa pegou um biscoito da cesta.

— Então — ela disse, oferecendo o prato para Mara —, me conta tudo.

Os fins de semana seriam mais fáceis, Charissa pensou enquanto assistia a John arrumar a pasta dele na segunda-feira de manhã. Pelo menos, nos fins de semana, ela não estaria revisitando mentalmente todas as aulas que estava perdendo.

— Tem certeza de que você tem tudo de que precisa? — ele perguntou.

Ela se reclinou no sofá e olhou para o computador, a pilha de livros, uma seleção de lanchinhos e uma jarra de água sobre a mesinha de centro.

— Certeza.

— Uma caneca. Vou pegar uma caneca para você.

Ela ia dizer que ela mesma pegava, mas aí se lembrou de que não deveria. Essa restrição do repouso na cama ia requerer muito mais disciplina do que qualquer outra coisa em sua vida até agora, e ela teria que lutar contra a tentação de trapacear quando John não a estivesse monitorando. Ela esperava que manter Bethany em mente a ajudaria com isso.

Ele encheu uma caneca com água e a levou para ela.

— Obrigada.

— Me liga se precisar de qualquer coisa, tá bom?

— Tá bom.

— Promete?

— Prometo. Vai. Você vai se atrasar.

Ele a beijou na testa e se inclinou para beijar o abdome dela.

— Seja boazinha, Bethany. Fique quietinha. Vocês duas.

Ah, se fosse fácil assim, ela pensou enquanto o observava saindo da garagem com o carro. Ela pegou o computador e passou os olhos pela caixa de entrada, ciente de sua agitação persistente com o número de pessoas que escutaram as notícias e estavam "orando por ela".

"Nos avise o que podemos fazer para ajudar", alguns diziam. Talvez, se eles realmente quisessem ajudar, pudessem oferecer algo específico que ela pudesse aceitar ou rejeitar.

Judi também mandara um e-mail. Embora Charissa tivesse escutado John dizer para a mãe diversas vezes pelo telefone que não havia nada de que eles precisassem agora, ela evidentemente estava tendo dificuldade de acreditar nisso. "Posso chegar aí em apenas algumas horas. Odeio me sentir impotente."

É. Entre na fila.

Pelo menos, a mãe dela estava aceitando as fronteiras sem discutir. Ela disse que estava ocupada com o trabalho, mas reorganizaria a agenda se Charissa precisasse. Charissa lhe assegurou que estava bem.

Ela estava prestes a fechar a caixa de entrada, quando um novo e-mail apareceu, da Dra. Gardiner. "Substituto", lia-se no assunto. Charissa clicou nele, esperando ver o nome de alguns alunos da pós aparecendo para assumir a posição dela. Em vez disso, leu: "Nathan Allen está disposto a assumir sua turma. Ele pode começar amanhã".

Ela expirou lentamente. Isso era uma boa notícia. Com todos os outros compromissos dele, ela jamais considerara a possibilidade de ele a substituir. Por mais que fosse doloroso abdicar das aulas, pelo menos os alunos dela estariam nas melhores mãos possíveis. Ela passou o restante da manhã editando suas anotações de palestra, enviou o documento para Nathan com uma nota de agradecimento e depois poliu o trabalho sobre Milton até ele brilhar. Um dia a menos, ela pensou quando escutou o carro de John chegar à garagem. Só faltam mais — Deus, me ajude — setenta ou oitenta.

11.

HANNA

A mensagem de Nathan na terça-feira de manhã perguntava se Hanna podia se encontrar com ele no campus para um almoço. Ele havia dito que tivera uma ideia que requeria a opinião dela, e queria conversar pessoalmente. Quando ela terminou de resolver umas coisas e pagar umas contas, foi para a universidade.

Por todos os passeios do campus, árvores cinzentas estavam explodindo em cores, algumas com botões em cor-de-rosa, branco, coral e Borgonha; outras ostentavam um verde fresco e estontante, como se ainda não estivessem convencidas da sua ressurreição. Tulipas inchadas em canteiros elevados esperavam a ordem para se abrirem, enquanto narcisos brancos e amarelos se moviam ondulantes na brisa. Parecia que, durante a noite, a terra passara por uma mudança profunda. Até a cor da terra fora transformada do marrom adormecido da morte para um marrom avermelhado, um marrom esperançoso e animado, que aguarda cheio de possibilidades.

"De fato, ressuscitou!"

Nathan a encontrou no centro do campus.

— Tá tudo bem? — Hanna perguntou.

— Sim, bem.

— Eu achei que algo tivesse acontecido com Laura ou Jake.

— Não, não foi isso, embora ela tenha mandado um e-mail há pouco tempo para dizer o quanto está agradecida pelo tempo com ele e que está ansiosa por mais. Então, temos que negociar isso. — Ele olhou para o menu dos sanduíches. — Você dá um centímetro para a pessoa, e ela quer uma milha.

Ou duas, Hanna acrescentou silenciosamente.

— Ela disse que quer ver Jake o máximo possível antes de o bebê nascer. Ela parece se esquecer de que concordamos em ir devagar com as coisas, que é importante que Jake dite o ritmo. E Jake quer ir devagar. Eu acho que isso foi difícil para ela ouvir, como se talvez esperasse que ele tivesse amado tanto o tempo com ela, que estaria clamando por mais.

Hanna lutou contra a tentação de ficar encantada com isso. Ela deveria desejar uma reconciliação entre mãe e filho. Deveria. Mas não desejava. Não ainda.

— Quer comer lá fora? — Nathan perguntou depois que pediram. — Tem alguns bancos perto do laguinho.

— Perfeito.

No gramado ao redor do centro do campus, alguns alunos, aproveitando o dia sem nuvens de 16°C, arremessavam bolas de futebol americano e Frisbees em camisetas de mangas curtas, enquanto outros estavam deitados sobre a grama, lendo. Hanna e Nathan encontraram um banco vazio ao lado de um salgueiro-chorão, com seus galhos tocando na água.

— Então, não me deixe no suspense. — Hanna disse depois que agradeceram pela comida. — No que você está pensando?

Ele abriu o pacote de batata frita.

— Recebi uma ligação de Neil esta manhã. O seminarista estagiário, Joel, adoeceu, entre todas as doenças, com catapora.

— Ah, não!

— É. Pobre homem. Ele estava programado para pregar neste domingo, e Neil precisa desesperadamente de um domingo de folga; ele está exausto depois da quaresma e da Páscoa. Então, ele me ligou para ver se eu estava disposto a cobri-lo.

— Que ótimo! — Fazia anos desde que Hanna escutara Nate pregar. Que presente seria poder escutá-lo de novo.

— Bem, eu disse que achava que não poderia.

— Por quê?

— Porque conheço alguém que seria uma pregadora suplente maravilhosa, e acho que ela deveria aceitar a oportunidade. — Hanna olhou para ele. — Então, o que diz? Seu período sabático ainda não acabou, tecnicamente, mas...

Pregar? Na Igreja do Peregrino?

— Você me indicou para Neil?

— Sim.

— E?

— Ele vai ligar para te convidar. Ele achou que seria uma ótima ideia.

Ela colocou o sanduíche sobre o colo. Quando dera adeus a Westminster, não tinha expectativa alguma de estar sobre um púlpito de novo tão cedo.

— Espero que você não se importe de eu estar te falando isso primeiro — ele disse —, mas pensei que talvez você fosse querer um pouco de tempo para refletir e orar sobre isso, antes de ele ligar.

— Sim, obrigada! Digo, estou chocada. Uma oportunidade como esta não estava em lugar nenhum no meu radar.

— Bem, acho que precisa estar. Você é uma pastora, Shep. E eu não finjo saber como o ministério vai ser para você no futuro, mas você não pode ser ninguém além de quem Deus te criou e chamou para ser. Eu digo que é hora de começar a observar as oportunidades.

Terça-feira, 14 de abril, 13h15

Estou sentada aqui, ao lado do laguinho do campus, lendo textos do período da Páscoa, tentando descobrir o que pregar. Tenho sermões que eu poderia reciclar, mas acho que a disciplina de escrever algo novo poderia ser boa para mim. Hoje, sou uma pessoa diferente do que eu era nove meses atrás, e minha pregação — até minha preparação para uma pregação — deve refletir isso.

Significa muito para mim o fato de Nathan ter afirmando de todo o coração o meu chamado, tê-lo me incentivando a explorar oportunidades, mesmo que isso signifique servir um dia em uma congregação diferente. Ele disse que deveríamos escancarar as portas e ver o que Deus faz. Existe algo libertador e aterrorizante nisso. Eu não confio em mim mesma para voltar ao trabalho pastoral em tempo integral. Essa é a verdade. Não confio que minhas compulsões para ocupação, produtividade e meus vícios de utilidade e afirmação estejam real e verdadeiramente mortos. Mas eu confio em ti, Senhor. Confio na tua obra em minha vida. Sei que tua obra não é frágil. Se tu dizes que estou pronta para voltar a pregar, mesmo que seja só este domingo, então eu digo: *hineni*.

Enquanto penso sobre o processo do discernimento, me ocorre que já passou e muito a hora da minha orientação espiritual. Acho que me saí razoavelmente bem nomeando as perdas e processando as agitações dos últimos meses, por mais que tenha sido difícil. Mas eu preciso de ajuda para nomear o que está brotando à vida e para identificar o que Deus pode estar me chamando para fazer. Sempre fui uma pessoa de pôr do sol, melhor refletindo sobre o passado do que esperando pelo futuro. Acho que Deus está me chamando para ser uma pessoa do nascer do sol também, para praticar essa postura de vigiar a aurora, como eu estava orando no Sábado de Aleluia. Para ter antecipação com esperança. Eu pratiquei o hábito de assistir aos poentes como uma disciplina espiritual no passado, movida pela imagem da luz se esvaindo. Talvez eu precise praticar o vigiar na escuridão pelo nascer do sol, esperando a luz brotar. Tu me chamas para manter a vigília, para esperar, para ter esperança. Mais do que as sentinelas pela manhã. Obrigada pela luz brilhando no horizonte. Eu a vejo e te agradeço.

CHARISSA

Quando a campainha tocou logo antes das 17h, Charissa tentou ver quem era sem se mover muito no sofá, mas a visão para o alpendre estava bloqueada. Como ela não estava esperando ninguém, não queria convidar quem quer que fosse a simplesmente entrar. A porta de tela rangeu sobre as dobradiças e o visitante bateu à porta.

— Charissa?

"Nathan."

— Entra!

Ele entrou carregando duas sacolas de papel.

— Desculpe! Eu deveria ter ligado antes.

— Não, tudo bem. — Ela superou a tentação de se sentar direito e cumprimentá-lo adequadamente.

— Como você está?

Ela alisou o cabelo e arrumou a camisa de grávida.

— Ainda por aqui, então bem. — Se conseguisse manter a atenção focada na saúde de Bethany em vez de ruminar em tudo que ela não poderia fazer, então talvez os dias passassem mais frutiferamente.

— Eu trouxe umas comidas para você e John, uma caçarola de frango que está quente e uma que vocês podem congelar para mais tarde. Tudo bem se eu as colocar na cozinha?

— Claro. Obrigada.

— Hanna mandou um abraço e disse que vai passar aqui amanhã à tarde, para ver se você precisa que ela lave roupas ou limpe algo.

Charissa sorriu.

— Ela me conhece bem.

— Eu sei que ela fica feliz em ajudar. É só fazer uma lista do que você quer que seja feito, que ela faz. — Ela o escutou mexendo nas sacolas na cozinha. — Eu vou colocar o forno em fogo baixo com isso aqui, até John chegar em casa, e vou colocar a outra no congelador. Tem uma salada aqui também.

— Ótimo. Muito obrigada. Ele deve chegar daqui a pouco.

— Graças a Deus, John tinha uma chefe que era compassiva e

se certificava de que ele estivesse saindo pela porta às 17h. Nem todos eram tão sortudos.

— Quer alguma coisa? — Nathan perguntou da porta da cozinha. — Algo para comer, beber?

Ela odiava ser servida assim. Isso a humilhava.

— Só uma água, por favor. — John enchera duas jarras antes de sair para o trabalho, ambas agora vazias. Ela tentou concatenar viagens para a cozinha e para o banheiro, mas ainda não estava acostumada a pensar estrategicamente. Não diria para John quantas vezes ela de fato se levantara do sofá naquele dia. Quando Nathan voltou à sala de estar, ela o convidou para se sentar.

— Então, como meus alunos se saíram? — Ela estava esperando a tarde toda por notícias.

— Muito bem, eu acho. Eles estavam todos muito preocupados com você, queriam saber como você estava. Eu não dei muitos detalhes; só disse que eu terminaria o semestre no seu lugar.

— Obrigada.

— Eu usei suas anotações de aula e funcionaram bem. Um bom material. Muito claro.

A verdade era que Nathan poderia lecionar redação para calouros enquanto dormia. O fato de ele estar disposto a usar o material dela também era uma benção.

— Estou quase terminando com as palestras da semana que vem — ela disse. — Vou te mandar as anotações amanhã de manhã.

— Sem pressa.

— E, se eles tiverem dúvidas sobre as redações para a semana que vem, podem me mandar e-mails.

— Vou relembrá-los.

— Estou planejando fazer todas as conversas sobre os trabalhos finais deles por telefone. — Sem chance de ela poder se encontrar com eles pessoalmente. — Vou mandar um calendário com horários disponíveis começando no final da semana que vem.

— Parece que você já está com tudo sob controle.

Pelo menos, ele não discutiu com ela dizendo que ela não deveria estar tentando escrever aulas, dar notas ou terminar os próprios trabalhos do semestre. Talvez ele pudesse conversar com John e lhe assegurar que estar fisicamente inativa não significava abrir mão do trabalho dela. "É o nível de estresse, Charissa", John insistia. Bem, ela ficaria muito mais estressada se não estivesse fazendo absolutamente nada além de ficar deitada o dia todo.

Com as mãos juntas, Nathan apoiou o queixo, um gesto que normalmente significava que ele estava em pensamento profundo.

— Você está em um seminário sobre Milton neste semestre, não está?

— Ele e eu somos assim. Por quê? — Talvez ela fizesse mais uma rodada de revisão nesse trabalho, que era para a semana seguinte. Não machucaria. Ela levantou as mãos cruzadas.

— Eu estava pensando em um dos sonetos dele — Nathan disse. — "Quando medito em minha luz perdida..."

Charissa conhecia bem esse. Ao longo dos anos, ela escrevera vários trabalhos sobre ele, guardando-o na memória.

"Quando medito em minha luz perdida,
Nesta tão vasta e mais sombria terra,
E que esse dom que só a Morte cerra,
Inútil mora em mim, embora a vida..."

Ela parou a própria recitação silenciosa. Ele acabara de usar Milton para pegá-la no flagra, e ela caiu direitinho. "Deus não precisa nem da obra do homem nem de suas dádivas. Melhor o serve quem melhor lhe aguenta o suave jugo."

Ela sorriu ironicamente.

— Então você está aliado com John, hein? Conspirando para me desativarem completamente? Para me fazerem abrir mão do meu trabalho?

— Não, eu jamais ousaria fazer isso. Só estou te ofertando algo para ponderar enquanto descansa.

Ela passou pelos versos finais do soneto na mente: "Correm multidões ao seu mandado e não têm pouso quer na terra quer no mar: também o servem os que ficam a esperar". É, bem, ela não gostava de esperar. E a única coisa pior do que ficar esperando em pé era esperar deitada.

— Sabe de uma coisa? — ela disse. — Você realmente deveria fazer camisetas.

Ele a encarou confuso.

— Camisetas escritas: "Persevere com o que mexe com você".

Ele riu.

— Não tenho certeza se muitas pessoas comprariam. É muito provocativo.

— Exatamente. — Ela revirou o poema todo na mente. Milton, ao perder a visão, estava preocupado que Deus o julgaria por enterrar seu único talento. Ele estava preocupado que Deus seria rígido com ele, que Deus quereria o labor diurno, e negaria a luz. Deus pediria que ele fizesse uma tarefa e então lhe negaria os meios para fazê-la? Esse é o tipo de Deus que ele servia? A voz da Paciência, exatamente a voz a que Charissa tinha dificuldade de obedecer, forneceu a resposta que Milton escutara: não. Deus não era esse tipo de Deus.

E quanto a ela? O que a levava a querer desconsiderar suas limitações e continuar se empenhando nos compromissos o melhor que pudesse? Amor pelo trabalho e pelos alunos, ou amor por outra coisa? Era a probabilidade de ser "outra coisa" que a agitava, a ideia de que seu desejo de terminar o semestre corajosa e louvavelmente não fosse por querer responder ao comando de Deus, mas sim à determinação do próprio ego.

A porta da frente se abriu e John entrou.

— Oi, Nathan! Eu estava me perguntando de quem era o carro ali fora. — Ele se inclinou para beijar Charissa na testa.

— Nathan trouxe jantar para nós.

— Mano! Você é dez. Valeu.

Charissa se perguntou quando foi a última vez que Nathan fora chamado de "mano". Se é que já fora.

— Você pode ficar e comer conosco? — John perguntou enquanto pendurava as chaves.

— Não, obrigado, não hoje. Jake e Hanna estão me esperando.

— Outra hora, então. Quando vocês todos puderem vir. Charissa ecoou o convite.

— Eu não vou a lugar nenhum. Pelo menos, não por enquanto, espero. Então, venham mesmo alguma noite. Adoraríamos a companhia.

— Vou falar com Hanna sobre isso, ver o que pode funcionar. Talvez semana que vem? Ela vai pregar neste domingo, eu mencionei isso?

— Não — Charissa respondeu. — Onde?

— Na Igreja do Peregrino.

— E eu vou perder!

— Bem, espero que seja a primeira de muitas mais. Ela é uma pregadora habilidosa, eu sei disso. — Ele sorriu conspirativamente. — Não conta para ela, mas eu escutei algumas das mensagens dela nos arquivos online de Westminster. Alta qualidade.

— Eu queria poder estar lá. Eles gravam, não gravam?

— Gravam, sim — John respondeu. — Escutei alguns sermões de Neil online.

— Ótimo. Pelo menos, vou poder fazer isso. — Ela também poderia orar por Hanna, enquanto esta se preparava para pregar. Ela ia acrescentar esse pedido à sua lista.

— Vou trocar de roupa — John disse depois que Nathan saiu —, e então comemos. Foi muito legal ele trazer comida.

Sim. Fora mesmo. A caçarola cheirava deliciosamente e desceria fácil. O alimento que ele havia trazido para a sua mente é que levaria mais tempo para digerir.

MARA

Ela se daria várias semanas para planejar o banquete no Nova Estrada. Com o generoso comprometimento de Ellen para financiar a refeição — não apenas as sobremesas, ela insistiu, mas um bufê de almoço com flores em todas as mesas —, Mara trataria da situação como se tivesse sido contratada para cozinhar num evento especial.

— Eu estava pensando nisso — ela disse para a Srta. Jada quando chegou ao trabalho na quarta-feira de manhã — e acho que não deveríamos anunciar. Eu queria que fosse uma surpresa para os visitantes regulares, fazer eles se sentirem realmente especiais quando chegarem. — Se elas fizessem isso em uma sexta-feira, poderiam contar com mais ou menos cinquenta convidados. Era um número gerenciável, especialmente para a primeira vez.

— Eu certamente não pensei que você conseguiria as doações tão rápido. Mas isso é bom, Mara. Isso é muito bom. — Ela olhou para o calendário. — Então, no fim de maio, você acha?

— Sim. Naquela sexta-feira ali. — Mara apontou para a última do mês. Hanna já prometera ajudar. Jeremy também, se ele não estivesse trabalhando. "Mas eu espero que você esteja", Mara havia dito. E ele respondera: "Sim, eu também espero". Estar juntos no culto e no brunch na Páscoa deu a ela um tempo extra para observá-lo, e, além de estar quieto na igreja, ele parecia bem. Ela confirmou isso com Abby mais tarde. Por insistência de Abby, ele estava de volta às reuniões dos Alcoólicos Anônimos, e seu supervisor conversava com ele regularmente. Jeremy disse para Abby que ele estava comprometido a ficar sóbrio pelo bem dela e de Madeleine. Pelo seu próprio também, Mara esperava.

— Então, você precisa de alguma ajuda minha? — a Srta. Jada perguntou. — Ou consegue se virar?

— Acho que estou bem. É um desafio, mas é algo que eu sonhava fazer: cozinhar grandes refeições para um monte de gente. Então, essa vai ser minha chance de tentar, de ver como vai ser.

— Bem, eles vão ficar gratos com qualquer coisa, você sabe.

Ela sabia mesmo. Mara já fora um deles. Jamais queria se esquecer disso.

— Como está a Srta. Charissa? — Billy perguntou quando chegou para o almoço algumas horas depois.

— Está indo bem — Mara respondeu. — Obrigada por orar por ela. E isso me lembra de outra coisa. — Ela pegou um pequeno envelope do bolso do avental. — Ela me pediu para te entregar isso.

Billy sorriu largamente quando leu o bilhete.

— Ora, é muita gentileza. Muito gentil da parte dela. — Ele o colocou dentro do forro interno do casaco e deu um tapinha. — Estou sentindo cheiro de biscoitos?

— Está, sim. Biscoitos de canela em honra de Billy Hamilton hoje.

Ele se virou para as pessoas na fila atrás de si, ergueu a mão pedindo atenção e gritou:

— Ouviram isso? Billy está sendo honrado hoje. Os famosos biscoitos da Srta. Mara para todo mundo!

E a galera foi ao delírio.

CHARISSA

— Certo, me coloque para trabalhar. — Hanna disse depois que tirou os calçados e colocou o suéter sobre as costas do sofá de Charissa.

— Eu queria não precisar disso, mas obrigada — Charissa disse.

— O prazer é meu. Eu me lembro de como me senti depois da minha histerectomia. Odiava pedir ajuda. Era muito mais fácil para mim oferecer cuidado do que receber.

Charissa não tinha certeza se poderia dizer a mesma coisa. Parecia que tanto o dar quanto o receber requeriam prática.

— Então, por onde quer que eu comece? — Hanna perguntou.

Apontando para os produtos de limpeza sobre a mesa de centro, Charissa deu breves instruções. Hanna pegou um espanador e começou com a parte de cima da lareira.

— Seu marido te falou que, usando Milton, ele me pegou no flagra ontem?

Hanna riu.

— Não. O que ele fez?

Charissa cuidadosamente se reposicionou no sofá.

— Ele me relembrou de um poema que eu conheço bem... muito bem... e aí não precisou dizer mais nada. Eu captei a mensagem. — Enquanto Hanna limpava, Charissa descreveu o soneto de Milton e as ponderações dela.

— Eu estou surpresa que ele não tenha dado esse poema para mim no outono passado, com toda a minha dificuldade para aceitar meu tempo sabático — Hanna disse.

Charissa nem tinha feito essa conexão entre as histórias delas. Hanna, tanto quanto qualquer pessoa, entenderia como era difícil ter a produtividade arrancada de si e ser forçada a descansar.

— Parece até que vamos morrer, não é? — Hanna disse.

Parecia. Mas Charissa se sentia culpada de dizer que sim, porque havia muitas pessoas com muito mais dificuldades do que ela. O que ela não queria era se desintegrar e virar uma chorona cheia de autocomiseração. Dia após dia, tinha que escolher a gratidão.

— Estou tentando manter em mente o lado positivo, mas é difícil. É difícil me imaginar deitada aqui em casa por outros dois meses e meio. — Contudo, era ainda pior imaginar *não* estar deitada lá e o que poderia acontecer se ela começasse o trabalho de parto prematuramente. — Eu estava pensando de novo ontem à noite sobre todas as minhas compulsões, meu desejo por sucesso, por conquistas, por ser perfeita... Todas as coisas que vi nos últimos meses. Nada disso é novo. É só um novo contexto para as mesmas velhas dificuldades surgirem. Mas, desta vez, parece que há muito mais em jogo. — Ela passou a mão sobre o abdome.

— Quando fala "em jogo", você se refere ao seu programa de pós-doutorado? Ou à gravidez? Ou...

— Não, não o doutorado. Sou eu que estou me empurrando para terminar o semestre, mais ninguém. — Na verdade, ela recebera vários e-mails gentis de colegas docentes, incluindo a Dra. Gardiner, relembrando-a de que a sua prioridade era a saúde e de que ela não deveria se sentir obrigada a completar os trabalhos a tempo. Haveria graça. — Eu me referia a Bethany. E acho que à formação da minha alma, se eu parar para pensar.

Isso sempre esteve em jogo, não esteve? Ela poderia resistir ao profundo trabalho de Deus, ou poderia ceder a ele. E talvez o que estivesse fazendo era resistir.

— Há uma questão que me veio à mente meses atrás — Charissa disse —, quando passei para meus alunos um trabalho sobre ter apenas quarenta dias restantes de vida. Eu estava ponderando sobre aquele exercício de *memento mori* do caderno de orações e fiquei pensando por que eu sempre quis lecionar. Aí coloquei isso de lado; não queria pensar nisso, porque não tinha certeza de que resposta verdadeira emergiria. Estou lecionando porque amo isso? Porque eu quero investir minha vida em alunos e no crescimento intelectual deles? Ou estou lecionando porque sempre amei honra e reconhecimento?

"Ensina-nos a contar nossos dias", o salmista pediu, "para que alcancemos um coração sábio." Charissa estava contando os dias dela de forma diferente agora, mas não tinha certeza se estava crescendo em sabedoria como resultado disso.

— Essas são perguntas incisivas — Hanna respondeu. Ela deixou o espanador sobre a lareira. — O que você está vendo?

— Que eu sou um conjunto misto de motivos. — Charissa suspirou. — Acho que escolhi o caminho acadêmico não porque ame a erudição, mas porque eu estava viciada nas conquistas e queria aquelas iniciais na frente do meu nome. — Ela já havia dito isso em voz alta antes? Não tinha certeza. Isso soava tão orgulhoso, superficial e feio. Hanna, porém, estava olhando para ela com compaixão, não nojo.

Ela prosseguiu:

— Acho que me deixei levar para a docência porque desejo ter autoridade. Amo o respeito. Por isso alguns alunos me deram nos nervos de verdade neste semestre. — Ela supunha que deveria ser grata a Justin Caldwell e sua galera por revelar de novas formas os vícios dela por idolatria. Se eles lhe estavam dando nos nervos, é porque havia nervos expostos.

— Se eu amo ou não lecionar, não sei — Charissa continuou. — Há partes que eu gosto: assistir a alunos brilhando quando compreendem ou com novas ideias, ou percebendo seu progresso em suas habilidades de desenvolver argumentos fundamentados e escrever efetivamente. Isso é gratificante. — Ela pausou. — Mas eu não sei, Hanna. Quando Meg estava falecendo, vi tão claramente que o que eu queria era fazer a diferença neste mundo, não pelo meu nome ou reconhecimento, mas pelo bem dos outros. Eu sei que lecionar pode ser isso. E talvez eu possa ser esse tipo de professora um dia. Mas a verdade é que... — ela olhou para o teto conforme a confissão se formava completamente — ... a verdade é que não estou escrevendo palestras, dando notas para trabalhos e me esforçando para completar o semestre pelo bem dos alunos. Estou fazendo isso por mim mesma. Porque eu nunca fui de desistir de nada. E não quero ser quem recebe graça. Não com isso.

Hanna sentou-se diante da lareira, de pernas cruzadas.

— Entendo o que você quer dizer.

Nas duas horas que Hanna passou na casa, não conseguiu limpar muita coisa.

— Mas foi melhor assim — Charissa disse. — Era disso que eu precisava. — Mais do que limpar, aspirar ou esfregar, o que ela precisava era alguém escutando sobre a sua vida com compaixão e fazendo perguntas insistentes que levavam à reflexão. O que ela precisava era de alguém que entendia a luta, alguém que pudesse relembrá-la de que Deus poderia usar qualquer coisa para conformá-la à imagem de Cristo, até mesmo gravidezes inesperadas, apresentações perdidas, alunos rebeldes, conflitos de relacionamento e repousos na cama. O que ela precisava era de alguém que pudesse convidá-la para ver Deus trabalhando no meio de tudo.

— Obrigada, Hanna. Isso foi um presente para mim.

— Para mim também. E eu prometo que vou voltar e limpar tudo para você outro dia esta semana.

— Ou volte para visitar. A limpeza pode esperar. — Se John escutasse isso, ele daria piruetas.

Hanna se levantou e se espreguiçou.

— Eu estava pensando mais cedo que realmente quero voltar a um ritmo regular de encontros com o Clube dos Calçados Confortáveis. Você toparia continuar caminhando juntas?

Charissa sorriu.

— "Caminhar" provavelmente não é a melhor palavra para mim no momento, mas vamos marcar no calendário. Eu adoraria continuar caminhando com vocês. Metaforicamente falando.

HANNA

— Foi bom com Charissa hoje? — Nathan perguntou enquanto limpavam a mesa de jantar juntos.

— Sim. — Uma das melhores conversas que Hanna já tivera com ela, na verdade. — Eu não completei nada do que planejei, mas acho que Deus tinha outros planos.

— Evidentemente. — Ele tirou o celular do bolso. — Eu recebi um e-mail dela logo antes de sair do campus. Ela vai escrever só mais uma aula e depois vai deixar todo o restante comigo.

Uau. Uma prática de Charissa era que, quando ela tomava uma decisão, seguia em frente rápido.

— Tudo bem por você? — Hanna perguntou.

— Sim, tranquilo. Estou mais intrigado com o processo dela de abrir mão. — Ele ajustou os óculos enquanto olhava para a tela. — Eis o que ela escreveu. Disse que eu podia compartilhar com você. "Hanna me relembrou hoje de que a vida espiritual é ceder aos convites de Deus. Enquanto conversávamos, ficou claro para mim que meu convite agora é para o descanso, para pausar tudo que estou fazendo. Obrigada por estar disposto a terminar o semestre para mim, com tudo que ele envolve. Vou aceitar esta oportunidade para crescer e ser cultivada em graça. Eu confio que o que Deus quer fazer em mim enquanto descanso é mais urgente e mais importante do que me empenhar para completar minhas responsabilidades como professora e aluna. Então, estou abrindo mão." E ela continua, dizendo que acha que você seria uma orientadora espiritual realmente excelente e que você deveria pensar em treinar para isso.

Hanna riu.

— Ela mencionou essa parte para mim quando eu estava saindo. Acha que nós dois deveríamos passar por esse treinamento. Ela te falou isso?

Ele assentiu.

— É algo sobre o qual tenho pensado há anos, mas nunca foi a hora certa. — Ele guardou o celular. — Porém talvez essa seja uma parte da nossa jornada juntos. Eu adoraria crescer nesse processo de oração e discernimento com você.

Eles abriram mão da peregrinação na Terra Santa. Talvez essa fosse a peregrinação que deveriam fazer juntos.

Jake apareceu na porta, com a caixa do trompete na mão, usando uma gravata borboleta listrada e terno.

— Tá bonitão, garoto! — Nathan exclamou.

— Valeu. Você vem, né, Hanna?

— Eu não perderia por nada. — Ela não entrava na quadra de uma escola havia anos. Deu a Chaucer alguns biscoitos e enxaguou a mão na pia.

— Eu tocava saxofone na banda do colégio no Ensino Médio — Nathan disse enquanto caminhavam para o carro juntos. — Você sabia disso, Shep?

Ela não sabia. Olhou para o céu salpicado de estrelas. Havia tantas coisas que ela ainda não sabia, tantas coisas que estava ansiosa para descobrir.

— E você? — Jake perguntou para Hanna. — Tocava alguma coisa?

— Clarineta — ela respondeu. — E muito mal. Eu me lembro de uma apresentação. Provavelmente era um pouco mais velha que você...

MARA

Mara estava amassando batatas quando escutou uma comoção no andar de cima, corpos se batendo contra o piso e vozes trovejando com raiva. Gritos e lutas eram comuns entre os meninos quando eles eram mais novos. "Homem é assim", Tom sempre dizia, mas Mara geralmente era a pessoa tentando se esquivar de golpes enquanto os separava. Ela desligou a batedeira e tentou escutar pelo teto, tentando determinar se era sério o bastante para interferir.

— É culpa sua! — Brian gritou. — Você estraga tudo!

Se Kevin respondeu, foi com a voz baixa demais para ela ouvir. Quando algo se quebrou contra o chão (um abajur, talvez?), ela correu escadas acima.

— O que está acontecendo aqui em cima?

Brian, que nos últimos meses crescera vários centímetros, conseguiu prender o irmão mais baixo e mais forte no chão e agora estava com o punho erguido sobre o rosto de Kevin.

— Ei, parem com isso!

Kevin cuspiu no rosto de Brian e, quando Brian recuou com nojo, Kevin o virou sobre as costas dele.

— Kevin, para! Já chega! — Mara empurrou o joelho dele com o pé. — Eu mandei pararem!

Kevin o soltou e Brian se levantou rápido, com as narinas infladas e o rosto escarlate de fúria. Mara tocou em seu ombro e ele empurrou a mão dela.

— Respira fundo, Brian. Vamos. — Kevin saiu do quarto. — Kevin, espera! Volta aqui. Vamos. Vocês dois. Sentem.

Brian andou em círculos, murmurando. Kevin reapareceu na porta.

— Brian que começou!

— Porque você estragou tudo! — Brian avançou de novo e Kevin se esquivou.

— Ei! Parem, vocês dois. Tô falando sério! — Ela levantou os dois braços como um árbitro e gesticulou com o queixo para Kevin se sentar. Ele revirou os olhos e se jogou na cama. Quando Brian pareceu que ia fugir, ela bloqueou a saída. — Colabora, Brian. Vamos conversar sobre isso. — Ela apontou para uma cadeira coberta com roupas. Brian jogou a pilha no chão.

— Ei! — Kevin gritou, pronto para começar tudo de novo.

— Kevin, deixa disso. Ele precisa de um lugar para sentar. E você pode guardar suas roupas quando terminarmos. — Quando os dois meninos estavam sentados com os braços cruzados desafiadoramente sobre seus peitos, ela suspirou com alívio. Não se lembrava da última vez que Brian cooperara com ela. *Obrigada, Senhor.* — Certo, Brian, me conta.

— Por que Brian pode...

Mara cortou Kevin com a mão. Ela tinha crédito com ele. Agora, era a chance dela de tentar fazer um pequeno investimento com Brian.

— O que seu irmão estragou?

Brian respondeu sem olhar para ela:

— Tudo.

Kevin se virou para a parede. Mara sentou-se na beirada da cama dele.

— Que tal ser um pouco mais específico?

— Disney World!

Mara sentiu o rosto corar.

— Como ele estragou isso?

Brian chutou um tênis de Kevin sobre o carpete.

— Meu pai disse que, como Kevin não quer ir, eu também não vou.

Ela não esperava essa jogada de Tom.

— Não é minha culpa que Tiffany não quer você lá — Kevin murmurou.

Ah.

Mara, sentindo-se mal do estômago, decidiu se fazer de boba.

— Tiffany não quer que você vá?

Brian levantou os ombros e afundou mais na cadeira.

— O que seu pai te disse?

— Eu falei: disse que não vou mais porque Kevin não quer ir.

— Por que eu ia querer ir a um lugar idiota de criança com ela?

— Não é idiota! — Brian, por um breve instante, pareceu uma versão mais nova de si mesmo, uma criança que (ela deveria ter se lembrado) amara a viagem deles para o Disney World quando era pequeno, e por anos havia implorado por outra.

Ela não queria estragar nada para ele. Só estava tentando ajudar Kevin.

Brian mandou outro tênis deslizando pelo chão.

— Você só tá bravo porque não vai para o Havaí!

— Eu não quero ir para o Havaí. O Havaí é idiota.

— Tá bom — Mara disse, colocando uma mão sobre o joelho de Kevin. — Chega de "idiota". Parece que há um grande desentendimento aqui, só isso. Vou falar com seu pai e resolver isso. — Sua voz parecia muito mais confiante do que ela se sentia. — Vamos fazer um intervalo aqui, dar um espaço um para o outro, e eu vou ver o que posso fazer.

"Para consertar o que eu estraguei", ela acrescentou silenciosamente. Estava tão ávida por ter seu momento "Te peguei!" com Tom, tão ávida por ser a heroína de Kevin, que não havia pensado sobre outras consequências.

Brian secou a bochecha, um gesto rápido e sutil, que ele ficaria aterrorizado se soubesse que a mãe tinha visto.

Nesse instante, o coração dela se partiu.

Por mais que Brian a relembrasse de Tom, ela frequentemente se esquecia de que ele não era Tom. Era um menino de treze anos cujos pais estavam se divorciando e cujo pai estava com a atenção dividida agora. Era um menino de treze anos que sempre adorara o pai como um herói, e agora seu pai o havia decepcionado. E, se ela não encontrasse formas de amá-lo, amor este a que ele não correspondia, então ela não seria nada melhor que o pai dele.

No caminho de volta para a cozinha, os meninos em seus respectivos quartos, Mara repetiu a cena do brunch de Páscoa. Ela não deveria ter sido sarcástica com Brian na frente de Tiffany, não deveria ter falado aquilo de "Ajude seus irmãos". Tiffany obviamente levara a sério o conselho de Mara de "Você sabe como adolescentes podem ser", o combinou com o que já tinha observado sobre Brian, e decidira que não o deixaria estragar a viagem dos seus filhos.

Ela mandou uma mensagem para Tom: "O que está acontecendo com Brian e Disney World?".

Ele não respondeu.

HANNA

Sexta-feira, 17 de abril, 6h

Depois de orar sobre algumas possibilidades de textos de sermão nos últimos dias, acordei esta manhã sabendo o que fui chamada para pregar: Jesus revelando suas feridas. Estou estudando João 20:19-29 pela última hora, fazendo várias anotações e vendo a verdade com nova clareza. Quando Jesus ressurreto quis revelar quem ele era para seus discípulos assustados, confusos e curiosos, mostrou-lhes onde fora perfurado. Em seu corpo ressuscitado, as marcas do seu sofrimento ainda eram visíveis. E elas testemunhavam a profundidade do amor dele, o lembrete da sua humilhação e morte. O Deus ferido agora é o Deus ressurreto.

Mas o Deus ressurreto ainda é o Deus ferido.

Em um mundo de Botox, onde a perfeição é procurada e idolatrada, feridas e cicatrizes são feias e vergonhosas. Nossa cultura diz: "Anestesie a dor. Apague-a. Ou, pelo menos, cubra-a. Esconda-a. Não a mostre para ninguém". Essa foi a mensagem que escutei por muitos anos.

Mas o testemunho da Páscoa é que o sofrimento não foi apagado do corpo ressurreto de Jesus. As feridas dele foram glorificadas. Elas apontam para o que ele fez e como o Pai foi glorificado no sofrimento, na morte e na ressurreição do Filho. As feridas contam a história da nossa salvação e da vitória de Deus sobre as forças do mal e da morte. A vida venceu.

Se formos honestos — se eu for honesta —, é fácil associar a ressurreição à perfeição. Eu frequentemente não penso na ressurreição como a remoção de tudo que trouxe dores, sofrimento e morte nesta vida? Frequentemente não aguardo pelo dia em que a dor será apagada? Quando a evidência do sofrimento será removida? Corpos ressurretos e glorificados não deveriam mais mostrar sinais de tortura, tormentos e morte, certo?

Jesus mostra outra coisa, que a ressurreição significa que até nossas feridas são glorificadas por causa do poder de Deus. E nossas feridas também podem testemunhar e contar uma história: foi aqui onde sofri. Foi aqui onde doeu. Foi aqui onde Jesus me curou e me deu conforto. Foi aqui onde Deus redimiu minha dor e sofrimento. Nossas feridas e nossas cicatrizes podem contar histórias que tornam o amor e o poder de Jesus visíveis para os outros. Desde que tenhamos coragem de abrir nossas mãos e mostrar para eles.

A letra de um hino de Páscoa que cantamos no domingo me veio à mente enquanto eu orava esta manhã: "A Cristo coroai, seu lado e mãos olhai, das suas chagas o esplendor e a glória contemplai. Nem anjos lá do céu o podem compreender: que o próprio Filho de Deus Pai pelo homem vá morrer".

Jesus, que as tuas feridas acolham todas as nossas dores. Que vejamos nelas o lembrete de que nossa história de salvação é uma história escrita não meramente com pena e tinta, mas com sangue e lágrimas. Uma história de amor e esperança. Por todos nós.

Fala, Senhor. Estou escutando.

— Você tem história de alguma cicatriz? — Hanna perguntou para Nathan enquanto os três tomavam café da manhã mais tarde. Ela limpou algumas migalhas do pijama de flanela.

— Físicas, você diz?

— Sim. — Ela não ia pedir que ele falasse de feridas emocionais, mentais ou emocionais diante de Jake.

Ele levantou a manga esquerda do roupão e apontou para uma marca no antebraço.

— Mordida de cachorro. Eu tinha sete anos. Foi o cachorro do vizinho. Mas foi minha culpa. Eu estava atormentando ele. — Ele olhou para Jake. — Seu pai era um encrenqueiro. Pode perguntar para sua tia Liz alguma hora.

Jake sorriu por detrás do seu suco de laranja.

— Ela já me contou histórias.

— É, aposto que contou. Você já tem bastante munição, se um dia precisar, não tem?

— Claro.

Nathan pegou outra fatia de torrada.

— Jake tem a história de uma cicatriz, não tem, Jake?

Jake levantou a franja e apontou para uma suave marca irregular que Hanna nunca vira antes.

— Caí de bicicleta quando eu tinha... O quê, pai? Uns sete anos?

— Oito, talvez.

— É, oito. Aí você queria passar um creme nela ou algo assim. Eu não lembro direito. Conta aí.

— Eu queria passar um creme de remoção de cicatriz na sua testa, mas você disse que não queria porque...

— Porque eu disse: "Se você tirar minha cicatriz..."

— "Você vai tirar minha história" — eles completaram em uníssono.

Hanna riu e disse:

— Uau. Essa é boa para a pregação. Posso usar a história, Jake?

— É claro.

Nathan passou geleia de morango na torrada.

— Cuidado, cara. Você está com uma pregadora morando em casa, agora. Tem que tomar cuidado, ou você vai acabar parando em um sermão.

Jake olhou para Hanna sem saber com certeza se seu pai estava brincando ou não.

— Eu jamais vou te usar como uma ilustração de sermão, a menos que eu te peça permissão primeiro — ela disse. — Beleza?

— Beleza.

— A mesma coisa vale para maridos? — Nathan perguntou.

Hanna lambeu um pouco de leite da colher de cereal e a apontou para ele.

— Se você se comportar.

— Vou tentar. — Ele respondeu, levantando a mão em sinal de promessa. — Eu sei de outra história de cicatriz. Uma boa.

— Estou ouvindo.

— Um amigo meu é cirurgião na cidade e estava de plantão um dia, quando a ambulância trouxe um rapaz de vinte e poucos, um acidente de moto, e ele não achava que o garoto sobreviveria. Mas Ken fez a cirurgia de emergência e o rapaz sobreviveu. Alguns meses depois, Ken estava lá fora, perto da entrada do hospital, quando uma enfermeira saiu e disse que tinha alguém querendo vê-lo. Então, ele entrou, e lá estava um jovem que não reconhecia. Ficou naquela situação constrangedora de perceber que deveria reconhecer o rapaz, mas não reconheceu.

— Sei como é — ela disse. — Odeio essa sensação.

— É, exatamente. Então, o rapaz disse para Ken: "Você não sabe quem sou eu, né?". E Ken respondeu: "Não. Desculpe". Então, o rapaz levantou a camisa, mostrou o peito, e Ken disse: "Ah, oi, Sam! Como você está?". Ele reconheceu o padrão da cicatriz imediatamente.

— Era o rapaz da moto? — Jake perguntou.

— Era.

Hanna balançou a cabeça lentamente.

— Uau...

— Essa é boa para a pregação — ela e Nathan disseram em uníssono.

MARA

Tom não poderia ignorá-la para sempre. Ela daria o fim de semana para ele e, se ele não respondesse às múltiplas mensagens dela perguntando sobre a viagem para Orlando, ela mandaria um e-mail na segunda-feira de manhã com uma cópia para o advogado.

— Você vem à igreja? — ela perguntou para Kevin. Ele estava acordado estranhamente cedo para um domingo.

Ele colocou um pouco de cereal em uma tigela e falou:

— Nem.

Nenhuma surpresa, mas valia a pena perguntar.

— Bem, Hanna vai pregar esta manhã, então vou voltar à Igreja do Peregrino. E depois vou te ligar para ver o que você quer que eu traga para o almoço. Ainda não pude ir ao mercado. — Cuidar de Madeleine o sábado inteiro para que Jeremy e Abby pudessem sair juntos fora muito mais divertido do que as saídas usuais de compras. Especialmente desde que Maddie alegremente começara a demonstrar o novo truque de rolar.

— Ela vai ser que nem você, Jeremy — ela dissera quando chegaram em casa. — Era assim que você se movia por aí; você conseguia rolar em qualquer direção. — Não que ele tivesse muito espaço para rolar naquele apartamento de um quarto que seu pai alugara em segredo.

Ela serviu uma segunda caneca de café.

— Você não teve nenhuma notícia do seu pai, teve?

— Não.

— Nadinha?

— Não.

— E Brian? Ele disse algo sobre...

— Não.

— "Não, ele não soube de nada" ou "não, ele não disse nada"?

— Ele não tá falando comigo.

— Desde a coisa do Disney World?

— É.

Brian também não estava falando com ela. Ela tentara várias vezes. Diariamente, ela o relembrava de que estava falando sério sobre ajudá-lo em relação ao pai, mas que ela só não tinha recebido resposta, ainda.

— Mas não se preocupe — ela dizia para Brian. — Vamos resolver isso. — Porém Brian jamais respondia.

Kevin pegou alguns marshmallows da tigela de cereal e os jogou na boca.

— Não sei por que ele está tão bravo. Meu pai só iria para os brinquedos de bebê com Tiffany e os filhos dela. Não é como se ele fosse prestar atenção ao que Brian quisesse fazer.

Mara entendia por que ele estava bravo. Fora substituído. Ela também ficaria brava se ela se importasse só um pouquinho com Tom. Mas não se importava.

— Bem, só tenta entender como ele está se sentindo, tá bom? Você está feliz porque não tem que ir. Ele está triste porque queria ir. — Kevin estava olhando para a tigela. — Kevin?

— É, tá bom.

— Tá bom. Obrigada.

Antes de voltar ao quarto para terminar de se vestir para a igreja, Mara silenciosamente abriu a porta de Brian. Quando ele estava dormindo, parecia o menininho que ela frequentemente precisava proteger das provocações de Kevin. Ela desejava poder dar um beijo na testa dele, mas, se ele acordasse, ficaria furioso. Ela pressionou os dedos contra os lábios e os colocou a alguns centímetros do rosto dele. Ele não se moveu.

Desde que conhecera Hanna, Mara presumira que ela era uma boa pastora. Já vivenciara os dons pastorais de Hanna em primeira mão. Mas nunca pensara muito sobre que tipo de pregadora ela poderia ser. Assim que Hanna começou a falar, Mara soube. Era uma pregadora do tipo profunda. Compassiva. Hanna tinha uma presença pastoral no púlpito, não carismática como o pastor Jeff, cuja cadência da pregação era como música pulsando com energia e ritmo, mas como um pastor falando gentilmente para ovelhas que estavam feridas, assustadas e confusas.

O Deus ressurreto é o Deus ferido. Mara meditava sobre isso enquanto escutava. O que as feridas de Jesus lhe revelavam? Amor. Muitíssimo amor. E compreensão. As feridas revelavam um Deus que sofre conosco, que não se absteve de nenhum trauma ou dor. Não fisicamente. Não emocionalmente. Não psicologicamente. Não espiritualmente. *Obrigada, Jesus.*

O que as feridas de Jesus revelavam? Não apenas o sofrimento e a compaixão, mas a vitória. Vitória! Vitória sobre o pecado, o mal e a morte. Vitória conquistada não através de uma luta contra o mal e a morte — e aqui havia um profundo mistério —, mas submetendo-se a eles. Mara não tinha certeza se jamais entenderia o paradoxo da vitória conquistada através do sofrimento, do poder revelado na fraqueza. Mistério. Mas, nossa, que mistério glorioso!

Jeremy estava na beirada da cadeira, escutando. Mara percebeu. Abby também. Na verdade, afora alguns fungados que Mara escutou atrás de si, daria para ouvir um alfinete caindo.

E quanto às cicatrizes dela? Como revelavam Jesus?

Ela não tinha nenhuma cicatriz física que contasse uma história. Suas feridas eram do tipo invisível, as psicológicas e emocionais que ela tentara esconder por anos, mas que, pela graça de Deus, foram trazidas à luz em uma comunidade amável e tocadas por um Salvador ferido e ressurreto. Ela tinha, sim, histórias de cicatrizes. E talvez elas pudessem mostrar Jesus para outras pessoas.

Do canto do olho, ela conseguia ver Nathan e Jake na primeira fileira e, nossa, a adoração e respeito no rosto de Nathan enquanto escutava a esposa era algo admirável. Mara se perguntou como a vida dela poderia ter sido se tivesse tido um marido que a amasse daquele jeito.

Mas ela não teria inveja da amiga. Antes, se alegraria por ela. Agradeceria a Deus por ela. Porque Mara sabia uma coisa com certeza: você não prega sobre dores, feridas, cura e conforto desse jeito se você mesmo não passou por sofrimentos e foi confortado pelo Médico ferido.

HANNA

"Nove meses", Hanna pensou enquanto Nathan acendia a vela de unidade deles no domingo à noite. Fazia quase nove meses desde que Steve entrara no escritório dela e anunciou que ela estava recebendo um tempo sabático, quase nove meses desde que ela chegara pela primeira vez ao oeste de Michigan, confusa, desorientada, enlutada e, sim, ressentida. Nove meses. Ela não se esquecera da imagem. Talvez a mulher estéril e sem útero estivesse grávida, afinal.

Nunca, no seu período em Westminster, Hanna pregara um sermão que evocasse uma resposta tão profunda e fervorosa dos ouvintes. "Ungida", Neil dissera quando apertara a mão dela depois de lhe agradecer. Ela tivera o privilégio de levar a Palavra, e a Palavra tomara vida, uma vida muito além das palavras impressas no papel. No mistério da graça de Deus, a Palavra tornara-se carne através dela. Hanna ainda não sabia o que isso significaria, mas algo novo, algo lindo, estava nascendo.

PARTE QUATRO

COISAS NOVAS

Não vos lembreis das coisas passadas, nem considereis as antigas. Eu faço uma coisa nova, que já está para acontecer. Não percebestes ainda? Porei um caminho no deserto e rios no ermo.
Isaías 43:18-19

12.

MARA

Depois de ler duas vezes a missiva de segunda-feira de Tom, Mara leu a última parte do e-mail de novo. Tom havia dito que, se Brian estava chateado com não ir a Orlando, era culpa de Mara. Foi ela quem sugerira a Tiffany que os meninos não fossem.

Um menino, Mara pensou. Ela sugerira que um menino não fosse. E, quando sugerira isso, ela só tinha um de seus meninos em mente. Foi aí que ela falhara. Havia considerado somente os desejos e as necessidades de Kevin.

Tom estava certo. Brian deixar de ir ao Disney World *era* culpa dela. E, se Tom contasse para ele (e Tom contaria, ela sabia que contaria), Brian jamais a perdoaria.

Ela abaixou a cabeça sobre a escrivaninha. E agora? Ela poderia tentar torcer a história, dizer para Brian que foi a futura madrasta dele quem decidira que só queria que os filhos dela fossem, e que seu pai escolhera o lado dela contra ele. A disposição rabugenta de Brian — usando termos sutis — não era segredo. Essa abordagem poderia funcionar.

No caminho para o ortodontista à tarde, quando ela teve alguns momentos privados com Brian confinado no carro, decidiu implementar a estratégia.

— Eu finalmente recebi um e-mail do seu pai, respondendo sobre a Flórida. Parece que Tiffany acha que você... — ela se segurou antes de dizer "estragaria a viagem dos filhos dela" — ... ela e seu pai estão preocupados que não vá dar certo ter você lá com os filhos dela. Alguma ideia de por que eles pensariam isso?

— Não.

— Alguma coisa aconteceu entre você e os meninos?

— Não. — Ele falava igualzinho a Kevin. O que ela precisava era de uma pergunta aberta, algo que pudesse incitar uma resposta com mais de uma palavra.

"Vamos. Pensa."

— Então por que eles...

Ele tirou o cinto de segurança e bateu na porta do carro com o punho.

— Eu não sei, tá bom? Não sei por que eles pensariam isso.

— Tá bom. Eu só me perguntei se algo talvez tivesse acontecido para fazer Tiffany...

— Tiffany é idiota. E os filhos dela são idiotas também. Eu não quero ir com eles, mesmo.

Mas a falha na voz dele o traíra.

— Tá bem, então não vou insistir com seu pai. Mas talvez você e Kevin possam ir a algum outro lugar com ele, só ele, neste verão. Quer que eu fale com ele sobre isso?

— Não me importo. Tanto faz.

— Bem, vou ver o que consigo fazer.

Ela se desviara de uma bala. "Graças a Deus." Provavelmente tinha até se colocado como heroína, quer Brian reconhecesse o heroísmo ou não. Ela deveria estar aliviada. Feliz. Mas não estava.

Se não encontrasse uma forma de ser sincera com Brian sobre o papel dela nisso tudo, isso se voltaria contra ela. Tom se certificaria disso.

— Brian, quero pedir desculpas para você. — Ela já dissera essas palavras para ele antes? Não se lembrava. Ela se sentia zonza de apreensão, pronunciando-as agora. — Eu tive uma participação na decisão do seu pai. — Ele não mexeu a cabeça, mas olhou para ela com o canto do olho. — Eu falei com Tiffany no hotel aquele dia sobre Kevin não ir para a Flórida. Eu tinha prometido para Kevin que eu tentaria ajudá-lo a não ir. Mas acho que ela entendeu errado o que eu disse. Não falei nada sobre você. Mas ela obviamente entendeu daquele modo, e eu sinto muito por isso. Nunca quis que seu pai tirasse essa viagem de você. Sei que você queria muito ir, e eu sinto muito mesmo. Se houver qualquer coisa que eu possa fazer para consertar isso, farei. — Ele estava calado. — Se você quiser que eu tente.

Ela dirigiu mais lentamente do que o necessário pelo estacionamento e até a porta da frente, onde se virou para encará-lo. A veia na têmpora esquerda dele estava pulsando.

— Eu posso tentar, Brian, se você quiser que eu tente.

Ele abriu a porta do carro.

— Brian?

Sobre o ombro, ele disse:

— É, pode ser. Tanto faz.

Quando ele fechou a porta com força atrás de si, ela dirigiu para uma vaga mais escondida, abaixou a cabeça sobre o volante e respirou profundamente com uma oração.

— Eu sei que não parece muita coisa — ela disse para Charissa quando deixou uma caçarola de ovos e bolinhos de mirtilo pouco antes das 17h —, mas ele não ter estourado já é uma grande novidade. — Mara estivera impressionada com isso pelas últimas duas horas.

— Exatamente — Charissa disse do sofá. Ela ajustou a cordinha da calça de moletom que Mara a vira usando no dia anterior. — Acho que você foi corajosa de dizer a verdade para ele. Você tirou o poder de Tom sobre você ao fazer isso.

— Verdade. Pelo menos, agora, se Tom contar para Brian que é minha culpa, Brian escutou isso de mim primeiro. — No mínimo, era um progresso no relacionamento dela com ele, mesmo que parecesse um passinho de bebê para a frente. Talvez Brian passasse, algum dia, a vê-la como uma defensora, em vez de uma adversária. Isso seria um milagre. — É Disney World o que ele quer, então deve ter imaginado que a melhor maneira de conseguir é comigo o ajudando.

Mara havia dito para Brian quando ele terminara a consulta:

— Você vai ter que mostrar para Tiffany e para seu pai que você pode ser bom com os meninos, que está disposto a brincar com eles, se divertir com eles. Talvez os pequenos até implorem para você ir junto. — Essa obviamente fora uma estratégia que não havia vindo à mente dele, que pareceu intrigado por ela. Não grato; isso seria exagero. Mas aberto. E isso era um progresso. Talvez ela e Brian, um dia, estivessem unidos como aliados contra um adversário em comum, como ela e Kevin já estiveram. Que milagre isso seria.

Ela esticou os pés descalços e remexeu os dedos do pé. Bem que gostaria de uma cor nas unhas. Talvez trouxesse alguns frascos da sua gigantesca coleção e pintasse as unhas dos pés de Charissa também. Poderia ser legal ela olhar para algo divertido e brilhante, já que tinha que ficar no sofá o dia todo.

— Acho que eu ficaria doida se eu fosse você — ela disse.

Charissa mexeu no rabo de cavalo.

— Isso te faz perceber quantas coisas ordinárias você não valorizava diariamente. Como tomar banho. Ou lavar o cabelo.

— Então, que tal eu lavar para você?

— Meu cabelo? Não.

— Vamos. Você pode sentar em uma cadeira e eu lavo na pia.

— Você já fez o bastante, trazendo mais comida.

— Qualquer um pode trazer comida. Quantas pessoas se ofereceram para lavar seu cabelo?

Charissa riu.

— Uma.

— Então pronto.

— Tenho certeza de que John me ajudaria se eu pedisse com gentileza.

— Bem, John não está aqui, e eu estou. — Ela se levantou. — Eu nunca te contei que sonhava em ser uma cabelereira quando era pequena? Bem, isso e chef.

— Você já é chef. E uma boa chef. Basta perguntar para qualquer um no Nova Estrada.

Mara nunca pensara sobre isso desse jeito, que seu trabalho no Nova Estrava era, de certa forma, a realização de um sonho de infância.

— Obrigada.

Ela não era uma chef chique em um restaurante elegante, mas cozinhava refeições simples para convidados gratos, e isso era uma recompensa por si só. Enquanto andava pelo corredor para pegar toalhas e xampu, ela se viu de relance em um espelho. Amada. Escolhida. Abençoada. E agraciada para carregar a Cristo. Esse era o presente. Ela fora escolhida em amor para carregar a Cristo com amor. Mara encontrou a pilha de toalhas brancas felpudas no armário e pegou uma para enrolar sob o pescoço de Charissa e outra para secar o cabelo.

— Você tem alguma cadeira com rodinhas? — Mara perguntou.

— No quarto, lá na escrivaninha.

Quando a encontrou, Mara a empurrou para a sala de estar.

— Sua carruagem aguarda — ela disse, e Charissa riu de novo.

Era a água, a sensação de água escorrendo pelos dedos, que trouxe à mente dela outra ocasião de lavagem, não de cabelos, mas de pés. Enquanto Mara gentilmente massageava o couro cabeludo de Charissa, lembrou-se de Meg derramando água na bacia. Ouviu de novo sua voz aguda e suave explicando por que escolhera o exercício de oração sobre Jesus lavando os pés dos discípulos. Meg havia dito que queria aproveitar a oportunidade para se lembrarem de Jesus juntas, enquanto tinham a chance. Acrescentara que não sabia quanto tempo mais tinha e queria usar esse tempo para expressar o amor e gratidão pelas amigas. Acontecera que ela só tinha mais um dia. A vida simplesmente não é justa. Por que pessoas como Meg morriam e pessoas como Tom saltitavam por aí? Não fazia sentido.

Mara protegeu a testa de Charissa com a mão enquanto enxaguava o xampu com a mangueirinha da pia e disse:

— Hanna disse que Becka vai voltar para casa semana que vem.

— Eu ouvi. Becka me mandou um e-mail. Vai precisar do carro dela de volta.

— Ah, eu nem tinha pensado nisso.

— Bem, não é como se eu fosse a qualquer lugar num futuro próximo. Eu espero.

— Também espero que não — Mara disse. — Algo deve ter acontecido com Simon, você não acha? Para fazê-la mudar de ideia quanto a Paris?

— Ela não disse isso, mas não é difícil ler as entrelinhas.

— Pobrezinha. Espero que tenha sido ela a quebrar o coração dele, e não o contrário. — Mara pausou. — O que você acha que ela vai fazer? Eu não imagino que vá querer ficar naquela casa enorme sozinha.

— Não sei. Não é como se ela tivesse uma família para ampará-la.

— A tia dela ainda não...

— Não. Totalmente fora de cena, até onde sei.

A porta da frente rangeu e Mara se inclinou para o lado, ainda segurando a mangueirinha.

— Oi, John!

— Oi! O que é isso aí?

— Salão de serviço completo — Charissa respondeu.

Mara terminou o enxágue e fechou a torneira.

— Só estou ajudando.

— Não "só ajudando" — Charissa disse. — Isso é muito mais do que "só ajudar". — Ela se inclinou para trás o bastante para fazer contato visual. — Se eu tivesse uma irmã, acho que ela não teria me amado mais do que você.

Mara espremeu um pouco de água do cabelo de Charissa, pegou uma toalha e respondeu:

— Irmãs são para isso.

BECKA

Becka passara mais tempo na biblioteca durante as duas últimas semanas em Londres do que em todo o ano letivo. Era uma maneira infalível de evitar se deparar com Pippa. De manhã cedinho, Becka saía do apartamento, comprava um café e um salgado, e ia para o campus. Depois, quando terminava as aulas e tarefas, passava as tardes em museus. Essa era uma maneira infalível de evitar se deparar com Simon.

Com a aproximação da data de partida, ela listou os lugares que gostaria de ver uma última vez e metodicamente os riscou da lista: o Globe Theater, os Kensington Gardens para um piquenique, compras na Oxford Street. E, como Claire fora gentil com ela (e com a mãe), Becka a convidou para assistir a uma produção da West End de *Stomp*. Era uma das poucas peças que ela sabia que não a faria chorar.

— Eu vou com você até o aeroporto na quarta-feira, se quiser companhia — Claire disse quando saíram do teatro. — Estou com a manhã de folga.

— Então, não a desperdice indo ao aeroporto. Vou ficar bem.

— Tem certeza? Eu não me importo. Não gosto da ideia de você ficar sozinha.

Mas "sozinha" era a vida de Becka agora. Era bom ela se acostumar.

— Vou ficar bem — ela respondeu e tentou acreditar.

Becka estava esvaziando seus armários e enchendo as malas na terça-feira à tarde, quando alguém bateu à porta.

— Beckinha?

"Pippa." Becka arrancou mais duas blusas dos cabides.

— Posso entrar, por favor?

Becka arremessou as duas blusas na pilha crescente sobre a cama. Jamais conseguiria fazer caber em duas malas todas as coisas que acumulara.

— Por favor? — O som fazia parecer que o rosto dela estava pressionado contra a porta. — Eu preciso te ver.

Becka jogou um par de sapatos para uma mala, um salto batendo contra o piso de madeira.

— Por favor. Eu sei que você está indo embora amanhã, e eu queria te dar tchau.

— Manda uma mensagem — Becka disse alto. — Ou, melhor ainda, uma foto de Paris.

— Por favor. Eu não vou embora até você abrir a porta.

Em vez de arriscar que ela fizesse um escândalo no corredor, Becka abriu a porta só o bastante para fazerem contato visual, nada mais.

— Posso entrar?

— Não. Seja o que quiser dizer, pode falar daí.

Pippa esperou uma pessoa terminar de passar pelo corredor e então falou baixinho:

— Eu só queria dizer de novo que sinto muito e que estou arrasada com tudo isso.

— Arrasada? Por quê? Você conseguiu o que queria.

— Posso entrar, por favor?

Com um suspiro frustrado, Becka abriu a porta e voltou a fazer as malas. Pippa fechou a porta por trás dela.

— Simon e eu terminamos.

Becka enrolou um par de meias-calças e as enfiou entre alguns suéteres.

— Becka?

— Sinto muito que você não vá poder ir a Paris.

— Só isso?

Becka deu de ombros. O que mais queria que ela dissesse? Que estava feliz? Surpresa? Triste por ela? Não sentia nenhuma dessas coisas.

— Eu me sentia culpada demais, sabe, toda vez que Simon e eu...

Impressionante como essa culpa não a impedira de dormir com ele, para início de conversa.

— Enfim, eu queria te avisar no caso de, você sabe, por estar sendo sua última noite aqui e tudo mais, você talvez querer...

Becka se virou.

— Querer o quê?

— Não sei... Se despedir de Simon?

— Você tá brincando, né?

Pippa não estava.

Becka balançou a cabeça, sem palavras. Isso era tudo que o sexo era para Pippa? Um pouco de diversão? Uma distração? Pippa achava que isso era tudo que o sexo foi para ela?

Ela tirou do armário o vestido chique que Pippa a ajudara a escolher para o jantar no cruzeiro.

— Seguinte — Becka disse, arremessando-o para ela —, pode ficar com ele, tá bem? Um presente de despedida. Você vai aproveitá-lo muito melhor que eu.

Se Pippa captou a alfinetada, não respondeu. Em vez disso, tocou as lantejoulas.

— Você vai mandar uma mensagem, um e-mail ou algo assim? — Pippa disse depois de alguns momentos de silêncio constrangedor. Mas estava claro pela expressão no rosto de Becka que ambas sabiam que ela não mandaria nada.

Havia um lugar em Londres que sua mãe amara mais do qualquer outro, um lugar aonde Becka disse para si mesma que não iria. Mas ela estava tão agitada depois que Pippa saíra, que precisava de algo que pudesse acalmar, e música poderia acalmar, especialmente música cantada por um coral que, segundo sua mãe, parecia de anjos. Na última noite dela em Londres, Becka queria estar em um lugar onde sua mãe estivera. Então, pegou o metrô para a estação de St. Paul e caminhou para a Catedral, com os sinos do carrilhão marcando tempestuosamente a hora em alguma torre de igreja próxima. Ela parou para escutar entre os galhos de uma grande árvore perene e olhou para cima, para o domo imenso, uma obra-prima de arquitetura e engenharia. Haveria música no culto vespertino, mas não haveria sermão. O que ela não precisava era de um sermão. O que ela precisava era de paz. O que ela precisava era de um senso de presença, uma conexão com a sua mãe.

Quando estava subindo as escadas da frente, o celular vibrou com uma mensagem. Simon. Depois de um momento de hesitação, leu as palavras na tela: "Erro terrível. Preciso te ver. Quero que venha comigo para Paris. Por favor, diga que virá. Estou te esperando".

Com os joelhos fraquejando, Becka sentou-se em um degrau fora do tráfego de pessoas e leu as palavras de novo. E de novo. E de novo. Ela inclinou a cabeça sobre uma pilastra e fechou os olhos. Poderia cancelar o voo. Ela poderia. Não era tarde demais para cancelar. Poderia ir para o apartamento de Simon, repreendê-lo, perdoá-lo, e então passar o verão na cidade mais romântica do mundo, longe da tristeza de Kingsbury e de uma casa solitária e vazia.

Ela poderia.

Digitou as palavras "Estou indo" e então parou, com o dedo pairando sobre o botão "Enviar".

Ela poderia?

Poderia mesmo?

Fixou o olhar na tela. Duas palavrinhas fariam toda a diferença. "Para casa", ela digitou. "Estou indo para casa. Acabou."

E apertou "Enviar".

HANNA

Da última vez que Hanna estivera esperando Becka aparecer no final do corredor, ela estava esperando com impaciência angustiada e preocupação, porque Meg estava sendo levada por paramédicos depois de colapsar ali, bem ali, no carpete do terminal. Quando Becka apareceu desta vez, seus olhos não estavam arregalados com terror, mas caídos com cansaço e tristeza. Sem ter certeza se ela aceitaria um abraço, Hanna apoiou a mão sobre o ombro de Becka e disse:

— Bem-vinda de volta. Finalmente em casa!

Com isso, Becka colapsou chorando nos braços de Hanna.

— Como ela está? — Nathan perguntou quando Hanna chegou em casa.

— Bem. Ela insistiu que queria ficar sozinha, então não forcei nada. — Ela se inclinou para esfregar o focinho de Chaucer entre as mãos. — Algumas das amigas da escola dela estão aqui de férias da faculdade, então isso ajuda. Ela não precisa ficar sozinha, se não quiser. E já está com um emprego garantido em uma cafeteria, onde ela trabalhou nos últimos verões. Começa neste fim de semana.

"Não é Paris", Becka dissera depois de um suspiro pesaroso, "mas pelo menos é alguma coisa." Alguma coisa familiar no meio de tudo que havia mudado com força cataclísmica.

— Ela falou algo sobre Simon, sobre o que aconteceu? — Nathan perguntou.

— Nada. — Por mais que estivesse curiosa, Hanna evitou fazer qualquer pergunta direta ou manipuladora. Se Becka quisesse contar para Hanna, ela o faria quando estivesse pronta. — Eu a convidei para jantar aqui amanhã, mas acho que ela não virá.

— Pelo menos, ela sabe que você está aqui. Isso não é algo pequeno.

Hanna não discutiu com ele. Mas como ela queria poder fazer algo mais pela menina de Meg.

— Isso chegou para você hoje — ele disse, entregando um envelope imediatamente identificável pela caligrafia irregular. Hanna o abriu pela borda. Com todas as outras coisas que requeriam sua atenção ultimamente, ela se esquecera do bilhete que enviara. Era muito gentil Loretta Anderson responder.

"Querida Hanna,

Eu já tive muitas tristezas ao longo dos anos, mas poucas se comparam à tristeza pelas suas notícias sobre Meg. Ela foi a filha que eu nunca tive e eu amava de todo o coração. Obrigada por me informar. Já faz muitos anos desde que vi Becka, mas, por favor, saiba que estarei em oração fervorosa por ela enquanto está de luto e tenta encontrar o próprio caminho. Eu sei o quanto a mãe dela a adorava e o quanto Becka deve estar sofrendo agora.

Sou grata pelo presente que Meg era e continua a ser para tantos. Que Deus conforte todos nós, que fomos privilegiados por podermos chamá-la de amiga.

Graça e paz,
Loretta Anderson"

— Você está bem? — Nathan perguntou quando ela colocou a carta de volta no envelope.

— Vou ficar — ela respondeu, e pegou a mão dele.

Quinta-feira, 30 de abril, 10h

Estou sentada no pátio do labirinto no Nova Esperança, no banco onde Meg e eu nos sentamos pela primeira vez em setembro, em um caramanchão de rosas de fim de verão. O mundo inteiro está ficando mais verde. Eu não me lembro de já ter notado tantos tons de verde antes. Talvez notemos a ressurreição mais atentamente quando estamos saindo do vale da sombra da morte.

Acabei de terminar uma sessão de orientação espiritual com Katherine pela primeira vez desde o casamento. Antes de vir, olhei de novo no meu diário para ver sobre o que conversamos da última vez que estivemos juntas em fevereiro. Eu tinha falado para ela sobre minha dificuldade com finais, e ela me recomendou fazer companhia para Jesus enquanto ele se despedia dos seus amados. "Não segure." Essa foi a instrução que eu precisava obedecer no meio de tudo que estava mudando tão rapidamente. "Não segure." Uma instrução de Páscoa para Maria Madalena e para mim.

Nós conversamos sobre isso hoje, todas as formas como eu fui convidada a abrir mão para poder receber. Conversamos sobre a Páscoa como um período, não meramente um dia, e o que significa compartilhar do poder da ressurreição dele enquanto também compartilhamos da comunhão dos seus sofrimentos. Morrer e ressuscitar. Esse é nosso ritmo diário. Dia após dia após dia. Nós morremos. Nós ressuscitamos. E às vezes descobrimos, pela graça de Deus, que a escuridão que achávamos ser a sombra da morte é a sombra do Todo-Poderoso nos cobrindo com suas asas.

Katherine me perguntou como foi pregar novamente. Eu lhe disse que as palavras podem ter soado similares a palavras que eu já preguei antes, mas elas fluíram de um lugar diferente, mais profundo. "Integrado", ela comentou. Essa é uma boa palavra. Preguei por ter vislumbrado o amor de Deus por mim nas profundezas do meu ser, então fui capaz ofertar essa esperança para outros. Ao confrontar um pouco das minhas feridas nos últimos nove meses e expô-las a outros, conheci a comunhão dos sofrimentos dele e o poder da sua ressurreição de maneiras mais profundas. Eu sei que as feridas dele levam minhas dores. E minhas cicatrizes relevam sua glória.

Eu também falei para ela sobre algumas das respostas à minha mensagem. Algumas pessoas me agradeceram por não levar um sermão do tipo "tudo está ótimo porque Jesus venceu a morte!". Elas me agradeceram pelo lembrete de que armazenamos a tristeza e a alegria no mesmo cálice transbordante e confiamos que Jesus se revele em ambas. Cristo é vitorioso. E ainda gememos nossos sofrimentos. Isso também é a Páscoa. Falei para Katherine sobre uma jovem que veio falar comigo depois do culto. Ela queria me mostrar as cicatrizes nos seus braços, onde ela se cortara quando era adolescente e estava em depressão. Ela disse que estava tão dormente na alma, que precisava da dor física. Agora, ela aconselha garotas adolescentes que lutam contra os mesmos impulsos. Somos chamados para esse tipo de mordomia dos sofrimentos. Eu quero abraçar esse tipo de mordomia de formas cada vez mais profundas.

Quando falei desse desejo, Katherine perguntou o que estava se movendo dentro de mim quanto aos desejos para o ministério. "Você quer voltar a pastorear?", ela perguntou. Quero, se Deus quiser isso para mim. Mas o que me impressionou enquanto eu estava lá com ela foi que eu não estou ansiosa por isso. Não sinto mais a necessidade de agarrar algo como uma fonte de identidade e significância. E isso é uma mudança de paradigma que eu não poderia ter imaginado quando cheguei em Kingsbury. "Só dê a Deus nove meses", Steve disse em agosto. Eu não fazia ideia do que Deus ia formar em mim durante esse tempo. Não sei o futuro. Sei que vou precisar encontrar algum tipo de emprego para ajudar com nossas despesas mensais. Tem sido um presente ter tempo livre do trabalho, mas é hora de voltar. Não estou presumindo que serei capaz de receber um pagamento de uma igreja, mas sei que sou chamada para o ministério. Talvez isso signifique que o próximo passo seja fazer tendas. Ou capelania em um hospital ou casa de retiro. Deus sabe do que precisamos para viver, e eu quero tratar disso em oração com Nate.

Isto é o que eu sei: quero estar ao lado de outros enquanto eles exploram o que significa perceber e nomear a presença de Deus no meio de todas as circunstâncias comuns de um dia. Quero estar ao lado de outros para incentivá-los a conhecer a altura, a profundidade, o comprimento e a largura do amor de Deus, a descansar no amor de Deus. A celebrar e apreciar esse amor com alegria. Eu estou olhando para o labirinto, para o formato de flor no meio, e me lembro de que o que eu quero não é me exaurir entregando flores para Jesus ou para outras pessoas, mas sim fazer companhia para Jesus enquanto ele entrega flores. Sinais extravagantes, abundantes e lindos do seu amor. É isso que desejo fazer.

Katherine disse que isso se parece com o chamado para o ministério de orientação espiritual, e ela pode estar certa. Charissa pode estar certa. Esse pode ser o próximo passo para a frente enquanto exploro oportunidades de emprego também. Vigiar e orar. Essas são as instruções atuais para mim. Vigiar e orar.

O grupo da Terra Santa vai para a peregrinação semana que vem. Katherine perguntou onde eu gostaria que ela orasse por mim. Fiquei muito comovida com isso. Eu esperava eu mesma orar lá, caminhar nos passos de Jesus com Nate. Com Jake. Perguntei se ela poderia orar duas vezes: uma em Caná, pelo nosso casamento, e uma perto do jardim do Getsêmani, por mim, para que eu continue tendo coragem para dizer: "Seja feita tua vontade".

BECKA

Becka estava tão exausta quando chegara de Londres, que fora direto para o seu quarto no andar de cima sem pensar em mais nada. Foi somente na tarde seguinte, quando ela acordou, que descobriu que Hanna estocara a geladeira e armários com comida e havia tulipas em um vaso sobre a mesa da cozinha.

Ela se serviu de uma tigela de cereal e sentou-se na sala de música, no sofá antigo onde ela e a mãe frequentemente assistiam a filmes juntas, com a colagem de fotos sorridentes confrontando-a.

Ela não conseguiria. Não sozinha. Achava que poderia sentir a presença da mãe consigo na casa. Mas tudo que sentia era sua terrível ausência.

Ela não conseguiria. Sua mãe não a culparia por isso. Ela mesma não conseguira voltar para a própria casa depois do acidente de carro. Ela contara para Becka essa história, como voltara para casa depois do hospital, colocara a própria vida em algumas malas e retornara cambaleando para a casa de sua infância, porque não conseguia suportar o pesar de morar sozinha, cercada por memórias.

Talvez fosse isso que ela precisava fazer. Sair da casa. Vendê-la. Fechar a porta e jamais voltar.

Se ela tivesse somente pedido conselhos para a mãe sobre o que fazer depois que ela falecesse... Mas Becka evitara todos esses tipos de conversas. Tinha vivido em negação — ou era esperança tola? —, convencida de que sua mãe viveria, independentemente do que os médicos previam.

— Eu vou te ajudar — Hanna dissera várias vezes. — O que você precisar, pode contar comigo.

Becka olhou pela janela, para um quintal que precisaria de cuidados, para a tinta descascando e para um alpendre com corrimãos quebrados. O que ela deveria fazer com uma casa velha e decrépita? Não poderia carregar esse fardo. Sua mãe não desejaria que ela ficasse com esse fardo. Sempre a incentivara a ter asas, mesmo quando essas asas a levaram para lugares que sua mãe não aprovava.

A mão dela foi do colo para a tatuagem de borboleta no ombro. Suas asas. Estranho como ela nunca fizera a conexão antes. Inclinando-se para a frente, tirou da colagem a foto da mãe com a borboleta pousada no ombro. Becka olhou para a tatuagem. A tinta estava quase no mesmo lugar onde a borboleta pousara sobre a mãe dela. Talvez isso fosse algum tipo de sinal. Um sinal de quê, ela não sabia. Mas uma conexão. Uma linha tecendo-as juntas, de alguma forma.

Talvez Hanna pudesse ajudá-la a limpar a casa. Era um sepulcro. Uma cripta. E Becka precisava voar. Ser livre. Talvez a borboleta fosse o sinal.

— Vai com calma — Hanna disse ao telefone mais tarde, quando Becka ligou para agradecer-lhe pela comida e pelas flores. — Eu sei que é difícil. Mas você não quer tomar decisões precipitadas das quais possa se arrepender depois.

Becka esvaziou a cafeteira na pia.

— Mas não consigo cuidar de tudo. Eu sei que não consigo. Minha mãe também não conseguia. Ela disse isso depois que minha avó morreu. Ela não sabia por quanto tempo mais ficaria com a casa.

— Eu sei. Ela me disse.

— Então, o que ela esperava que eu fizesse com ela? Ela te contou alguma coisa do que estava esperando?

— Tudo que ela disse foi que queria que você terminasse seu último ano na faculdade. Ela foi realmente inflexível quanto a isso. Não queria que... — Hanna pausou, como se reconsiderasse as palavras — ... ela não queria que você parasse sua vida de forma alguma.

Becka olhou pela janela para os chapins juntos no comedouro de pássaros.

— Então, essa é minha resposta, certo? Vender a casa, voltar para a faculdade por mais um ano e depois descobrir o que vem a seguir.

Hanna pausou e então disse:

— Que tal você se juntar a nós para o jantar hoje à noite, aí podemos conversar sobre isso pessoalmente?

Não era uma ideia ruim. Becka não apreciava a ideia de comer sozinha na casa e não estava preparada para organizar as coisas da mãe. Ainda não.

— Hoje é a noite da pizza, uma tradição da família Allen.

— Tá, tudo bem — Becka respondeu e subiu as escadas para banhar-se.

HANNA

Nathan e Becka tinham bastante para conversar durante o jantar, já que ela era uma formanda de literatura e ele um professor de literatura; ela passara um ano estudando em Londres e ele passara um ano estudando em Oxford. A conversa animada dos dois abrangeu desde poetas metafísicos a álbuns favoritos dos Beatles. Jake entrou no debate com entusiasmo, argumentando amigavelmente com ela sobre os méritos de "Abbey Road" sobre "Revolver". Hanna, que não conhecia nada de nenhum deles, escutou atentamente e esperou por deixas naturais para a discussão sobre a saída de Becka de Londres, o processo de luto dela, ou os planos dela daqui para a frente. Foi somente depois que Jake pediu licença para fazer dever de casa e Nathan para fazer café que Becka mudou o ritmo.

— E se eu passar o verão arrumando tudo e depois colocar a casa à venda?

— Acho que pode ser mais sábio agir mais devagar — Hanna respondeu —, separar um ano para processar tudo.

— Sim, mas é uma responsabilidade enorme; eu terei viajado para a faculdade, e ela não deveria ficar lá vazia. — Becka pegou outro cookie. — Minha mãe não gostava daquele lugar. Ela disse que parecia solitário e triste quando estava lá sozinha. E parece mesmo. É terrível. Parece um mausoléu.

Hanna pensava no lugar como uma casa funerária, mas um mausoléu também era uma descrição adequada.

— Minha mãe também não sabia o que fazer com ela. Achava que não conseguiria se livrar de todas as coisas da minha avó depois que ela morreu, então ela só continuou lá, presa.

Hanna ia defender Meg. Ia dizer que ela não estava presa, mas estava orando sobre os próximos passos quando fora acometida pelo câncer. Mas ela decidiu guardar isso para si mesma.

— E, desde quando minha mãe me disse o que aconteceu com meu avô, bem... A casa parece especialmente sinistra agora. Eu nem sei se vou aguentar ficar nela o verão todo. Pode ser que eu fique com uma amiga no apartamento dela. Ela tem um sofá-cama.

— Pode não ser uma ideia ruim — Nathan disse retornando. — Cerque-se com pessoas que te amam, que podem te dar apoio nisso tudo.

— É. — Ela travou a mandíbula. — Mas eu já decidi. Quero vender a casa.

Hanna conseguiu evitar um suspiro.

— Ela é sua para fazer o que quiser, Becka. — Meg deixara a casa e tudo nela para a filha. Tudo que Hanna podia oferecer eram conselhos. Mas, como Meg dissera para Hanna em diversas ocasiões, Becka era obstinada. Não haveria como discutir com ela. Se decidira que ia vender, então decidira. Ponto final.

— Então, o que eu preciso fazer? — Becka perguntou.

— Escolha o que você quer que fique com você e comece a se livrar do restante — Hanna respondeu.

— Você me ajuda?

— Sim. — E, se houvesse coisas de Meg que Becka descartasse rápido demais, Hanna poderia guardá-las secretamente em caixas, no caso de Becka se arrepender da decisão.

Becka se reclinou para trás e suspirou lentamente.

— Tá bem. Eu consigo fazer isso. Nós conseguimos. Obrigada. — Ela terminou o café e verificou o celular. — Vou sair com umas amigas hoje à noite. É melhor eu ir. Obrigada pelo jantar.

— Sempre que quiser — Nathan respondeu, levantando-se. — Você é bem-vinda aqui sempre que quiser.

— Obrigada. — Ela deu um abraço nele e se virou para Hanna. — Podemos planejar um tempo para organizarmos as coisas quando eu souber do meu horário de trabalho?

— Com certeza.

Hanna e Nathan ficaram diante da janela, observando Becka enquanto ela saía da entrada da garagem com o carro da mãe alguns minutos depois.

— Eu tive uma ideia muito doida — ele disse.

Hanna levantou as sobrancelhas.

Ele a beijou.
— Que tal outra xícara de café?

Nathan estava certo. Era uma ideia doida. Uma ideia doida, ridícula e muito possivelmente divinamente inspirada. Ela plantou os cotovelos sobre a mesa e olhou para ele.

— Você escutou Becka. É como um mausoléu.
— Eu sei.
— Você já esteve na casa, Nate, você sabe como é lá.
— Sim. E acho que me lembro de ter sugerido uma vez que você poderia se mudar para lá e dar uma vida ao lugar.

Ele estava certo. Em dezembro ele sugerira que ela parasse de ir e voltar do chalé de Nancy no lago e ficasse na casa de Meg enquanto ela estava em Londres. Quando Meg voltou, comentou que jamais vira a casa tão lindamente decorada para o Natal.

— Mas e Jake? — ela perguntou. — Ele não vai querer se mudar.
— Não tenha tanta certeza. Ele teria muito mais espaço em um lugar como aquele. E não é como se fôssemos nos mudar para longe. Dá o quê? Alguns quilômetros?

Hanna ficou mexendo com a aliança, o pequeno diamante refratando a luz. E se?

— Podemos conversar com ele sobre isso, ver o que ele acha — Nate disse. — E não temos que decidir com pressa. Precisaremos ter certeza de que Becka realmente quer vender, dar a ela o verão inteiro para pensar sobre isso, até mais, se ela necessitar. Mas, enquanto isso, podemos orar sobre se há vida para uma velha casa, se Deus nos chamaria para nos mudarmos para lá juntos.

Uma casa funerária transformada, um sepulcro pulsando com vida, não com morte. Hanna ponderou as imagens por muito tempo depois que Nathan caiu no sono. E se?

Meg ficaria sorridente de alegria ao pensar que não uma, mas duas casas que foram lugares de tristeza e perda poderiam ser transformadas em lugares de alegria e nova vida. Ela ficaria extasiada, extasiada por saber que sua filha sempre teria um quarto aonde voltar, se quisesse; extasiada por saber que Hanna e sua família crescente a tornariam a casa deles, juntos.

Ah, e as possibilidades para ministério em uma casa grande como aquela, para a hospitalidade, para a provisão de um lugar de descanso para os cansados e necessitados de renovação profunda. E se?

Enquanto ela caía no sono, com a cabeça apoiada sobre o ombro de Nathan, um verso ressoava repetidamente no espírito de Hanna: "Eu faço novas todas as coisas!" Ela quase conseguia escutar a voz de Meg ecoar: "Amém".

13.

MARA

— Casas musicais! — Mara exclamou depois que Hanna terminou de compartilhar com o Clube dos Calçados Confortáveis o que ela e Nathan estavam considerando em oração. Ela olhou para Charissa, que estava deitada no sofá em um par de pijamas listrados de linho. — É doideira pensar que vocês duas possam acabar morando nas casas antigas de Meg. — Isso saiu meio estranho. — Digo... Que vocês duas acabem se mudando para lugares onde Meg morou. — Ela odiava usar o verbo no passado com a amiga. Ela sempre odiaria isso.

— Eu sei — Hanna respondeu. — Você está certa, é doideira. Mas, por favor, não digam nada para Becka, se a virem. Ainda há muita coisa para pensarmos. Eu sei, por conversas com Meg, que a casa apresenta um estado bem ruim, que precisa de vários reparos e consertos significativos. Então, seria um grande projeto.

— Bem, eu conheço um excelente pedreiro que poderia fazer parte desse serviço — Charissa disse, sorrindo para Mara.

Olha só, isso não seria ótimo?

— Aposto que Jeremy adoraria — Mara disse. — Ele ama casas antigas, sempre amou.

— Bem, se Deus está levando a isso, Nate e eu vamos precisar de alguém assim. Não faço ideia de como redecorar. Não sei o que seria necessário. Mas algo nisso parece certo. Vamos esperar e ver aonde tudo vai. — Hanna pegou a Bíblia e o diário da bolsa. — Estou feliz que tenha dado certo nos reunirmos hoje à noite. Há muito para pensarmos. Para orarmos.

Charissa assentiu e disse:

— Vamos orar por Becka agora.

Elas oraram. Acenderam a vela de Cristo e oraram para Deus confortá-la, alcançá-la, resgatá-la e revelar-lhe seu amor. Elas oraram para que as sementes que Meg e outros plantaram na vida de Becka germinassem, crescessem e florescessem. Oraram para que todos os lugares de morte e desespero fossem transformados em vida e esperança. Oraram fervorosamente pela filha de Meg como se fosse filha delas. E, quando terminaram de orar por Becka, continuaram em oração com a história bíblica e o exercício que Mara escolheu para ponderarem juntas.

MEDITAÇÃO EM JOÃO 21:9–22

ACEITANDO O CHAMADO

Aquiete-se na presença de Deus. Depois, leia o texto em voz alta algumas vezes e imagine que você está na praia com os discípulos e Jesus. O que você vê, escuta, cheira, saboreia? Preste atenção aos pensamentos e emoções que são gerados em você enquanto escuta.

"Ao desembarcarem, viram ali pão e um peixe sobre brasas. E Jesus lhes disse: Trazei alguns dos peixes que apanhastes. Simão Pedro entrou no barco e puxou a rede para a terra, cheia de cento e cinquenta e três peixes grandes. Apesar de tantos peixes, a rede não se rompeu.

"Jesus lhes disse: Vinde, comei. E nenhum dos discípulos ousava perguntar-lhe: Quem és tu? Pois sabiam que era o Senhor. Jesus aproximou-se, tomou o pão e deu-o a eles, e fez o mesmo com o peixe. Essa foi a terceira vez que Jesus apareceu aos seus discípulos, depois de ter ressuscitado dentre os mortos.

"Depois de terem comido, Jesus perguntou a Simão Pedro: Simão, filho de João, tu me amas mais do que estes? Ele respondeu: Sim, Senhor; tu sabes que te amo. Jesus lhe disse: Cuida dos meus cordeiros. E Jesus voltou a perguntar-lhe: Simão, filho de João, tu me amas? Ele respondeu: Sim, Senhor; tu sabes que te amo. Jesus lhe disse: Pastoreia as minhas ovelhas. E pela terceira vez lhe perguntou: Simão, filho de João, tu me amas? Pedro entristeceu-se por lhe ter perguntado pela terceira vez: Tu me amas? E respondeu-lhe: Senhor, tu sabes todas as coisas e sabes que te amo. Jesus lhe disse: Cuida das minhas ovelhas. Em verdade, em verdade te digo que, quando eras mais moço, te vestias a ti mesmo e andavas por onde querias. Mas, quando fores velho, estenderás as mãos e outro te vestirá e te levará para onde não queres ir. Com isso ele se referiu ao tipo de morte com que Pedro glorificaria a Deus. E, havendo dito essas coisas, ordenou-lhe: Segue-me.

"E Pedro, virando-se, viu que o acompanhava o discípulo a quem Jesus amava, o mesmo que havia sentado perto de Jesus durante o jantar e perguntara: Senhor, quem te trairá? Ao vê-lo, Pedro perguntou a Jesus: Senhor, o que acontecerá a ele? Jesus lhe respondeu: Se eu quiser que ele fique até que eu venha, que te importa? Segue-me tu!"

Para reflexão pessoal (45–60 minutos)

1. Imagine que você é um dos discípulos tomando café da manhã com Jesus. O que você ousaria perguntar para ele? O que você passou a acreditar sobre ele?
2. Imagine que você é Pedro. Como se sente quando Jesus pergunta repetidamente se você o ama? Como se sente com o que Jesus lhe pede para fazer para demonstrar seu amor por ele?
3. Você já foi levado a quais lugares e experiências em que você não queria estar? Como Deus foi glorificado nesses tipos de mortes?
4. De que maneiras você é tentado a comparar seu caminho seguindo Jesus com o caminho de outro?
5. Qual é a sua resposta quando Jesus diz: "Segue-me tu"?

Para reflexão em grupo (45–60 minutos)

1. De que maneiras Jesus está chamando você para demonstrar amor por ele ao amar outros?
2. De que maneiras você está sendo chamado para morrer para si mesmo enquanto caminha com Jesus?
3. O que significa para você manter os olhos focados em Jesus sem comparar a sua jornada à de outra pessoa?
4. Como o grupo pode orar por você para que você aceite o chamado para segui-lo?

Mara sempre havia amado Pedro, um colega de boca grande e de intromissões. Pedro dava esperança a ela porque, quando ele falhava (e falhara miseravelmente), levantava-se de novo. Ela gostava disso nele.

A frustração de Pedro era algo que Mara também entendia. Jesus fizera as mesmas perguntas para ela repetidas vezes também. Às vezes, ela se sentia frustrada não porque Jesus tivesse feito as mesmas perguntas, mas porque Jesus *precisava* fazer as mesmas perguntas.

"Mara, tu me amas?"

"Sim, Senhor." Claro que ela amava. Não tanto quanto queria, não tanto quanto amava outras coisas na própria vida às vezes, talvez não tanto quanto outras pessoas o amavam, mas sim.

"Mara, tu me amas?"

"Sim, Senhor, mas..."

"Mara, tu me amas?"

"Sim, Senhor." Ela o amava. O quanto conseguia, ela o amava. E queria amar os outros bem, também. Ainda que não gostasse de aonde esse caminho levasse. Porque, quando Jesus falou sobre amar os outros, não estava falando apenas de quem a amava também. Essa era a parte difícil do amor, de "caminhar a segunda milha", como Charissa estava falando nos últimos meses. Porque você não era chamado para caminhar a segunda milha com pessoas que facilitavam a caminhada. Essa era a parte difícil.

Ela olhou para os sapatos. Nas últimas semanas, sua amargura contra Tom encontrara novas formas de expressão: o desejo de vencer, de punir, de fazer joguinhos de "Te peguei!" com ele. Ela disse para si mesma que seria um milagre se tanto Brian quanto Kevin se tornassem aliados dela em uma batalha contra um adversário comum. Mas esse era mesmo o milagre que ela queria? Que seus filhos se voltassem contra o pai deles e desenvolvessem e nutrissem a própria amargura e ressentimento que se comparasse aos dela? Era isso que ela queria?

Havia um abismo enorme entre a resposta honesta a essa pergunta e o que ela sabia ser a "resposta correta".

Socorro, Jesus.

Ela esfregou o queixo, as pontas dos dedos encontrando alguns pelos grossos. O milagre real, ela sabia, seria ter o coração mudado em relação a Tom. O milagre real seria desejar que Tom se voltasse para Jesus e fosse resgatado. O milagre real seria que ela orasse por isso. Ela fungou e então cobriu a boca. Que milagre isso seria.

CHARISSA

Charissa alisou o pijama e tentou encontrar uma posição confortável para escrever no caderno. Trinta semanas. Ela conseguiu chegar a quase trinta semanas. Mas, nossa, como os dias eram tediosos. Olhou para o papel. A quais lugares e experiências ela fora levada, mas nos quais não queria estar?

Essa era a parte fácil de responder. Era a segunda parte da pergunta que era difícil: como Deus foi glorificado nesses tipos de mortes?

Ela não fazia ideia.

O que ela vislumbrara da glória de Deus fora revelado através de outras pessoas entregando as vidas para amá-la e servi-la bem, não através de ela mesma entregando a vida e morrendo para si. Por mais que afirmasse o princípio da cruciformidade como um estilo de vida, na prática continuava a resistir. "Eu entendo isso", Hanna dissera uma vez quando Charissa expressara o ressentimento com o repouso forçado e a culpa por se sentir ressentida. O amor por Bethany deveria ser traduzido em uma disposição a aceitar o preço, certo? Em vez disso, ela se pegara reclamando. Constantemente. E, quando considerava todas as bênçãos que já recebera, ela se sentia ainda mais culpada por reclamar.

"Segue-me tu", Jesus disse. E, como Pedro, ela estava olhando por cima do ombro para ver como outras pessoas estavam se saindo e reclamando se o caminho delas parecia mais fácil. Especialmente agora. Mas não era da conta dela como o discipulado era com os outros; não era da sua conta se outros foram chamados para morrer de formas dolorosas ou se viveriam vidas frutíferas e confortáveis com facilidade. Não era da sua conta.

"O que é isso para você?", Jesus perguntou, expondo o coração dela.

"Nada, Senhor", ela respondeu. Mas, na realidade, era algo.

O quanto era difícil ficar em casa e descansar? John tentou entender e ser paciente, mas ela conseguia perceber que ele não estava sendo completamente compassivo. "Pense em todos os livros que você pode ler ou filmes que pode assistir", ele dissera diversas vezes. Embora ela tivesse tentado separar mais tempo para meditação nas Escrituras e oração, com a aproximação do fim do semestre, seus pensamentos eram levados a uma repetição crônica daquilo de que ela havia aberto mão, algumas coisas forçadas, algumas coisas por escolha própria, todas difíceis. Ela queria que não fosse tão difícil. Queria que o caminho cruciforme fosse algo que ela abraçasse com mais disposição, mais entusiasmo. Percebeu que sua tristeza não era que Jesus tivesse pedido várias vezes por uma afirmação de amor; sua tristeza era falhar repetidamente em demonstrá-lo. Depois de todas as formas como ele a amara, toda a evidência de graça na sua vida, ela não conseguia pegar a própria cruz e segui-lo sem se irritar a cada passo do caminho?

— Orem por mim — ela disse para Mara e Hanna quando passaram para o tempo de discussão em grupo. Não queria morrer.

Mas ela morria, diariamente. A maioria dos dias era um borrão, sem nada notável para perceber. Diariamente, Charissa anotava a gratidão porque era uma disciplina espiritual que a ajudava a seguir em frente: gratidão por uma boa noite de sono, por flores brancas em uma pereira Bradford no quintal da frente, por um cartão ou uma refeição atenciosa ofertada com gentileza, por visitas de amigos, pela oportunidade de devorar literatura por prazer e não por produtividade, e por mais um dia de segurança para Bethany. A pedido de John, ela se unira a ele em ler sobre o desenvolvimento da bebê dia após dia, semana após semana, agradecendo pelas unhas minúsculas crescendo em segredo e pelos cotovelos que se apertavam contra as costelas, enquanto ela tentava agradecer pela azia e por todo tipo de desconforto que a relembrava de que ainda estava grávida e que estava grata por isso. Graças à ajuda de Mara e à conveniência das compras online, ela também supervisionara a decoração do quarto, incluindo John montando o berço, o que demorara três vezes o tempo previsto nas instruções.

Ela estava navegando por um site de roupas de bebê certa manhã quando a caixa de entrada soou com um e-mail da secretaria de assuntos acadêmicos. "Avaliações." Se ela tivesse se lembrado de que estaria recebendo avaliações de alunos, teria monitorado o e-mail diariamente, esperando por eles. Charissa clicou no documento anexado, a primeira parte do qual era um relatório resumido avaliando a "eficiência letiva" em categorias como "desenvolver comunicação", "estimular interesse dos alunos" e "experiência em sala de aula". A segunda parte continha comentários dos alunos.

Ela passou pelas notas numéricas primeiro. "Em uma escala de 1 a 5, sendo 5 a mais alta, avalie seu instrutor nas seguintes áreas." Quanto mais ela lia, mais agitada ficava. Embora fosse ingênuo pensar que receberia só notas 5 em tudo, receber 3 consistentemente fez seu coração partir, especialmente quando suas médias eram comparadas com as "médias gerais" dos outros docentes. Não fora apenas Justin e sua galera do fundão que a avaliaram duramente. Em categorias como "explicou o material do curso clara e concisamente", ela recebeu 1 e 2, na maioria.

Passou para a página de comentários. "Aulas de mais" era um dos comentários mais gentis. Alguns alunos escreveram que, embora sentissem muito que a Srta. Sinclair tivesse ficado doente, eles se beneficiaram por terem um "professor de verdade" para terminarem o curso.

Charissa fechou a caixa de entrada, tomada por uma azia que não era causada pela gravidez.

— Isso não é tão ruim assim — John disse quando chegou em casa naquela noite. Ele olhou para a tela do computador. — Olha aqui: "A Srta. Sinclair designou temas de redação que me ajudaram a pensar sobre a vida de novas formas".

— Esse aí foi Ben. Ou Sidney. — Eles dois responderam com seriedade ao exercício sobre *memento mori* que ela passara meses atrás. — Eles são provavelmente os únicos que me deram algum 4.

— Isso não é possível. Você recebeu a maior parte de 4 na categoria "demonstrou a importância do assunto do curso". Olha.

Ela se inclinou para a frente e fechou a tela. Estava cansada de olhar para ela.

— Eu obviamente não sirvo para ser professora.

— Não diga isso. Foi seu primeiro semestre, com várias circunstâncias extenuantes.

— Não vou criar desculpas para mim mesma. É o que é. — Ela cobriu os olhos. — Talvez eu deva sair do doutorado mesmo.

Ele tirou as mãos dela do rosto.

— Você tá brincando, né? A sua vida toda você sempre quis dar aulas.

— Por meus próprios motivos egoístas. E isso só mostra como tudo foi tolice.

— Eu não acredito nisso. E aposto que, se você falasse com outros membros da docência, se você perguntasse para Nathan, ele te diria que recebeu várias avaliações ruins ao longo dos anos. — Ele pegou o celular dela e lhe entregou. — Ligue para ele e pergunte.

— Eu não vou ligar e...

— Ligue para ele, Charissa. Ele é o seu orientador. Ligue para ele.

Ela expirou alto e olhou para o celular. Conseguia ver pela expressão no rosto de John que ele não a deixaria escapar.

— Tá bom — ela disse e discou o número de Nathan.

Nathan disse que, independentemente do que os alunos indicavam nos relatórios, ele trabalhara com eles por três semanas e vira neles o fruto do trabalho dela. Não somente escreviam razoavelmente bem para calouros, mas estavam pensando criticamente e fazendo boas perguntas.

— Então, não fique desencorajada com isso — ele disse. — Acredite, já li coisas piores sobre mim ao longo dos anos. — Ele explicou que lecionar era um exercício diário de falhas, uma prática constante de humildade. E poderia ser exatamente a profissão certa para ela, mas não pelos motivos pelos quais ela fora inicialmente atraída. — Você tem talento, Charissa, e você me conhece bem o bastante para saber que eu falo a verdade. Não desista por causa disso, por mais que seja difícil.

"Tá bem", ela lhe prometeu. Não tomaria decisões precipitadas. Continuaria seguindo em frente no ritmo que fosse necessário com uma bebê e exploraria o próprio chamado vocacional, apesar desse contratempo. Ela confiaria que Deus, de alguma forma, estava trabalhando para moldá-la em meio a isso tudo, por mais que fosse difícil. Por mais que tudo fosse difícil.

Quando Charissa desligou o telefone, ela se inclinou para trás no sofá, com as palmas repousadas sobre o abdome, e tentou praticar o hábito de abrir mão. Dia difícil após dia difícil, ela praticava abrir mão das coisas.

BECKA

Dormir no sofá-cama de uma amiga de infância havia sido um esquema que funcionara enquanto essa amiga estava solteira.

Mas, duas semanas depois de Becka se mudar para o apartamento de um quarto de Lauren com uma bolsa de academia, Lauren começou a sair com um cara do escritório.

— Desculpe te expulsar — ela disse para Becka enquanto comiam lámen uma noite —, mas Dan e eu...

— Não, eu entendo. É claro. Você já fez bem mais do que precisava. — Talvez ela conseguisse alugar um *flat* para o verão. Ou encontrar outra amiga ávida a rachar o aluguel por alguns meses. Um bocado de amigas do ensino médio ainda moravam em Kingsbury. Ela conseguiria ser capaz de fazer algo funcionar, qualquer coisa para tirá-la da casa. Cada hora que passava lá a deixava mais resoluta: ela a queria vazia e pronta para vender no fim do verão.

Então, começou a limpar um quarto de cada vez. Quando não estava trabalhando horas extras na cafeteria, estava de joelhos na casa, dividindo tudo em três categorias: jogar fora, guardar, doar. Sua tia, pelo menos, facilitara para ela. Rachel havia dito para Becka pelo telefone uma noite que já pegara tudo que queria e que não queria saber de mais nada.

— A menos que você encontre algo que valha uma fortuna — ela brincou —, aí podemos conversar.

Contudo, além de fotos e memórias de sua infância, também não havia muitas coisas que Becka queria. Seu plano era simples: encaixotar os tesouros que ela queria guardar e então organizar uma venda de garagem antes de voltar para a faculdade. Deixe os abutres voarem e fazerem o trabalho de comer as carcaças até não sobrar nada. O que não fosse vendido poderia ser doado.

— Você tem certeza disso? — Hanna perguntou várias vezes.

Ela tinha certeza. Ao fim de maio, o único quarto que ela ainda não tinha organizado era o da mãe. Em muitas noites, entrara no quarto com a intenção de encaixotar tudo, mas tudo que conseguira fazer foi enterrar o rosto nas roupas da mãe, procurando um cheiro familiar, ou chorar por causa de fios de cabelo loiro ainda presos nas cerdas de uma escova, ou chorar até dormir sobre uma fronha de travesseiro manchada de rímel que ela não conseguia juntar forças para lavar.

Quando a fragrância de lilases flutuou pela janela aberta uma noite, Becka sentou-se de pernas cruzadas sobre a cama da mãe, estudando um caderno de rascunhos que ela deixara sobre a escrivaninha. Árvores torcidas e deformadas preenchiam muitas das páginas. Flores também. "*Amaryllis*, flores no inverno", dizia a legenda abaixo de um desenho particularmente detalhado. O último rascunho foi o que ela desenhara de Becka alguns dias antes de morrer. Becka passou o dedo sobre o piercing no nariz da figura. Sua mãe não aprovava o piercing, mas o incluíra. Abaixo do desenho estavam as palavras "Minha linda menina". Becka fechou o caderno antes que lágrimas pingassem e arruinassem a folha.

Não eram apenas os desenhos que a deixavam triste. Eram as páginas em branco no fim do caderno, páginas de mais em branco. Ela colocou o caderno em uma caixa junto com outras coisas que sabia que a sua mãe valorizava: uma caixa com cartas de amor, uma pequena cruz de madeira e um desenho emoldurado de Jesus segurando um cordeirinho, todos os quais estavam sobre a mesa de cabeceira dela quando morrera. Colocado também sobre a mesa de cabeceira havia um xale Borgonha. Um xale de oração, a mãe dela lhe havia dito, tricotado por alguém da igreja de Mara.

Bem, não funcionara.

Sua mãe o usara todos os dias da visita dela. Estava enrolada nele quando elas assistiram a filmes, quando organizaram fotos em álbuns e quando tomaram milk-shakes na frente da lareira.

Não funcionara.

Becka tocou a lã e pressionou o xale contra o rosto, procurando um aroma. Nada.

Ela o dobrou e o colocou na caixa, com o olhar se demorando sobre a figura de Jesus segurando o cordeirinho no colo, uma figura que sua mãe havia dito que a confortava, porque ela se via como uma cordeirinha perdida que Jesus encontrou e resgatou. Becka olhou para o cordeiro, com uma expressão de contentamento e descanso no rosto. Ah, estar segura no colo daquele jeito. Ser amada e cuidada, uma cordeirinha com alguém para cuidar dela.

Sua mãe confiara em Jesus para guardá-la, protegê-la, amá-la e cuidar dela, e olha o que a fé havia feito por ela. Nada.

Essa figura a provocava. Por mais que sua mãe a amasse, Becka não conseguiria ficar com ela. Talvez Hanna a quisesse. O xale de oração e a cruz também. Eram coisas que Hanna provavelmente gostaria de receber como presentes. Becka as colocou em outra caixa, rabiscada com "Para Hanna" na tampa com marcador permanente preto, e saiu do quarto.

MARA

Comida caseira, Mara decidiu. Depois de semanas quebrando a cabeça com menus chiques e pratos elegantes, ela decidiu que o presente para os hóspedes do Nova Estrada seria fazê-los sentir como se estivessem desfrutando de uma refeição caseira. Então, ela casualmente perguntou em conversas sobre as comidas favoritas das infâncias deles e compôs a lista: macarrão com queijo (o bem pegajoso, Billy havia dito), rocambole de carne e purê de batata (vários deles ecoaram concordância com Constance quando ela dera sua resposta), e frango e bolinhos. Quando Mara disse que sua avó fazia frango e bolinhos para ela quando ela era pequena, Ronni ficou com os olhos úmidos e respondeu:

— A minha também.

— Posso faltar a aula e ir com você? — Kevin perguntou na noite antes do grande dia.

Mara olhou para ele sobre a mesa de jantar.

— Porque você quer ajudar ou porque quer escapar da aula?

Ele sorriu de lado e levantou os ombros.

— Você está disposto a trabalhar?

Ele assentiu e comeu uma segunda garfada de pernil suíno.

— Trabalhar para valer?
— Sim.
— Tá bem, você pode vir. Vou escrever um bilhete para você.

Brian, que se juntou a eles para comer à mesa, desdenhou.

— Por que ele pode ir e eu não?

Mara ia dizer: "Porque ele já serviu lá antes e conhece todo mundo", mas, em vez disso, respondeu:

— Você quer servir no abrigo?

Brian misturou o purê de batatas com os feijões verdes no prato.

— É, pode ser.
— Vai ser bastante trabalho. Você não vai poder só ficar sentado.
— Tá bom.
— Você vai precisar receber os convidados, tratá-los bem e...
— Eu disse que tá bom, entendi.

Tá bem. Mara pegou uma colherada de molho de maçã.

— Vou escrever um bilhete para você.

Ela achou que o ouviu balbuciando "Obrigado".

— Ore por nós — Mara disse para Charissa pelo telefone naquela noite. — Não acredito que isso está mesmo acontecendo. — Nunca, nem nos seus sonhos mais loucos, imaginara que os dois meninos iriam querer ir com ela ao Nova Estrada. — Não sou ingênua, eu sei que eles só querem um dia fora da escola, mas ainda assim.

— É incrível que eles queiram ir — Charissa respondeu. — Eu definitivamente vou continuar orando. Queria que houvesse mais que eu pudesse fazer.

— Isso é o bastante. Tudo de bom que está acontecendo agora, eu sei que é porque pessoas estão orando. Então, obrigada. — Ela mudou o celular para a outra orelha. — E você? Como você está?

— Ainda aqui. — Charissa suspirou. — E isso é um presente. Eu sei que é um presente. Quase 34 semanas agora.

Mara assobiou.

— Você está chegando lá. Só aguenta aí, pequena Bethany. Quase lá. — Kevin entrou na cozinha e ficou em pé, esperando, com as mãos nas costas. — Espere um pouco, Charissa. — Ela apertou o celular contra o ombro. — Do que precisa, Kevinho?

Ele entregou uma folha de papel.

— Eu pensei que eles poderiam gostar se tivessem cardápios e tal, tipo, eles poderiam pedir na mesa, e Brian e eu poderíamos ser tipo garçons ou algo assim.

Ela olhou primeiro para ele, depois para a folha. "Restaurante do Abrigo Nova Estrada", estava escrito no topo com letras chiques. Abaixo, havia uma lista com todas as comidas que ela mencionara que prepararia.

— Você é um gênio! Pode imprimir cinquenta desses?

— Claro — ele disse e saiu da cozinha.

Mara esperou até escutá-lo chegando ao topo das escadas, e então disse para Charissa:

— Espera só até ouvir essa.

HANNA

Ela já vira Mara tão feliz, tão tranquila? Enquanto Hanna assistia à amiga ocupada na cozinha do Nova Estrada, gerenciando o caos com alegria, ela se maravilhava com a beleza de alguém florescendo no que Deus a chamara para fazer. Não somente isso, mas Brian e Kevin estavam recebendo as instruções sem discutir. Pelo menos, não verbalmente. Brian revirava os olhos de vez em quando; porém, no geral, estava cooperando não somente com a mãe, mas com os outros voluntários.

— Um milagre — Mara sussurrou para Hanna enquanto colocava grandes caçarolas no forno. — Continue orando.

Quando as portas se abriram pouco antes do meio-dia e os convidados entraram em um salão com mesas cobertas com toalhas de mesa, velas pequenas brilhantes e flores frescas, Hanna e outros voluntários estavam posicionados e prontos para cumprimentá-los.

— O que é isso? — Billy exclamou com os braços abertos. — Uma festa?

— Uma grande festa — Hanna disse.

— Que tipo de festa? De aniversário?

— Não, não de aniversário. A Srta. Mara só queria dar uma festa especial para todos vocês.

— Uma festa "porque sim"?

— Sim. Só por isso. — Enquanto Kevin, Brian e outros mostravam os lugares aos convidados, Hanna voltou à cozinha. — Acho que você estimou corretamente. Eu contei 52.

— Ótimo. Teremos extras. Porque preparei para sessenta, só por precaução.

— Me coloque para trabalhar — uma voz falou da porta.

Mara se virou.

— Jeremy!

— Ou melhor, me coloque para trabalhar enquanto estou no meu horário de almoço. Não posso ficar muito tempo, mãe. Desculpe.

— Estou animadíssima que você não possa ficar muito tempo! Outro trabalho?

— O chefe disse que temos alguns contratos grandes, então parece que vamos ter alguns serviços para nos ocuparmos por alguns meses, graças a Deus.

Hanna pensou que o jeito como ele disse essas últimas palavras não pareceu ter sido só uma expressão. Mara apontou para o salão de jantar.

— Bem, seus irmãos estão aqui. — Jeremy levantou as sobrancelhas. — Eu sei, estão os dois, e eles vão estar ali pegando os pedidos nas mesas e entregando comida.

— Vou ajudá-los. — Jeremy beijou a mãe na bochecha. — E prometi para Abby que tiraria fotos para a mãe dela ver. — Os olhos dele se encheram de emoção. — Está lindo ali fora, mãe. Estou muito orgulhoso de você.

— Bem, você ainda nem provou nada. — O temporizador apitou e Mara pegou as luvas de forno. — Mas obrigada, querido. Obrigada por vir.

Hanna estava servindo porções generosas de macarrão com queijo sobre pratos, quando seu celular vibrou com uma mensagem. Ela decidiu esperar para olhar.

— Foi o seu ou o meu? — Mara perguntou.

— O meu — Hanna disse. Ela entregou dois pratos para Kevin.

— Opa! O meu também — Mara disse. Soltou a espátula e pegou o celular no bolso, com a testa franzindo enquanto lia a mensagem. — É John.

Hanna pegou o celular da calça rapidamente. "Fortes contrações. Indo para o hospital agora. Orem pfv."

— Mais dois rocamboles — Brian disse, entrando na cozinha — e uma porção extragrande de frango com bolinhos. — Ele olhou para Hanna. — Por favor.

Mara estava digitando no celular. Hanna encheu dois pratos e disse para ele voltar para pegar o terceiro.

— Eu levo esse — Jeremy respondeu, esticando a mão para pegar o terceiro pedido.

Mara enfiou o celular de volta no bolso e esfregou a testa.

— Acho que não vamos fazer um anúncio de oração, né?

— É — Hanna disse. Charissa não ia querer isso.

— Então, respira fundo — Mara disse. — E socorre, Senhor Jesus.

CHARISSA

Charissa esperava ter ido mais longe. Esperava ter conseguido mais um mês. Mas o que mais poderia ter feito? Ela não havia feito nada — *nada!* — por sete semanas.

— Você fez tudo que tinha que fazer — John disse repetidamente no caminho para o hospital, e os enfermeiros repetiram isso depois que ela foi levada à ala da maternidade. "Limiar", eles disseram. Ela chegara a um limiar significativo, no que diz respeito aos riscos à saúde da bebê.

Ela deveria estar grata por ter acrescentado quase cinquenta dias à vida de Bethany dentro do útero. E estava grata. Só não gostava de ouvir que deveria estar grata, fosse John falando, ou os enfermeiros, ou as vozes em sua cabeça. Ela também não gostava da ideia de a bebê deles ficar na UTI neonatal por algumas semanas, sendo monitorada depois do nascimento. A parte lógica de seu cérebro a relembrou de que poderia ser pior. Era pior para outras pessoas. Ela vira fotos online. Lera histórias. As histórias de terror delas a motivaram a lutar contra a tentação e fazer o mais próximo possível de nada, enquanto riscava no calendário os lentos dias de espera.

Da maca, olhou para as lâmpadas fluorescentes. Assim que a enfermeira terminasse de colocar o acesso intravenoso, ela ia se levantar daquela maca e caminhar. Ou agachar. Ou se balançar. Ou gritar em um travesseiro. As contrações poderiam ser sua desculpa para gritar ou chorar alto e demoradamente por tudo que não acontecera de acordo com o plano.

John esfregou o cobertor.

— Você está quentinha? Está quente demais?

— Não, estou bem. — Bem, não tão bem. Ela fez uma careta e tentou se segurar enquanto respirava para superar outra contração.

— Tudo pronto — a enfermeira disse, pressionando gentilmente a fita ao redor da agulha. — A anestesista vai chegar daqui a pouco para conversar com você.

— Eu não quero uma epidural — Charissa disse.

— Você pode mudar de ideia quanto a isso, amor — John respondeu, e a enfermeira concordou.

— Fique de mente aberta — ela disse — e siga o fluxo.

— Eu disse que não quero uma epidural. — Ela não tinha controle sobre muito, mas ia ter controle sobre isso. Teria um parto natural. Do jeito que Bethany estava avidamente tentando fazer as coisas acontecerem nas últimas semanas, não demoraria muito.

MARA

Mara olhou para o relógio acima do micro-ondas. Sete horas. John ligara mais de sete horas atrás. Ela resolveu mandar outra mensagem. "Nada ainda", John respondeu. Ela ligou para Hanna.

— Ainda nada de bebê. Não quero continuar importunando eles, mas não consigo evitar ficar um pouco preocupada com tudo isso. — Nenhum dos filhos dela precisou do cuidado de emergência de que Bethany precisaria. Mas, pelo menos, Charissa tinha um marido como John ao seu lado. Isso era um presente. Tom fora mais um incômodo do que uma ajuda nas salas de parto, sendo exigente e irritante com as enfermeiras, que não estavam entretidas pelas piadas grosseiras ou por seu machismo.

— Me avisa se você receber alguma notícia — Hanna pediu.

Mara bateu na janela para chamar a atenção de Kevin lá fora. Ela fez com a boca: "Jantar", e então disse:

— Aviso, sim. E obrigada de novo por ajudar hoje.

— Foi um prazer. Foi maravilhoso, Mara, um sucesso maravilhoso.

Sim, fora mesmo. A coisa toda fluíra sem nenhum percalço, o que foi, como a Srta. Jada disse, realmente marcante. "Você se saiu muito bem", ela havia dito depois do almoço.

Mara não poderia ter ficado mais feliz. Não somente os convidados ficaram satisfeitíssimos com a comida, mas a ideia de Kevin de servi-los como em um restaurante dera à Srta. Jada algumas ideias sobre como fazer regularmente os convidados se sentirem valorizados e cuidados, ideias que ela estava confiante de que a diretoria aprovaria.

— Acho que será o primeiro de muitos — Mara disse. — Quem sabe? Talvez, se angariarmos alguns fundos, possamos fazer algo assim uma vez por mês.

— Bem, conte comigo e com Nathan. Ele já disse que quer ajudar na próxima vez. Jake também.

Talvez até Brian. Quando Mara perguntou para ele no carro, no caminho de casa, se ele achara bom, ele levantou os ombros e disse:

— Melhor que a escola. — Não era exatamente uma avaliação sensacional, mas ela a aceitaria.

Depois que Kevin entrou pela garagem alguns minutos depois, Mara e Hanna deram tchau.

— Chame seu irmão para jantar, por favor, Kevinho. — Ela colocou o celular no bolso. Melhor deixá-lo perto, caso John ligasse.

— Ele está andando de bicicleta.

Ela suspirou. Disse para Brian que eles comeriam às sete, porque Tom viria buscá-los às oito para passarem o fim de semana juntos.

— Tá bom, vamos comer sem ele. — Ela tirou do forno um pouco do restante do rocambole de carne e do macarrão com queijo. — Então, o que achou de hoje?

— É, normal.

— Só isso?

— Bom. Foi bom.

— Sua ideia foi incrível, Kevinho. Você viu como todos ficaram felizes?

Ele serviu uma grande colherada de macarrão com queijo no prato.

— É. Billy disse que não comia em um restaurante tão bom desde que era pequeno. Ele era fuzileiro naval, sabia disso?

— Aham. Ele falou com você sobre isso? — Ela serviu um copo de leite e o seguiu para a mesa.

— Aham, ele estava me contando histórias sobre esses túneis secretos que os vietcongues usavam para se esconder dos americanos e...

Mara não precisou fazer muitas perguntas para mantê-lo falando. Vinte minutos mais tarde, quando Brian entrou, Kevin estava no meio da história dramática sobre como Billy estava caçando um franco-atirador inimigo na floresta. Brian pôs um pouco de purê de batata e rocambole no prato e o colocou no micro-ondas.

— Ele o pegou? — Brian perguntou.

— Aham. E os vietcongues anunciaram uma recompensa pela cabeça dele, porque estava matando homens deles de mais.

Brian pareceu impressionado com isso.

— Quantas mortes confirmadas?

Mara se certificou de não suspirar alto. Os meninos jogavam videogame demais.

— Sei não — Kevin respondeu. — Um monte, provavelmente. Vou perguntar para ele na próxima vez.

— Ou você pode perguntar para ele, Brian — Mara disse. Ela poderia aproveitar qualquer oportunidade aberta para conversa.

O micro-ondas apitou e Brian trouxe seu prato para a mesa. Ele não respondeu, mas também não revirou os olhos.

— Billy tem um monte de histórias maneiras — Kevin disse.

Brian comeu uma garfada de purê.

— Não tanto quanto Leon.

— É, realmente, não tanto quanto Leon.

— Leon é um boxeador, tipo, um campeão peso-pesado ou algo assim.

Kevin negou:

— Ele não é peso-pesado, sem chance.

Mara os deixou discutir. Se eles estavam determinados a brigar sobre quem era o hóspede mais legal no Nova Estrada, ela não ia interrompê-los. Levantou-se da mesa, colocou alguns biscoitos de canela em um prato para eles e sentou de novo para escutar.

CHARISSA

— Você está estável com quatro centímetros — a enfermeira disse depois de aferir o processo de dilatação de Charissa.

Nove horas de contrações intensas, e agora Bethany ia demorar? Nada legal. Se ela achasse que conseguiria fazer polichinelos sem desmaiar, ela o faria. Charissa segurou as amarras da roupa de hospital e tentou não chorar.

— Você está ótima — John disse e acariciou sua mão. Ela tirou a mão dele.

HANNA

— Como foi para você quando Jake nasceu? — Hanna perguntou para Nathan enquanto se arrumavam para dormir. Quando ele não respondeu imediatamente, ela acrescentou: — Estou interessada em todos os detalhes. Qualquer coisa que você lembrar.

— Sério?

— Sério. A versão sem cortes. — Ela sentou-se no que já fora o lado dele da cama e observou o reflexo dele no espelho do banheiro enquanto ele passava pasta de dentes na escova. Esses momentos observando-o nos detalhes mundanos da rotina diária, como escovar os dentes, pentear o cabelo e se barbear, esses eram os momentos desprotegidos e familiares que a relembravam do presente que era compartilharem a vida juntos.

Ele percebeu o olhar dela no espelho e sorriu.

— Eu me lembro de que eu estava totalmente à flor da pele — ele disse. — Dirigi como um maluco para o hospital quando achamos que era a hora. Alarme falso, e nos mandaram para casa. — Ele escovou vigorosamente e cuspiu na pia. — No dia seguinte, mesma coisa. Corremos para o hospital, e eles disseram que não tinha nada acontecendo e nos mandaram para casa. Terceiro dia, corremos para o hospital e disseram que sim, ela estava com três centímetros.

Ele terminou de escovar os dentes, cuspiu uma última vez na pia e secou a boca com as costas da mão.

— Acho que eram três centímetros. Mas, enfim, ela subitamente começou a dilatar rápido, foi de três para dez em meia hora ou algo louco assim — ele enxaguou as mãos sob a torneira — e me disse que precisava empurrar. Eu corri para chamar uma enfermeira, peguei a primeira que vi e gritei: "Ela está empurrando!". Aí a enfermeira pegou uma cadeira de rodas e correu pelo corredor, porque tínhamos que levá-la para a sala de parto. Quando a levamos para lá, eu a estava ajudando a subir na maca, quando a bolsa estourou em cima de mim. A próxima coisa que vimos foi Jake começando a sair, bem ali; e a obstetra, que literalmente tinha acabado de entrar na sala, colocou as luvas de borracha e basicamente pegou Jake no ar. — Ele secou as mãos. — A enfermeira olhou para mim, tão chocada quanto eu, e disse: "Quer uma toalha?" — Ele riu. — É tudo verdade.

Hanna se aconchegou com o travesseiro dela, e ele subiu na cama.

— Incrível — ela respondeu.

— É...

— E depois?

Ele rolou para ficar virado para ela, apoiado sobre o cotovelo. Permaneceu em silêncio por um momento e então disse:

— É como as pessoas dizem, você não tem palavras. Você tenta, mas não consegue descrever o sentimento de encanto, admiração e alívio que tem naquele momento.

Ela conseguia vê-lo debatendo mentalmente se diria algo mais ou não. Ela pegou a mão dele.

— Tá tudo bem. Eu quero ouvir tudo. Prometo. — Ela queria, de alguma forma, participar desse momento de ele se tornando um pai, queria entrar na história do nascimento do jovem rapaz que ela estava passando a amar como próprio filho.

— Eu estava dominado, completamente inundado por amor. E tomado de gratidão pelo presente que ela deu para nós. Para mim. — Os olhos dele se encheram de emoção. — Talvez eu não devesse ter dito isso.

Não. Ela estava feliz por ele o ter dito. Ele dizer a verdade era o que ela queria, o que ela precisava.

— Se você não a tivesse amado naquele momento, Nate, que tipo de homem você seria?

Ele prendeu uma mecha do cabelo dela atrás da orelha e sussurrou:

— Obrigado. — A profundidade de amor e devoção nos olhos dele (até adoração) falava mais verdadeiramente do que quaisquer outras palavras.

"Ainda bem", Hanna pensou enquanto rolava e desligava a luz, "ainda bem mesmo que Jake foi dormir na casa de um amigo." Embora ela nunca pudesse compartilhar da intimidade da geração de filhos com o marido, havia outros momentos íntimos de comunhão que eles poderiam compartilhar. E desfrutar.

CHARISSA

Esquece o parto natural, ela queria drogas. Todo sabor de drogas.

— Quero uma epidural — Charissa disse. John levantou o olhar da cadeira onde ele estava digitando no celular.

— Tem certeza? Você disse que...

— Eu sei o que disse! Mudei de ideia. — Ela olhou para o celular dele. — E quem quer que você esteja trazendo para a sala de parto conosco nessas mensagens, Facebook ou sei lá, para!

John guardou o celular.

Charissa assistiu ao monitor enquanto outra contração a acometia. Uma forte.

— Epidural — ela chiou enquanto respirava para aguentar. — Agora.

BECKA

A noite era a pior parte do dia, o momento em que Becka, exausta depois de um turno de dez horas em pé, cambaleava porta adentro e escutava apenas o barulho das chaves e o eco dos próprios passos sobre o piso de madeira.

Ela jogou o crachá sobre o balcão da cozinha e fez uma xícara de chá de camomila. Poderia encaixotar mais algumas coisas. Ela ainda não fizera nada na sala de música ou no saguão e, como a sala de música ainda estava cheia demais com lembretes da vida e da morte de sua mãe, decidiu trabalhar com o saguão.

Toda a mobília iria para a venda de garagem, e, se houvesse fãs do estilo vitoriano e do início do século 20 que viessem à casa, eles conseguiriam vários tesouros. As poucas coisas na sala que foram de sua mãe, ela guardaria: algumas fotos emolduradas, o globo de neve da Harrods e um conjunto de chá de porcelana que elas usavam em ocasiões especiais. Becka sempre amara os fins de semana em que sua avó estava viajando. Era quando sua mãe estava disposta a quebrar as estritas regras da casa sobre os brinquedos ficarem no quarto, e elas faziam festas do chá com as bonecas de Becka no saguão. Becka encontrou fotos em uma caixa: ela com marias-chiquinhas tortas, rodeada de bonecas e sorrindo travessamente do sofá. Ela queria que sua mãe estivesse nas fotos. Mas não havia mais ninguém para tirar as fotos.

Ela pegou uma revista da mesa de centro, com as páginas abertas em buquês de noiva amostrais, e tentou pensar em algo que não fosse Paris ou Simon. Ele não entrara em contato com ela depois que ela recusara sua oferta no último dia em Londres. Em algumas noites, quando ela se deitava sozinha na cama, seus pensamentos vagavam para ele, e uma vez ela digitou uma mensagem para dizer oi e quase enviou, mas aí se lembrou da traição e de como ele nunca a tinha amado, mas amara usá-la, e a raiva dela a impediu de abrir essa porta.

Colocou a revista na caixa de Hanna, cobrindo o rosto de Jesus e do cordeirinho.

Talvez devesse mudar de número, para parar de pensar se teria notícias dele de novo algum dia. Cortar as ligações, abandonar aquela vida, mudar o e-mail também. Claire foi a única que escrevera algo para ela desde que chegara a Kingsbury, mensagens gentis para dizer que estava "pensando nela", o que provavelmente significava que estava orando. Que seja. Do jeito que estava exausta, Becka aceitaria qualquer ajuda que o universo estivesse disposto a jogar para ela, o que, na maioria dos dias, não parecia muito.

Estava a caminho de sair do quarto, quando percebeu um caderninho encaixado entre o assento e o braço de uma cadeira no canto. O diário da mãe. Ela a vira escrevendo nele na última semana em que estiveram juntas, mas aí se esquecera dele.

Passando pelas páginas, seus olhos caíram sobre uma anotação datada de 4 de agosto, o dia em que ela deixara Becka no aeroporto. "Cuida da minha filha, Senhor. Por favor. Cuida dela e..."

Becka fechou o caderno, se encolheu na cadeira e chorou.

CHARISSA

A epidural fez o que fora projetada para fazer: removeu a dor. Mas também removeu o senso de controle de Charissa. Agora, a única guia, a única conexão que ela tinha com o próprio corpo e com sua bebê era através de fios, um monitor e o relato da equipe médica, que regularmente avaliava seu progresso.

— Aí vem uma forte — uma enfermeira comentou enquanto observava o monitor. Charissa sentiu apenas um aperto moderado. Quando sua bolsa estourou alguns minutos depois, ela não sentiu absolutamente nada.

— Que tal uma bata nova? — John sugeriu. — E talvez uns lençóis novos?

Charissa mordeu o lábio e assentiu.

Pouco antes do amanhecer, o monitor, que fora de interesse marginal da equipe durante a noite, subitamente virou o foco de uma torrente de atenção.

— O que está acontecendo? — Charissa perguntou, com o pânico aumentando em sua voz quando um enfermeiro se apressou para fora do quarto.

— O que está acontecendo? — John repetiu, pulando da cadeira onde pescara de sono algumas vezes durante a noite.

— O obstetra está vindo agora — outra enfermeira disse, tocando o ombro de Charissa.

— O que está acontecendo?

— O bebê está demonstrando alguns sinais de inquietação — a enfermeira respondeu com a voz irritantemente calma.

Momentos depois, um médico entrou na sala e se apresentou. Ele parecia jovem demais para estar no comando. Um médico bebê. Para bebês. *Ah, Deus, socorro.*

— O que está acontecendo? — John perguntou de novo.

— A frequência cardíaca está diminuindo — ele disse. — O bebê não está feliz agora.

Deus, socorro. Me ajuda, por favor.

A enfermeira mexeu no monitor e aumentou o volume ligeiramente para que a frequência cardíaca ficasse audível, além de visível.

— Eu vou medir o quanto você está dilatada — o médico disse — e então veremos o que precisamos fazer. — Enquanto John segurava a mão dela, o médico colocou as luvas e fez o exame. Charissa, sem sentir nada, assistiu ao rosto dele, que não revelava nada. — Certo, você está no ponto — ele finalmente disse. — Mas seu bebê está ficando cansado e precisamos agir rápido. — *Deus, me ajuda!* — Então, preciso que você foque e empurre com toda a força, tá bom?

Empurrar? Como ela conseguiria empurrar quando não conseguia sentir nada?

— Você consegue — John disse, com a voz tensa. — Eu sei que você consegue.

Deus, por favor. Ela abaixou a cabeça e se imaginou empurrando com o máximo de força e pelo máximo de tempo que conseguia.

— Continua, isso — o médio disse. — Bom trabalho! Você fez um bom progresso. Respire fundo para mim, descanse um pouco.

— Você está ótima, Cacá — John apertou a mão dela e beijou-lhe a testa.

— Cadê as batidas cardíacas? — ela perguntou, tentando se apoiar sobre os ombros.

A enfermeira moveu a sonda do ultrassom mais para baixo no abdome de Charissa.

— Cadê as batidas cardíacas? — John repetiu.

Ai, Deus!

A enfermeira, ainda manuseando o transdutor com uma mão, aumentou o volume de novo. Ainda nada. O médico, inclinando-se para o lado ao redor da enfermeira para ver a tela, gesticulou para ela mover o transdutor mais para baixo.

— É mais difícil captar o sinal quando o bebê entra no canal vaginal — ele disse.

— Mas ela está bem? — John perguntou. — Ainda está tudo bem?

— Vamos tirá-la daí com o próximo empurrão — ele disse, com a mão sobre o abdome de Charissa. — Há mais uma contração chegando agora, então respire fundo e empurre com o máximo de força de novo.

Ele não respondeu à pergunta. Por que ele não respondeu à pergunta?

John segurou a mão dela com mais força ainda enquanto, mais uma vez, Charissa se ordenou a fazer o que ela não conseguia sentir. Com o queixo enfiado no peito, fechou os olhos e, com um longo grito, empurrou até achar que ia se virar do avesso.

— Continua, Cacá, continua... Por favor...

— Tá bem, com calma agora, Charissa — o médico disse. — Ela está quase aqui, só empurrõezinhos, está quase lá. Isso. Você consegue. Isso!

Subitamente, houve um turbilhão de movimento entre os enfermeiros e o médico, muitos movimentos, mas nenhum barulho. Silêncio. Nenhum choro. Por que não havia um choro? O médico levantou uma coisinha (*Isso era um bebê? Ai, meu Deus, não!*) minúscula e acinzentada.

Ela olhou para John, aterrorizado, procurando algum indicativo do que estava acontecendo. *Meu Deus!* E então, depois do silêncio interminável, ensurdecedor e gritante, houve um chorinho, um miado mínimo, a testemunha mais frágil, resiliente e reverberante de vida e esperança que Charissa jamais ouvira.

— Chame o neonatal — o médico ordenou. John cobriu o rosto com as mãos e chorou.

Havia momentos na vida de uma nova mãe que Charissa não sabia que eram importantes até ser roubada deles, como o pai cortando o cordão umbilical ou os pais sorridentes segurando um bebê nascido há segundos e admirando as mãozinhas e os pezinhos antes de posarem para fotos. Quando Bethany foi levada para receber oxigênio sem chance de ela segurá-la, Charissa tentou dizer para si mesma que momentos marcantes assim não eram importantes, que o importante era que a filha deles recebesse o cuidado emergencial de que precisava nos próximos minutos, horas, dias, até semanas.

— Vai — Charissa disse para John quando os enfermeiros o convidaram para acompanhar Bethany na incubadora de transporte para a UTI neonatal. — Vai ficar com ela. Por favor. Estou bem. Vou ficar bem. — Mas, depois que John saiu da sala, Charissa se reclinou para trás sobre o travesseiro e deixou as lágrimas fluírem.

14.

BECKA

Becka chegou à cafeteria com os olhos inchados no sábado de manhã, depois de ficar acordada até tarde lendo o diário da mãe. A intimidade dos pensamentos escritos à mão, medos, desejos — e, sim, orações — trouxe sua mãe à vida de novo. Algumas das palavras acalmavam, outras perfuravam e feriam. Esse era o preço de escutar a mãe falar de novo, o preço agridoce de escutar a voz dela, crua, honesta, sem censuras e cheia de amor, esperança e arrependimentos.

— O de sempre? — ela perguntou para um dos clientes regulares quando chegou ao balcão.

— Sim, por favor.

— Um cappuccino descafeinado para Ann — Becka disse por sobre o ombro.

— Você está bem? — Ann perguntou enquanto passava o cartão.

— Sim, só cansada.

Mas, ao meio-dia, Becka não tinha certeza se conseguiria aguentar até o fim do turno.

— Vai para casa — a gerente disse. — Tá tudo bem. Podemos te cobrir.

— Tem certeza? Não quero deixar vocês na mão.

— Estamos bem. Vai para casa e descansa um pouco. Você está com a aparência péssima.

Becka não discordou nem discutiu. Mas ela não queria passar o dia todo ruminando as palavras da mãe em uma casa vazia. Mandou uma mensagem para Lauren. Sem resposta. Talvez pudesse tirar uma soneca rápida e então completar algumas tarefas. Ou poderia dar uma corrida. Ela não saía para uma boa corrida havia meses. Isso poderia lhe fazer muito bem. Dirigiu até a casa, trocou de roupa e calçou os tênis preferidos.

Enquanto seus pés pisoteavam o asfalto quilômetro após quilômetro, as palavras da mãe a perseguiam: "Resgata-a, Senhor". Tantos desejos de sua mãe estavam resumidos nessa oração. Ela vira Simon como um predador perigoso e implorara que Deus fizesse algo para resgatá-la das mãos dele. "Quero minha filha de volta", ela havia escrito em um registro particularmente angustiante.

"Bem", Becka pensou enquanto virava a esquina perto de sua antiga escola primária, "eu quero minha mãe de volta." A cruel ironia era que o desejo de sua mãe fora concedido somente quando era tarde demais para as duas desfrutarem dele. Quanto ao desejo de Becka, não havia como ser concedido. Nunca. Ela pressionou os dedos contra o pescoço, verificou o pulso e apertou o passo por outros quilômetros até que, exausta, parou sob um enorme carvalho em um parque e olhou para o céu.

Era lá onde ela, quando pequena, pensava que o paraíso ficava. Alguns dias, deitava-se no quintal, apertava os olhos para as nuvens e imaginava que conseguia ver anjos. Alguns dias, ela pedia aos anjos que entregassem mensagens para o seu pai, dizendo o quanto ela queria que ele a levasse para um baile de pai e filha na escola, ou que ela conseguira passar em um teste de soletração com o qual estava preocupada, ou que ela conseguira o papel de um coelho no balé do Quebra-Nozes e poderia puxar o rabo do malvado Rei Rato. Um dia, ela fechou os olhos com muita força e ultrapassou os mensageiros angelicais completamente. "Papai, se você puder me ver", ela sussurrou para o céu, "por favor, me diga." Mas nenhuma resposta veio. Que resposta ela esperava? Uma brisa pela árvore sobre sua cabeça teria sido suficiente. Mas o dia estava parado, nem mesmo cantos de pássaros, e essa foi a última vez que ela falara para o céu.

Lágrimas rolaram quentes por suas bochechas quando ela se sentou à sombra e fechou os olhos.

"Mãe, se você puder me ouvir..."

CHARISSA

A primeira vez que Charissa teve a oportunidade de ver a filha por mais do que alguns segundos foi quando ela fora levada na maca para a UTI neonatal antes de ser levada à ala de recuperação pós-natal. Bethany, agora com algumas horas de vida, estava em uma incubadora (uma "coala", o pessoal do hospital chamava), com fios e tubos colados em seu corpinho rosado, um tubo de alimentação na boca, e um acesso intravenoso em sua mãozinha perfeita. *Ai, meu Deus.* John beijou Charissa na testa.

— Oi, mamãe — ele disse com a mão repousada sobre o ombro de Bethany —, conheça nossa linda menina.

Ela não parecia nada com os bebês gordinhos angelicais dos filmes. Mas, nossa, como era linda. Linda na sua fragilidade. Charissa conseguiu espremer um sussurro falho:

— Posso segurá-la?

Assentindo, a enfermeira entregou-lhe um frasco de desinfetante para as mãos. Depois, tirou Bethany gentilmente da coala, arrumou o cobertor e cuidadosamente a colocou sobre o peito de Charissa.

Meu Deus.

Nada poderia tê-la preparado para esse primeiro momento de toque com a filha. Com um único dedo, Charissa acariciou a bochecha dela e assistiu hipnotizada ao seu corpinho inflando e desinflando, respirando com firmeza.

— Ela está muito bem — a enfermeira disse. — Eu sei que pode parecer bem assustador com todos esses fios e tubos, mas tudo está bem. Os sinais vitais estão muito bons. E ela já teve uma boa fralda molhada.

Charissa moveu o dedo para acariciar a mão de Bethany.

— Quanto tempo? — ela perguntou. — Quanto tempo ela tem que ficar?

— Se tudo der certo, umas três semanas. Temos algumas coisas para observar: como ela respira, come, engole sozinha. Nós queremos nos certificar de que ela esteja ganhando peso, seja capaz de manter a própria temperatura corporal. Agora, a coala está cuidando disso, certificando-se de que ela não está quente nem fria demais.

John acariciou o cabelo de Charissa.

— Eu disse para eles, pode crer. A pequena Bethany vai ser uma vencedora que nem a mamãe dela.

Charissa beijou a touca rosa sobre a cabeça de Bethany e olhou para os dedos dela, cada um com uma unha parecendo uma pérola perfeita.

— O segredo é levar um dia de cada vez — a enfermeira disse — e se certificar de que você esteja descansando também. Ela está em boas mãos aqui, eu prometo. Vamos cuidar bem dela.

A garganta de Charissa travou, e ela sussurrou:

— Obrigada.

Ela acariciou as costas de Bethany, as coxinhas, os joelhinhos, os pezinhos, os dedinhos do pé. Dedinhos pequeninos e perfeitos.

— Vamos te levar para o seu quarto para você poder descansar — outra enfermeira disse —, e depois você pode voltar mais tarde, quando se sentir melhor.

— Não antes de algumas fotos — John disse. — Várias pessoas estão esperando fotos.

Charissa mal queria tirar os olhos da filha para olhar para a câmera. Mas sorriu para algumas fotos com John antes de voltar a atenção para Bethany.

— Vamos te deixar voltar mais tarde. Eu prometo — a enfermeira disse.

Relutantemente, Charissa arrumou Bethany nos braços e se preparou para entregá-la. Mas, logo antes de a enfermeira pegá-la,

Bethany abriu os olhos e os travou sobre o rosto de Charissa com um olhar longo e avaliativo, com um relance da eternidade nos olhos. E, quando as palpebrazinhas dela se fecharam como cortinas e se abriram de novo, Charissa silenciosamente ficou maravilhada com tudo que poderia mudar em um piscar de olhos.

John pegou a pulseira rosa de Bethany.

— Ela ainda não tem um nome do meio. Como a chamaremos?

Charissa olhou para a filha deles e imediatamente soube.

— É Grace — ela respondeu.

É tudo graça.

MARA

— São 2 quilos 180 gramas, e 45,7 centímetros — Mara relatou pelo telefone para Hanna —, e John disse que a mãe e a bebê estão bem, graças a Deus. — Graças a Deus, graças a Deus, graças a Deus.

— Ah, que notícia ótima — Hanna respondeu. — Obrigada por me avisar.

Mara fechou a janela da cozinha quando o senhor-aparador-de-grama ligou sua máquina pela segunda vez na semana.

— Ele disse que vão manter Charissa lá por alguns dias. Ela está bem dolorida, acho que se rasgou bem feio — isso provavelmente não era uma informação que Charissa gostaria que fosse compartilhada abertamente, pensando melhor —, e aí Bethany vai ficar lá por algumas semanas, eles acham.

— John falou algo sobre refeições? Algo que possamos fazer para ajudar?

— Eu fiquei com a impressão de que eles planejam ficar no hospital o máximo possível. Ele disse que podemos passar lá amanhã à tarde, contanto que tudo esteja bem. Ele vai nos avisar.

— E se eu mandar flores em nosso nome?

— Isso seria ótimo. Obrigada — Mara respondeu.

— Beleza. Vou providenciar isso hoje à noite. E eu preciso ir. Nate está assando hambúrgueres e acabou de dar o aviso de três minutos.

— Divirtam-se! E, quando John me informar sobre amanhã, te aviso.

Depois que Mara desligou o telefone, olhou para o deque no quintal, onde, por anos, Tom assara hambúrgueres na grelha. Talvez ela aprendesse a usá-la. Poderia receber amigos e família em churrascos. Talvez Jeremy pudesse fazer para ela uma mesa de piquenique. Ela sempre quis uma mesa de piquenique.

Ela verificou o relógio. Mais uma hora até Jeremy chegar com a família dele para comerem linguiça, salada de batata e torta de maçã. Tom provavelmente estava assando salsichas para os meninos. Eles sempre acampavam no lago Michigan no último fim de semana de maio, e Kevin entusiasmadamente colocara a prancha de surfe na bagagem, esperando que o clima cooperasse. Talvez Tom desse a eles atenção integral sem Tiffany e os os filhos dela por perto. Isso seria bom para eles. Bom para todos eles.

Ela assobiou para Bailey, que veio correndo.

— Vamos, cachorrinho. — Ela pegou a guia enquanto ele rodava alegremente aos seus pés. — Passear.

Para cima e para baixo, para cima e para baixo. Madeleine nunca se cansava de ser balançada para cima e para baixo sobre o joelho de Mara.

— Coma sua torta — Jeremy disse, pegando Maddie. — Ela vai ficar assim com você a noite toda, se deixar. — Ele fez um motorzinho com a boca na barriga dela, que riu.

Mara pegou a colher.

— Eu nunca te agradeci, mãe.

— Pelo quê?

— Por se oferecer para transformar seu porão em um apartamento para nós.

— Ah, bem, eu não deveria ter feito isso.

— Não, foi muito gentil da sua parte, e eu estava errado por ficar ofendido com isso. Foi meu orgulho, e eu sinto muito. — Ele passou Madeleine para Abby, que continuou a brincadeira do motorzinho.

— Bem, foi só uma ideia, e uma não muito boa — Mara respondeu.

— Não, na verdade, foi uma muito boa. Abby e eu estávamos conversando sobre isso e, se ficarmos desesperados quando o outono chegar, se o trabalho diminuir e precisarmos de um lugar para ficar por alguns meses...

— Não é um lugar excelente para uma família, Jeremy. Vocês não teriam privacidade o bastante.

— Mas, se ficarmos desesperados...

Mara pegou a mão dele sobre a mesa.

— Então, vocês terão um lugar para ficar.

— Obrigado. — Ele se inclinou para a frente e a beijou na bochecha. — Abby e eu estávamos falando sobre outra coisa também.

Por mais que Mara amasse bebês, ela esperava que eles não fossem dizer que estavam tentando outro agora, não com o trabalho de Jeremy tão imprevisível. Ela mudou a posição na cadeira.

— Estávamos conversando sobre Madeleine ser apresentada na Igreja do Peregrino.

Mara olhou para ele.

— Mas você não tem que ir lá à frente da igreja e responder perguntas sobre a fé ou algo assim?

— Sim.

— E você está pronto para fazer isso?

— Não. Ainda não. Mas eu me inscrevi para um estudo bíblico com o pastor. — Jeremy segurou a mão de Abby. — Achei que seria um bom lugar para começar. Acredito em Deus, mas quero algo mais. Preciso de algo mais. Como o que Abby tem, o que você tem.

Os olhos de Mara se encheram de lágrimas. Muitas. Cheios demais.

— Então, você vai estar lá quando fizermos nossos votos? — ele perguntou. — Quando eu estiver pronto para fazê-los?

— Querido — ela disse com a mão pressionada sobre o peito —, nada neste mundo me impediria.

CHARISSA

Quase 45 minutos bombeando os seios, e tudo que ela conseguira extrair havia sido uma seringa.

— Você está indo bem — a enfermeira disse. — Não se preocupe, em alguns dias seu leite vai chegar e você vai ser profissional nisso. — Charissa não se sentia profissional em coisa alguma. Ela se cobriu com a bata. Por enquanto, qualquer leite que ela conseguisse bombear seria dado para Bethany pelo tubo de alimentação. E depois, quando Bethany conseguisse respirar sem aparelhos, Charissa poderia dar-lhe uma mamadeira.

Ela queria amamentar. Havia dito que não queria, insistira por meses que não queria nada com isso; mas, agora que não podia, ela queria mais do que tudo segurar Bethany nos braços e amamentá-la. Queria intimidade sem tubos e fios e monitores.

— Você vai ter isso — John dissera várias vezes. — Mas, por enquanto...

Ela sabia. Não precisava escutar que sua hora iria chegar. E ela não precisava receber atualizações sobre os outros bebês na ala da UTI neonatal, todos os quais, de acordo com John, estavam bem pior que Bethany. Nas poucas horas em que Charissa estava se recuperando no seu quarto privado, ele estava conhecendo as outras famílias na ala neonatal. Ela não queria escutar aquelas histórias. O que ela queria era um quarto privado onde pudesse ficar a sós com a filha. Assim que a enfermeira saiu, Charissa verbalizou de novo esse desejo.

— Eu te falei, amor — ele respondeu —, é tudo na sorte, e não há nenhum quarto privado disponível.

— Mas estamos em uma lista, certo? Uma lista de espera ou algo assim?

— Vou confirmar. Mas eu te digo: acho que ela está melhor onde está agora. Os enfermeiros estão lá o tempo todo. Se ela estiver no quarto dela, os enfermeiros não estarão lá para cuidar dela.

— Eu vou estar. Você pode estar.

— Não o tempo todo. — Ele esfregou gentilmente o ombro dela. — Dê uma chance, tá bem? É o que nós temos agora, e é uma coisa boa. Os enfermeiros são ótimos, você vai ver.

— Eu quero ir vê-la.

— Coma algo antes.

— Não tô com fome.

— Vamos, você precisa se manter forte também.

— Eu tô bem. Eu só quero ir vê-la. Estou com saudade.

— Charissa...

— Diga para a enfermeira que eu quero ir vê-la. Agora. Ou você me leva até lá.

— Acho que não tenho permissão.

— Então, chame a enfermeira. — Ela não ia discutir sobre isso. Eles lhe tinham dito que ela poderia ver Bethany assim que descansasse. Bem, ela descansara a tarde todinha e queria estar com a filha. Agora.

HANNA

Quando a campainha tocou no sábado à tarde, Hanna estava guardando comida.

— Eu atendo! — ela disse para Nathan, que estava limpando a grelha. Chaucer a acompanhou até a porta e não latiu quando ela a abriu. — Becka!

— Oi. — Becka estendeu a mão para Chaucer cheirar e então acariciou a cabeça dele. Enfiado sob o braço dela estava o caderninho que Hanna imediatamente reconheceu.

— Entra — Hanna convidou, dando um passo para trás na entrada. — Acabamos de comer. Está com fome?

Becka levantou os ombros.

— Vou fazer um prato para você. Hambúrguer, pode ser?

— Sim, obrigada.

Nathan entrou para enxaguar as mãos.

— Oi, Becka! Você acabou de perder meu banquete de mestre da grelha.

— Rendeu bastante — Hanna disse, apontando para a carne, queijo e pães ainda sobre o balcão. — Que tal comermos lá fora? Está um dia lindo demais para ficarmos aqui dentro.

— É, eu dei uma corrida longa. Foi bom.

— Quer limonada? — Nathan perguntou.

— Quero. Obrigada.

Enquanto ele a servia, Hanna enrolou um papel-toalha numa carne de hambúrguer e a esquentou no micro-ondas.

— Vou deixar você se servir com o que quiser. Ketchup, mostarda, alface... — Ela abriu a tampa de um jarro de picles. — E tem salada de frutas na prateleira de cima da geladeira.

— Tá bem, obrigada. — Becka colocou o caderno sobre o balcão e abriu a geladeira. Com as costas viradas para ela, Hanna cruzou o olhar com Nathan, apontou para o caderno com o cotovelo e fez com a boca: "O diário de Meg". Ele assentiu.

— Eu prometi a Jake que jogaríamos uns Frisbees no parque — ele disse. — Então, vou deixar vocês para conversarem. — Ele chamou Jake no andar de cima e colocou um boné antigo do Chicago Cubs que Hanna se lembrava de vê-lo usando no seminário.

— Tudo bem se Chaucer ficar com você, Shep?

— Sim, tudo bem. Divirtam-se. — Hanna esperou Becka terminar de se servir antes de colocar um pouco de salada de frutas em uma segunda tigela. Poderia fazer-lhe companhia com comida. — Pega leve com seu pai — ela disse para Jake quando ele desceu as escadas usando bermuda de corrida e uma camiseta do *Star Wars*.

— Sem chance — ele respondeu, acenando para Becka.

— Até mais, Jake. — Becka colocou o caderno sob o braço antes de seguir Hanna para fora com uma tigela em uma mão e um prato na outra.

Onde quer que ela esteja, Senhor, do que quer que ela precise, me ajuda a estar com ela. Por favor, Hanna orou em silêncio.

Havia um registro em particular no diário dela, Becka disse depois de terminar de comer, um registro que não conseguia tirar da cabeça, e ela se perguntou se sua mãe falara sobre isso com Hanna. Ela passou o caderno aberto para Hanna e apontou.

— Aqui. Uma carta para o meu pai.

Ver a caligrafia de Meg fez os olhos de Hanna arderem. "Meu amado Jimmy." Ela não leu mais do que a primeira linha.

— Sua mãe me disse que escreveu uma. Ela estava sendo muito corajosa ao sentir a dor da morte do seu pai de novo, e lamentar, e abrir mão. Mas ela nunca a mostrou para mim.

— Prossiga. Leia.

Hanna limpou a garganta e alisou a página manchada de lágrimas, as quais era impossível saber se eram de Meg ou de Becka.

"Meu amado Jimmy,
Estou escrevendo esta carta para mim mesma. Se você estivesse aqui, sei que entenderia. Você sempre me disse que eu precisava ser gentil comigo mesma. Você tentou me ajudar a entender que amar a mim mesma não era egoísmo, mas uma forma de me abrir para o amor de Deus por mim. Você sempre conheceu o amor de Deus de uma forma que eu não conseguia compreender e você usou cada dia da nossa vida juntos como uma oportunidade de me mostrar o que significava ser amada e valorizada.
Obrigada, Jimmy. Agora eu entendo.
Estou deixando você ir embora de uma nova forma hoje à noite. Ou talvez eu nunca tenha te deixado ir antes. Talvez eu

só tivesse te enterrado tão fundo, que, ao longo dos anos, esqueci que você estava lá. Mas hoje à noite estou dizendo que te amo e sinto saudade.

Ao admitir o quanto ainda te amo, também estou dizendo o quanto doeu quando você morreu. Eu morri naquele dia, também. Exceto que eu tinha que continuar vivendo. Só não sabia como. Eu queria ter feito as coisas de outro jeito. Queria não ter tido tanto medo. Mas você ficaria tão orgulhoso da nossa linda filha. Ela não tem medo. Ela tem o seu amor pela vida e pelas pessoas. Estou orando para que ela venha a conhecer o seu amor por Deus também. Ou melhor, que ela venha a conhecer o quanto o Senhor a ama. Você teria mostrado isso a ela, Jimmy. Você teria vivido de tal forma que Becka jamais teria duvidado do quanto o Pai Celeste a ama. Estou orando para que eu seja capaz de mostrar para ela o coração de Deus. Senhor, me ajuda.

Eu lembro que você me contou uma vez que estava orando para que eu passasse a saber o quanto o Senhor me amava. Você disse que esperava que, um dia, eu percebesse que o seu amor por mim era apenas uma sombra do amor de Deus por mim. Eu tinha me esquecido disso até recentemente. Não acredito que me esqueci disso. Mas, nos anos depois que você morreu, me esqueci de muitas coisas. Eu me perdi.

Agora, fui encontrada, amor. Fui encontrada. Eu só queria te agradecer por isso, seu último presente.

E eu te amo. Sempre."

Hanna secou os olhos e entregou o diário para Becka, ainda aberto na página.

— Eu fui parar no parque hoje — Becka disse — e estava olhando para o céu, tentando me conectar com minha mãe, sabe? Às vezes, escuto a voz dela na minha cabeça, coisas que ela costumava dizer, mas hoje senti que precisava de outra coisa dela, alguma mensagem de que ela está bem, de que ainda está comigo de alguma forma, cuidando de mim ou algo assim, que ela sabe que eu... — sua voz falhou e ela pressionou as mãos contra os olhos — ... que eu sinto muito por tudo. — Seus ombros caíram, e ela se inclinou para a frente.

Hanna chegou a própria cadeira para mais perto, perguntando a si mesma se deveria abraçá-la ou esperar. Ela decidiu esperar.

Becka respirou fundo, para se estabilizar.

— Você acha que ela sabe disso? Que eu sinto muito?

— Ela me disse o quanto você estava arrependida, Becka, e eu sei que ela te perdoou.

— Mas a coisa toda com Simon... Digo, e se foi isso que a matou? Fazer aquele jantar para nós e depois me levar ao aeroporto, é como se tivesse sido demais para ela. Como se a tristeza fosse demais para ela.

Hanna colocou a mão sobre o ombro de Becka.

— Sua mãe fez aquele jantar porque te amava. Ela queria que você soubesse que ela te amava e te aceitava. Queria uma forma de demonstrar amor para você, de te servir. E para Simon também. — Meg havia decidido que ia se ajoelhar e lavar os pés deles naquela noite, e ela havia feito isso. Lavara os pés deles lindamente.

— Ele foi péssimo com ela — Becka disse. — Eu fui péssima com ela.

Hanna não ia discordar desse ponto.

— Minha mãe estava certa sobre ele. Ela estava certa sobre tudo. Eu virava uma pessoa diferente quando estava com ele, e eu nem percebia. — Becka secou o nariz com o pulso. — Eu faria qualquer coisa, qualquer coisa para ter esse tempo com ela de volta. Mas é tarde demais. É tarde demais para tudo. — Ela apontou para o diário. — E eu li uma carta como aquela, sobre como ela se sentiu perdida e sozinha, como sentiu que tinha morrido depois que meu pai morrera, e eu entendo como ela se sente. Porque é assim que eu me sinto. Como se eu tivesse morrido também.

Hanna olhou para a página. Se Becka pudesse ver o que significava ser encontrada, se pudesse guardar no coração a oração da mãe, se pudesse dizer sim para o amor de Deus buscando-a, encontrando-a, trazendo-a à vida, dando-lhe um lar. Se ela...

— Eu queria poder dizer para minha mãe que eu a amo e sinto saudade dela. Queria poder acreditar que vou vê-la de novo, como ela acreditava que veria meu pai de novo. Eu queria. — Becka balançou a cabeça. — Mas como posso acreditar em um Deus que deixa pais morrerem antes de poderem segurar suas filhinhas? Como posso acreditar em um Deus que deixa mães terem câncer e morrerem antes de suas filhas crescerem? Como minha mãe conseguia acreditar em um Deus assim? Como conseguia falar sobre o amor dele por ela no meio de tudo aquilo?

Hanna esperou para ver se ela estava fazendo perguntas retóricas ou se estava esperando por uma resposta.

Becka levantou o olhar para os olhos de Hanna.

— Como você acredita em um Deus assim? — Não havia nada de acusatório ou bravo em seu tom de voz. Era uma garota que estava acabada, confusa e procurando por mais do que respostas verbosas.

— A fé pode ser difícil às vezes — Hanna respondeu. — Entender o sentido do sofrimento é difícil. Mas você está certa. Sua mãe passou a ter essa linda confiança na bondade de Deus e em seu amor, mesmo com todas as dores. Especialmente as do coração. O sofrimento de Jesus deu a ela esperança. E ela estava confiante de que a morte não era o fim. Não é o fim.

Becka fitou o quintal com um olhar distante.

— Minha mãe estava errada sobre uma coisa — ela disse. — Eu *estou* com medo. Eu estou com muito medo. — Ela respirou profunda e lentamente e fechou os olhos. Hanna não falou, caso a menina de Meg estivesse fazendo a própria oração silenciosa.

    Sábado, 30 de maio, 20h30
    Há muitas pessoas que diriam que eu perdi uma oportunidade de trazer Becka direto para Jesus hoje. Mas eu tinha um

sentimento forte do Senhor dizendo: "Espera. Vai devagar". Eu preciso confiar que Deus está gentilmente cuidando de sementes que foram plantadas, e não preciso apressar o processo.

Mas, nossa, como eu desejo que as orações de Meg — as nossas orações — sejam respondidas. Se Becka puder passar a se ver como a cordeirinha sendo encontrada, segurada e acolhida por mãos feridas, que presente isso seria! Ela me disse que colocou a figura do pastor com o cordeiro de Meg em uma caixa para mim, junto com o xale de oração de Meg e a cruz de madeira. Mas, quando eu lhe disse que já tinha uma cópia da figura e que talvez a olhar lhe dê um pouco de conforto, ela não discutiu. Eu disse para ela que são as mãos feridas de Jesus que chamam minha atenção hoje em dia, que ele conhece a angústia e a tristeza que sentimos, e que ele nos sustenta durante elas. Nos faz companhia nelas. Ela quase pareceu entender aquilo.

Senhor, traze-a para ti. Atrai-a com teu amor. Ajuda-a a ver que tipo de Deus tu és, um Deus que está conosco. Um Deus que não se poupou da tristeza e do sofrimento, mas os suportou pelo nosso bem. Em amor. Senhor, permita-a ver o teu amor. Ela está desejando tão profundamente a mãe, um senso de conexão com a mãe. Ajuda-a a ver o que a mãe dela via, que o véu entre esta vida e a próxima é muito fino. Traz Becka da morte para a vida, Senhor. Traze-a para casa.

CHARISSA

Cedinho no domingo de manhã, quando o telefone do quarto tocou, Charissa tinha acabado de tomar o café da manhã, e John estava a caminho do hospital.

— Bethany está se saindo tão bem, que tiramos o aparelho de respiração — o enfermeiro disse ao telefone.

Charissa ficou tensa. Por que eles não ligaram para ela, para que pudesse estar lá para assistir? Ela queria estar lá no momento em que a máscara fosse retirada, a fim de que pudesse ver o rosto inteiro de Bethany. Ela perdera esse momento. Perdera outro marco.

— Ela está se saindo ótima sem ele — o enfermeiro continuou.

Isso era uma boa notícia, uma notícia maravilhosa. "Vamos", Charissa ordenou a si mesma. "Fique grata, não ressentida."

— Tão bem, que vamos tentar dar uma mamadeira para ela. Você quer vir aqui assistir?

Que pergunta idiota.

— Sim, claro! Sim. — Ela empurrou a bandeja e ficou olhando a cadeira de rodas no canto.

— Vamos precisar fazer isso em vinte minutos.

— Tudo bem. Estou indo. Obrigada. — Ela desligou o telefone e ligou para John. — Cadê você?

— No drive-thru do McDonald's. Quer alguma coisa?

— Eles vão alimentá-la, John. Eles tiraram o aparelho de respiração.

— Que ótimo!

— Não, digo, eles vão dar uma mamadeira para ela, a primeira mamadeira, e eu ainda estou no meu quarto.

— Então, vamos para lá quando eu chegar aí. Espera um instante. — Ele disse o pedido no microfone e então continuou: — Você quer um milk-shake ou algo assim?

— Não!

— Só isso — ele disse para o caixa, e depois para Charissa: — Chego aí daqui a pouco.

— Quanto tempo?

— Quinze, vinte minutos?

Não ia dar.

— Eu preciso ir para lá agora. Não vou perder isso.

— Só peça para eles esperarem até eu chegar aí. Estou indo. Também não quero perder isso.

— Eles disseram vinte minutos. Tenho que estar lá dentro de vinte minutos.

— Certo, peça que um enfermeiro te leve para lá, e eu te encontro.

Charissa apertou o botão para chamar alguém. A voz respondeu que alguém chegaria em breve. Mas minutos preciosos passaram. Ela apertou de novo. A técnica de enfermagem estava com outra mãe, a voz disse. Alguém chegaria lá em breve. Mas preciosos minutos passavam. Quando o relógio na parede gritou a marca dos vinte minutos, Charissa enterrou o rosto nas mãos, brava demais para chorar.

— Eu achei que você estava a caminho — John disse quando chegou ao quarto de Charissa.

— Você chegou lá a tempo?

Ele parecia acanhado.

— Eles estavam se aprontando para dar a mamadeira para ela, então eu não ia deixá-la. Mas olha. Viu? Eu tirei umas fotos e gravei. Aqui. Assiste.

Charissa superou a tentação de virar a cabeça e, em vez disso, assistiu à sua pequena se agarrando ao bico da mamadeira. Ela pressionou a mão sobre o seio, com uma onda de calor passando por ela.

— Ela conseguiu.

— Claro que conseguiu. Eu te falei, ela é uma vencedora. — John beijou o topo da cabeça de Charissa. — Sinto muito, Cacá. Sinto muito eu não estar aqui para te levar lá a tempo.

Não era culpa dele. Nada disso era culpa de ninguém.

— Obrigada por gravar o vídeo. Eu não teria pensado nisso. — Ela perdeu o momento, mas ele o gravara para ela. Ela poderia ficar ressentida ou poderia ficar grata. Ela queria escolher a gratidão. *Me ajuda, Senhor.*

— Que tal se eu te levar lá para você vê-la?

Charissa pegou a mão dele, que a ajudou a sentar na cadeira. Ela passaria o máximo de tempo possível na ala com Bethany e

John. Passaria cada minuto possível saboreando o segundo dia de Bethany. Estaria lá para alimentá-la com a segunda mamadeira, e o remorso não roubaria a sua alegria. Enquanto John a levava pelo corredor para o elevador, ela abriu as mãos sobre o colo e desapegou.

MARA

Mara estava arrumando uma sacola de presentes para levar ao hospital no domingo à tarde, quando a porta da garagem abriu.

— O que vocês estão fazendo em casa tão cedo? — ela perguntou para Kevin quando ele passou pela cozinha. Eles deveriam estar no lago com Tom até de noite.

— Tiffany está tendo o bebê.

— Hoje?

Kevin levantou os ombros.

— Deve ser.

Brian jogou a bolsa sobre uma cadeira da cozinha, abaixou-se para acariciar Bailey e disse:

— Ela estava, tipo, de roupa de banho, fazendo um castelinho de areia com Mikey quando...

— Quando ela começou a gritar pelo meu pai e...

— Ei! — Brian protestou.

— Deixa ele contar, Kevin. — Brian contar uma história para ela era uma ocasião para ser celebrada.

— Quando ela começou a gritar pelo meu pai — Brian prosseguiu, com um olhar ameaçador na direção do irmão — e ela tava toda "O bebê tá nascendo, o bebê tá nascendo!" — Brian a imitou com os braços balançando no ar. Mara tentou não rir. Não era engraçado. — Então, meu pai disse para todos entrarmos na van de Tiffany, e ele dirigiu que nem doido para o hospital. E aí tivemos que vigiar os filhos dela na sala de espera até a mãe dela chegar lá.

— E eles estavam totalmente elétricos — Kevin acrescentou.

— É, total. Mas eu disse para o meu pai que eu cuidaria deles se ele me deixasse ir para o Disney World — Mara pressionou os lábios para que não sorrisse diante da manobra habilidosa de Brian —, e ele disse: "Tá, pode ser, tanto faz".

Ela esfregou o queixo lentamente.

— Bem, isso é bom. Vai ser bom. Estou feliz que ele tenha te dado a palavra quanto a isso. — Ela esperava que Tom a mantivesse. — Qual hospital?

Kevin respondeu:

— Saint alguma coisa.

— St. Luke?

— É, St. Luke.

Então Tiffany e Tom estavam no St. Luke ao mesmo tempo que Charissa e John. Mundo pequeno. Ela lutou contra a tentação de calcular os meses de Tiffany para determinar a data da infidelidade de Tom.

— Então, quem trouxe vocês em casa? Seu pai?

— Foi.

— Vocês deveriam ter me ligado. Eu teria ido buscar vocês. — Era um sentimento estranho esperar que Tom conseguisse voltar ao hospital a tempo do nascimento; era muito estranho o primeiro pensamento dela ser "Eu teria ajudado", em vez de "Espero que ele pague".

Na verdade, ela levaria esse primeiro pensamento um passo adiante. Encarou o próprio reflexo no micro-ondas e orou por eles. Por Tiffany. Por Tom. Pelo bebê. E, nossa! Que liberdade ela sentiu nesse momento. Que liberdade surpreendente e deliciosa. Talvez, quando estivesse no hospital visitando Charissa, ela parasse na lojinha de presentes e pedisse para entregar algo no quarto de Tiffany. Não um presente de "Te peguei!", mas uma oferta sincera. Uma bênção. Um desapego.

Pensando melhor, talvez o presente fosse não se meter no momento deles. Ela poderia enviar um presente para o bebê outra hora.

— Eles sabem se é menino ou menina?
Kevin disse:
— Menino.
Quatro meninos. Não, espera. *Seis* meninos. Rapaz...
— Mas e vocês? Conseguiram surfar? Conseguiram um tempo com seu pai, ou Tiffany estava...
— Não, a gente teve tempo — Kevin disse. — O surfe foi muito massa, tipo, um metro e vinte...
— Um metro e meio — Brian corrigiu.
— É, talvez um e meio, e Brian pegou essa onda que...
Enquanto os dois contavam sobre cada onda em que eles tomaram caldo ou que conseguiram pegar e surfar, Mara agradecia a Deus por todos os presentes bons e perfeitos.

Entrar na UTI neonatal foi um esquema muito mais complicado do que visitar Jeremy e Abby quando Madeleine nascera.
— Parece uma base militar — Mara sussurrou para Hanna depois que elas assinaram na entrada e receberam os crachás de segurança. Mara tirou os anéis, pulseiras e relógio, e depois lavou as mãos até os cotovelos antes de poder entrar na ala. — Você fez muitas visitas à UTI neonatal em Chicago?
— Algumas. Especialmente com as famílias que estavam lá um longo tempo.
— Deve ter sido difícil.
— Sim. Bastante.
Mara não forçou mais detalhes. Ainda que os bebês sobrevivessem, ela imaginou que alguns dos casamentos poderiam não sobreviver ao estresse e trauma prolongados.
John as encontrou do outro lado da porta de segurança.
— Que bom que vocês vieram. — Ele cumprimentou as duas com abraços. — E chegaram numa hora boa. Bethany está acordada.
— Como ela está? — Hanna perguntou.
— Muito bem. Muito melhor do que imaginávamos. Ela pode até conseguir voltar para casa em duas semanas, em vez de três.

— Obrigada, Jesus! — Mara disse.

— Amém! — John apontou para o corredor. — Por aqui. Sigam-me.

O mesmo brilho de serenidade que encobria Abby quando ela segurava Madeleine irradiava de Charissa, mesmo com seu cansaço visível.

— Oi! — ela disse, levantando o olhar com um sorriso quando Mara e Hanna entraram no seu espaço. — Venham conhecer Bethany.

Nossa, que corpinho rosa pequeno! Maddie era enorme, comparando. E, com tantos adesivos, fios, tubos e uma luz vermelha pulsando de algum tipo de monitor no pé dela, Mara teria ficado sobrecarregada de ansiedade. Mas, nossa, os olhos de Bethany estavam arregalados e travados no rosto da mãe.

— Veja como ela está olhando para você! — Mara exclamou.

— Eu sei. Ela não pisca muito, mas as enfermeiras disseram que é normal.

Mara estudou o rosto de Bethany, tentando perceber quem ela mais lembrava. Cabelo escuro como o de Charissa, e talvez parecida com John perto da boca, embora fosse difícil dizer com o tubo de alimentação.

— Ela é tão esperta — Mara disse. — Olha como ela está alerta! É como se estivesse absorvendo tudo!

Bethany esticou os pequenos punhos e bocejou.

— Viram isso? — John disse. — Um enorme bocejo para uma menininha. Está cansada, bebê? — Charissa se inclinou para a frente, para beijar o nariz de Bethany enquanto ela fechava parcialmente os olhos.

— Ela não está cedendo, né? — Hanna disse. — Ela não quer perder nada.

Mara se lembrava de como era segurar cada um dos próprios filhos nos primeiros dias. Cada fôlego, cada choro, cada bocejo, cada piscada, cada chute com aqueles pezinhos, cada parte deles era encantadora.

— Então, qual é o procedimento? E o que podemos fazer para ajudar?

— Não muito por enquanto — John respondeu. — Meus pais estão vindo para passar o dia amanhã. — Mara observou se Charissa mudaria a expressão facial, mas não viu nada. — Eu tenho que voltar ao trabalho em uma semana, por mais que eu odeie isso. Eles acham que vão mandar Charissa para casa na terça-feira.

— Mas eu vou ficar aqui o máximo possível — Charissa disse. — Não vou deixá-la.

Mara entendia.

— Eu te faço companhia, se você quiser.

— Isso seria bom. Obrigada, Mara.

— Eu também — Hanna disse. — O que vocês precisarem. Refeições, limpeza, companhia... É só avisar.

— Orações seria bom — Charissa disse. — Não apenas por nós. — Ela olhou ao redor do quarto e abaixou a voz. — Alguns dos bebês estão com muitas dificuldades. Tentei não me sentir culpada, mas...

— É difícil não nos sentirmos — John disse —, especialmente quando o seu bebê está ficando forte e você quer que os outros fiquem também.

— É, eu entendo — Mara disse. Ela viu uma enfermeira se apressar para um monitor que estava apitando rápido, o rosto do pai jovem coberto de preocupação enquanto segurava a mão da esposa. Estar em um lugar como esse por muito tempo custaria caro. Ou aumentaria o coração com compaixão e gratidão.

HANNA

— Então, como eles estão? — Nathan perguntou, movendo-se para o lado no sofá, a fim de dar espaço para Hanna.

Hanna já passara várias horas ao lado de mães ansiosas que mal tiravam os olhos dos monitores, que se recusavam a sair da ala médica para descansar ou comer, e que ficavam insultadas quando enfermeiras gentilmente sugeriam que elas precisavam cuidar de si mesmas para que pudessem cuidar melhor de seus bebês. Mas Charissa, que frequentemente falava sobre a própria dificuldade com o controle, parecia estar atravessando a experiência a passos largos.

— Eles todos estão se saindo muito bem. Bethany está atingindo todos os marcadores de progresso, e Charissa está dando ouvidos a conselhos sobre descansar. — Ela reclinou a cabeça contra o ombro de Nathan. — Ela pediu para te dizer que toda essa jornada de formação espiritual em que ela está fez uma grande diferença em como ela está lidando com tudo agora. Disse que está vendo várias oportunidades para abrir mão de coisas, então está tentando praticar.

Nathan riu.

— É incrível que ela esteja pensando sobre isso enquanto está sob tanto estresse. Bom para ela.

Sim. Era muito bom. "Graça sobre graça", Charissa havia dito, sorrindo. "Evidência da obra do Espírito."

— E como foi para você, Shep, estar lá?

Hanna pensou por um instante.

— Bom. Difícil. Mas, no geral, bom. Acho que todas já avançamos bastante. — Que jornada tinha sido essa. Todos os finais, todos os começos, a vida, a morte, a nova vida. — Eu tive esse momento de clareza enquanto assistia a Charissa segurando Bethany, como ela a estava *contemplando* com deleite completo. Foi como vislumbrar Deus, o coração dele por nós, o amor dele por nós.

Nathan assentiu lentamente.

— Antes mesmo de sabermos nossos próprios nomes — ele disse baixinho. — Amados. Valorizados.

— E sustentados em segurança — Hanna acrescentou, segurando a mão do marido.

15.

CHARISSA

"Bem-vinda ao lar!" estava escrito na faixa no alpendre. Isso não estava lá quando ela e John saíram para o hospital naquela manhã.

— Mara, aposto — Charissa disse enquanto cuidadosamente desafivelava Bethany do assento no carro. Os balões cor-de-rosa eram o que entregava.

— Espera, espera! — John disse. — Deixa eu gravar.

Charissa não suspirou, não revirou os olhos nem discutiu. Embora ela se recusasse a ser a mãe que documentaria cada momento acordada ou dormindo, este era um para adicionar à coleção de vídeos de primeiras vezes de John: primeira mamadeira, primeira vez sendo segurada pelos avós, primeiro banho, primeira vez sendo vestida.

— Tá bem, olhem para cá — ele disse. — Ei, Bethany! Olha para cá, garotinha. — John estalou os dedos para tentar chamar a atenção dela.

Cuidadosa para apoiar a cabeça dela, Charissa levantou uma Bethany muito alerta para o ombro e se virou para que ele pudesse filmar-lhe o rosto. Com duas semanas e meia de vida, ela já parecia fazer parte da vida deles havia anos. Charissa arrumou as calças cor-de-rosa de Bethany e seguiu John, que estava andando de costas, subindo os andares da entrada e passando pela porta.

Em casa.

Eles estavam em casa.

Charissa não esperava chorar. Acenou para John parar de filmar. Alguns momentos eram preciosos demais, íntimos demais para outros olhos verem.

MARA

Então era isso. Em 20 de junho, uma semana depois de comemorar os 51 anos com a família e amigos, Mara Garrison voltou a ser Mara Payne. Ela olhou de novo para o documento de divórcio. Não tinha previsto a estranha mistura de emoções. Pensara que sentiria uma onda eufórica de alegria e alívio. Em vez disso, ela ficou surpresa ao sentir tristeza. Não tristeza por perder Tom; não, isso não, mas tristeza pelas coisas quebradas, por pessoas quebradas, por relacionamentos quebrados. Esse tipo de coisa valia a pena lamentar.

— Tá tudo bem? — Jeremy perguntou quando desceu as escadas com o pincel na mão. Ele estava quase terminando de pintar o quarto dela de azul Caribe.

— Sim, só não é o que eu esperava sentir, agora que realmente acabou.

Ele enxaguou o pincel na pia.

— Eu achava que seria "Já vai tarde", sabe? Continuar com minha vida, ser livre.

— Você é livre, mãe.

— É, eu sei. Só é um sentimento estranho.

A vida toda ela queria ser livre do sobrenome Payne, que significava dor, ser livre de todo o pesar que esse nome lhe trazia. Agora, ela o estava aceitando de novo e, ao fazer isso, estava declarando que Deus podia redimir todas as partes quebradas e dolorosas de sua jornada. Deus já fizera tanto para curá-la, transformá-la e dar-lhe esperança. Agora, ela estava entrando de novo em território desconhecido. Uma nova aventura com Jesus.

Jeremy estava olhando para ela com compaixão.

— Eu te amo, mãe, e estou com você. Nós estamos.

— Eu sei que estão — ela respondeu, abraçando-o. — Obrigada. Amada. Escolhida. Agraciada. Abençoada.

E, graças a Deus, não mais sozinha.

HANNA

Impressionante o quanto Becka progredira na arrumação da casa. Com a maior parte da mobília e acessórios vendidos em uma venda de garagem muito bem-sucedida, a casa parecia menos uma casa funerária e mais um sepulcro vazio.

— Estou orgulhosa de você — Hanna disse enquanto ajudava Becka a encaixotar as poucas coisas que faltavam. — Sua mãe ficaria orgulhosa de você. Eu sei que ficaria.

— Obrigada. Agora, só preciso deixá-la pronta para vender. E eu nem sei por onde começar.

— Eu te ajudo com tudo isso — Hanna disse. Na verdade, talvez esse fosse um bom momento para mencionar as conversas recentes com Nathan sobre possíveis próximos passos. — Que tal se eu fizer chá para nós?

Se Becka pudesse assinar a papelada da casa amanhã, ela assinaria. "Quando?", foi sua única pergunta. Quando eles estariam dispostos a comprá-la? Hanna explicou que havia questões de testamento para serem averiguadas e que ela ficaria feliz em fazer isso, se Becka quisesse seguir adiante.

— Sim! O quanto antes. Por favor.

— Também precisamos nos certificar de que você receba um preço justo por ela — Hanna disse. Preço de mercado e até mais, ela e Nate haviam concordado. Quando soubessem quais reparos seriam necessários e o quanto eles teriam que gastar para renová-la, poderiam determinar uma oferta generosa. — E há mais uma coisa em que Nathan e eu insistimos fortemente.

— O que é?

— Que você sempre se sinta bem-vinda aqui. Que você saiba que tem um lugar para vir e ficar, sempre que precisar.

Becka fixou o olhar sobre o colo.

— Tá bem. Obrigada. — Ela respirou fundo. — Acho que sei como minha mãe se sentia depois que meu pai morreu, como ela só queria se livrar da casa deles, como não conseguia suportar a ideia de entrar nela de novo. Então, quando eu me livrar deste lugar, não sei se...

Hanna a esperou terminar a frase. Mas, quando o silêncio cresceu, ela disse:

— Sem pressão. É só um convite.

Becka assentiu.

— O chalé era onde minha mãe foi feliz, onde a vida foi boa para ela. — Ela passou o dedo sobre a borda de sua caneca. — Eu estava pensando sobre isso, e talvez eu esteja pronta para aceitar a proposta de Charissa e ir lá ver alguma hora.

Isso parecia um passo significativo. Hanna tentou manter a expressão neutra.

— As rosas estão florescendo.

Becka a olhou confusa.

— Lá tem lindas rosas trepadeiras cor-de-rosa que seu pai plantou.

— No caramanchão?

— Sim.

— Ele construiu aquilo para ela — Becka disse. — Ela me falou sobre essa roseira. Mas não me disse que ainda estava lá.

— Ele fez isso no primeiro aniversário de casamento deles, eu acho.

— Eu gostaria de ver.

— Bem, Mara e eu estamos indo lá neste fim de semana para uma visita. Tenho certeza de que Charissa ficaria feliz se você fosse conosco. — Quando Becka hesitou, Hanna acrescentou: — É só um piquenique, não uma reunião de oração.

— Ah. Tá bem. É, talvez. Vou ligar para ela.

— Que boa notícia — Nathan disse quando Hanna ligou meia hora mais tarde para contar-lhe sobre a reação de Becka à ideia deles.

— E você tem certeza de que Jake está tranquilo com isso? — ela perguntou. Ele parecera bem quando ela mencionara da primeira vez, mas talvez ele tivesse comunicado outra coisa privadamente.

— Mais que tranquilo. Eu até o escutei falando para um amigo sobre isso outro dia e ele estava animado. Que nem Becka, ele está se perguntando quanto tempo até isso acontecer mesmo.

— Então, vou ligar para o advogado amanhã, ver nosso calendário.

Enquanto ela saía de ré da entrada da garagem, olhou para a casa vitoriana que poderia um dia ser o seu lar.

— E o Nova Estrada? — Nathan perguntou. — Você nos inscreveu no programa?

— Estou indo lá agora. Eu disse para Katherine que ia deixar um cheque para nós dois, e ela está animadíssima. Ela disse que está gentilmente te incentivando há anos a fazer o treinamento de orientador espiritual.

— É verdade, está mesmo. Talvez eu estivesse só esperando para fazê-lo com minha esposa.

Próximos passos, Hanna pensou no caminho para lá. Esses eram todos próximos passos bons e repletos de graça, formas de aceitar o chamado de Deus e ofertar um *hineni* de todo o coração. Juntos.

BECKA

Charissa cumprimentou Becka à porta no domingo à tarde com um abraço caloroso.

— Que bom que você chegou! Entra. — Olhando ao redor da sala, Becka se inclinou para tirar os sapatos. — Ah, pode ficar calçada. O chão está uma bagunça, mesmo. E vamos comer lá fora. Mara e Hanna já estão lá.

Ela olhou por cima do ombro de Charissa para um quarto cor-de-rosa-de-sapatilhas-de-bailarina, decorado para uma menininha.

— Ela está dormindo?

— Não, Mara está com ela. — Charissa sorriu. — E acho que não vai entregá-la tão facilmente.

— Ah, tudo bem. Eu só estava me perguntando se aquele quarto ali...

Charissa seguiu o olhar dela.

— Certo! Sim. Sua mãe disse que ele...

— Seria meu quarto?

Charissa assentiu.

— Se você quiser passar um tempo olhando por aí, tudo bem por mim. Só perdoe a bagunça. Tem sido um pouco caótico nas últimas semanas, tentando me acostumar a tudo.

Becka queria que tivesse dito sim para visitar a casa enquanto sua mãe estava viva. Ela achara que seria mórbido caminhar pelos cômodos e escutar histórias sobre a vida dos seus pais naquele espaço. Agora, queria poder escutar as histórias. Imaginou a mãe como uma jovem noiva sendo carregada pela porta, imaginou os pais sentados juntos diante da lareira, os imaginou cuidando do jardim.

— Tinha um balanço no alpendre — Charissa disse, apontando para a porta da frente. — Os ganchos ainda estão lá. Sua mãe contou que ela e seu pai amavam se sentar lá. E no jardim também. É um lindo jardim. Minha sogra disse que alguém o planejou com muito cuidado. Algum dia eu vou finalmente tirar as ervas de lá.

— Eu não me importaria de ajudar — Becka respondeu. Ela não era muito jardineira, mas provavelmente conseguiria descobrir as coisas.

— Sério?

— Sim. Eu só volto para a faculdade em agosto, e já tirei quase tudo da casa, então estou com bastante tempo livre. — Além disso, trabalhar no jardim onde os pais dela trabalharam poderia ser terapêutico.

— Ahhh, lá vem ela — Charissa disse quando Mara trouxe Bethany para o quarto, seguida por Hanna.

— Ela acabou de dormir — Mara sussurrou, entregando-a para a mãe. Becka jamais vira um bebê tão pequeno. — Ela não é maravilhosa? — Mara disse para Becka depois de cumprimentá-la.

— Ela é linda. — Como uma bonequinha frágil. Ela retribuiu o abraço de Hanna.

— Que bom que você está aqui — Hanna disse.

— Obrigada.

Todas ficaram em silêncio, observando a bebê dormindo. Ela parecia tão pacífica. Tão contente. Becka queria ter algumas fotos de si mesma, bebê, nos braços da mãe, mas, em todas as fotos que tinha visto, não achara nenhuma assim. Não havia um "álbum do bebê" com detalhes, nenhum registro dos marcos dela ou das reflexões da mãe, provavelmente porque ela estava enlutada demais para pensar em tirar fotos ou escrever qualquer coisa.

Tudo que Becka tinha era uma única história, uma história que sua mãe lhe contara alguns dias antes de morrer, uma história sobre uma capelã que fora ao hospital orar depois que ela nascera, alguma história sobre uma coincidência que a mãe dela achara impressionante, mas Becka não prestara atenção suficiente aos detalhes, e agora era tarde demais para ouvi-los. Mais uma oportunidade perdida.

A menos que...

Talvez...

Ela limpou a garganta, quebrando o silêncio.

— Eu estava pensando — ela disse, olhando para o círculo —, minha mãe contou para vocês uma história sobre quando eu nasci? Algo sobre uma capelã?

Mara e Charissa balançaram as cabeças.

— Não — Mara respondeu. — Desculpe.

Mas Hanna disse:

— Sim.

Enquanto Charissa gentilmente balançava Bethany nos braços, Hanna contou a história de como Katherine, a mulher que havia liderado o retiro onde elas se conheceram, era a capelã de plantão quando Becka nascera na véspera de Natal.

— Tá brincando — Mara disse.

— Não. E elas só perceberam a conexão durante uma das sessões de orientação espiritual de Meg. Meg se lembrou de uma capelã entrando no quarto para orar com ela, e acontece que era Katherine. — Hanna olhou para Becka, os olhos dela cheios de lágrimas. — Katherine te segurou e orou te abençoando. E significou tanto para a sua mãe se lembrar disso tudo e fazer essa conexão, porque ela se sentia muito sozinha quando você nasceu. Muito assustada. Subitamente, ela percebeu que não estava sozinha, que Deus...

Quando Hanna se cortou no meio da frase, Becka percebeu que ela estava pensando em quanto mais dizer. Não querendo perder qualquer detalhe do que a mãe poderia ter compartilhado, ela gesticulou sua permissão para que continuasse.

— Que Deus... — Becka repetiu.

— Que Deus estava vigiando e cuidando dela. Que Deus estava com vocês duas, amando vocês.

Os olhos de Becka ardiam.

Como uma cordeirinha perdida na floresta, ela pensou. Perdida e encontrada. Encontrada por alguém que cuidaria dela. Alguém, sua mãe diria, com as mãos feridas.

— Que incrível — Charissa disse. — Que mundo pequeno.

Simon insistiria que era uma coincidência sem significado. Mas no que ela acreditava?

— Posso ver as rosas? — Becka perguntou.

Então este era o lugar romântico do qual sua mãe falara, o lugar onde seus pais estavam sentados quando o casal de passarinhos pousara no caramanchão e se aconchegara como amantes. Um momento sagrado, sua mãe havia dito, e eles não se atreveram a respirar, por medo de assustarem os pássaros. Um momento sagrado, sua mãe dissera, porque os votos do casamento deles foram sobre passarinhos cantando na primavera e um noivo chamando a amada. Um momento sagrado.

Becka sentou-se e tracejou com o dedo as palavras entalhadas no banco: "Para a mulher que eu amo".

Era sentimental demais imaginar seus pais se reencontrando? Era sentimental demais imaginar que eles a viam e a amavam, até mesmo aqui e agora? Era só um sentimento e um desejo desesperado por conexão que levavam e instigavam seus pensamentos sobre a fé deles e o Deus deles?

Palavras de sua mãe ecoaram na mente. "Estou orando para que eu seja capaz de mostrar para ela o coração de Deus, que ela venha a saber o quanto o Senhor a ama."

Por que ela não conseguia dar a resposta à oração da mãe? Dizer sim e ultrapassar a linha da fé? O coração de Becka dizia: "Você pode dar esse presente à sua mãe. Até mesmo aqui e agora". Mas sua cabeça respondia: "Como posso confiar no amor de Deus quando o mundo não é seguro?".

Se o universo, o céu, seus pais, Deus, Jesus, alguém! Se alguém desse um sinal para ela, mandasse um passarinho, uma borboleta, alguma coisa para ajudá-la a acreditar. Alguma coisa! Mas o único som que ela ouvia no jardim eram risadas vindo como uma brisa do pequeno deque atrás da casa, gargalhadas sonoras que convidavam outros a se juntarem.

Becka pegou uma pétala de rosa caída e olhou para o céu. "Se você puder me ver... Se estiver ouvindo..." Mas não houve nenhum passarinho arrulhando, nenhum farfalhar do vento.

Nada.

Ela olhou por cima do ombro quando ouviu alguém se aproximando.

— Você está bem? — Hanna perguntou.

— Sim. Só estou pensando.

— Eu não queria interromper.

— Não, tudo bem. — Becka chegou para o lado para dar espaço.

Era bobo querer um sinal, ela pensou quando Hanna se sentou, era bobo implorar para um passarinho aparecer, era bobo esperar uma resposta assim. Talvez momentos sagrados não fossem para ela. Esfregou a pétala entre os dedos.

— Eu estava aqui me lembrando de uma história que a mamãe me contou sobre passarinhos e por que eram especiais para ela.

Hanna assentiu.

— Os versículos de casamento dela.

Sim. Versículos de casamento e de funeral. Também eram os versículos que Hanna estava lendo em voz alta no hospital quando ela morrera, o que significava, e ela não havia pensado nisso antes, que podiam ter sido as últimas palavras que a mãe dela ouvira. "O meu amado me fala assim: Levanta-te, minha amada, minha bela, e vem."

Becka vasculhou o céu de novo. Ainda nenhum sinal.

Nada.

Ela suspirou e olhou para os pés. Qual era o velho ditado? Uma jornada de mil quilômetros começa com um único passo? Ela tirou uma das sandálias, depois a outra, e apertou os dedos do pé contra a grama macia.

— Eu não gosto muito de calçados confortáveis — ela disse.

Hanna riu.

— Então, use saltos. Ou vá descalça. Sua jornada não precisa ser como a da sua mãe.

Verdade. Ela não estava sendo chamada para andar nos passos da mãe. Não poderia fazer isso nem se quisesse.

Ela respirou profundamente, escutando. Nenhum farfalhar de brisa. Nenhum arrulho de pássaro.

Nada além do chamado de uma palavra.

"Levanta-te."

COM GRATIDÃO

O Senhor te abençoe e te guarde;
o Senhor faça resplandecer o seu rosto sobre ti
e tenha misericórdia de ti;
o Senhor levante sobre ti o seu rosto e te dê a paz.
Números 6:24–26

Com amor e gratidão...

Por Jack, meu amado companheiro. Eu agradeço a Deus pelo presente da vida juntos e por todas as maneiras como você revelou o amor dele para mim. Eu te amo. Obrigada por compartilhar a jornada comigo.

Por David, nosso filho amado. Eu agradeço a Deus pelo presente de quem você é e estou ansiosa para ler seus roteiros e livros um dia. Eu te amo e estou muito orgulhosa de você.

Por minha mãe e meu pai. Obrigada pelo presente da vida e do amor, e por sempre incentivarem os meus sonhos. Eu os amo e agradeço a Deus por vocês.

Por Beth, a melhor irmã do mundo. Você me deu tanta alegria durante a vida. Obrigada por ser meu primeiro público quando escrevo as histórias. Eu te amo e agradeço a Deus por você.

Por amados amigos de longa data que foram testemunhas para mim em palavras e em ações, sacrificialmente imitando o amor de Cristo. Vocês sabem quem são e me ajudaram a formar quem sou. Eu os amo e agradeço a Deus por vocês.

Por quem gentilmente me levou até Jesus há muito tempo, com sabedoria e graça. Gratidão especial a Kathleen, John, Sarge, Colleen, Paige e Katherine. Sou eternamente grata.

Por Mary V. Peterson, que caminha comigo. Obrigada por todas as maneiras como você dá apoio à minha história com ternura e compaixão. Você é uma companheira muito confiável.

Por meu time fiel de parteiras: Sharon Ruff, Debra Rienstra, Rebecca DeYoung, Amy Boucher Pye, Martie Bradley, Marilyn Hontz, Lisa Samra, Carolyn Watts, Elizabeth Musser e Amy Nemecek. Obrigada por suas opiniões certeiras e incentivos enquanto eu trabalhava para cruzar a linha de chegada.

Por Jennifer Oosterhouse, cuja visão artística e piedosa para a jornada anual da Semana Santa na Redeemer me marcou para sempre. Obrigada por doar de si mesma tão generosamente, para que todos nós pudéssemos ser trazidos mais para perto de Jesus na beleza de seu sofrimento e sacrifício.

Por Shalini Bennett, que liderou a equipe de artistas na meditação e oração das Escrituras. Obrigada por serem tão dedicados ao ministério. Sua sabedoria vive nessas personagens.

Pela família da Redeemer Covenant Church. Nossa vida juntos me moldou de formas tão ricas e profundas. Eu agradeço a Deus pelos anos que ele nos deu para sermos companheiros no ministério.

Pelo Clube dos Calçados Confortáveis original. Eu agradeço a Deus por nosso período caminhando juntas. Obrigada por compartilharem sua jornada de formação comigo.

Por Julie e Mark VanderMeulen, que me deram um lindo espaço de retiro para a escrita. Obrigada por me lisonjearem com gentileza e hospitalidade. Vocês foram uma resposta de oração.

Por Mindy Van Singel, que atendeu ao telefone por acaso no dia em que liguei ao hospital para fazer pesquisas. Obrigada por dar seu tempo tão generosamente para responder a todas as minhas perguntas sobre a UTI neonatal, tanto naquele dia quanto depois.

Por todos que me ajudaram com pesquisas, especialmente Sharla Ulstad e Anna Rapa. A experiência de vocês é um presente para mim.

Por todos que compartilharam anedotas que se tornaram parte das experiências dos personagens, especialmente Jeremy, Denise, Catherine e Jim. Obrigada pelo presente das suas histórias.

Pela maravilhosa equipe da IVP, e especialmente pela minha talentosa editora, Cindy Bunch. Como sou grata por você ter dito sim! Obrigada por trazer todos os seus presentes e sabedoria para meus livros. É uma alegria e honra trabalhar com você. Obrigada também a Lori Neff, minha criativa marqueteira; Allison Rieck, minha graciosa revisora; e Jeff Crosby, que é o melhor tipo de líder e amigo. Eu agradeço a Deus por todos vocês.

Por leitores que amaram esses personagens de todo o coração e que me incentivaram ao longo do caminho. Sou muito grata por vocês. Que o Deus que ama vocês continue a atraí-los para o fundo do coração dele.

E por ti, Senhor. Tudo e sempre por ti, e em ti, e através de ti. Tu és meu tudo. Obrigada. Eu te amo. *Hineni.*

AMÉM. LOUVOR, GLÓRIA, SABEDORIA, AÇÕES DE GRAÇA, HONRA, PODER E FORÇA SEJAM AO NOSSO DEUS, PELOS SÉCULOS DOS SÉCULOS. AMÉM.

APOCALIPSE 7:12

GUIA PARA ORAÇÕES E CONVERSAS

Bem-aventurados os homens cuja força está em ti, em cujo coração se encontram os caminhos para Sião. Passando pelo vale de Baca, fazem dele um manancial; a primeira chuva o cobre de bênçãos. Vão sempre aumentando a força; cada um deles comparece perante Deus em Sião.
Salmos 84:5-7

Você está convidado a se envolver com materiais do caderno de oração das personagens. Inclusos neste guia estão três novos exercícios de oração desenvolvidos para meditação tanto individual quanto em grupo.

Um dia de silêncio e solitude pode ser um presente maravilhoso, e eu te encorajo a praticar isso tanto individualmente quanto em comunidade. Para quem quiser vivenciar uma Jornada para a Cruz similar à do Nova Esperança, vocês também encontrarão as informações aqui.

Que o Senhor te guie para mais fundo no amor dele enquanto você caminha pela jornada do peregrino.

Sharon Garlough Brown

MEDITAÇÃO NO SALMO 13

ATÉ QUANDO?

Comece com um breve tempo de silêncio, aquietando-se na presença de Deus. Depois, leia o Salmo 13 em voz alta várias vezes, com alguns momentos de silêncio entre cada leitura.

> AO REGENTE DO CORO: SALMO DE DAVI
> ATÉ QUANDO, SENHOR? TU TE ESQUECERÁS DE MIM PARA SEMPRE? ATÉ QUANDO ESCONDERÁS O ROSTO DE MIM?
> ATÉ QUANDO RELUTAREI DIA APÓS DIA, COM TRISTEZA EM MEU CORAÇÃO?
> ATÉ QUANDO O MEU INIMIGO SE EXALTARÁ SOBRE MIM?
> ATENTA PARA MIM, Ó SENHOR, MEU DEUS, E RESPONDE-ME. ILUMINA MEUS OLHOS PARA QUE EU NÃO DURMA O SONO DA MORTE,
> PARA QUE MEU INIMIGO NÃO DIGA: PREVALECI CONTRA ELE, E MEUS ADVERSÁRIOS NÃO SE ALEGREM COM A MINHA DERROTA.
> MAS EU CONFIO NA TUA MISERICÓRDIA; MEU CORAÇÃO SE ALEGRA NA TUA SALVAÇÃO.
> CANTAREI AO SENHOR, PORQUE ELE ME TEM FEITO MUITO BEM.

PARA REFLEXÃO PESSOAL (45–60 MINUTOS)

1. Quais palavras ou frases chamam sua atenção e te convidam a ponderar? Por quê? Oferte isso a Deus em oração.
2. Contra quais pensamentos você luta? Que tristezas você carrega no seu coração? Entregue-os a Deus em oração.
3. Escreva as suas próprias perguntas de "Até quando, Senhor?". Até quando...? Até quando eu devo...? Até quando tu...? Entregue-as a Deus em oração.
4. Pense em uma vez quando Deus pareceu lento para agir em seu favor ou pareceu se esquecer de você. Você foi capaz de expressar suas emoções honestas para Deus nesse período? Há algo que você precise expressar agora para ele sobre esse período?

5. Como Deus revelou o amor infalível dele para você? O que te ajuda a confiar no amor e bondade dele durante períodos de sofrimento, tristeza, escassez e dificuldades?
6. Escreva o seu próprio salmo de lamento, incluindo uma expressão honesta de dor assim como uma declaração honesta de esperança.

Para reflexão em grupo (45–60 minutos)
1. Quão prontamente você é capaz de expressar suas emoções nuas e cruas para Deus em oração? O que te ajuda a ofertar seu lamento para Deus?
2. Quão prontamente você é capaz de compartilhar suas dores com outras pessoas em oração? O que te ajuda a compartilhar o fardo de tristeza?
3. Revezem-se lendo suas orações de lamento, com bastante silêncio entre elas para que os outros possam compartilhar sua tristeza e sua esperança em oração.

MEDITAÇÃO EM LUCAS 23:32–38
NÃO RETENHA NADA

Aquiete-se na presença de Deus. Depois, leia o texto em voz alta algumas vezes e imagine-se aos pés da cruz, assistindo e escutando. Use todos os seus sentidos para entrar na história e participar da cena.

> E LEVAVAM TAMBÉM COM ELE DOIS CRIMINOSOS, PARA SEREM MORTOS. QUANDO CHEGARAM AO LUGAR CHAMADO CAVEIRA, ALI O CRUCIFICARAM, ELE E TAMBÉM OS CRIMINOSOS, UM À SUA DIREITA E OUTRO À ESQUERDA. JESUS, PORÉM, DIZIA: PAI, PERDOA-LHES, POIS NÃO SABEM O QUE FAZEM. ENTÃO REPARTIRAM ENTRE ELES AS ROUPAS DELE, TIRANDO SORTES SOBRE ELAS. E O POVO ESTAVA ALI, OLHANDO. E AS AUTORIDADES O RIDICULARIZAVAM, DIZENDO: SALVOU OS OUTROS, ENTÃO SALVE A SI MESMO, SE É

O CRISTO, O ESCOLHIDO DE DEUS. OS SOLDADOS TAMBÉM ZOMBAVAM, E, APROXIMANDO-SE, OFERECIAM-LHE VINAGRE E DIZIAM: SE TU ÉS O REI DOS JUDEUS, SALVA A TI MESMO. E ESTA INSCRIÇÃO ESTAVA ACIMA DELE: ESTE É O REI DOS JUDEUS.

Para reflexão pessoal (45-60 minutos)

1. Quais pensamentos e emoções surgem dentro de você enquanto assiste ao que é feito com Jesus? O que você quer fazer? O que você quer que Jesus faça?
2. Qual aspecto da crueldade é mais perturbador para você? Por quê?
3. Jesus permite que tudo lhe seja tirado: sua reputação, sua dignidade, suas roupas. Ele não se apega a nada; não retém nada. Nem mesmo o perdão. A que você se apega? O que você retém? Por quê?
4. O que Jesus está pedindo que você renuncie? O que Jesus está pedindo que você oferte?
5. Oferte suas respostas a Deus em oração.

Para reflexão em grupo (45-60 minutos)

1. O que você percebeu sobre suas reações ao orar com esse texto?
2. O que esse texto revela para você sobre o coração de Jesus? E sobre o seu próprio?
3. O que você está sendo convidado a entregar para Deus? E para ofertar aos outros?
4. Como o grupo pode orar por você?

MEDITAÇÃO EM JOÃO 20:19,20,24-29
ENCONTRANDO O DEUS FERIDO

Aquiete-se na presença de Deus. Depois, leia o texto em voz alta algumas vezes.

QUANDO CHEGOU A TARDE DAQUELE DIA, O PRIMEIRO DIA DA SEMANA, ESTANDO OS DISCÍPULOS REUNIDOS COM AS PORTAS TRANCADAS POR MEDO DOS JUDEUS, JESUS CHEGOU, COLOCOU-SE NO MEIO DELES E DISSE-LHES: PAZ SEJA CONVOSCO! AO DIZER ISSO, MOSTROU-LHES AS MÃOS E O LADO. OS DISCÍPULOS ALEGRARAM-SE AO VEREM O SENHOR.

TOMÉ, CHAMADO DÍDIMO, UM DOS DOZE, NÃO ESTAVA COM ELES QUANDO JESUS APARECEU. ENTÃO OS OUTROS DISCÍPULOS LHE DISSERAM: VIMOS O SENHOR!

ELE, PORÉM, LHES RESPONDEU: SE EU NÃO VIR O SINAL DOS PREGOS NAS MÃOS E NÃO PUSER O MEU DEDO NO SEU LADO, DE MANEIRA NENHUMA CREREI.

OITO DIAS DEPOIS, OS DISCÍPULOS ESTAVAM OUTRA VEZ ALI REUNIDOS, E TOMÉ ESTAVA ENTRE ELES. ESTANDO AS PORTAS TRANCADAS, JESUS CHEGOU, COLOCOU-SE NO MEIO DELES E DISSE: PAZ SEJA CONVOSCO! DEPOIS DISSE A TOMÉ: COLOCA AQUI O TEU DEDO E VÊ AS MINHAS MÃOS. ESTENDE A TUA MÃO E COLOCA-A NO MEU LADO. NÃO SEJAS INCRÉDULO, MAS CRENTE!

TOMÉ LHE RESPONDEU: SENHOR MEU E DEUS MEU!

E JESUS LHE DISSE: PORQUE ME VISTE, CRESTE? BEM-AVENTURADOS OS QUE NÃO VIRAM E CRERAM.

Para reflexão pessoal (45–60 minutos)

1. Imagine que você é um dos dez discípulos reunidos no quarto no andar de cima na noite da Páscoa. Como é, para você, ver Jesus vivo? Como você se sente quando vê as feridas dele?
2. Quando Tomé volta, você fala para ele sobre verem o Senhor. Como você se sente quanto à resposta de Tomé?
3. Agora, leia a história de novo, desta vez imaginando-se como Tomé. Como você se sente quando escuta o relato dos outros de que Jesus está vivo?
4. Como você se sente quando Jesus aparece e te oferece exatamente o que você disse que precisava para poder acreditar?
5. O que as feridas de Jesus revelam para você?
6. Tire um tempo para receber a revelação de quem Jesus é. Qual é a sua resposta?

Para reflexão em grupo (45–60 minutos)
1. O que você já precisou de Deus ou de outros para te ajudarem a acreditar?
2. O seu testemunho sobre Jesus já foi ignorado ou desacreditado por outras pessoas? Como foi essa experiência para você?
3. O que as feridas de Jesus revelam para você?
4. Ofereçam a paz de Cristo uns para os outros quando começarem o tempo de oração uns pelos outros.
5. Concluam seu tempo de oração ofertando a bênção de Jesus uns para os outros: "Você é bem-aventurado, [nome], porque você creu". Tire um tempo para saborear a bênção antes de ofertá-la para outra pessoa.

JORNADA PARA A CRUZ

Por anos, durante a Semana Santa, nossa congregação sediava uma Jornada para a Cruz muito similar ao que descrevi no Nova Esperança: oito estações de oração com arte e Escrituras contando a história da estrada de Jesus até o Gólgota. Nossa jornada era uma adaptação da prática histórica de oração da Igreja Católica, a Via Crucis. Anualmente, convidávamos pessoas da nossa comunidade para andarmos nos passos de Jesus em uma peregrinação espiritual de meditação sobre o sofrimento e morte dele, a fim de nos prepararmos para a glória da sua ressurreição. Membros da nossa congregação oravam por meses com textos das Escrituras e então criavam arte que convidava à reflexão. As primeiras quatro estações descritas no Nova Esperança (os punhos raivosos e robes soprados, a cruz com o espelho, a viga da cruz para levantar, e as lágrimas derramadas e acumuladas entre as árvores mortas) são baseadas na arte que nossos membros criaram para nós. Estou em dívida com as pessoas criativas e piedosas que fizeram de nossa experiência da Semana Santa algo tão significativo. Talvez vocês encontrem formas de ofertar uma jornada similar nas suas próprias igrejas.

Listados abaixo estão oito textos que vocês podem usar para meditações pessoais e em grupo. Cada texto cabe bem tanto para orar com a imaginação (colocar-se dentro da história) como para a *lectio divina* (ler lentamente e escutar com atenção por uma palavra ou frase que capture sua atenção e te convide a ponderar e orar). Se seu grupo estiver inclinado a isso, vocês também podem criar peças de arte para acompanharem cada texto, a fim de que possam ter um envolvimento multissensorial com a Palavra de Deus.

- Mateus 27:1,2,11-25
- Lucas 23:23-25
- Marcos 15:21
- Lucas 23:27-31
- João 19:23,24
- João 19:25-27
- Marcos 15:33-39
- João 19:28-37